EGO MAN

SERGE MARQUIS

EGO MAN

ROMAN

PAR L'AUTEUR DU BEST-SELLER
PENSOUILLARD LE HAMSTER

Guy Saint-Jean ÉDITEUR

Guy Saint-Jean Éditeur
3440, boul. Industriel
Laval (Québec) Canada H7L 4R9
450 663-1777
info@saint-jeanediteur.com
www.saint-jeanediteur.com

. . . .

**Catalogage avant publication de Bibliothèque et Archives nationales du Québec
et Bibliothèque et Archives Canada**

Marquis, Serge, 1953-
Egoman
ISBN 978-2-89455-837-9
I. Titre.
PS8626.A763E36 2016   C843'.6   C2015-942661-8
PS9626.A763E36 2016

. . . .

Nous reconnaissons l'aide financière du gouvernement du Canada par l'entremise du Fonds du livre du Canada (FLC) ainsi que celle de la SODEC pour nos activités d'Édition. Nous remercions le Conseil des Arts du Canada de l'aide accordée à notre programme de publication.

Financé par le gouvernement du Canada   **Canadä**   **SODEC** Québec   Conseil des Arts du Canada   Canada Council for the Arts
Funded by the Government of Canada

Gouvernement du Québec — Programme de crédit d'impôt pour l'édition de livres — Gestion SODEC

© Guy Saint-Jean Éditeur inc., 2016

Édition: Isabelle Longpré
Révision: Monique Moisan
Correction d'épreuves: Corinne de Vailly
Conception graphique de la page couverture: Christiane Séguin
Illustration de la page couverture: Fred Dompierre
Mise en pages: Olivier Lasser

Dépôt légal – Bibliothèque et Archives nationales du Québec, Bibliothèque et Archives Canada, 2016
ISBN: 978-2-89455-837-9
ISBN ePub: 978-2-89455-838-6
ISBN PDF: 978-2-89455-839-3

Imprimé et relié au Canada
1ʳᵉ impression, février 2016

 Guy Saint-Jean Éditeur est membre de
l'Association nationale des éditeurs de livres (ANEL).

À toutes les victimes de l'ego.
Surtout les enfants; ils sont des centaines et des centaines
de millions; peut-être même davantage…

Du même auteur

Pensouillard le hamster. Petit traité de décroissance personnelle,
Les Éditions Transcontinental, 2011.

Note de l'auteur

J'aime les ponts. Tous les ponts. Surtout quand ils ne sont pas congestionnés ! Qu'ils soient en acier, en bois ou invisibles, j'apprécie ce qu'ils représentent : l'interconnexion. J'affectionne autant ceux qui relient deux rives que ceux qui relient deux évènements ou deux êtres humains. Je tenais donc à présenter ce livre – *Egoman* –, en construisant un pont avec le bouquin qui l'a précédé : *Pensouillard le hamster. Petit traité de décroissance personnelle* ; ce sont deux écrits qui traitent du même sujet : l'ego, c'est-à-dire ce qui sépare.

On ne peut pas s'intéresser à la souffrance humaine sans se heurter à la question de l'ego, c'est impossible. Ce serait comme tenter de comprendre la croissance d'un arbre sans considérer ses racines ; on ferait fausse route. On pourrait même inventer des explications qui n'auraient pas de fondement – les êtres humains l'ont souvent fait au cours de l'histoire. L'exploration de l'ego constitue une urgence sans précédent ; il n'y aurait pas de conflits s'il n'y avait pas d'ego. Les obstacles entre les individus, les collectivités et les peuples proviennent de son activité. Les guerres, peu importe leur forme, y trouvent leur origine. D'innombrables vies ont été perdues – et le sont encore aujourd'hui –, à cause de lui. Des vies qui s'achèvent violemment ou des vies qui n'ont jamais été vécues.

En tant que médecin, je n'ai pas eu le choix ; la souffrance a toujours constitué un pont vers les personnes qui frappaient à ma porte. Et *Pensouillard* est issu du trajet parcouru avec celles-ci. Ce livre m'a amené à donner des conférences tant en Europe qu'au Québec. À la fin de chaque rencontre, lecteurs et lectrices posaient des questions nouvelles et m'invitaient à poursuivre la réflexion. Ce sont leurs mains levées qui ont donné naissance à *Egoman.* J'ai souvent eu l'impression que nous étions plusieurs, devant l'écran, à écrire ce roman. J'ai choisi cette forme afin de mettre en scène des personnages et des situations illustrant les multiples façons qu'a l'ego de se manifester. Ainsi sont nés Charlot, Maryse, Georges et tous les autres. Et quand je les ai laissés, j'ai réalisé que leur histoire ne faisait que commencer; il leur reste encore de grandes zones d'ombre à explorer.

J'espère maintenant que nous serons plusieurs à tenter de répondre aux questions que Charlot pose à sa mère, car je crois sincèrement qu'une grande partie de la souffrance humaine peut être évitée.

Prologue
Printemps 2015

À l'automne 2000, j'ai cessé d'avoir toujours raison. Et j'ai compris la phrase de Friedrich Nietzsche*: «Ce n'est pas le doute qui rend fou: c'est la certitude.» (*Ecce Homo,* 1888)

Mon fils avait alors neuf ans, mais la plupart des adultes lui en donnaient six. Souvent, on lui demandait: «As-tu commencé l'école?» Sur un ton très respectueux, il répondait: «*Oui. Depuis trois ans.*» Et il ajoutait, avec sa voix d'enfant de chœur: «*Et vous, avez-vous commencé à vivre?*»

J'aimais observer leurs visages se pétrifier quand ils entendaient cette réponse. Des statues, la bouche ouverte et les yeux écarquillés. Je n'ai jamais cherché à savoir où il avait pris sa question – à la télévision, peut-être –, car je craignais qu'il ne veuille plus la poser. Une chose est certaine, elle avait un effet bœuf.

Et mon fils devenait très sérieux lorsque les statues se mettaient à articuler: «Mais qu'est-ce que tu veux dire, mon grand?» Avec un mélange de fermeté et de douceur, il répondait: «*Premièrement, je suis pas grand! Et puis c'est parce que mon enfance est finie. Et que je l'ai pas vue. Et que c'est à cause que les adultes sont pressés de faire vieillir les enfants. Pour avoir la paix avec leur ordinateur. Et que c'est dur d'être grand avant d'être petit. Et que j'ai pas d'autre question, Votre Honneur.*»

---

*   Les noms suivis d'un astérisque font l'objet d'une courte note biographique et figurent à la fin du roman.

À ce stade-ci, la pétrification était complète. Ce n'était plus lui que les statues fixaient, mais moi, avec un regard mi-stupéfait, mi-accusateur. Et j'entendais un silence lourd de mots : « Mais qu'est-ce que vous lui avez mis dans la tête à votre fils, madame ? Mère indigne ! »

Il ne me ressemble pas du tout physiquement. Grosse tête, petit corps, des cheveux roux et des taches de rousseur. Jusqu'à l'adolescence, on l'aurait cru sorti tout droit d'une bande dessinée : personnage 3D en couleurs, promenant sa bouille fictive dans notre réalité. Comme dans certains films américains. Visage de l'innocence avec un cœur de guerrier. Sérieusement, je me suis souvent demandé si c'était bien moi qui avais engendré cet enfant ou s'il n'avait pas plutôt été conçu par un dessinateur dont le héros ne vieillirait jamais, du genre Peter Pan ou Tintin.

Même aujourd'hui, à vingt-quatre ans, il doit présenter une pièce d'identité pour entrer dans un bar. Il traîne toujours son passeport dans un petit sac et le montre au portier comme un policier brandirait sa plaque. Il décoche chaque fois un sourire lumineux, accompagné de la même question assassine : « *Servez-vous du lait ici ?* »

Il s'amuse également à dire aux personnes qui le « cartent » : « *Si une identité a besoin de preuves, c'est qu'elle a quelque chose de suspect. Mais au fond, c'est la notion même d'identité qui est suspecte !* » Ce qui lui vaut d'autres visages pétrifiés ainsi que des réactions agressives du style : « Mais de quoi il parle, celui-là ? » ou « Tu te prends pour qui, toi ? »

Il s'appelle Charles, mais pour moi – sa mère – c'est Charlot. Il a un petit côté « Chaplin ». Il marche en canard et jette sur le monde le regard du grand comédien : une lucidité désopilante. S'il pouvait faire des films – peut-être en sera-t-il capable un jour –, il y présenterait la stupidité humaine sous toutes ses coutures avec un humour à la fois subtil et décapant.

À l'heure actuelle, il a toujours sa grosse tête vissée sur son corps fragile, mais ses mains sont devenues d'une beauté fascinante. Si on pouvait juger de l'attrait de l'âme humaine en regardant les mains d'une personne, on saluerait Charlot en se prosternant. Ce n'est pas tant leur forme qui inspire le respect que la manière dont elles s'y prennent pour toucher les choses ou les gens. Chacun de ses doigts est un danseur de ballet. Et lorsqu'il touche quelqu'un, c'est tout ce que renferme l'art de la danse qui vient au monde. On oublie sa grosse tête et son petit corps et on entre dans la grâce dont l'être humain est capable, quand il s'y met.

Il a fini par grandir, bien sûr! Mais c'est comme s'il avait pris plus que son temps; ou comme s'il avait d'abord grandi du dedans. Quand on lui demandait: «Qu'est-ce que tu veux faire quand tu seras grand?», il répondait, en se tournant vers moi: *«Je ne veux pas être grand. Et pourquoi tout le monde veut être grand, le sais-tu toi, maman?»*

Ce recueil rassemble certaines questions que Charlot m'a posées pendant que la vie lui infligeait ses premières blessures. Celles auxquelles on n'arrive pas à trouver un sens par soi-même alors qu'on en cherche un à tout prix. Parce qu'on croit encore qu'on ne peut pas vivre sans qu'il y ait une explication, une raison, un motif. Et qu'on ignore qu'il sera nécessaire d'apprendre à le faire. Car certaines blessures n'en ont pas – de sens –, après tout.

Charlot revenait constamment à la charge, entêté comme un moustique: *«Maman, c'est quoi l'ego? Pourquoi vous avez divorcé papa et toi? Pourquoi des enfants se suicident?»*... Et autres questions coups de dard du même genre.

Ces questions m'ont guérie. Enfin, presque. J'étais folle. Atteinte de cette folie qu'on appelle ignorance ou bêtise. Sans doute la plus grave maladie de toute l'histoire de l'humanité. Et la plus répandue aussi.

Je me présente: Maryse Du Bonheur. Ce nom de famille m'a évidemment valu des tas de moqueries au cours de ma vie, des blagues de mauvais goût du genre: «Une chance qu'on ne t'a pas prénommée Reine ou Rose ou Aimée.»

On me dit souvent que mon nom est impossible, qu'il ne peut pas vraiment exister. Que je l'ai inventé pour me rendre intéressante ou pour me donner une raison d'y croire ; je veux dire au bonheur. Pourtant, ce nom provient du nord de la France. Une toute petite bande de terre située le long de la frontière belge. Et je suis une authentique « Du Bonheur », je vous assure.

Nous sommes très peu à porter ce nom, en fait nous sommes en voie de disparition. Il n'y a aucune nouvelle branche à l'arbre de la famille. Charlot sera peut-être le dernier « Du Bonheur » sur cette planète, s'il ne se multiplie pas, évidemment ! On retrouve encore deux « Du Bonheur » en France mais ils sont très âgés et n'ont pas de descendance.

Bon, malgré les moqueries qu'ont dû subir tous les « Du Bonheur » de l'histoire – ce qui en dit long sur le rapport qu'entretiennent les humains avec cet état – ce n'est rien à côté de ce qu'a dû endurer Charlot. Lui aussi a évidemment eu droit aux mauvaises blagues : « Une chance qu'on ne t'a pas prénommé Yvan ou Noël ou Désiré. » Et comme si ce n'était pas suffisant, il a vécu une sorte de coup de pied à l'estime de soi. Le nom de famille de son père est Ratté. Voyez-vous ça, un enfant qui s'appelle « Charles Du Bonheur Ratté » ? De quoi réfléchir tôt dans la vie à ce qu'est une identité, non ? Dès l'âge de huit ans, il m'a fait une demande officielle : « *Maman, je veux m'appeler seulement Du Bonheur, comme toi. J'aime papa, mais son nom, c'est trop !* »

Je suis médecin-neurologue – neuropédiatre, pour être plus précise –, surspécialisée en traitement du cancer. J'œuvre dans un hôpital universitaire qui a pour seule clientèle des enfants. Mon nom crée là aussi de fortes réactions émotives ; imaginez les visages des gens qui entendent résonner dans l'interphone de l'hôpital : « Docteur Du Bonheur, veuillez rappeler les soins intensifs ! » ou « Docteur Du Bonheur, on vous demande à l'urgence ! » ou « Docteur Du Bonheur, veuillez communiquer immédiatement avec la salle d'opération ! »

Et il faut voir l'expression des familles que je rencontre pour la première fois lorsque je leur tends la main : «Je suis le docteur Du Bonheur, je vous souhaite la bienvenue à l'hôpital. » Je dois toujours préciser que c'est mon vrai nom et qu'il ne faut surtout pas tomber dans le piège de croire qu'il me donne des pouvoirs particuliers.

J'enseigne également la neuroanatomie à la faculté de médecine et je dirige une équipe de recherche sur le cancer du cerveau chez l'enfant. Tout ça fait de moi une personne très occupée et qui s'efforce d'avoir la paix dans son bureau, avec son ordinateur ! Surtout que, d'aussi loin que je me souvienne, j'ai toujours voulu être grande, très grande. La plus grande de ma catégorie. Et de toutes les catégories dans lesquelles j'ai grandi.

Dès le début de mes études à la faculté de médecine, j'ai commencé à regarder les autres de haut. L'univers entier m'apparaissait plus petit que moi, il ne dépassait pas mes chevilles. Je foulais la médiocrité en permanence. Je trouvais tous les étudiants idiots et centrés sur leur illustre nombril, alors que moi, le génie, j'allais changer le monde ! J'étais, à mes propres yeux, une sorte de croisement entre mère Teresa[*] et Einstein[*]. Ce n'est pas de la petite bière, croyez-moi ! On appelle cela du «narcissisme» au pays des psys.

Physiquement, on me dit belle. Grande, mince, les yeux noirs et une chevelure 90 % cacao ; ce qui donne – au dire de bien des mâles –, une envie folle de se planter le nez dedans. J'ai d'ailleurs longtemps aimé secouer mes cheveux devant leur nez, comme le font les mannequins dans les publicités de shampooing. Une manière de faire apparaître le désir sur leur visage ; « Moi » sur toute leur peau !

J'ai aussi des jambes qui n'en finissent plus et je ne me suis jamais gênée pour les montrer – en dehors de l'hôpital, bien sûr. À l'époque où Charlot n'était pas encore né, il suffisait qu'une tête se retourne sur mes mollets pour que j'éprouve le sentiment d'être vivante, d'exister au-delà du ciel et de tous les paradis. Mes jambes donnent encore aujourd'hui l'envie d'y grimper jusqu'au sommet, mais je ne m'en sers plus comme d'une confirmation de ma valeur.

J'ai également la chance d'avoir cette poitrine – naturelle – qui oblige la gent masculine à faire des efforts pour garder les yeux à la hauteur des miens. J'ai souvent eu l'impression de pouvoir les faire agenouiller n'importe quand – d'un simple claquement de doigts – pour obtenir le droit de contempler mes seins. J'ai éprouvé, je l'avoue, un plaisir fou à observer leur regard se tortiller pendant qu'ils s'efforçaient de paraître imperturbables. Je trouvais ça très drôle. Enfin, je dis «je trouvais», car je ne joue plus à ces jeux depuis longtemps. La souffrance de Charlot a tout changé.

Si j'ose me décrire, c'est pour montrer les différences avec mon fils. Vous savez maintenant qu'il ressemble à son père, malheureusement. Et, au cas où vous en douteriez, je suis consciente d'avoir écrit «malheureusement». C'est à cette éclosion de conscience que Charlot m'a conduite. Mais bon, je n'en suis toujours qu'au début. Et de ça aussi, j'en suis consciente.

Je dois d'ailleurs ajouter que la beauté physique aide beaucoup le narcissisme à grandir dans la tête où il loge. Le narcissisme est très attiré par le développement personnel, j'en suis la preuve vivante. Je rêvais d'être vue et entendue. Par toutes et par tous. Et partout. Je voulais devenir la plus grande «doc» de ma spécialité. Être la «top» à l'échelle internationale, rien de moins! Faire un tabac à la télé, un dimanche soir, à l'émission *Tout le monde en parle*, pourquoi pas? Je rêvais d'être admirée et reconnue dans la rue; je souhaitais qu'on me demande mon opinion à propos de n'importe quoi et qu'on fasse «wow» en entendant ma réponse. J'avais envie de récompenses et d'honneurs soulignant ma contribution exceptionnelle au mieux-être de l'humanité. J'avais le goût de «servir», bien sûr, mais surtout qu'on en parle et qu'on le montre.

Or, il y a eu interruption du rêve, une sorte d'avortement : l'arrivée de Charlot dans mon ventre. Une arrivée pourtant désirée, attendue ; un enfant issu de l'amour avec un clown, un vrai clown. Le nez, les sifflets, les ballons et toute la quincaillerie qui provoque les rires ; quincaillerie qui m'avait totalement séduite, car j'allais rire le reste de ma vie. Mais il y a eu la plus grande farce qu'un clown puisse faire : sa disparition. Il s'est évaporé avant que le bébé ne vienne au monde. Mon corps ne faisait plus l'affaire, surtout le ventre. Le clown a eu peur. Son narcissisme préférait déjà un autre corps. Avec un ventre plat.

Avant le clown, je cherchais le prince charmant qui me délivrerait du trou où la vie m'avait plongée au décès de mes parents (j'y reviendrai), et j'allais de déception en déception. Mais après le clown, tous les princes m'exaspéraient, surtout les pauvres.

Dans les mois ayant suivi la naissance de Charlot, j'ai dû reconstruire mon apparence. Je me suis mise à l'entraînement. Et j'y suis toujours. Au quotidien. Une discipline de fer.

À l'origine, c'était pour retourner à la case départ, aux formes qui attirent ou intimident. Par la suite, ce fut pour y demeurer. Je souhaitais faire baver de désir tous les clowns qui auraient envie de m'emmener dans leurs pirouettes. Et j'ai réussi. Je me suis retrouvée seule avec Charlot. Et la garderie, et l'école, et la carrière qui essayait de prendre toute la place. Une histoire ordinaire. Tellement ordinaire...

Si à l'époque j'avais pu faire congeler mes ovules, je l'aurais fait. Je n'avais plus besoin des hommes, mais je n'avais pas renoncé à un autre enfant. Un qui me ressemblerait. On se distingue comme on peut.

Et puis Charlot s'est mis à m'interroger...

Il m'a fait voir ce que mon besoin d'être grande m'empêchait de reconnaître : ma peur de mourir.

Ou de ne pas avoir existé.

Le sac en papier
Février 1991

Certains jours, j'ai l'impression que Charlot est venu au monde en levant la main : « Allo, allo, je veux savoir ! Je veux tout savoir ! » À peine avait-il défroissé ses poumons que j'entendais déjà des questions. Sur mon ventre mouillé, son visage fripé avait vraiment l'air de s'adresser à moi. Des traits renfrognés qui demandaient : « Mais qu'est-ce que je fais ici ? »

Curieusement j'avais envie de répondre : « Euh... et moi ?... Dis-moi mon beau, moi... qu'est-ce que je fais ici ? »

Dans les minutes ayant suivi l'accouchement – le matin du 14 février 1991 –, j'ai été prise d'une crise aiguë d'énervement. Et plutôt que de ressentir l'exaltation postnaissance qu'on décrit partout – dans les livres, les magazines, à la télé –, j'hyperventilais. C'est dans un sac en papier que je cherchais la fibre maternelle.

Alexandrine, l'obstétricienne qui m'avait accompagnée tout au long de ma grossesse, avait prévu le coup. Femme sage doublée d'une sage-femme, elle savait que je voudrais être la meilleure parturiente que la terre ait jamais connue – plus calme que la Vierge Marie dans l'étable de Bethléem – et que cette ambition m'amènerait à respirer beaucoup trop vite.

Je la connaissais depuis l'âge de quatorze ans. J'avais séjourné chez elle grâce à un programme d'échanges d'étudiants style : « Mon été à la ferme ». Alexandrine avait grandi à la campagne, au milieu d'une étrange combinaison d'élevages de chèvres et de vaches. Ses parents – des immigrants suisses – défendaient constamment l'idée que la terre était faite pour être partagée et qu'elle n'appartenait à personne en particulier. Ils s'appliquaient à créer les conditions nécessaires pour que toutes les bêtes vivant dans leurs pâturages y trouvent leur compte.

Ils avaient une affection particulière pour la chèvre. Passionnés de littérature, c'est eux qui m'ont appris que la peau de cet animal avait longtemps été utilisée dans la fabrication du parchemin, qui était le support le plus employé pour écrire en Europe jusqu'à l'arrivée du papier, inventé par les Chinois et introduit en Europe par les Arabes au début du XIe siècle. Un dur coup pour n'importe quelle peau de vache... Surtout quand ladite peau a elle aussi servi de support pour écrire. Pareille comparaison a de quoi faire souffrir. J'en sais quelque chose. Quand on veut être la plus grande, on a sans cesse tendance à se mesurer. Et on finit toujours par trouver, quelque part, de quoi se rapetisser. Même si on a beaucoup de hauteur dans sa tête.

Mais bon, tous les animaux recevaient, chez les parents d'Alexandrine, la même attention. Monsieur et Madame Beguin disaient souvent, en caressant leurs bêtes, qu'ils n'arrivaient pas à concevoir comment l'expression « peau de vache » en était venue à désigner une salope. Et que même si on leur avait fourni des explications – la dureté de la peau, les ruades inattendues –, l'usage de cette expression demeurait, pour eux, une insulte à l'endroit de la vache. Ils en voulaient même à Georges Brassens d'avoir composé sa chanson *Une jolie fleur* et, surtout, de l'avoir tellement chantée. Les paroles étaient, à leurs oreilles, irrespectueuses pour ces bêtes qu'ils aimaient comme s'ils les avaient eux-mêmes enfantées :

« *Une jolie fleur dans une peau de vache,*
Une jolie vache déguisée en fleur...[1] »

---

[1] *Une jolie fleur*, paroles et musique : Georges Brassens, 1955.

Une seule fois, j'avais entendu Monsieur Beguin fredonner cet air, le sourire aux lèvres. Peut-être se rappelait-il un très vieux souvenir? Je ne l'ai jamais su.

Cet été passé dans leur ferme a marqué ma vie. Alexandrine est encore aujourd'hui ma meilleure amie. L'amitié nous est tombée dessus au premier regard, des yeux qui se sont dits « oui » pour toujours. Comme dans un mariage. Et même davantage : un pacte spontané où les mots auraient été de trop. Une complicité scellée dans le silence; la seule amitié qui soit digne de ce nom à mon avis. Encore aujourd'hui, quand on n'a rien à dire, on ne dit rien. Pas d'angoisse, pas de questionnement, pas d'attente; on sait que l'autre existe et ça suffit. Pas de preuves à donner, pas de comptes à rendre; si l'amitié n'est pas ça, c'est de la dépendance.

Son engouement pour l'obstétrique l'habitait déjà à l'adolescence. Dans la grange qui jouxtait la maison familiale, elle avait aménagé sa propre salle d'accouchement. En plus d'y accueillir les veaux et chevreaux en compagnie de son père, elle faisait des césariennes à des souris avec des ciseaux à manucure. Rien de sadique ou de violent, seulement cette immense volonté d'apprendre. Une passion pour la naissance, la mise au monde. Comme d'autres en ont une pour le dessin, la musique ou la danse. Elle avait sa maison des naissances pour souris. Elle les endormait avec un anesthésiant bon marché que le vétérinaire du coin – un ami de son père – lui fournissait en toute confiance. Il disait avoir vu chez elle un talent exceptionnel pour accueillir sur terre les êtres vivants. Une habileté à créer un lien avec eux, avant même qu'ils ne soient nés. Une sorte de don. Il racontait n'avoir jamais vu ça et, la voix tremblante, il s'exclamait souvent: « C'est à la fois troublant et magnifique. Elle est en mesure d'identifier les souris qui pourraient avoir du mal à accoucher, et sauve leur vie. Ainsi que celle de leurs petits. »

Demeurée célibataire, on aurait dit d'Alexandrine, autrefois, que son engagement professionnel était une vocation.

Costaude, forte, solide, elle n'a jamais partagé mon désir d'être la plus grande. La réussite ou le succès n'avaient, à ses yeux, aucun intérêt. L'idée du dépassement de soi lui apparaissait même absurde. Quand je lui exprimais ce désir poignant de me dépasser et de devenir la meilleure, elle revenait toujours aux mêmes questions : « Qui dépasse qui, Maryse, dis-moi ? » ou encore « Y a-t-il deux Maryse ?... Qu'est-ce qui te permettra d'affirmer, un jour, qu'une Maryse a suffisamment dépassé l'autre pour être enfin devenue la plus grande ? » Ça m'irritait, me donnait des démangeaisons, des bouffées de mépris.

Pour me calmer, je lui disais qu'elle ne savait pas de quoi je parlais. Qu'on ne pouvait pas comprendre ça dans son monde de chèvres et de vaches. Mais elle en rajoutait :

— Tes histoires de grandeur ne m'intéressent pas, belle amie. La seule chose qui me donne le goût de me lever le matin – ou en pleine nuit –, ce sont les enfants à mettre au monde. Je les aime dès que je pose les mains sur le ventre de leur mère. Je les sens tout de suite. Même gros comme une arachide ou un escargot. C'est un peu comme si on se serrait la main et qu'on se disait : « Enchanté ! » C'est tout ce qui compte pour moi. Il n'y a pas de grandeur là-dedans. Regarde autour de toi, Maryse, un arbre n'essaie pas de se dépasser d'une année à l'autre : « Youhou, je suis plus grand que l'année dernière ! », il croît, c'est tout. Il relie la lumière à la terre et vice-versa. Et ça le fait devenir ce qu'il est : un arbre. Un véhicule de la vie.

Je voulais chaque fois l'interrompre et lui parler des petits arbres, les jeunes, ceux qui poussent trop près des grands.

— Ouais, mais ceux qui n'arrivent pas à trouver la lumière parce qu'ils sont trop petits, ils crèvent, non ?

Elle ne m'en laissait jamais le temps. Elle complétait sa pensée, sûre d'elle-même :

— C'est pareil pour les enfants. Une seule chose compte, Maryse : la croissance des talents. Le reste, c'est de la foutaise inventée par des humains pour se flatter l'ego.

J'ignorais, à l'époque, à quel point ces mots reviendraient hanter ma vie.

Charlot avait pris son temps pour venir au monde. Comme il l'a fait par la suite pour grandir. Je ne sais pas si la Vierge Marie a eu des contractions aussi douloureuses que les miennes, mais moi : « Ouch ! »... Je perdais les pédales toutes les deux minutes : « Ouch !... Ouch !... Ouch !... » Mon désir d'être la meilleure parturiente de l'histoire en avait plein les bras. Je suppliais Alexandrine de m'endormir :

— Endors-moi Alex ! « *Please... Please...* » Comme tu le faisais avec les souris !

Elle souriait avec tendresse, poussait d'affectueux petits bêlements de chèvre et, le visage collé contre le mien, me soufflait à l'oreille :

— Respire, ma chérie, respire !

Sans doute par respect pour mes besoins de grandeur et de réussite (et pour éviter de froisser mon orgueil), elle n'osait pas me rappeler à moi, médecin, que l'épidurale existait ! Et que l'anesthésie générale n'était nullement nécessaire dans mon cas.

Au bout d'une vingtaine d'heures, Charlot a enfin daigné se montrer le cuir chevelu. Il s'est comme déposé lui-même dans les mains aimantes d'Alexandrine. On aurait dit des retrouvailles après une longue séparation. Il bougeait délicatement contre les paumes de la sage-femme, à la manière d'un chat qui se frotte sur notre jambe.

Elle l'a ensuite placé sur mon ventre : « Pour ne pas qu'il soit perdu », me disait-elle. Une façon élégante de me dire : « Réveille-toi, Maryse, ton fils est arrivé ! » J'étais moi-même tellement perdue ! J'entendais à peine la voix de mon amie qui prophétisait : « Il ne sera pas de tout repos, Maryse, mais ça va te plaire. »

Je gémissais intérieurement : « Mais qu'est-ce qu'elle raconte, Bon Dieu ? »

Moi, habituellement si calme devant les pires tragédies – la mort d'un bout de chou, par exemple, les cris de détresse lancés par la mère, l'étranglement du père (comme s'il se serrait le cou avec ses propres mains) — voilà que j'avais l'allure d'une boussole près d'un aimant: le nord était partout! Que lui trouvait-elle à cet enfant? Je ne voyais rien.

Alexandrine continuait: «Il va t'en faire voir de toutes les couleurs, ma chère, et tu vas en redemander...» J'ai alors supposé qu'elle disait la même chose à toutes les femmes qu'elle accouchait, mais elle l'a fortement nié, m'a assurée que ce n'était pas le cas.

Il n'émettait aucun son... peut-être un ronronnement. Au premier regard, je ne l'ai pas trouvé beau. Trop mauve. Trop gluant. Trop toutes sortes de choses. J'essayais de voir ce que les antennes d'Alexandrine avaient détecté; le néant! Aucun indice. Juste un bébé mou. Un peu flasque. Une peluche humide. Qui semblait quêter les caresses. Mais Alex, c'est Alex. Arrive un moment où je ne cherche plus à comprendre. Elle a ses petits délires inoffensifs et je m'en amuse. Mais là, je ne m'amusais pas du tout. Respirait-il? Était-il normal? Allait-il vivre? La voix d'Alex revenait en écho: «Il va t'en faire voir de toutes les couleurs, ma chère, et tu vas en redemander...» Étourdie, nauséeuse, j'étais sur le point de m'évanouir. Elle m'a foutu un sac en papier sur le visage.

La bouche et le nez cerclés de papier brun, j'essayais d'embrasser Charlot. Il avait la tête coincée entre le sac et mes seins énormes. Je ne les appelais plus des seins tellement ils avaient pris du volume. Plutôt des «mamelles d'éléphant» (expression tirée d'un concours que nous avions inventé à l'adolescence, Alexandrine et moi. C'était à celle qui dénicherait l'expression la plus juteuse pour qualifier ma jeune poitrine déjà débordante: «Des bosses de chameau, des gâteaux de noces, des cloches d'église, des courges spaghetti à l'automne, des pis de vache qu'on a oublié de traire...» et autres formules jubilatoires permettant d'aiguiser notre sens de l'humour. Une joute verbale qui s'achevait immanquablement par un fou rire arrosé de larmes, et ce mal de ventre qui donne envie de dire: «Je t'aime»).

Pendant que je m'efforçais de retrouver mon calme, Alexandrine aidait Charlot à trouver un mamelon. J'ai fini par me détendre. Et, à la manière de ceux qui examinent les physionomies humaines pour repérer les messages non verbaux, j'explorais le front plissé de mon fils. Et ses yeux bouffis. J'y lisais des reproches du genre : « Tu ne m'as jamais demandé la permission de me donner la vie, mais pour qui te prends-tu ? »

Et comme si j'étais atteinte d'une forme passagère de schizophrénie, j'entendais une voix bien mûre m'accusant de ne pas m'être mêlée de mes affaires : « Il ne t'est jamais venu à l'idée de m'en parler avant ? » Le genre de question qu'on ne se pose évidemment pas quand on a la langue d'un amoureux sur son clitoris, et les cuisses qui s'agitent comme le contenu d'une armoire en plein tremblement de terre. On est loin d'être lucide lorsqu'on a juste le goût de hurler : « Allez, viens... Viens en moi ! » et de s'abandonner goulûment aux appels de son vagin.

Mais de toute façon, à l'époque, je le voulais cet enfant. Je le voulais du plus profond de mon corps. Pourquoi ? Aucune idée ! Et je n'ai jamais eu l'intention d'entamer une psychanalyse pour le découvrir. Disons que cela répondait à une envie sauvage, primitive et animale de toutes mes cellules. Le désir tout à fait conscient de voir ce que pourrait produire la vie à travers ma noble chair. Et, pourquoi pas, au goût d'aimer. Pas question de passer par-dessus cette expérience ; une fois n'est pas coutume.

Puis, huit mois plus tard, la prophétie d'Alexandrine s'est matérialisée : le premier mot de Charlot a été : « Ouch ! »... Est-ce un mot ? Je l'ignore. Disons que ce fut la première manifestation concrète de son intelligence. Sur le coup, j'ai pris ce son pour un éternuement. Je n'ai pas fait attention. Je croyais à des allergies ou à un début de rhume. J'avais un papier mouchoir à la main, car je venais tout juste d'écraser une araignée. Je me suis approchée de mon fils pour vérifier l'état de son nez, quand j'ai aperçu une seconde araignée.

Sur le mur. Derrière lui. À l'instant où j'ai voulu aplatir la bête, il a fait « Ouch ! » à nouveau. Son visage exprimait la douleur.

Quelques jours plus tard, alors que j'exécutais une mouche avec un magazine, il m'a refait le coup : « Ouch, maman, ouch ! », le visage contracté et les deux mains sur la tête. Je me suis alors demandé s'il avait enregistré ce mot pendant l'accouchement, alors que je l'expulsais.

Puis il y a eu ce défilé de fourmis qui traversait la salle à manger. Des ouvrières. Elles avaient percé un trou dans le plancher de bois franc. Par en dessous. Une armée au pas qui envahissait la cuisine. J'étais hystérique, je tapais des pieds sur la colonie. Une danse celtique, meurtrière. Charlot sanglotait : « Bobo, maman ! Bobo ! » Il n'avait pas un an.

Quand j'ai raconté ces histoires à Alexandrine, elle a ri.

— Il est déjà dans la compassion, ma chérie, tu ne vois pas ?

Euh... non... je ne voyais pas... je fulminais ! Non seulement mon amie me prenait pour une imbécile, mais elle m'aspergeait d'absurdités nouvel-âgeuses. J'ai levé le poing, avec des mots dedans. Et la voix comme un crochet de boxeur :

— Mais Alex, tu dis n'importe quoi, merde ! Il a onze mois, « come on ! »

Elle a simplement hoché la tête.

— Tu verras, Maryse, tu verras...

Et j'ai vu.

À l'âge de trois ans, il m'a demandé :

— D'où je viens, maman ?

Je venais de lire dans une revue médicale une entrevue avec un psychanalyste pour enfants. Celui-ci expliquait qu'il s'agissait d'une question très populaire à l'âge de trois ans. (J'ignorais qu'on pouvait commencer une psychanalyse si tôt... J'ai imaginé Charlot, couché sur un divan, en train d'explorer son inconscient de trois ans, et dire : « Ouch !... J'ai mal quand maman tue des mouches. Et des araignées. Et des fourmis. Ouch ! » Et j'ai fait « ouch ! » moi aussi, ne m'adressant qu'à moi-même.)

Ne prenant pas au sérieux son « D'où je viens ? », j'ai spontanément répondu :

— Tu viens d'Éthiopie, mon chéri.

Une réponse qui avait pour but de mettre fin à toutes ses questions. Mais il n'a pas semblé ébranlé.

— C'est quoi l'Éthiopie ?

— Un pays en Afrique. Très très loin.

Et sans évoquer les multiples hypothèses à propos de l'origine de l'humanité, j'ai dit :

— Tous les humains viennent de là, mon amour.

— Toute la garderie, maman ?

J'ai souri. Puis j'ai failli dire : « Oui, mon chéri, toute la grande garderie qu'est l'espèce humaine », mais je me suis retenue. Je me suis contentée d'un bref :

— C'est ça !

Mais il n'a pas été satisfait. En toute innocence, comme s'il ne s'était rien passé, il a reposé sa question :

— D'où je viens, maman ?

Cette fois, j'ai répondu :

— De la mer !

Il avait la bouche grande ouverte. Les yeux ronds comme des rondelles de citron. Il se grattait le lobe de l'oreille droite – il le fera souvent par la suite – pendant que je philosophais à propos de l'origine de la vie :

— La vie est venue de la mer, mon grand. Un poisson est sorti de l'eau. Des pattes ont poussé. Et un jour, c'est devenu un homme.

— C'est quoi la mer ?

— De l'eau, beaucoup d'eau. Avec plein de poissons dedans.

— Des poissons qui vont devenir des enfants ?

— Ça ressemble à ça.

Il n'avait plus l'air de me croire. Et, avec un petit air offensé, teinté d'impatience, il a reposé sa question une troisième fois :

— Maman, d'où je viens ?

— Des étoiles, mon chéri... La terre est un morceau d'étoile. Et nous aussi, toi et moi, on est un peu des morceaux d'étoile.

Et là, à mon plus grand étonnement, il a souri. Cette fois, ma réponse semblait le satisfaire.

— Merci maman !

Il est reparti en répétant :

— Je viens des étoiles, je viens des étoiles...

Puis il a ajouté un bout de phrase qui m'a laissée complètement baba :

— Et c'est là que j'irai, après.

Puzzles géants

Étrangement, il lui a fallu attendre d'avoir neuf ans pour que sa neuropédiatre de mère le prenne au sérieux. Neuf ans! Malgré la gravité de ses interrogations, je lui répondais n'importe quoi. Souvent des bêtises. La plupart de ses questions m'apparaissaient, disons, trop vieilles pour son âge. Et je dois avouer qu'elles m'irritaient. J'étais empêtrée dans un mélange de : « Mais qu'est-ce que c'est que ces histoires ? » et de « Je n'ai pas le temps, merde ! »

J'avais adopté la stratégie du « ça va lui passer ». Sans trop le regarder, je lui baragouinais : « Écoute, c'est très compliqué. Seule la vie peut te répondre. Je veux dire par là que, quand tu grandiras, les réponses viendront. » Une manière de mélanger un brin d'engrais à ses hormones de croissance.

Il repartait, tête basse, plus canard qu'à son arrivée. Allez donc savoir pourquoi !

Et comme il ne grandissait pas, j'avais honte. Mes collègues endocrinologues – les spécialistes de la croissance – ne trouvaient rien d'anormal chez lui. Examen après examen, j'entendais toujours le même diagnostic : « Sois patiente Maryse. » Mais quand je le regardais, à côté des enfants de son âge, je ne pouvais m'empêcher de me mesurer, moi. Charlot me renvoyait une image diminuée de moi-même. Un peu comme le miroir de la belle-mère de Blanche Neige : « Miroir, miroir, dis-moi, qui est la plus grande ? » « Ce n'est pas toi, Maryse, car il y a Charlot, ton nabot, ton avorton, ta demi-portion. Une tête de moins que les autres. Une tache dans ton dossier. Ineffaçable. » Je pestais.

Et lui, devant son miroir, ne voyait pas le jour où sa mère consentirait à lui répondre autre chose que des idioties.

Puis, peu à peu, j'ai réalisé que la grande «Moi-même» – Maryse Du Bonheur – n'était jamais allée au bout de ces questions. Et que ma vie, louangée par mes semblables, admirée, récompensée, reconnue, n'y avait pas répondu non plus.

En fait, pour être tout à fait honnête, je ne me posais pas de questions. Ce n'était pas la peine puisque je savais tout!

Charlot ne s'est jamais découragé. En dépit de mon attitude méprisante, sa confiance demeurait intacte. D'ailleurs, à ce stade-là, on n'appelle plus cela de la confiance, mais de la foi. Et, semblable à un croyant devant son dieu, il me disait constamment qu'il m'aimait: «Même si tu réponds pas, maman, je t'aime.» Finalement, devant la patience infinie et l'amour indéfectible d'un enfant de neuf ans, j'ai allumé!

J'ai donc décidé, quand il se pendait à ma manche ou, plus tard, quand il me textait ses angoisses, de cesser alors toute activité et d'ouvrir les portes qu'il me montrait. Se sont alors amorcées d'étranges conversations que j'ai appelées «dialogues».

Je dis «étranges» parce qu'elles m'ont soignée. J'étais rongée par le «syndrome du moi». Une affection qui fait souffrir à peu près tous les humains sur cette planète. À commencer par les individus qui la contractent, bien sûr.

Mais elle fait surtout souffrir les autres (quasiment toutes les personnes qui entourent celle qui en est affligée). Et ça comprend aussi les animaux, les plantes et peut-être même les cailloux. Une maladie qui s'attrape tôt dans la vie et qui agit comme des vers intestinaux, mais dans la tête. Ça vous donne des cauchemars, de l'agitation et l'envie de vous gratter. Sauf que, ce n'est pas votre derrière que vous avez envie de gratter, mais votre cervelle. Et, à la différence des vers intestinaux, ça ne peut pas être éliminé par des médicaments.

Pendant mes études de médecine, cette maladie s'est aggravée en moi et autour de moi ; chez beaucoup de mes collègues.

Alors que nous apprenions par cœur l'encyclopédie des pathologies connues, notre « moi » enflait. Comme un ganglion lors d'une infection ou d'un cancer. Une tumeur à la place de la tête.

Et du cœur aussi.

Au fil de notre parcours universitaire, nous devenions de plus en plus « malades » et contagieux. Sans nous en rendre compte – ça fait partie des symptômes –, nous contribuions à répandre la plus grave des épidémies des temps modernes, un mal qui tue plus que tous les cancers réunis : « Le mal de l'ego ».

Les personnes qui en sont atteintes voient leurs neurones mobilisés par des bruits agaçants. En forme de mots. C'est quasiment permanent. Ça ressemble à ceci : « Je suis née dans un monde de crétins. Quelle foutue merde ! » Elles sont incapables d'arrêter ce discours. Leur cerveau, outre le maintien des fonctions biologiques de base – le cœur, les reins, les intestins – ne sert qu'à protéger leur « moi ». Ou à le vénérer. Elles perdent l'usage volontaire de leur intelligence. Zéro contrôle sur le contenu de leurs pensées : « Moi, la crème de la crème, me voilà contraint à supporter des imbéciles toute ma vie ! » Un mal terrible. C'est Charlot qui, à cause des épreuves qu'il a traversées, m'a aidée à m'en débarrasser. Enfin, presque...

À l'aide de ses innombrables questions, mon fils ne faisait pas que me montrer des portes, il m'en offrait aussi les clés. Et derrière ces portes, il y avait le mensonge ; des histoires que je me racontais. Et qui me maintenaient dans l'illusion que je connaissais toutes les réponses aux « pourquoi ? » d'un enfant de neuf ans.

En somme, c'est comme si tout à coup, dans ma tête, Charlot avait rencontré Socrate*. Bon, je n'ai absolument rien d'un Socrate, il va sans dire. Mais le célèbre « Connais-toi

toi-même » de ce grand philosophe est devenu notre terrain de jeux ; une sorte de gymnase affectif. Et dans cet espace ludique, la conscience a peu à peu pris la forme d'un ballon que nous nous lancions. Une espèce de grosse lanterne chinoise qui, passant de lui à moi et vice-versa, se faisait de plus en plus lumineuse. C'est ainsi que le « Connais-toi toi-même » s'est transformé, pour nous, en « Découvre ce que tu es vraiment ».

Nous sommes passés du « Découvre qui tu es » au « Découvre ce que tu es ». La nuance est importante, vous verrez.

Grâce à la curiosité de Charlot, mais surtout grâce au courage dont il a fait preuve pour mettre fin à sa souffrance, j'ai l'impression de m'être déshypnotisée. D'être sortie du somnambulisme hyperactif où se déroulait mon existence.

Il y a eu deux périodes au cours desquelles nous nous sommes promenés – mon fils et moi – dans ce que j'appelle aujourd'hui des puzzles géants. Ces puzzles sortaient tout droit de ses tourments.

La première période s'est déroulée alors que Charlot avait entre neuf et onze ans, et la seconde de quatorze à seize ans. Chacune de ses questions constituait une pièce de casse-tête devant laquelle je me sentais devenir minuscule – pour moi, ce n'est pas peu dire –, comme dans les contes. Peut-être est-ce d'ailleurs pour cette raison qu'il est si longtemps demeuré petit ; il m'accompagnait !... Il prenait ma main et, à deux, nous poussions les pièces les unes dans les autres, jusqu'à ce qu'elles s'emboîtent. Nous avions même choisi un son pour nous signifier que ça y était : clouc ! Je l'entends encore me demander : « Alors, maman, t'as eu le clouc ? »

J'enregistrais chacun de nos entretiens et, tout de suite après, j'en transcrivais le *verbatim* ; j'ai ce côté obsessif, maniaque. Je croyais qu'en voyant nos échanges apparaître sur un écran, je me brancherais plus facilement sur le « Web » de mon fils, je veux dire son « Web » intérieur. Erreur !... Au fil des mots, j'ai compris qu'il suffisait d'une toute petite flamme pour avancer dans l'obscurité, et que cette flamme se trouvait dans ses yeux. Que je n'avais pas à faire appel à la technologie pour le rejoindre, qu'il suffisait que je le regarde, lui. Surtout quand il me parlait. Et lorsqu'il essayait de s'adapter à toutes les merdes que la vie lui infligeait.

Bien que j'aie tôt fait de constater l'inutilité de transcrire les enregistrements, je n'ai jamais abandonné cette pratique. J'aimais réentendre la voix de Charlot qui, à seize ans, cherchait toujours à comprendre pourquoi il avait si mal, et m'invitait à faire de même : « Ne reste pas endormie, maman, la vie est trop courte pour que tu la passes dans les brumes du moi, moi, moi. » C'est de ces transcriptions que ce livre est né.

Si, en lisant ces pages, il vous semble que les réponses à des questions d'enfant me viennent aisément, détrompez-vous. J'ai parfois dû lui demander de patienter, d'attendre au lendemain ou même à la semaine suivante. Et il m'a fallu chercher de l'aide.

Eh oui, moi, la déesse du savoir, j'ai tendu les mains pour quêter des oreilles et du temps. Pour obtenir le soutien d'amis ou de collègues. J'ai eu besoin d'entendre, tout comme Charlot sans doute, ces paroles justes et aimantes qui permettent de dire : « Merci ! Je n'avais jamais vu ça comme ça ! »

J'ai dû créer ces espaces où les humains cessent, pour un moment, de se sentir seuls et perdus. Traverser les barrières de l'orgueil érigées à grands coups de « Merde, je devrais connaître ça, moi ! » ou de « Il ne faut surtout pas qu'on découvre que je ne sais pas. » Et cette rencontre avec l'humilité m'a permis de me rapprocher de ce que cherchait Charlot ; la réponse qui mettrait fin à toutes ses questions. Ou, plutôt, cette vérité qu'il m'a délicatement révélée lui-même le jour où il m'a dit : « Maman, j'en suis arrivé à l'arrêt définitif du besoin de chercher. »

Il me faut, de temps à autre, l'entendre me redire ça ! Un peu comme l'élève du maître zen doit recevoir un petit coup de bâton pour sortir de la lune.

Ce qui suit n'est donc que la fidèle retranscription du cheminement que nous avons fait, mon fils et moi, à travers et à l'occasion des dialogues. Un geste de gratitude à l'égard de Charlot. Une manière de lui signifier qu'au cours des dernières années, je l'ai observé devenir mon maître zen : « Allez, maman, sors de la lune ! »…

Je t'aime, Charlot !

« Mon fils, pourquoi j'ai mal ? »

Les dialogues ont débuté au cours du mois de septembre 2000. De petites déchirures du temps. De petites morsures dans ma suffisance.

Chaque échange suivait à peu près le même scénario ; après quelques phrases seulement, Charlot se dérobait, comme s'il en avait assez. Il se dandinait vers sa chambre en murmurant : « C'est trop compliqué ! » ou : « Je suis fatigué maman ! »

Mais il finissait toujours par revenir.

Parfois c'était moi qui, n'en pouvant plus, allais le chercher.

Comme je ne voulais pas perdre un seul mot de nos entretiens, j'utilisais une enregistreuse. Au début, c'était une machine encombrante, avec des cassettes, un objet de musée désormais. Puis ce fut mon cellulaire. Je suis branchée à cet appareil en permanence, au cas où on aurait besoin de moi à l'hôpital. Ou ailleurs ; les journaux, la télé, on ne sait jamais ! Avec la permission de mon fils, je démarrais le bidule dès qu'une de ses questions me gelait la cervelle, comme un dard de guêpe.

J'avais fini par observer, à force de lui répondre n'importe quoi, que j'esquivais le difficile. À l'instant où il m'aurait fallu réfléchir, je mettais mon intelligence à zéro. Après la période des « La vie te répondra un jour… », il y a eu la période des « Tu te poses trop de questions, mon chéri ! », puis celle des « T'aurais pas un prof ou un copain à qui en parler ? »

Charlot se foutait de ma sottise et de mon impatience. C'est comme s'il savait que je pouvais aller plus loin. En insistant pour que je lui vienne en aide, il m'a fait voir à quel point je le regardais de haut, lui aussi ; une nuisance, un obstacle, un frein à mon éclosion. Et surtout, une intelligence d'enfant, c'est-à-dire une incapacité de comprendre l'importance d'orchestrer ma réussite. En revenant sans cesse déposer sa détresse à mes pieds, comme une offrande, il m'a ramenée aux enfants que je soignais. Et à ce qu'ils pouvaient m'enseigner au sujet de ma réussite ; sa futilité.

Grâce à ses interruptions, j'ai réalisé que j'avais adopté l'urgence comme mode de vie. Et que la profondeur ne faisait plus partie de mon monde. Je confondais les nuances et l'inefficacité, la complexité et l'inutile. J'étais devenue, en quelque sorte, un portrait de la modernité ; une tête enflée avec un illustre nombril en guise de cœur.

La profondeur requiert la lenteur, et avant que la tristesse de Charlot ne m'oblige à m'arrêter, je n'avais pas de temps à perdre avec ce qui demande du temps. Quand on a l'impression de tout savoir, l'ignorance irrite. Surtout sa propre ignorance. Le mystère aussi.

L'irritation était devenue ma façon de dire bonjour. Quand j'arrivais à mon étage, le matin, le personnel se taisait. Le silence accueillait mes pas. On semblait reconnaître ma démarche à distance, comme une proie décèle son prédateur. Peut-être était-ce mon odeur ou des vibrations, qui sait. On ne me saluait pas, on m'apportait les dossiers. Et mon café. Avec des courbettes et des gants blancs. Je sentais qu'on prenait des précautions. Pour ne pas me froisser. Ça ressemblait à la distance qu'on maintient avec les personnes infectées. J'aimais cette forme de respect. La peur que j'engendrais me protégeait. Il n'y a pas mieux que la peur qu'on suscite pour se sentir en sécurité. Tous les tyrans le savent. D'innombrables innocents en ont payé le prix.

Je ne m'étonnais pas de la froideur dont je faisais l'objet. Je la prenais pour de l'admiration. Dans un monde qui privilégie la surface et croit avoir trouvé la vérité dans la bouche d'un homme d'affaires, d'un journaliste ou d'un acteur de cinéma, on arrête vite de s'interroger. Comme une gorge d'oisillon, on gobe le « déjà tout mâché », surtout quand il est prononcé avec assurance et sur un ton qui ne permet pas la réplique.

J'avais cultivé l'usage de ce ton. J'en étais même arrivée à le maîtriser. Charlot était l'un des seuls à ne pas en tenir compte : « Maman, pourquoi tu me parles comme ça, je ne t'ai rien fait !... Tu devrais te reposer. Peut-être que tous tes petits malades, c'est trop ! Et il y a moi en plus... » Je ne l'entendais pas. Ou je n'entendais pas tout court. À son âge, il ne pouvait pas savoir. La vérité, c'est moi qui la détenais. J'étais bien plus qu'un homme d'affaires, un journaliste ou un acteur de cinéma ; je sauvais des vies, moi !

Les politiciens savent d'instinct qu'aujourd'hui, c'est l'apparence qui dicte les choix. Ils s'entourent d'ailleurs de spécialistes de l'illusion. Il y avait une politicienne en moi. Habile. Sournoise. Capable de détecter au moment opportun quelle fibre il fallait flatter pour obtenir ce que je désirais. J'étais passée maître dans l'art de la flatterie. Je valsais entre les craintes que j'aimais soulever et le besoin d'être reconnue que je nourrissais intuitivement.

J'avais parfaitement compris l'époque où l'on vit. On se lèche maintenant l'image comme on léchait autrefois le dos d'un timbre, et on la colle partout, en faisant valoir qu'elle nous conduira à la terre promise – au bonheur ! On maquille la surface ; on la « photoshope », on la « botoxe », on la « lifte », parce que c'est là qu'on loge. On coupe, on efface et on aplanit. Tant les rides que l'information. On fait de la chirurgie plastique à la vérité pour cacher ce qu'elle renferme : la peur de disparaître ou de ne plus être vu ! J'avais parfaitement compris les grandes tendances de notre époque, car avant que Charlot ne commence à me démaquiller l'âme avec ses larmes ou avec ses moqueries, je « photoshopais » constamment ma vie. Et la sienne !

La peur de perdre la face devient encore plus évidente en présence d'un enfant qui a oublié de grandir. Et qui, à cause d'une tare génétique qui lui fout l'existence à l'envers, se demande sans cesse s'il pourra se faire des amis ou avoir une amoureuse : « Est-ce que quelqu'un va m'aimer, maman ? Tu devrais le savoir, toi, on dirait que tout le monde t'aime. Est-ce que tu me trouves beau ? »

Alors qu'une mère soi-disant « normale » devrait être capable de répondre spontanément « oui » à ces questions, moi, je ne pouvais pas. L'explication était fort simple : j'aurais voulu voir ma tête sur le cou de mon fils, pas le portrait de son père.

Quand la politicienne en moi se faisait rassurante : « Il y aura toujours quelqu'un pour te trouver beau, mon chéri », Charlot se bouchait les oreilles avec ses index et disait : « Pourquoi tu réponds ça, maman, c'est la même chose que si tu répondais pas. » Dès son plus jeune âge, il ne tolérait pas qu'on le prenne pour un imbécile, et il ne le tolérera jamais par la suite. À l'adolescence il me dira : « Tu me donnes des réponses "micro-ondes" Mom, dans le style "pas besoin de rien ajouter, il n'y a qu'à réchauffer". J'aimerais mieux qu'on fasse la cuisine ensemble, de l'entrée jusqu'au dessert, crois-le ou non, on gagnerait du temps ! »

On réalise à quel point la surface est confortable quand un ado vous tire vers les profondeurs comme s'il allait s'y noyer et que, tel un philosophe, il se met à vous décaper l'image et à vous enseigner l'art d'aimer : « Tu carbures aux bons sentiments, maman, et tu les confonds avec l'amour. Presque tout le monde fait ça. L'amour qu'on vend partout n'est pas l'amour véritable, Mom. L'amour qu'on vend à la radio, à la télé et dans les journaux est un bon sentiment. L'amour véritable n'a pas besoin de faire parler de lui. Il n'a pas besoin d'être montré. Il préfère même l'ombre puisqu'il émet sa propre lumière. Il ne cherche rien, il n'attend rien, il ne demande rien, il n'a besoin de rien ; surtout pas des projecteurs, des micros ou des caméras. Il se répand, c'est tout. »

Certains malades sont comme ces fruits – pêches, pommes, poires, figues, bananes – qui, au contact d'autres fruits, mûrissent plus rapidement. On les appelle fruits climactériques. Et si, en plus, on les met sous cloche de verre, le processus s'accélère davantage. Je soigne des enfants qui subissent cet effet. Dans leur cas, la maladie est climactérique. J'ai vu la même chose à une échelle plus vaste, en période de crise – tremblements de terre, inondations, tsunamis – des collectivités entières mûrissaient d'un seul coup. Et presque tous leurs membres se faisaient mûrir les uns les autres. Mais j'ai souvent vu le contraire, la maladie qui fait régresser et rend aussi dépendant qu'un chien. Des situations où des individus autant que des collectivités devenaient malades d'eux-mêmes, malades de « croissance personnelle », malades d'être vus, adulés, reconnus, sans avoir distingué un seul instant le développement du « talent » de celui du « moi ». Je le sais, car avant d'avoir écouté mon fils, j'étais moi-même anti-climactérique.

Malgré ma jalousie et mon scepticisme, il m'a fallu reconnaître que Charlot mûrissait en mode express. Un affinement précoce de la pensée et du cœur. Sous l'effet de sa petite taille et de la maladie sans doute. Et de la présence non négligeable d'adultes à la Georges Paris – un psychiatre avec qui je travaille. Et dont je reparlerai abondamment.

À son tour, mon fils faisait mûrir des personnes en accéléré. Avec ses « phrases trop vieilles pour lui » et son exigence permanente de la vérité. Les épreuves l'avaient rendu climactérique, et il n'y avait que moi qui, en dépit de la proximité de cet enfant, demeurais aussi coriace et difficile à ouvrir qu'une banane cueillie trop rapidement.

C'est lui, ce bonhomme à la tête un peu difforme, qui m'a aidée à voir l'étendue de la bêtise humaine. C'est lui qui m'a permis de découvrir que la profondeur était devenue emmerdante parce qu'on ne pouvait pas en faire un spectacle : au diable la profondeur ! On jette désormais son dévolu sur ce qui procure des sensations – vite, vite, on va mourir ! Et on les veut toujours plus fortes, ces sensations. Du sang, du cul et de la vitesse. C'est une nouvelle forme d'appétit. La famine est désormais existentielle. On a faim de ce qui divertit. On confond « être excité » avec « vivre ». Et malgré toutes les commissions d'enquête, ce n'est pas vraiment la vérité qui nous intéresse, c'est la distraction.

Charlot, en me harcelant avec ses : « Maman, pourquoi j'ai mal ? », a fini par m'amener là où nous devrions tous et toutes aller, dans l'exploration de notre ego et de sa peur de disparaître ; dans ce temps d'arrêt qui conduit à l'observation du discours qui emplit notre tête et dicte notre vie.

Le temps d'arrêt : l'envers des rythmes qui ponctuent notre quotidien, nos relations et même notre mort – allez vivement qu'on l'enterre celui-là, on a autre chose à faire.

Les médias doivent se vendre à haute vitesse et les nuances sont devenues encombrantes. C'est encore Charlot qui m'a fait découvrir que l'essentiel était fait de nuances. Plusieurs journalistes (pas tous, heureusement), publient leur vision de la vérité dans les minutes qui suivent un évènement, comme s'ils en avaient exploré tous les angles. Le clavier d'ordinateur n'est plus un outil de transmission de la nouvelle, mais un moyen d'accès à la reconnaissance ; je l'ai moi-même utilisé à cette fin. Il suffit qu'on y pose les doigts pour se sentir infaillible et sauveur ; un mélange de pape et de Batman, de Robin des Bois et de Sherlock Holmes. Le « scoop » est un hommage à soi-même. Il faut faire du bruit pour être reconnu.

Avant Charlot, je fuyais le silence. Maintenant j'essaie de saisir les moments où j'ai envie de le fuir. Pour sortir de l'illusion que je vais réussir ma vie si je cours.

Aujourd'hui, il semble que c'est lorsqu'on gueule ou qu'on fait appel aux bons sentiments que l'on est écouté. Parler fort est synonyme de savoir. Il faut donner une réponse rapidement, et pleine de certitude, sinon on passe pour un imbécile ou un incompétent. On prend pour de la sagesse la solution instantanée. La recette a remplacé le discernement.

Un «Morning Man» parle de politique et l'univers se transforme en «ainsi soit-il!», on se prosterne et on se tait, parce
que tout a été dit! Autrefois on lynchait avec une corde, aujourd'hui on le fait avec un micro. À sept heures du matin, en
trente secondes. Ou à midi, ou à dix-huit heures, c'est pareil!

Charlot, toi si tendre et si sensible, comment peux-tu aimer
autant les êtres humains? Comment peux-tu garder vivante
cette flamme qui habite tes mains?

J'aimerais tellement vibrer comme toi à cette bonté que
tu traduis dans ton travail, et pleurer comme tu le fais devant
les horreurs commises par les hommes, mais sans désespérer...

Sans désespérer...

Comment fais-tu pour accueillir la stupidité sans sombrer
dans la dépression ou la haine?

D'où te vient cette idée de «révolution par la beauté»?

Je ne suis pas arrivée là. Je sombre encore. J'ai envie de
frapper quand je vois la connerie hissée sur un piédestal, aux
heures de grande écoute.

La méchanceté rend populaire et riche, surtout quand
elle sort d'une grande gueule. Et qu'on la prend pour de la
lucidité ou pour la défense des plus faibles. (J'entends ici ta
voix Charlot – vingt ans – qui m'interpelle: «Youhou Mom,
t'es en pleine rechute! Tu viens de retourner dans ce monde
de fous que fabrique la cervelle humaine – ta spécialité! Tu
juges, tu critiques, tu blâmes! Tu considères que toi, la grande,
t'as la vérité. Et que tous les autres sont des épais! Allez Mom,
allume! – On a trouvé ensemble comment sortir de ce monde.
La clé est dans la peur de mourir, rappelle-toi! Et n'oublie pas
qu'il y a des "Morning Men" qui donnent un sérieux coup de
main à des individus qui sont dans la merde, aux estropiés de
la vie. Sors de la brume, capitaine! T'en es capable! Pousse ta
pièce de puzzle et entends le clouc!)

Ah Charlot, la vie, la mort, c'est fou ce que tu en as fait!
Mais bon, dans ce monde où certains auteurs de téléromans
font office de gourous, je ne peux m'empêcher d'oublier tes
enseignements. De m'en éloigner. Et de déraper.

Les téléréalités servent désormais de refuge au vide et à l'ennui. La santé mentale est mesurée par les cotes d'écoute. C'est à partir de dix-neuf heures que l'écran plasma nous permet de nous sentir vivants. Pour trois heures. Et après, c'est le journal télévisé ou dodo! Il ne faudrait surtout pas se réveiller quelque part entre la haute définition et le lit.

Avant que ta souffrance ne m'indique la voie vers la paix, mon fils, j'étais devenue une disciple de ce mode de vie! Jamais je ne prenais le recul nécessaire pour remettre en question l'aveuglement qui me servait de vision.

Quand j'ai enfin réalisé que j'étais incapable de te répondre correctement, à toi, un enfant de neuf ans, et qu'il me faudrait faire l'effort de réfléchir, mes certitudes ont craqué. La grande Maryse Du Bonheur avait commencé à rétrécir.

J'ai alors décidé qu'au lieu de me laisser emporter par la vitesse de la technologie, j'utiliserais la lenteur à laquelle elle donne accès. J'ai tout enregistré. Tout! J'aurais accepté d'éteindre l'enregistreuse si tu me l'avais demandé, mais tu ne l'as jamais fait. J'ai conservé tout ce qu'il serait possible d'approfondir.

Notre premier «dialogue» concernait l'ego, tu te rappelles? Étrange pour un enfant de neuf ans, n'est-ce pas? Sans le savoir, tu allais bouleverser un nombre incroyable de vies, mon fils. Et maintenant c'est moi qui te demande, la plupart du temps: «Charlot, mon amour, pourquoi j'ai mal?»

Début des dialogues – L'ego
7 septembre 2000

– Maman, c'est quoi l'ego?

Voilà le genre de question qui me mettait hors de moi à l'époque où l'ambition me tenait lieu de cœur. Mais en septembre 2000, quelque chose a basculé. Il y a eu ce séisme dans mon crâne, ce tremblement de tête. Et après, je n'ai plus jamais été la même.

Cette fois-là, mes yeux ont quitté l'écran de l'ordi. Un geste banal, direz-vous, mais oh combien difficile à faire. (L'un des plus difficiles en cette époque de «Blackberrisation» ou «d'I-phonisation» de l'espèce humaine. Les écrans sont pour l'homme moderne ce que le chant des sirènes était pour Ulysse: irrésistibles.)

Je rédigeais un article scientifique qui, selon ma propre évaluation, devait me conduire au prix Nobel de médecine. Les données statistiques qui coloraient la surface lumineuse me remplissaient d'une sorte de jouissance. Puis Charlot est entré dans mon bureau. À peine le bruit d'un chat ou d'un papillon. Mais déjà je soupirais! Et il a posé cette question qui a tout fait basculer, ce croc-en-jambe au cœur: «Maman, c'est quoi l'ego?»

Il avait suffi qu'il prononce ces quelques mots pour que mon état se transforme. J'étais passée du plaisir d'écrire «l'article scientifique de l'année» à une forme aiguë d'exaspération. Il ne serait pas exagéré de dire que je souffrais. Et que je tenais mon fils pour responsable de cette souffrance. Voyez-vous ça? Un bambin de neuf ans, avec une question de quelques mots, et les hormones du plaisir avaient immédiatement cédé la place à celles de la mauvaise humeur. Pour un médecin-chercheur, cela revêt quand même une certaine importance. Surtout quand il observe un tel changement dans son propre corps.

Aussi bizarre que cela puisse paraître, je n'avais jamais fait ce constat auparavant, moi la grande spécialiste de la matière grise. Je m'intéressais au cancer – à la maladie qui allait me rendre célèbre –, pas aux perturbations biochimiques provoquées par une question d'enfant. Il me faudrait encore un peu de temps – et l'aide de Charlot – pour réaliser que de telles perturbations, même petites, pouvaient être mises en cause dans la multiplication des cellules cancéreuses. Et ça inclut le cerveau d'un enfant !

Au fil des ans, j'avais appris à aimer le cancer. Je chouchoutais cette maladie comme on chouchoute un amoureux. J'étais remplie d'admiration devant la vitesse à laquelle proliféraient ces cellules pleines de vie. Et je m'extasiais devant leur capacité à résister aux armes destructrices qu'on leur opposait. En fait, je m'identifiais à ces cellules ; j'avais fondé l'espoir que ce serait une tumeur qui me permettrait « de devenir moi-même », c'est-à-dire d'offrir au monde la vedette que je croyais être. Je comptais sur le cancer pour me rendre enfin célèbre et, par le fait même, heureuse. Et cet article que j'écrivais allait ouvrir la voie à mon couronnement !

Alors, quand Charlot m'a lancé sa question, mon cerveau s'est raidi. Frappé par cette secousse sismique dont l'épicentre se trouvait dans un seul mot : ego !

Je me sentais mal. Et ce soudain changement d'état accaparait désormais toute mon attention. Ce n'était pas la question de Charlot qui m'intéressait, mais celle qui me concernait, « Moi », la chercheuse ! Et ma curiosité scientifique… Comment avais-je pu passer, en quelques secondes, de l'euphorie intellectuelle à l'envie si désagréable d'envoyer promener un « pou » de neuf ans ? Quelle était la séquence biologique ? Et pourquoi ses mots avaient-ils déclenché ce branle-bas de neurones et d'hormones ?

Contrairement à mon habitude, je l'ai regardé. Non pas parce qu'il existait, mais parce qu'il devenait une « plus-value » à mon parcours glorieux, un faire-valoir.

— Je ne suis pas certaine d'avoir bien entendu, Charlot, peux-tu répéter s'il te plaît ?

Il a paru surpris. Il considérait sans doute avoir été clair dès le départ. Mais, avec une grande patience, il a repris :

— C'est quoi l'ego, maman ?

— Pourquoi cette question, mon chéri ?

— Cet après-midi, à l'école, j'ai vu deux professeurs se chicaner, Madame Leblanc et Monsieur Bergeron. Et Monsieur Bergeron a crié à Madame Leblanc qu'elle avait un gros ego ! Alors, c'est quoi l'ego ?

Des profs qui se chicanent devant des enfants ; rien de bien différent de ma vie à l'université. Les chicanes entre profs font à ce point partie de notre quotidien qu'on ne cherche même plus à les comprendre. On les explique par la stupidité de l'autre et on ne souhaite qu'une chose : avoir raison. Mais là, c'est mon propre fils qui m'emmerdait. Et bizarrement, pour la première fois, ça le rendait intéressant.

— J'aimerais d'abord savoir ce que ça t'a fait de les voir se chicaner ?

— Bien… ça m'a fait de la peine !

— Ah bon, pourquoi ?

— J'aime Madame Leblanc et j'aime pas Monsieur Bergeron.

— Et pourquoi tu n'aimes pas Monsieur Bergeron ?

— Quand je lève la main pour répondre à une de ses questions, c'est jamais moi qu'il choisit.

— Jamais ? T'es sûr ?

— Ben, des fois oui, mais pas souvent !

— T'aimerais qu'il te choisisse plus souvent ?

— Oui, parce que je connais les réponses !

En entendant ces mots, quelque chose dans mon ventre a souri. Un souvenir de sa présence peut-être? Une certaine mémoire de la chair, qui sait? J'aimais cette petite phrase pleine d'assurance, mais j'étais bien consciente qu'elle baignait dans la tristesse. De plus, elle me semblait porter un peu de cet ego qu'elle mettait en question. J'ai enchaîné:

— Et ça te ferait quoi que ce Monsieur Bergeron te choisisse plus souvent?

— Je serais content!

— Et pourquoi serais-tu content?

— Monsieur Bergeron entendrait ce que je sais. Et les autres élèves aussi. Et je me sentirais bien…

— Tu ne te sens pas bien quand personne ne t'entend?

Sa réponse est sortie aussi vite qu'une langue de lézard au passage d'une mouche:

— Non, maman! Pas bien du tout!

C'était un crachat. Il faisait soudainement froid autour de lui. Tout mon corps le sentait. Mais il n'y avait rien dans ses propos pour me réchauffer.

— Et toi maman, dans ton hôpital, tes enfants avec leur cancer, ils veulent pas que tu les choisisses?

Une gifle. Ou plutôt, compte tenu de sa taille, un coup de poing en bas de la ceinture. Puis un autre:

— Et peut-être qu'ils ont envie de lever la main aussi? Pour attraper tes yeux? Et qu'ils sont pas capables?

J'ai cru voir un sanglot s'arrêter sur ses joues. Sa peau est devenue grise, presque verte. Son visage a eu cent ans l'espace de quelques secondes. Puis, en s'adressant à ses chaussures, il a murmuré:

— Et s'ils ont envie de lever la main, c'est pas parce qu'ils savent les réponses, maman. C'est pour te poser des questions. Juste à toi. Et s'ils sont pas capables, c'est à cause qu'ils se disent dans leur tête que *ça donnerait rien.*

J'étais baba. Mon ventre n'était plus qu'un sac de sable ou de sel. Une poche prête à se déverser sur ses paroles glacées.

Pour que je ne tombe pas davantage. Et que je ne me fracture pas ce qu'il me restait de cœur. Neuf ans, merde ! Comment pouvait-il m'asséner de tels coups ? Je suis donc retournée à Monsieur Bergeron.

— Décris-moi ce que tu ressens quand c'est quelqu'un d'autre qui est choisi.

— Ça serre dans ma poitrine. J'ai comme un gros caillou dans la gorge.

Mon fils de neuf ans me décrivait à moi, sa mère-médecin, ce qui se passait dans son corps quand il n'obtenait pas l'attention désirée. Il avait donc fallu qu'il observe ce phénomène. Comment s'y était-il pris ? J'avoue que la « grande » scientifique en moi lui enviait cette découverte. Il n'était qu'un gamin et j'allais bientôt avoir quarante ans. J'avais mis des années à acquérir un esprit de chercheuse et lui, du haut de ses trois pommes, faisait déjà preuve d'une intuition de vieux philosophe. Soudainement, je le méprisais. Sur un ton plutôt sec et condescendant, je lui ai balancé :

— Tu vois chéri, je crois que c'est ça l'ego.

— Je comprends pas, maman…

Et plus froidement encore, j'ai ajouté :

— Tu pourrais lever la main, ne pas être choisi et te sentir bien quand même. Juste en écoutant les réponses des autres.

Et vlan mon bonhomme ! Dans les dents ! Rien de pédagogique, juste de la morale.

Mais comment pouvais-je me plaire à l'humilier ? Parce que oui, comme je le faisais si souvent avec des étudiants ou des collègues, je me plaisais maintenant à le diminuer, lui, déjà si petit. Étrange satisfaction pour la mère d'un enfant désemparé, n'est-ce pas ? L'excitation du boxeur qui prend le dessus, après avoir visité le plancher.

Sentant sans doute mon agressivité, il s'est recroquevillé sur lui-même et, presque caché par ses mains, il a osé :

— Qu'est-ce que tu veux dire ?

Avec une voix mélangeant l'accusation et le cynisme, j'ai renchéri :

— Je crois que l'ego c'est cette « chose » – je ne sais pas comment l'appeler autrement – qui, en nous, veut toujours être choisie !

J'ignore d'où m'était venue cette réponse, mais j'éprouvais le plaisir que je ressens chaque fois que j'ai l'impression de « lui avoir fermé sa gueule à l'autre ! » Quand j'écrase un ignorant ou un crétin. Comme avec le bout du pied on écrase un insecte. Mais là, c'était mon propre enfant que je mettais en bouillie.

Toujours hésitant, comme un peu groggy, il a repris :

— Une chose ?

Irritée, j'ai hurlé :

— Enfin, c'est pas une chose, c'est… je ne sais pas ! Et puis tu m'embêtes. Je ne trouve pas les mots. Tu demanderas à tes profs !

À ce moment précis, il a péniblement redressé ses neuf ans et m'a lancé ce regard que j'ai si souvent rencontré dans les yeux des enfants mourants ; la surface d'un étang à l'automne, quand la glace s'installe. Et comme si de la glace pouvait marcher, il s'est dirigé vers sa chambre. Je voyais le pas de ceux et celles qui n'avaient plus de pas… Muriel, Simon, Stéphanie… Olivier, Anouk, Baptiste… Anne-Marie, Émile, Tamie… Ces enfants à qui la souffrance avait servi d'enfance ; ils se rassemblaient tous dans la démarche de Charlot. Ses épaules. Son cou. Et je ne savais plus où j'étais. À l'hôpital, chez moi, il n'y avait pas de différence.

Alors qu'il franchissait la porte de son terrier, j'ai imploré :

— Pardonne-moi, Charlot, ta question me trouble… Je crois avoir besoin d'être choisie moi aussi. Et plus que toi, peut-être.

Sans se retourner, il a demandé :

— Choisie par qui, maman ? T'es pourtant grande toi ?

— … Choisie par toi Charlot… Par toi.

Il n'a rien dit. Il a juste pivoté sur lui-même et a continué à fixer ses pieds. J'ai bafouillé :

— Je n'ai jamais réfléchi à ce qu'est l'ego, mon chéri. Il m'arrive souvent, à moi aussi, de dire que certaines personnes ont un gros ego quand leurs paroles ou leurs comportements me donnent l'impression qu'elles se croient plus importantes, plus intelligentes ou même plus gentilles que les autres. Mais je ne sais pas vraiment ce qu'est l'ego.

Il a lentement redressé la tête et m'a dévisagée d'un air étrange. Je voyais défiler sur son front une rangée de points d'interrogation. Un convoi. C'était comme regarder un train au passage à niveau. Pendant quelques instants, je crois avoir ressenti ce qu'il ressent quand sa main est levée et qu'il espère être choisi, sauf que moi, je ne connaissais pas les réponses…

C'est alors que Madame Leblanc m'est revenue à l'esprit.

— Et Madame Leblanc, dis-moi, c'est la remplaçante?

— Oui!

— Et pourquoi tu l'aimes?

— Parce que même si ça fait deux ou trois fois qu'elle me choisit, elle me choisit encore! Et c'est cool!

— Charlot, mon amour, j'ai l'impression qu'on brûle. Je veux dire par là que nous ne sommes pas loin d'une réponse.

— Je te suis pas, maman!

— Pourquoi c'est cool quand t'es choisi, et que ça serre dans ta poitrine quand tu ne l'es pas?

— Maman, je comprends rien et je suis fatigué! Aujourd'hui, j'entends pas le clouc!

— D'accord mon grand, on continuera demain!

— Laisse faire maman, je te fais perdre ton temps!

J'étais abasourdie. Mon fils craignait de me faire perdre mon temps. À neuf ans! Depuis quand décodait-il mon agitation? Mon irritabilité? À quel âge avait-il commencé à s'en préoccuper? La vie me donnait de grandes claques sur la gueule, à moi, Maryse Du Bonheur, l'experte en souffrance infantile…

— Hummm, je ne crois pas du tout qu'on perde notre temps, mon chéri! Depuis quelques instants, j'ai le sentiment que c'est peut-être une des questions les plus importantes qu'on ne m'ait jamais posées. Je pense qu'il faut qu'on aille jusqu'au bout.

— Ah maman… laisse faire ! Et puis, il faut que je te dise, je voudrais avoir des lunettes. Je vois pas bien quand le prof écrit au tableau. Vraiment pas bien !

« Est-ce que j'ai un gros ego ? »
Le lendemain, 8 septembre 2000

Je n'ai pas dormi de la nuit. La question de Charlot m'obsédait. Je n'arrivais pas à trouver une réponse simple et claire à la fois. Et mon penchant maniaque y trouvait son compte ; je piaffais, je me rongeais les ongles. Quand j'ai besoin de savoir, je dois aller jusqu'au bout. C'est d'ailleurs ce qui m'embête et m'émerveille avec le cancer, je ne sais jamais qui, de lui ou de moi, ira jusqu'au bout. Et lorsque je ne sais pas, je m'énerve. On ne devient pas célèbre en s'assoyant sur son cul pour ruminer ses doutes au sujet de sa compétence maternelle.

J'ai cherché dans le dictionnaire, voici ce que j'ai trouvé :

« **Ego** : *Le sujet, l'unité transcendantale du moi.* – Psychan. : autre nom du moi. »

Je suis allée sur Internet – à trois heures du matin s'il vous plaît ! – et je suis tombée sur des choses du genre : « **Ego** : – "Le Moi" ; "Sujet pensant" ; Synonyme : "Moi" ». Bref, rien qui me permettait de croire que Charlot puisse comprendre.

À son retour de l'école, j'ai décidé de reprendre notre échange là où on l'avait laissé. De suivre le sentier obscur que nous avions emprunté. À tâtons. Sans lumière. Sans guide.

Mon irritation de la veille m'intéressait toujours, bien sûr. Je veux dire, en tant que sujet de recherche. Je n'allais certainement pas abandonner la piste dorée que m'offrait l'exploration de cette réaction neurohormonale. Une perspective exaltante : provoquer des colères, de l'impatience, des crises de nerfs. Dans mon laboratoire. Avec mon équipe. Ce ne serait pas difficile à faire. Et qui sait, il était peut-être là le Nobel.

Mais il y avait maintenant autre chose. La mère avait vu, dans les yeux de son fils, ce que la médecin voyait trop souvent dans les yeux de ses jeunes malades. Cette lueur qui pâlit – la dernière – quand on sait tous les deux, mon petit patient et moi, que plus rien n'est possible.

Et puis il y avait cette histoire de lunettes. Je n'avais pas remarqué qu'il voyait moins bien. Aucun indice. Et ça me donnait l'envie de pleurer. Mais bon.

Suite du premier dialogue.

— Chéri, j'ai bien réfléchi à ta question d'hier concernant l'ego et je n'ai pas encore trouvé de réponse.

— Je t'ai dit de laisser faire maman !

— Ça ne t'intéresse plus ?

— C'est pas ça, je veux pas que tu te compliques la vie !

J'ai dû, à cet instant, me mordre la joue. Il y avait ce petit goût de sang dans ma bouche. La saveur du désarroi.

— Et pourquoi je me compliquerais la vie ?

— Madame Leblanc, à la fin de l'après-midi, nous a demandé si on avait une question sur n'importe quoi. Quelque chose qui nous tracassait. J'ai demandé c'est quoi l'ego.

— Et qu'a-t-elle répondu ?

— Elle disait rien. Comme Marie-Lou… Tu sais Marie-Lou ? Mon amie ? Celle qui est muette ? C'était pareil. Puis elle a dit c'est compliqué… Comme toi hier ! On dirait que tout le monde trouve ça compliqué. Même à la radio… Tantôt, un monsieur criait qu'un joueur de hockey était un poids pour l'équipe parce qu'il avait un gros ego !… C'est plein de personnes qui disent que les autres ont un gros ego !

Je ne savais pas qui était Marie-Lou. Enfin, je ne me souvenais pas d'avoir entendu ce nom. Muette ? Il me semble que j'aurais remarqué… La preuve, peut-être, que je n'étais pas toujours là. Surtout quand il s'adressait à moi. Et que, souvent, ses propos m'embêtaient. J'ai fait comme si je savais.

— Il est très fréquent que les humains parlent sans savoir de quoi ils parlent, mon chéri… Je dirais même que c'est comme ça la plupart du temps. Et le pire – le pire du pire – c'est qu'ils ne s'en rendent pas compte.

— Toi aussi, tu fais ça ?

J'ai eu envie de répondre non. Que je n'étais pas comme ça, moi ! Le rassurer. Par le mensonge. Redorer mon image de mère. Mon image tout court. Mais il y avait quelque chose de neuf dans ma poitrine. Un malaise. Une hésitation. La vérité qui lève la main. Au fond de la classe. Dans ma poitrine. Et j'ai avoué :

— Oui, moi aussi, mon chéri. Je parle parfois sans savoir de quoi je parle.

— Et pourquoi tu fais ça ?

— C'est comme je te l'ai dit hier… Pour être choisie, je crois. Encore. Et encore.

Il a mis les mains dans ses poches. Regardé au plafond. On aurait dit une caricature sur un calendrier. Le portrait d'un enfant perdu dans un magasin de vêtements pour femmes. Il s'est adressé au ciel et, avec l'air d'un croyant qui n'en peut plus d'endurer la détresse, il a décoché :

— Je sais pas ce que tu veux dire.

J'ai simplement ajouté :

— Je ne veux pas qu'on sache que je ne connais pas la réponse.

À ma grande surprise, il a hoché la tête. Comme une « bobblehead » dans une voiture, après un cahot. Le visage sans expression, il a soufflé :

— Je comprends.

Puis, alors que je croyais notre échange terminé, il s'est tourné vers moi et, sur le ton des enfants qui me demandent s'ils vont mourir – ce désir de savoir et de ne pas savoir en même temps – il a hasardé :

— Et moi, maman, est-ce que j'ai un gros ego ?

J'étais totalement confuse. Que s'était-il passé ? Comment en était-il arrivé là ? Se posait-il cette question depuis qu'il avait entendu Monsieur Bergeron insulter Madame Leblanc ? Il aimait Madame Leblanc, c'était clair. Avait-il senti une blessure chez elle ? Un point sensible qu'on pouvait attaquer ? Craignait-il d'être attaqué à son tour ? Pourquoi cette voix de fin de vie ? Étaient-ce mes interventions cyniques à propos de son besoin d'être choisi ? J'ai rapidement tenté de panser sa blessure.

— Non, non mon chéri ! D'ailleurs je suis en train de constater que ça n'a pas vraiment d'importance que l'ego soit gros ou non. Ce qui est important, c'est la peine qu'il cause. Au bout du compte, il est toujours trop gros !

Aucune réaction de sa part. Mes paroles ? Un insecte sur un pare-brise, à cent vingt kilomètres-heure, une nuit d'été. Il a même changé de sujet.

— J'ai une présentation demain. Il faut que je me prépare.

— Et c'est sur quoi, ta présentation ?

— Le stress chez les enfants !

— Ah bon ?

— Oui. Nous aussi, les enfants, on vit du stress. Et c'est à cause de vous les adultes.

Cela dit sans agressivité. Plutôt de l'indifférence, ou du dépit. Un constat désabusé, une évidence que j'aurais dû connaître depuis longtemps. Surtout moi, sa mère, son héroïne ; celle dont il parlait autour de lui, avec fierté. Je le savais, ses professeurs me l'avaient dit : « Ma mère, elle soigne les enfants qui ont le cancer. Elle les empêche de mourir. »

Parfois Charlot, parfois...

J'ai poursuivi, dans l'espoir de reprendre contact :

— Mais tu ne m'as jamais parlé de stress ?

— Une autre fois, maman, j'ai pas le temps ! Et surtout, oublie pas mes lunettes !...

Alexandrine

10 septembre 2000

Alexandrine m'avait donné rendez-vous à la ferme. Elle y habitait en permanence depuis la mort de ses parents. Un congé sabbatique d'une durée indéterminée.

— Un besoin de retourner à mes racines, m'avait-elle écrit, pour retrouver l'odeur de papa et de maman ; les parfums résultant du mélange de leurs vies. Je veux récupérer des traces laissées par leur amour, chère Maryse, certaines empreintes. Quelques cicatrices de leurs blessures aussi. Celles qu'ils se sont mutuellement infligées sans le vouloir, sans trop savoir pourquoi, sans pouvoir retenir ces mots qui avaient pour seul but de faire mal et de remporter la bataille du « C'est moi qui ai raison ! » Ces blessures qu'ils ont par la suite soignées chez l'autre. Avec leurs lèvres, leurs larmes et leurs regrets. J'ai besoin de toucher de mes doigts ce qu'ils se sont offert, des fragments de ce qu'ils se sont donné. Des objets, des vêtements, des morceaux de tendresse fabriqués pour l'autre. Peut-être pourrai-je ainsi m'apaiser devant ce qu'a fait papa. Sa dernière envolée.

Elle avait laissé tomber les vaches et concentrait ses énergies sur l'élevage des chèvres. Deux espèces seulement ; l'une pour la laine, les « Angora », et l'autre pour le fromage, des « Alpines suisses ».

Elle disait :

— J'aimerais un jour faire un fromage de douze pieds de long. Je l'appellerais « L'Alexandrin » ; un hommage à la poésie classique! Une sorte de poème gastronomique extrait de la chèvre.

J'avais moi-même sollicité le rendez-vous avec mon amie. Je m'étais souvenue de ses paroles à l'accouchement, inoubliables:

— Une seule chose compte, Maryse: la croissance des talents. Le reste c'est de la foutaise inventée par les humains pour se flatter l'ego.

Je voulais entendre son avis à propos du questionnement de Charlot, sa définition de l'ego.

J'avais d'ailleurs amené Charlot avec moi. Après tout Alexandrine était sa marraine. Un pacte laïque entre elle et moi. Pas de baptême, rien de religieux, une entente en bonne et due forme. Un accord notarié malgré notre longue amitié; on ne sait jamais!

Je voyais en elle une sorte de mère spirituelle pour mon fils. Celle que je n'avais pas eue et que j'aurais tant aimé avoir. Celle que j'avais essayé d'être avec mes poupées, à quatre ou cinq ans. Surtout Tiny Tear[2], ma préférée à cause de ses larmes quand j'appuyais sur son ventre, sa couche mouillée que je changeais encore et encore, et ses yeux qui se fermaient quand je la berçais, seule dans ma chambre. Parce que tante Bénédicte ne voulait pas que je la dérange avec mes questions sur mes parents décédés. Interdiction de sortir. Le temps qu'il faudrait pour que j'apprenne à garder le silence. Jusqu'au lendemain si c'était nécessaire. Jusqu'à l'ennui. Jusqu'au vide. Jusqu'à l'abandon de Tiny Tear et son remplacement par mon infirmière en plastique et par mon docteur en plastique. Barbie que tout le monde connaissait et qui ne pouvait pas être docteur à l'époque, ça ne se faisait pas! Et Ken son ami, moins connu et qui pourtant pouvait être docteur, lui, comme depuis le jour où les docteurs existent.

---

2   Tiny Tear: poupée très populaire dans les années 1950 et 1960. Fabriquée par la société American Character Doll Company (ACDC).

Barbie et Ken; des adultes qui ne pleuraient pas. Et ne faisaient pas pipi. Cadeaux de tante Bénédicte qui n'en pouvait plus de voir Tiny Tear mouiller sa couche et faire ses dégâts dans mon lit. Parce que je la faisais trop boire et que ce n'était pas comme ça qu'on élevait les enfants. Et qu'il faudrait que je comprenne ses demandes répétées à tante Bénédicte. Pour que je devienne grande. Tout de suite.

Elle n'avait quand même pas prévu l'accident de mes parents. Il fallait que je fasse quelque chose moi aussi. Pas juste elle, c'est fatigant ça! Et j'étais capable si je le voulais. En apprenant des choses. Beaucoup de choses. Elle me le faisait savoir tante Bénédicte. Dans les livres qu'elle me donnait. Pour que je devienne aussi intelligente qu'elle. Jusqu'à ce que je parte à dix-huit ans pour ne pas être comme elle qui buvait plus que Tiny Tear. Et qu'aucun homme ne voulait aimer; ils ne savaient pas ce qu'ils manquaient, c'est elle-même qui le disait.

De toute façon, il n'y en avait aucun d'assez intéressant. Ou riche. Ou beau. Ou « successfull », pour reprendre son mot favori. Pas de Ken pour elle, la plus formidable des femmes. Qui ressemblait à Barbie d'ailleurs. Comme si elle avait servi de modèle aux personnes qui ont inventé cette poupée devenue populaire sur la planète entière. Un personnage inspirant. Même en plastique. Un look d'enfer.

Et j'avais juste envie de m'enfermer dans une chambre, quelque part, en silence. À l'université, pourquoi pas? Bourses, prêts, je m'arrangerais. Et j'étais dans les « tops » au collège après tout. À cause de toutes les choses que j'avais apprises pour devenir grande tout de suite.

Et je ne voulais plus répondre à ses questions, à tante Bénédicte. Surtout celles qui commençaient par « M'aimes-tu? », ou par « N'oublie jamais que j'ai sacrifié ma vie pour m'occuper de toi, grande garce! »

C'était, bien sûr, l'époque où je ne connaissais rien à l'ego. Le mot ego ne faisait pas partie de mon vocabulaire, est-ce seulement possible ? Parce que je me serais peut-être demandé si elle avait un ego Tiny Tear, pour pleurer comme ça quand elle buvait et que je lui écrasais le ventre pour qu'elle sanglote à ma place, puisque je n'étais pas capable, moi.

On ne peut pas vraiment être la meilleure dans tout, c'est Tiny Tear qui me l'a appris. Au pays des larmes, c'était elle qui gagnait. Toujours. Et j'ai encore tendance à l'oublier...

Heureusement, il y avait eu Alexandrine. Et ses talents auxquels j'étais parfaitement étrangère, pour ne pas dire réfractaire. Une forme d'intelligence qui n'avait rien à voir avec la mienne. Ou avec celle de tante Bénédicte. Alex se connectait aux autres comme si les âmes existaient. Et comme s'il était possible de construire des ponts d'âme à âme. Une ingénieure de l'interconnexion humaine, de l'amour. Qui réfléchissait avec le cœur. Ou dont le cerveau lui battait dans la poitrine, je ne sais trop. Pas vraiment ma force. On est loin des rayons X ou du scan.

Quand je lui avais demandé si elle acceptait que Charlot soit son filleul, elle m'avait répondu que c'était déjà fait. Qu'elle était tombée sous le charme de cet enfant bien avant qu'il ne vienne au monde. Et que s'il y avait un papier à signer, c'est avec son propre sang qu'elle le parapherait. Je lui ai dit qu'un stylo ferait très bien l'affaire, mais je suis convaincue qu'à ma demande, elle se serait entaillé la peau.

Une marraine à l'opposé de la mienne. Malgré les kilomètres qui nous séparaient, je savais qu'Alex répondrait présente au moindre signal de détresse. Quant à tante Bénédicte, elle criait « fous-moi la paix » depuis la chambre d'à côté, même si je ne lui avais rien demandé.

À notre arrivée, Alex jouait du violoncelle dans l'étable. Du Bach*. Les célèbres *Suites.* Je connaissais certaines grandes interprétations – Rostropovitch, Yo-Yo Ma, Fournier –, je pouvais en parler dans les soirées, étaler mes connaissances, critiquer certaines versions, mais jamais je n'avais été renversée à ce point ! Elle interprétait ce chef-d'œuvre pour instrument seul, mais accompagnée d'un « band » de chèvres !

En marchant vers le bâtiment, les oreilles remplies de l'étrange combinaison de «bêêêêêêê...» et de Bach, j'y ai vu une métaphore des sociétés humaines : la beauté d'une idée au milieu d'un paquet de bêlements.

Quand nous avons franchi le pas de la porte, les premiers mots d'Alex ont confirmé ma vision. À travers les coups d'archet, elle a hurlé :

— Le plus gros défi qui attend les humains au cours de leur vie, chère Maryse, est d'arriver à entendre Bach au milieu des bêlements. Sans se mettre à bêler soi-même. Ou sans se mettre à croire que son propre bêlement soit du Bach.

Puis elle s'est tue. Ne restaient que Bach et les cris de chèvres. Rien pour me surprendre, je dois dire. Du Alexandrine pure laine.

Assise sur une chaise de paille, elle vibrait comme les cordes de son instrument. Elle était à la fois l'archet et la musique. Elle ne respirait plus, le violoncelle le faisait à sa place.

Au début, Charlot paraissait irrité. Tendu. Ou fasciné, peut-être. Difficile à dire tellement il était immobile, figé. Puis il a fermé les yeux comme s'il priait. Après quelques minutes, il s'est exclamé :

— Elles entendent !

— Quoi ? Qu'est-ce que tu dis, mon chéri ?

— Les chèvres, maman, elles entendent la musique.

— Mais qu'est-ce que tu racontes ?

— Écoute, maman, tu vas entendre toi aussi.

J'entendais plutôt son imagination débordante. Les effets secondaires des dessins animés de Disney. Il les avait à peu près tous regardés, écoutés, réécoutés. Dix fois, cent fois, mille fois. Surtout *Fantasia*, son préféré. Ces animaux qui volent ou nagent au son de la musique classique. Hippopotames en tutu ; autruches, éléphants, crocodiles qui dansent le ballet ; et Mickey Mouse, en personne, qui dirige un orchestre composé d'étoiles, d'océans et de balais de sorcier. Je surprenais parfois Charlot à diriger lui-même l'écran. Maestro de sept ans :

— Écoute maman, écoute ! C'est grand comme tu veux devenir. Et c'est tout de suite. Et je suis dedans. Mais il faut que tu écoutes !

« Grand comme tu veux devenir »... Où avait-il pêché ça ? « Et je suis dedans »... Que voulait-il dire ?

Quand je lui demandais, il secouait la tête. Son regard semblait dire au plafond :

— Je peux pas croire !

Comme s'il s'agissait d'une évidence pour tout le monde, à part moi.

— Dans la musique, maman, je suis dans la musique ! Toi aussi tu peux y être. Ferme les yeux. Écoute ! C'est pareil comme le ciel. Avec les étoiles dedans. Les étoiles d'où je viens. C'est toi qui me l'as dit. Tu te souviens ? Je suis dans la musique comme les étoiles sont dans le ciel. C'est pareil. Tout de suite.

Décidément, Alexandrine avait vu juste : « Il va t'en faire voir de toutes les couleurs, ma chère, et tu vas en redemander. » Je l'avais interrogée, bien sûr. D'où lui était venue cette affirmation ? Comment avait-elle su ? « Je le sens, Maryse, ça monte en moi et je le sais. »

J'ai toujours détesté les pseudo-sorciers et les pseudo-sorcières. L'ésotérisme sous toutes ses formes. Les voyants, les voyantes et les gourous de tout acabit. Alexandrine connaissait cette aversion chez moi, cette allergie viscérale à tout ce qui n'était pas scientifiquement démontrable : le tarot, les horoscopes, les machins.

Et elle savait me ménager.

— Peut-être faut-il simplement cesser de voir ce qu'on veut voir, Maryse, d'entendre ce qu'on veut entendre, c'est-à-dire : « soi » ! Laisser tomber les « il me ressemble », ou « il a ma bouche », ou autres tentatives de retrouver quelque chose du moi dans un nouveau-né. Alors boum... ça vient tout seul ! On est vraiment avec l'enfant, comprends-tu ?

Non, Alex, je ne comprenais pas. Je ne saisissais pas ce bout de phrase où tu disais qu'il fallait « cesser de vouloir se voir soi ». Il me semblait que c'était tout le contraire. Qu'il fallait toute sa vie chercher à «vouloir se voir soi».

Pourtant, aujourd'hui, je sais que tu avais raison. Et c'est Charlot qui a fini par me faire comprendre :

— T'entends maman ?... Les chèvres, t'entends ? Elles sont dans la musique. C'est grand comme tu veux devenir. Tout de suite.

Ces mots... il ne voulait pas me les expliquer. Et lorsque j'ai insisté pour qu'il m'en dise plus long, tout son visage exprimait sa confusion devant la lenteur de mon cerveau. Un visage en forme de :

— T'entends vraiment pas maman ? Je te crois pas ! Essaie encore... Je te le dis, c'est grand comme tu veux devenir. Tout de suite !

Et la mine déconfite :

– C'est pas possible que tu sois ma mère, toi qui sais tout !

Entre «bêêêêêêêê...» et Bach, je ne trouvais rien de grand aux bêlements des chèvres. Et malgré le jeu époustouflant d'Alex, j'étais maintenant agacée. Ma vision m'avait quittée. Finie la métaphore des sociétés humaines : Bach ne méritait pas de se retrouver dans une étable, lui si grand !

J'en voulais aussi à mon amie de ne m'avoir jamais parlé de son intérêt pour le violoncelle, ni de son talent pour en jouer.

Déposant son archet sur ses cuisses, Alex est finalement intervenue :

— Ton fils a raison, Maryse, les chèvres entendent. Et Bach rend le fromage bien meilleur. Cela dit, sans rien enlever à son génie. Il faut préparer le fromage, ma chère, longtemps avant qu'il ne soit fabriqué. C'est comme les enfants.

Panne d'électricité dans ma tête. Arrêt de toutes les fonctions y compris le cœur et la respiration. Silence avec du vide dedans. Alex qui parlait à des planètes où je n'étais pas :

— On ne prépare plus rien aujourd'hui, Maryse. On veut que tout soit parfait tout de suite. C'est le monde du surgelé. Nos ventres sont en voie de devenir des congélateurs et des machines à mettre des bébés sous vide. Pour usage futur : les jours où l'on voudra montrer qu'on a le plus beau, le plus intelligent, le plus drôle. Je suis sûre que certains enfants souffrent du cancer parce qu'ils ont essayé d'être parfaits avant d'apprendre à marcher ou à parler. Sais-tu ce qui coûte si cher maintenant, chère amie ? C'est tout ce qui demande de la préparation, c'est-à-dire ces gestes qui ont le temps. Je prépare le fromage comme on devrait préparer les enfants, belle amie. Avec Bach.

Alors que j'allais réagir, elle a brusquement changé de sujet. Délibérément, j'en suis certaine.

— Que puis-je faire pour vous, mes chéris ? Pourquoi êtes-vous venus jusqu'ici ?

Choquée par l'usage qu'elle faisait de l'œuvre d'un génie – et ce, malgré sa propre virtuosité –, j'hésitais à répondre. Je ne pouvais pas concevoir qu'on puisse se servir de Bach pour faire du fromage.

Et ce lien qu'elle établissait entre le cancer et les efforts pour être parfait, ça m'horripilait ! C'était moi, l'experte du cancer, de quoi se mêlait-elle ? Je songeais à tous ces parents aimants qui se culpabilisaient sans raison et je trouvais Alex injuste. Je ne savais plus si j'avais bien fait de revenir en ce lieu.

C'est Charlot qui m'a tirée de mon hésitation.

— Allez, maman, réponds !

Je l'ai regardé rapidement. Ses yeux ne demandaient pas, ils suppliaient.

J'ai donc poursuivi :

— Nous sommes venus te voir, Alex, parce que Charlot a une question pour toi. Elle m'habite depuis plusieurs jours. J'ai beau la tourner dans tous les sens, je suis incapable d'y répondre. Si j'ai décidé de venir t'en parler, c'est à cause d'une phrase que tu as prononcée lorsque Charlot est né.

Sans doute agacé par mon interminable entrée en matière, Charlot m'a interrompue :

— C'est quoi l'ego, Alexandrine ?

N'exprimant pas la moindre surprise, elle a eu ce sourire immense qui, depuis notre adolescence, a toujours fait fondre ma colère. Sans un mot, elle s'est levée et elle a déposé son violoncelle sur le sol. Il y avait, dans ce simple geste, toute l'affection qu'on porte à un être aimé; un geste qui prenait le temps.

Puis elle s'est dirigée à l'autre bout de l'étable et elle a disparu derrière un muret de bois. Elle en est ressortie avec, dans les bras, un tout petit chevreau.

— Il n'a que trois jours. Je ne suis pas arrivée à sauver sa mère. Elle est morte en lui donnant naissance. Une bonne chèvre. Le petit était mal placé dans son ventre. Je n'ai pas fait ce qu'il fallait. Elle a tellement saigné... Des bouillons, du bruit liquide, des vagues rouges. Alors qu'elle était au bout de son sang, et qu'il ne lui restait suffisamment de forces que pour regarder, j'ai eu l'impression qu'elle contemplait son petit... désespérément... et qu'elle me demandait d'en prendre soin. Je ne suis pas folle Maryse, quoique tu en penses.

Elle caressait l'animal avec la douceur de ceux qui savent ce qu'est la carence; ceux qui connaissent ce qu'est la tendresse parce qu'ils en sont privés depuis un long moment.

Charlot s'est avancé. Quand Alex a vu son visage, elle a compris. Elle lui a fait signe que oui, avec sa tête. Mon fils, tout hésitant, a alors approché sa main du pelage comme on le ferait d'une flamme. Puis, en tremblant, il a osé le toucher.

Alexandrine s'est accroupie. Le chevreau a tendu sa tête vers le visage de Charlot. Une demande de contact. Charlot a présenté sa joue, a reçu les coups de langue, s'est vivement retiré, et a présenté sa joue de nouveau. Cette fois, il est resté.

Se tournant vers moi, Alex a pris la parole:

— Je lui ai trouvé un nom. Il s'appelle «O moins», comme dans «Au moins je vis!» Une version populaire de «O négatif (O-)», mon groupe sanguin, donneur universel. J'aurais aimé en donner à sa mère, mais je ne suis pas assez universelle pour ça.

Je contemplais ses mains. Elles étaient certainement universelles dans leur façon de caresser la bête. J'aurais moi-même apprécié, je crois. Comme bien des êtres vivants. Et peut-être aussi quelques morts.

Charlot apprenait. Ses mouvements, brusques au début, devenaient plus lents, plus tendres. Ses doigts commençaient à danser.

Alex s'est retournée vers lui.

— Je dois maintenant le nourrir, tu veux que je te montre?

Un OUI gigantesque de la part de Charlot, de tout son être, sans même ouvrir la bouche.

Puis, venue de nulle part, la réponse à sa question.

— Je ne sais pas vraiment ce qu'est l'ego, Charlot. Je crois que ce sont des bandes dessinées dans la tête des humains, des dessins animés, avec tout plein de héros dedans.

Charlot semblait avoir oublié sa question. C'est O moins qui retenait maintenant toute son attention.

— Est-ce que je peux le prendre?

Du haut de ses trois jours, l'animal était aussi gros que mon fils. Plus gros même. Mais Alex n'a pas eu besoin d'efforts pour lui aménager une place. Les bras de Charlot formaient déjà une sorte de berceau. Étrange portrait. On ne savait plus qui berçait qui. Le chevreau n'offrait aucune résistance, ne se débattait pas. Bien au contraire, il se collait. C'était comme s'il savait. Comme s'il se sentait en sécurité dans les bras d'un aussi petit que lui. Protégé, en quelque sorte, contre la grandeur.

Pendant quelques instants, je les ai enviés. Ils étaient deux. Loin de ce monde qui nous fait croire qu'il faut être grand pour être heureux. Qu'il faut être quelqu'un.

Alex a sorti un biberon de sa poche. Comme le font les magiciens avec un lapin et un chapeau.

— Rien de bien sorcier, Maryse, je garde toujours du lait au fond de l'étable. D'autres chèvres m'en fournissent, des sœurs.

Il suffit d'un petit frigo, d'un réchaud, et le tour est joué. Pas d'abracadabra, seulement de la prévoyance.

Je n'entendais rien à ce qu'elle racontait. Je jonglais déjà avec sa définition de l'ego.

« Des bandes dessinées ? Des héros ? »

Sans me regarder, elle s'est déplacée derrière moi. Elle chantonnait ce qu'elle venait de jouer. Bach empruntait maintenant ses cordes vocales. L'air lui servait d'archet.

L'espace de quelques notes, j'ai cessé d'entendre les bêlements ; disons plutôt qu'ils ne m'agaçaient plus. La voix de mon amie avait déplacé ma propre voix dans ma tête et, du même coup, fait disparaître mon irritation. Les notes de Bach avaient remplacé mes critiques à propos de la profanation du maître. Le chant d'Alex, du seul fait de remplir toute ma tête, avait fait taire mes jugements concernant mon besoin d'être l'experte du cancer, la seule à savoir. Peut-être était-ce ce que Charlot essayait de me dire ?

Près de l'entrée, plusieurs chaises de tailles variées avaient été empilées. Alex s'est mise à les déplacer. Elle racontait :

— Maman aimait fabriquer des chaises. Elle les tressait avec de la paille et du cuir de chèvre. C'était sa façon de contribuer au repos des hommes, nous disait-elle, car à ses yeux, les hommes ne savaient plus se reposer. Elle croyait que la peur de mourir s'était amplifiée à notre époque et que l'hyperactivité était devenue une façon de « faire peur à la peur » ou de « s'enfuir devant la trouille » – pour utiliser ses expressions favorites.

Alex a finalement trouvé ce qu'elle cherchait : une chaise plus petite que les autres. Elle l'a ramenée derrière Charlot et a invité ce dernier à s'asseoir.

— Monsieur, s'il vous plaît...

Elle a installé le biberon de façon à ce que le duo « Charlot – O moins » soit à l'aise.

Charlot semblait avoir perdu tout intérêt pour l'ego. Alex a repris sa réponse là où elle l'avait laissée. Elle ne s'adressait plus qu'à moi :

— Oui, Maryse, des bandes dessinées, des dessins animés, des héros. Je ne t'apprendrai rien en te disant que notre ami O moins a besoin d'attention pour survivre. Mais vois-tu, contrairement aux enfants, il n'a pas à se transformer en héros pour en obtenir. Ou à croire qu'il doive le faire. Plus j'y pense, plus il m'apparaît clair que l'ego est un personnage de bande dessinée. Fait de tous les héros qui défilent et peuplent notre tête pendant toute notre vie. L'ego est à lui seul une collection de milliers de héros. Et la mémoire est le placard où sont entassés tous ses costumes.

Elle avait prononcé ces mots avec une certaine forme de déception, de chagrin. Le chevreau buvait comme s'il venait de se taper le Sahara. Le lait coulait partout sur les bras et les cuisses de Charlot. Il aspergeait même son visage. On aurait dit qu'ils riaient tous les deux. Comme de vieux potes dans une beuverie. De quoi inspirer Disney, je crois.

Alexandrine ne regardait que moi. Ses traits s'imprégnaient peu à peu de colère, une colère triste.

— Toi, la spécialiste du cerveau, as-tu remarqué que les neurones fabriquent constamment des identités ? Des histoires d'invincibles, d'immortels, de gagnants ? Et qu'ils intègrent des personnages réels – des sportifs, des acteurs de cinéma, des chanteurs – aux histoires qu'ils fabriquent ? C'est pour ça qu'on paie si cher les professionnels du divertissement, chère Maryse, pour qu'ils servent de matière première à la fabrication de l'ego humain. Au sentiment d'être unique, spécial, grand ; tu saisis ? L'envers de n'être rien, c'est-à-dire mort !

Soudainement, je n'étais plus étonnée. Alex tenait régulière-ment des discours enflammés sur la montée contemporaine du narcissisme : « Une affaire grave, Maryse », comme si elle parlait du nazisme ou d'une forme particulière d'intégrisme. Elle disait, d'ailleurs, qu'il ne pouvait y avoir intégrisme sans narcissisme :

— Songes-y un instant, ma chérie, n'importe quel discours intégriste pourrait se traduire ainsi : « C'est moi qui ai raison ! Les autres sont tous des cons. Il faut les éduquer ! Et les rééduquer! Encore et encore. Jusqu'à ce qu'ils comprennent ce qui est bon pour eux. Et s'ils ne veulent pas comprendre, il n'y aura qu'à les éliminer!»

Elle évoquait également la disparition progressive de la compassion:

— On n'en a plus que pour «Sa» vie en ce monde, Maryse. Plus rien pour «La» vie. Télé, pub, Web; du moi, moi, moi partout! Après, s'il reste quelque chose, c'est encore du moi! Pas étonnant qu'on soit en train de faire disparaître cent trente espèces vivantes chaque jour! Réalises-tu ma chérie? CENT TRENTE ESPÈCES... CHAQUE JOUR... ALLO! C'est documenté, belle amie, par des chercheurs comme toi. Et tout ça avec l'excuse qu'il faut en profiter parce que la vie est courte. Quelle connerie!

Des envolées purement «alexandriennes»... Elle avait, à cet égard, hérité d'une disposition familiale. Peut-être était-ce d'ailleurs le souvenir de cette tendance qui m'avait amenée à conduire Charlot chez elle. Plus encore que les phrases prononcées à l'accouchement.

Son père avait peint, sur la toiture de leur grange, un gigantesque tableau représentant Bouddha. Avec une peinture résistant aux intempéries. Le toit en était couvert, d'un bout à l'autre. On ne pouvait voir la chose en entier que du haut des airs, par beau temps. «C'est pour rappeler aux humains de revenir sur terre!», disait Monsieur Beguin.

À l'époque, je ne faisais pas attention à ses déclarations. Je le trouvais extravagant, un peu fou. Aujourd'hui, j'ai compris qu'il était sérieux.

Il avait eu cette idée bizarre de faire un toit presque plat, une aberration architecturale dans le monde agricole: «Pour atterrir en douceur», expliquait-il.

Quand on grimpait l'échelle qui conduisait à l'immense portrait – nous l'avons souvent fait à l'adolescence – il était impossible d'admirer l'ensemble de l'œuvre. On marchait simplement sur de grandes étendues de noir et de blanc.

Puis, un jour, j'ai eu droit à une immense surprise. Monsieur Beguin nous a dit : « Les filles, le moment est venu pour vous de vous élever ! » Il nous a alors fait monter dans sa voiture – une vieille Beetle – et nous avons roulé quelques kilomètres sur une petite route de terre couverte d'herbes si longues qu'elles nous bloquaient la vue ; la Beetle comme un char d'assaut. Et tout à coup, au milieu d'un champ très vaste, cette chose... grandiose, transparente, lumineuse. De l'air au milieu de l'air. Une sphère gigantesque. Une boule de cristal en suspension.

Alexandrine souriait. « C'est la grande passion de papa, Maryse, les ballons ! »

Je n'avais jamais vu une montgolfière de près. J'étais captivée par sa taille. É-NOR-ME ! Si grande, pourtant si légère... et elle flottait. Moi aussi !

Des voisins l'entouraient, ayant visiblement contribué à la préparation de la chose.

Monsieur Beguin nous a alors fait un discours. Le dernier que j'ai eu la chance d'entendre.

— Regardez les filles, ceci est la tête des hommes ! Une bulle de savon ! La plupart de leurs pensées, c'est de l'air. Ils n'ont rien dans la tête et ils croient que c'est la vérité !

Il riait tellement que j'ai eu peur. Au milieu de son rire, il arrivait à glisser quelques mots :

— De l'air, je vous dis. Et ça les amène à s'entretuer.

Et il continuait à rire. Comme ces humoristes qui essaient de vous faire croire qu'ils sont drôles. Pour se sentir moins seuls. Dans une salle où personne ne rit. Et pour vous dire que vous êtes débiles parce que vous ne riez pas.

Se tournant vers moi, il a perçu ma peur. Elle devait être évidente, je tremblais.

— Ce n'est pas drôle, Maryse, je sais. Je ris de moi-même. Il le faut !

Il me parlait comme à une adulte. Quelqu'un du même âge que lui. Je me sentais honorée. J'étais grande. Ma peur l'était beaucoup moins.

— Je ris de tout ce que mon cerveau se raconte, Maryse, le jour comme la nuit. Ces mondes qu'il invente, remplis de personnages qui ont du pouvoir. Des rois, des reines, des princes, des princesses, des chevaliers, des sages, des moines, des gourous, des artistes, des athlètes, des gens d'affaires, des chefs d'État... et même des méchants. Tous ces personnages qu'on admire et dont on s'occupe ; ceux qu'on nourrit, qu'on soigne ou qu'on protège parce qu'ils sont importants. Je ris pour me rappeler qu'il n'est pas nécessaire que je sois important. Et pour me rappeler que je perdrais mon temps – et ma vie – à vouloir le devenir.

Là, dans l'étable, devant Charlot, Alex et le chevreau, ces paroles remontaient. Tous ces souvenirs. D'un seul coup.

Alex était retournée près de Charlot. C'était maintenant sa tête à lui qu'elle caressait. Comme elle l'avait fait à sa naissance. J'étais un peu jalouse. De Charlot, du chevreau, du courant qui passait entre les trois. Je revivais l'accouchement mais, cette fois, c'était mon fils qui donnait le lait.

J'ai réalisé à quel point j'avais oublié les paroles de Monsieur Beguin. J'ignore encore si le retour d'Alex à la ferme avait été bénéfique pour elle, s'il lui avait permis de retrouver ses racines, mais les propos qu'elle tenait sur l'ego y plongeaient, c'est sûr. Je me rappelais chaque mot de son père, toute la scène du voyage en ballon.

— Les pensées, Maryse, c'est de l'air ! Qu'on soit roi, moine, président ou qu'on soit une simple pensée, on meurt quand même ! Ce qui est risible, ce qui me fait le plus rire dans la vie, c'est de croire qu'on va vivre éternellement si on devient le contenu d'une pensée.

Il s'était remis à rire, mais je n'avais plus peur du tout. J'étais sous le charme. Il riait et riait encore, comme si des mains invisibles le chatouillaient. Il se tapait les cuisses, se tenait le ventre, j'arrivais à peine à comprendre ce qu'il disait :

— De l'air, Maryse, des portraits dans notre tête : une galerie de portraits de personnages importants... Et on veut rendre tout ça immortel… Notre tête est un musée, Maryse ; c'est tellement drôle ! Avec des gardiens partout, des systèmes d'alarme, et on passe notre vie à croire que c'est ça la vie !

Sans cesser de rire, il s'était emparé du câble qui retenait le ballon au sol. Effectivement, des voisins l'avaient aidé à tout mettre en place pour «surprendre les filles». Ne restait plus qu'à faire décoller la chose.

Je me rappelle la flamme, le bruit qu'elle faisait. Un dragon invisible à l'intérieur de la bulle. C'est moi – je m'en souviens comme si c'était hier – qui ai repris la conversation :

— Et c'est qui, Monsieur Beguin, les personnages importants ?

— Soi-même, Maryse, soi-même ! Des autoportraits plein notre tête. Allez, montez !

Il riait toujours, avec le vent. J'avais une envie folle de sauter dans la nacelle, mais j'hésitais. Un mélange d'ivresse et de vertige.

Alexandrine y était déjà.

— Viens, viens, Maryse, tu vas voir le monde d'une autre façon.

Monsieur Beguin a détaché le câble et nous nous sommes envolés. Seulement l'ivresse, plus de vertige.

Quelques instants plus tard, nous survolions la grange, le toit, l'immense portrait.

Je voyais Bouddha pour la première fois. Une œuvre spectaculaire. Comment avait-il fait ? Il n'avait quand même pas pu peindre du haut des airs ! Je ne le saurai jamais. Alexandrine non plus. Il avait peint au printemps, alors que nous étions à l'école. Alex ne savait même pas qu'il peignait. Et nous ne lui avons jamais posé de questions.

Penché au-dessus de nous, l'index pointant la grange, il criait :

— Voyez-vous, les filles, la vie pour moi, c'est comme ce toit. Quand les humains marchent dessus, ils voient du noir ou du blanc. Tout dépend de l'endroit où ils se situent. Et ils s'obstinent. Ceux qui sont sur les taches noires disent que ça devrait être tout noir, et ceux qui sont sur les taches blanches disent que ça devrait être tout blanc. Et tous croient dur comme fer avoir raison. Parfois ils disent que ça devrait être tout gris et ils sont également certains d'avoir raison. D'autres, les originaux, disent : « Comme c'est idiot d'avoir peint un toit comme ça, d'avoir dépensé autant d'argent et toute cette peinture », et ils sont convaincus, eux aussi, de détenir la vérité. Mais personne ne voit le portrait. Car nul ne s'élève au-dessus de ce qu'il dit. Tous croient que leurs opinions et leurs jugements constituent le tissu même de ce qu'ils sont. Leur identité.

Il a éclaté à nouveau d'un rire colossal. Aussi vaste que la montgolfière. Un rire qui semblait pénétrer dans le ballon et y résonner, comme dans une caverne. Avec l'écho, et tout.

— Pour s'élever, mesdames, il faut se taire et regarder. Voir que les jugements et les opinions, c'est de l'air. Et si on arrive à voir ça – à le voir vraiment –, alors on s'élève. Et le portrait apparaît. Et quand le portrait apparaît, on n'a plus le goût de s'obstiner. On reste bouche bée et ça suffit. Parce que c'est ça la vie, mes enfants : être bouche bée en permanence.

Après ces paroles, nous sommes demeurés en silence pour le reste du vol. Ce sont d'ailleurs les derniers mots dont je me souvienne de lui.

Nous sommes revenus au sol en douceur. Juste à côté de l'étable. Peut-être avait-il prévu d'atterrir sur le Bouddha, qui sait. Je devrai me contenter de l'imaginer. J'ai quitté la ferme le lendemain.

Aujourd'hui, avec « Google Earth », on peut « zoomer » sur la grange de Monsieur Beguin. Je m'amuse d'ailleurs à suivre l'apparition progressive du Bouddha, au printemps, lorsque la neige fond.

D'après Alexandrine, si son père était encore parmi nous, il se serait amusé à « zoomer » lui aussi.

— Il n'était pas bouddhiste, Maryse, seulement intéressé par la paix. À l'intérieur, à l'extérieur, partout. Un jour de printemps, alors que j'étais encore enfant, nous étions seuls tous les deux à bord du ballon. On regardait le soleil liquéfier les dernières traces de neige sur le visage du Bouddha. Il m'a dit de bien observer ce spectacle parce qu'il représentait l'apprentissage le plus important de ma vie : « Tu apprendras, un jour, ce qu'est l'ego, mon enfant. Tu comprendras alors que les pensées des hommes ressemblent à cette neige sur le toit. Quand elles sont imprégnées d'ego – c'est-à-dire la plupart du temps –, elles cachent le Bouddha en eux, la paix. Mais les hommes vivent comme s'ils étaient toujours en hiver. Ils s'attachent à leurs pensées comme on s'attacherait à de la neige ; une neige qu'on ne voudrait pas perdre. Ils croient qu'ils sont leurs pensées et ils les gèlent, les protègent, les défendent ; ils espèrent qu'elles ne fondront jamais. Devenir intelligent, c'est apprendre à faire grandir un soleil de printemps dans sa tête, ma chérie. On appelle cela "la vigilance". Il te faudra apprendre à faire grandir ce soleil. Pour toi, et pour toutes les personnes que tu aimeras. Il n'y a rien de plus important. Il te permettra de distinguer les pensées contaminées par l'ego de celles qui ne le sont pas, et fera fondre celles qui le sont. Alors seulement tu sauras ce que le mot aimer veut dire. »

Les parents d'Alexandrine sont morts à trois mois d'intervalle. Sa mère est partie la première.

— Papa m'avait confié son inquiétude avant qu'elle ne parte. Il avait observé chez maman de petites absences. Il la surprenait parfois à parler toute seule. Pendant qu'elle cuisinait ou qu'elle tissait ses chaises. Ça le chagrinait profondément. J'ai compris, plus tard, qu'elle n'osait pas nous alerter, qu'elle ne voulait pas nous faire mal. Elle avait son grand secret. Celui de ses absences. Elle ne craignait pas de mourir, elle craignait de nous déranger. Curieusement, lorsqu'elle nous parlait, les absences ne se pointaient pas. C'est peut-être la raison pour laquelle elle parlait autant. Elle craignait de s'absenter en permanence. La parole était pour elle une ancre, le câble qui retient le ballon au sol. Parler lui permettait d'avoir moins

peur, peut-être. Ce qui nous agaçait chez elle – son incapacité à vivre en silence –, était en fait le moyen qu'elle avait
trouvé pour rester avec nous. Puis elle est partie pendant
son sommeil : le cœur ; aussi vaste que sa discrétion. Et nous
avons alors constaté à quel point ses absences avaient été trop
courtes pour qu'on s'habitue ; trop peu fréquentes.

Papa n'a pas tenu le coup. Il s'est envolé dans son ballon
et il est disparu dans le ciel. On a retrouvé la montgolfière
échouée dans le fleuve, à marée basse. Pas de corps. C'est fou !
Alors que le ballon symbolisait pour lui le détachement, il n'a
pas pu briser le dernier lien, il n'a pas su. C'est parce qu'il
était encore trop attaché à ma mère qu'il est monté au ciel.
Il était convaincu qu'elle y était. Ce fut sa dernière envolée,
Maryse.

C'est Charlot qui a interrompu mes souvenirs :

— C'est vrai ce que tu dis, Alexandrine, j'ai toujours plein
de héros dans ma tête.

Nous nous sommes retournées vers lui. Le biberon était
vide. Le chevreau léchait le visage de mon fils, ses vêtements,
toute sa peau.

Alexandrine m'a regardée, puis elle s'est adressée à Charlot :

— Des personnages dans ta tête, mon grand ? Comme qui ?

— Dark Vador[3].

Le film *La menace fantôme*, qui marquait le début de la nouvelle trilogie de Georges Lucas, avait envahi les écrans l'année
précédente. Comme plusieurs parents du monde entier, j'y
avais amené mon fils. Il était sorti ravi. Quelques semaines
plus tard, il me demandait de lui acheter la figurine de Dark
Vador. Comment refuser ?

Alex avait avancé la tête vers lui, comme si elle n'avait pas
entendu.

— Dark Vador, marraine, Dark Vador. Dans *La guerre des
étoiles*.

---

3   Nous avons retenu la graphie modifiée lors de la sortie de la deuxième
     trilogie (anciennement Darth Vador).

Pour une rare fois, j'ai senti Alex désarçonnée. Mais elle n'a pas pu parler, Charlot l'en a empêchée.

— Merci pour ta réponse, marraine, elle va m'aider.

— Ah bon, comment ?

— Avec les bandes dessinées.

Il a remis O moins dans les bras d'Alex :

— Je l'aime, Alexandrine, est-ce que je pourrai revenir le voir ?

J'aurais voulu ramener le petit animal avec nous. Transformer ma maison de banlieue en étable.

— N'importe quand, mon chéri !

En appuyant son invitation d'un clin d'œil, Alex m'a dit qu'on pourrait poursuivre cette conversation une autre fois.

Quand nous sommes revenus à la voiture, Charlot s'est emparé d'un sac qu'il avait laissé sur le siège. Il avait insisté pour l'apporter. Je n'en connaissais pas le contenu. Il y a plongé sa main et en a sorti sa figurine de Dark Vador. Un frisson m'a parcouru le corps, une vague de froid. Il ne voulait pas en parler.

À peine étions-nous sortis de l'étable, que le violoncelle avait recommencé à faire vibrer l'air. Ce n'était plus Bach, c'était un air que je ne connaissais pas. Alex improvisait, je crois.

— Dis-moi, Charlot, est-ce que les chèvres entendent encore ?

— Oui, maman, et toi, t'entends toujours pas ?

— Non, mon chéri, raconte-moi.

— C'est triste.

Puis, le regard tourné vers l'étable :

— Est-ce que ça se peut, maman, du fromage triste ?

Georges Paris
Cinq jours plus tard, 15 septembre 2000

Au cours des cinq jours ayant suivi, nous avons mis l'ego de côté, mon fils et moi. Je veux dire en tant que sujet de conversation.

Depuis notre rencontre avec Alex, l'attention de Charlot affichait « complet ». Portes et fenêtres fermées. Toc toc toc, y a-t-il quelqu'un ?... Pas de réponse. Silence. Obscurité. Comme dans les films d'horreur.

L'inquiétude bouffait mon temps et ça m'agaçait profondément. J'avais autre chose à faire que de m'inquiéter. Cette absence de réaction chez lui, ça ressemblait trop à ce que je voyais chez les enfants que je perdais. Je ne voulais pas le perdre, lui. Et je ne savais plus où il était, même si je l'embrassais, chaque soir – enfin, presque chaque soir.

Et, parce que je l'embrassais, c'était encore pire... Peut-être que la seule chose qui soit pire que la mort pour moi, c'est l'absence de mon propre enfant, errant dans la même cuisine, le même salon, le même silence.

Sa disparition, dans ma maison, constituait un formidable affront à ma compétence de médecin et de mère. Un rappel permanent de cette impuissance que je déteste tant.

Son histoire d'ego m'habitait toujours. Je n'étais pas allée jusqu'au bout. La définition d'Alexandrine avait fait des nœuds dans mon estomac. Et avec mes neurones aussi. Surtout à cause de la réaction de Charlot. Qu'avait-il vu que je n'avais pas vu ?... « L'ego est un personnage de bande dessinée. Fait de tous les héros qui défilent et peuplent notre tête pendant toute notre vie. L'ego est une collection de milliers et de milliers de héros à lui tout seul. » Des mots issus du cynisme familial des Beguin ; une philosophie de vie que mon fils semblait comprendre, lui !

Et le lien qu'il faisait avec Dark Vador n'arrangeait rien. Je connaissais peu ce héros, sinon pour sa cape noire, son casque de motard nazi et son épée en forme de tube fluorescent ; un costume devenu super populaire à l'Halloween chez les enfants de moins de dix ans (on en voyait tout plein dans les corridors de l'hôpital le 31 octobre).

Le culte que mon fils semblait vouer à ce personnage me faisait maudire tout ce qui pouvait ressembler à de l'adoration. Je détestais l'idée qu'on puisse vouer un culte à qui que ce soit. À part moi, bien entendu. Quand je demandais à Charlot de me présenter son héros, il me suggérait de louer la première trilogie de *La guerre des étoiles* au club vidéo. Pour qu'on le regarde ensemble. Ce que je n'avais ni l'envie ni le temps de faire, évidemment.

J'ai tenté d'en savoir plus long à propos du stress chez les enfants, mais il s'est contenté de dire que sa présentation s'était bien déroulée. Et qu'il avait obtenu A+.

Lorsque j'ai abordé la question des adultes comme agents stresseurs, il a eu cette réflexion cinglante, décoiffante, portée par un filet de voix :

— Je sais pas être un enfant, maman. C'est trop dur. Ils font comment tes malades ? Est-ce qu'ils sont encore des enfants ? Ça prend du temps, maman, être un enfant. On dirait que tu t'en souviens pas. Moi, ça me prend tout mon temps. Toi, c'est le cerveau qui prend tout ton temps. Et je suis pas aussi intéressant que le cerveau.

C'est vrai que je ne m'en souvenais pas. Le temps que ça prend pour être un enfant, je ne m'en souvenais pas. Tante Bénédicte disait tout le temps qu'elle n'avait jamais le temps.

Surtout quand elle s'occupait de moi. Et elle ajoutait qu'il fallait se grouiller les fesses dans la vie, «ma grande», si on voulait devenir quelqu'un. Et que j'allais devenir quelqu'un même si ça ne me faisait pas plaisir, parce qu'elle n'avait pas envie de se désâmer pour rien, la pauvre. Et que j'étais toujours à côté de la coche, tête de pioche, et que si je restais moche, j'aurais une vie poche (elle s'amusait de ses rimes qu'elle trouvait brillantes en tant que poète méconnue).

Et toujours pour ne pas perdre de temps avec moi, elle m'encourageait: «Let's go baby, you're the best! Show it to me before it's too late!» Sa manière très personnelle de me montrer qu'elle parlait aussi l'anglais «langue seconde». Comme c'était écrit sur son curriculum vitæ de plusieurs pages qu'elle traînait en permanence dans son sac à main, au cas où elle aurait une entrevue pour un poste important. Et quitter sa job de gardienne de sécurité qui n'était pas sécuritaire du tout, même si c'était dans un musée. Et qu'il n'y avait pas beaucoup de femmes qui étaient parvenues à réussir comme elle dans ce métier habituellement réservé aux hommes. Et que la Barbie gardienne de sécurité, ce n'était pas encore inventé ça non plus. Même pas imaginé.

Et qu'elle avait la bosse des affaires pour devenir présidente de sa propre entreprise éventuellement. En sécurité ou en n'importe quoi. Le jour où on finirait par la reconnaître à sa juste valeur. Et qu'on verrait ça de notre vivant mes deux amies de cinq ans et moi, quand on serait grandes nous aussi. Et que ça viendrait sans doute tôt ou tard son succès, comme on l'entendait dire dans les discours qu'elle prononçait d'un bout à l'autre de la cuisine de notre trois et demie, rue Rachel. Une conférence grand public à quatre, avec elle comme conférencière, évidemment. Et elle ajoutait:

— Tu vas apprendre l'anglais toi aussi ma chérie, «you bet you will», pour ne pas être comme les autres, surtout tes parents. Ces idiots n'avaient pas payé leurs dettes d'études quand ils sont morts, alcool au volant. C'est pas croyable être aussi débile à cet âge-là, j'espère que tu ne seras pas comme ça toi aussi. Et les assurances qui n'avaient même pas suffi à payer l'hypothèque sur leur maison achetée trop tôt, les jeunes cons. C'est la banque qui en avait hérité, des écœurants eux aussi, et il avait fallu en plus payer les impôts non prévus après décès.

Et quand elle racontait tout ça, tante Bénédicte, alors que je n'avais posé aucune question, elle finissait toujours en disant qu'il ne lui restait rien.

— Même s'ils étaient médecins tous les deux, le croiriez-vous, c'est pas possible, rien du tout!

À part sa filleule en héritage, comme si elle avait besoin de ça pour réussir dans la vie.

— Et je te le dis, tu vas devenir grande ma chérie, parce que ça va me rapporter au bout du compte; il n'y a pas de temps à perdre, allez 80 % c'est pas suffisant! Tu m'appartiens maintenant mon coco, même si t'es pas un cadeau de la vie, parce que la vie ne fait pas de cadeaux. Et moi, la vie, je sais ce que c'est, et je vais te le montrer, que tu le veuilles ou non.

Et elle disait à tout le monde que j'étais sa fille, tante Bénédicte, quand je gagnais des prix en mathématiques ou des médailles en français.

Et elle hurlait aussi, à la remise des méritas, que j'étais le plus beau cadeau que la vie lui avait offert.

— Regardez-moi ça, ce n'est pas croyable, elle a eu 100 %.

Pour sa défense, je dois signaler qu'elle ne m'avait pas choisie. Je lui suis tombée dessus: boum! Elle racontait qu'une sombre cigogne m'avait laissée choir dans son « apart », rue Rachel, à l'âge de trois ans.

— Méchant coup sur la tête, ma chérie! Et sur toute ma vie! Et quand on ne s'y attend pas, ça cogne encore plus fort, je peux t'le dire!

Par la suite, elle a fait ce qu'elle a pu. Avec les moyens dont elle disposait. Des talents négligés: matériels, psychologiques, affectifs; développement minimal. Cela dit sans méchanceté.

Obnubilée par la croyance que la vie lui devait quelque chose, elle se concentrait très fort sur ses rêves, les écrivait sur le réfrigérateur, les répétait à haute voix trois fois par jour, achetait des billets de loto, appliquait à la lettre les conseils lus dans son horoscope, buvait des jus oignon-betterave et s'automassait avec de l'huile de santal, tous les soirs, avant de dormir.

Pas de chance, l'univers faisait la sourde oreille. Il n'émettait aucun message clair à son intention. Elle essayait pourtant avec toutes les forces de sa pensée. Elle s'aidait même avec les doigts sur ses tempes, les pouces sous ses oreilles, prononçant des incantations mystérieuses ; peine perdue, zéro signal !

Pas de sa faute, donc, si elle n'était pas encore reconnue dans les lieux publics ; « patience » était son mot d'ordre.

Elle ne voyait pas l'utilité de développer certains dons – la cuisine, la comptabilité, le dessin –, car quelqu'un d'avisé finirait par voir son potentiel et ouvrirait les portes de sa destinée.

Elle est morte entourée de portes fermées. Sur un trottoir. Où personne ne la reconnaissait.

Je ne peux cependant pas lui reprocher un manque d'honnêteté. Elle me rappelait régulièrement qu'elle n'avait jamais voulu d'enfant. Une décision prise très tôt dans sa vie. À vingt ans seulement. Une sorte de révélation.

Se contemplant nue, un matin, dans un grand miroir, elle avait su que son corps n'était pas fait pour la maternité. Il ne fallait pas l'abîmer. Des tailleurs griffés l'attendaient. Pas question de plonger ses mains dans des couches de marmot (pour ne pas dire de marmotte) ; ses doigts étaient destinés à des tâches beaucoup plus nobles : signer des contrats !

Elle s'était fait serment à elle-même, un soir de pleine lune, de consacrer l'essentiel de son temps à devenir celle qu'elle pensait être : une des femmes d'affaires les plus en vue dans son entourage. Et, pourquoi pas, dans tout le pays. Son secret : la visualisation.

Entre les chandelles et l'encens, elle se confiait à moi, sans retenue, sans pudeur, en toute transparence. Alors que je savais à peine lire ou compter, je servais de grande oreille, debout, à côté de la baignoire, pendant qu'elle se lavait.

Je crois que je percevais déjà sa souffrance. En fait, je faisais plus que la percevoir, je l'absorbais. Comme la peau d'un tambour absorbe une baguette. Tout mon corps vibrait. Au vide, au manque, à ce « n'être rien » qu'elle remplissait de sa légende. Certes, je me sentais souvent de trop dans sa vie, mais là, à l'ombre de ses rêves : pas de rejet ! Enfin un rôle, une place, de l'importance : n'est pas thérapeute qui veut à cinq ans !

Aujourd'hui, avec le recul, quand j'évoque l'image ou les propos de Bénédicte, je vois l'ego à l'œuvre. Ce besoin de se distinguer, d'être quelqu'un à tout prix avant de mourir. Ou après, peu importe. Exister en revêtant de fausses identités, y compris celle de la misère. Pourvu qu'elle soit la plus grande.

Et ce qu'elle disait de ma mère rendait cette misère plus grande encore. Elle en parlait très peu, sinon pour se plaindre :

— On sait bien, ma sœur, elle avait le cul bordé de nouilles. Elle est même devenue médecin ! Je ne peux pas croire. Avec un mari médecin en plus. Ils étaient tellement amoureux ces deux-là, c'en était fatigant. Il fallait les voir se bécoter, se tenir la main, se regarder avec appétit ; on n'existait plus. Il n'y avait qu'eux sur terre. Fatigant je dis. Ils ont roulé dans la chance toute leur vie, jusqu'à ce qu'ils frappent un arbre. La vie change parfois d'idée sans avertir. Faut pas s'en faire. Elle a ses raisons.

J'ai donc très peu de souvenirs de ma mère, à part ceux que m'infligeait ma marraine. Des portraits esquissés par l'envie. Pas très jolis. Des traits grossiers, tracés sans affection aucune, à grands coups de déception. Finalement, je n'aurai véritablement connu ni l'une ni l'autre des deux sœurs. Seulement des apparences.

Quant à mon père, pas grand-chose non plus. Je soupçonne ma tante d'en avoir été amoureuse. Des commentaires amers, échappés ici et là.

— Il était tellement beau… Je n'ai jamais compris ce qui l'attirait chez ta mère. Ce qu'elle avait et que je n'avais pas. Trop beau pour elle, à mon avis. Ça demeure pour moi un mystère, une énigme: qu'est-ce qu'un homme comme lui pouvait trouver à une femme comme elle, dis-moi?

Une question à laquelle une thérapeute ne doit jamais répondre. Surtout si cette thérapeute n'a que dix ans et qu'elle essaie de dormir parce que «demain, j'ai un examen ma tante».

Je possède un seul objet ayant appartenu à mes parents: une horloge à coucou modèle «chalet et chèvres». Un lien bizarre avec les Beguin. Synchronicité dirait Carl Jung[4], asynchrone dirait Alexandrine. Mécanisme suisse, minipaysage suisse (montagne, chèvres et clôtures) et chalet suisse de trente centimètres de haut; le tout sculpté dans le bois.

Cette horloge détonne complètement dans le décor de ma maison. Seule antiquité dans un design d'intérieur ultramoderne. Charlot adore la chose. Surtout le chant du coucou:

— C'est comme un vrai, maman, même si j'en ai jamais entendu. C'est trop beau pour pas être vrai!

On n'a assurément pas les mêmes goûts lui et moi. Tante Bénédicte était parvenue à rescaper l'horloge avant que la banque ne s'empare de la maison. Elle me l'avait donnée quand j'ai quitté son trois et demie, rue Rachel.

— Je l'ai sauvée en pensant à toi, ma chérie. Elle va faire la même chose pour toi que ce qu'elle faisait pour tes parents: te donner l'heure juste. Pas de différence malgré les années. Comme si le temps n'existait pas, c'est fou, non, pour une horloge?

L'objet m'a suivie depuis. Parfois, assise dans mon salon, je rêvasse devant cette vieillerie. J'essaie de la trouver belle mais j'en suis incapable. Paysage, cadran, aiguilles; tout m'apparaît affreusement kitch. Je cherche des indices pouvant me permettre de connaître un peu mes parents; ce qui les avait séduits dans cette horreur: tic tac tic tac tic tac… j'attends que les portes s'ouvrent: tic tac… tic tac… et que l'oiseau mécanique surgisse: coucou… coucou… Et parfois entre deux

---

4   Célèbre médecin psychiatre suisse (1875-1961). Considéré comme l'un
      des pères de la psychanalyse.

coucous, mon imagination prend le dessus ; ce n'est plus coucou que j'entends, mais : « Il est minuit moins une » ! Peu importe l'heure : « Il est minuit moins une »... « Il est minuit
moins une »… cinq, six, onze fois… ça dépend… Le tout se
terminant par : « Il n'existe pas d'autre heure, tenez-vous le
pour dit ! » et clac, l'oiseau de retourner dans son nichoir.

Je me surprends alors à me voir dans un corridor, à
l'hôpital ; on m'arrête pour me demander l'heure :

— Docteur, avez-vous l'heure ?

Et sans même regarder ma montre, je réponds :

— Minuit moins une madame, minuit moins une monsieur ; il n'existe pas d'autre heure, tenez-vous le pour dit !

Devant leur mine déconfite, j'ajoute :

— Et vous savez madame, vous savez monsieur, même
si je connais bien cette heure, même si je sais qu'il n'y en a
pas d'autre, je l'oublie. Il nous faudrait tous et toutes une
montre indiquant minuit moins une en permanence. Avec un
microcoucou qui nous rappellerait, chaque fois qu'on y jetterait un coup d'œil, que c'est l'heure de notre rendez-vous
avec la vie !

Lorsque j'ai entendu Charlot me dire que ça prenait du
temps être un enfant, j'ai eu envie de réparer de nouveau.
Immédiatement. Comme on répare une artère qui saigne à
l'urgence.

Je l'ai fait, jadis, au cours de ma formation. Des enfants
accidentés. Des fractures ouvertes. On ne sait plus où mettre
les doigts tellement c'est rouge. Et noir. Des caillots qui cachent
le trou, là d'où ça pisse – des efforts du corps pour arrêter sa
propre hémorragie, des efforts qui nuisent aux soignants qui
n'arrivent plus à trouver d'où ça vient.

Charlot saignait des mots. Et je ne savais plus où mettre les
doigts.

J'ai eu un gros caillou dans la gorge, à mon tour. J'aurais
aimé entrer dans sa tête comme je le fais pour une tumeur,
avec mes collègues radiologues. Trouver la place où on peut

opérer, irradier, lancer un bataillon d'agents chimiques. Mais rien. Silence. J'ai pris son cerveau dans mes mains, par les cheveux, par la peau du crâne, et j'ai dit : « Je m'excuse… »

Il y a des reproductions de cerveau partout dans la maison ; des photos, des dessins, de vieilles planches d'anatomie. Une sculpture immense près de la porte d'entrée ; une manière de dire : « Bienvenue chez moi ! »

Très tôt au cours de mes études, cet organe m'a fascinée. Plus je l'étudiais, plus je réalisais que la plupart des humains, pour ne pas dire presque tous – médecins y compris –, le connaissaient très peu. J'y voyais un monde à peine exploré. Et je pressentais que l'usage des nouvelles technologies permettrait d'y avoir enfin accès.

Mes rêves me disaient que j'en deviendrais l'une des plus grandes expertes, la sage qui éluciderait plusieurs de ses mystères et le connaîtrait comme si elle l'avait elle-même fabriqué. La guerrière qui saurait détruire les tumeurs qui l'envahissent trop tôt, avant qu'on n'ait pu connaître le potentiel qu'il renferme.

Mes rêves me disaient aussi que je deviendrais l'humaniste qu'on louangerait pour sa capacité d'écouter les enfants… alors qu'ils ne savent pas encore parler d'eux-mêmes, et que leur vie est renversée par cette injustice qui s'appelle cancer ou par toute autre sale maladie. J'ai dû me rendre à l'évidence que Charlot savait parler de lui-même. Et les autres enfants aussi. Et que les rêves se trompent à propos de ce que nous sommes et de ce que nous devenons.

En passant, si j'ai dit que j'avais appris à aimer le cancer, j'ai également appris à le haïr. Comme on hait un amant qui n'est là que pour nous prendre, s'emparer de notre vie tout entière, et dont on n'est pas capable de se séparer. Parce qu'il insiste, le salaud ! En s'accrochant à notre besoin d'être aimée.

Je parle de moi, bien sûr. Les tumeurs pourraient me rendre célèbre, mais elles me volent des enfants en leur chipant ce qu'ils ne possèdent même pas. Leur enfance. L'eau fraîche d'un lac en été. Le rire des amis, près du feu, tard la nuit. La guimauve noircie. Les feuilles où l'on disparaît, l'automne, pendant que l'autre compte jusqu'à cent. La neige, en boules, en tunnels et en bonshommes. Le printemps qui coule autour des pieds, par flaques et par éclaboussures. Les parents qui disent «Je t'aime», en éteignant la lumière.

Peut-être est-ce, encore une fois, ce que Charlot essayait de me dire...

Mais j'avais deux amants; le cancer et le cerveau.

Le cerveau est une sorte de centrale bioélectrique, un carrefour où se rencontrent des tas de fils qui font fonctionner le corps, et tout le reste : la pensée, les peurs, le désir, la souffrance, la tristesse, la joie, les emmerdements, l'amour, bref, ce que les humains appellent la vie ! Or, aussi stupide que cela puisse paraître, avant que Charlot ne me pose sa question, je n'avais jamais réalisé que ce «tout le reste» comprenait aussi l'ego !

Curieusement, «moi», neurologue et professeure émérite de l'anatomie du cerveau à l'université, je vivais comme si l'ego était une «chose» indépendante de l'activité cérébrale. Bien que je sois capable de décrire la cervelle dans tous ses détails à mes étudiants, d'en montrer les recoins les plus intimes à l'aide d'images 3D, jamais je ne m'étais rendu compte que je faisais de l'ego une entité distincte de la matière. Un «machin» auquel j'attribuais une existence propre. Et, comble du ridicule, j'étais inapte à donner une définition précise de ce «machin» à un enfant de neuf ans.

À bout d'idées et de patience, j'ai décidé de consulter Georges Paris, mon grand ami et collègue pédopsychiatre. Je me disais que dans le domaine de l'ego, il aurait sur moi plusieurs longueurs d'avance; c'était, après tout, son champ d'expertise et son gagne-pain.

De plus, j'estimais qu'au-delà de ses connaissances théoriques, il n'était pas en reste quant à la taille de son propre ego. Et j'espérais qu'en tant que spécialiste du «moi», il ait tiré quelques leçons des analyses effectuées sur lui-même par lui-même. On ne peut pas devenir psy, à mon avis, si on n'a pas d'abord eu l'ego qui s'est contemplé dans la glace de l'introspection, l'ego face à face avec sa propre image dans une quête de connaissance de soi. Enfin, quelque chose comme ça.

Je craignais, malgré tout, d'avoir l'air stupide devant lui, de passer pour une ignare, une inculte, une plouc. Sans savoir ce qu'était l'ego, j'en subissais les effets. Mais Georges est l'une des seules personnes avec qui je supporte cet inconfort. Il n'y a aucune rivalité professionnelle entre nous. Plutôt une complicité. Et comme je n'avais pas le temps d'effectuer des recherches sophistiquées dans un univers qui n'était pas le mien, Georges les ferait pour moi. Il avait cette obligeance à mon égard et j'en abusais, je l'avoue, sans culpabilité.

J'ai rencontré Georges à l'époque où nous faisions nos résidences respectives. À notre premier contact, un lundi matin, devant un poste d'infirmières, je l'ai pris pour un patient psychotique qui s'identifiait au père Noël. Une vingtaine d'années plus tard, je n'ai jamais perdu mon doute quant à ce problème d'identité chez lui.

Georges a tout du père Noël à l'exception des cadeaux et de la couleur des poils. Il a ce ventre qui a l'allure d'une planète et cette barbe et ces cheveux qui entourent le ventre, comme une atmosphère ou des nuages – des nuages gris... Il a aussi le rire : Ho Ho Ho... Un cliché vivant !

Mais il ne fait jamais de cadeau. On l'entend souvent parler de détachement, de dépouillement, de renoncement et il raconte, à qui veut bien l'entendre, que la consommation sous toutes ses formes ruine l'enfance et lui fait perdre ce qu'elle a de plus précieux ; l'émerveillement, le plaisir d'attendre, le village construit avec de la ficelle et des boîtes de carton ; le jeu joué avec rien... Il parle de la consommation comme je parle du cancer ; ce sont deux voleurs d'enfance à son avis. Venant du père Noël, ça cogne !

Au service de psychiatrie, on dit de lui qu'il est un Bouddha chevelu. Je ne sais pas si c'est à cause de son rire – Ho Ho Ho – ou de son rapport aux biens matériels, mais s'il était chauve et rasé, on aurait envie de le revêtir d'une robe orange et d'une paire de sandales plutôt que d'un costume rouge avec une poche sur le dos. Et on aurait le goût de lui demander comment faire pour devenir sage, au lieu de lui promettre de l'être en retour d'une planche à neige, d'une voiture téléguidée ou d'un iPad.

Ni Alexandrine ni moi n'avons jamais pensé lui présenter Monsieur Beguin. Aujourd'hui, je le regrette. Je les imagine souvent, tous les deux en ballon, à se dire :

— Regarde, là, juste en bas, un autre qui se prend pour Dieu ! Et là... et là... et là... mais il y en a partout, ma foi ! C'est à croire que le paradis est descendu sur terre !

Et je les entends mélanger leurs rires. Comme on le fait avec deux substances qui, au contact l'une de l'autre, deviennent un explosif, ou un élixir, ou un baume. Ils auraient eu tant de choses à partager, à commencer par leur soif de paix, bien sûr.

Au chevet d'un petit mourant, Georges semble ne rien faire, ne rien dire et pourtant, en sa présence, la peur quitte la chambre, comme si elle se sentait de trop. Et même si on a quarante, cinquante ou soixante ans, on se met à souhaiter qu'il soit là, à nos côtés, lorsque notre tour viendra.

Comme Alex, il vit seul. N'a jamais été marié. Enfin, pas à ce que je sache. Mais il adore la compagnie des femmes. Ce qui n'a rien d'incompatible avec son discours. On n'a jamais l'impression d'être un objet de consommation en face de lui.

En septembre 2000, il avait quarante-quatre ans. Mais son allure le rendait intemporel. Ça n'intéressait personne l'âge qu'il avait.

À l'époque – cela dit en toute modestie –, je soupçonnais quand même qu'il désirait se planter le nez dans ma chevelure 90 % cacao. Et escalader mes jambes. Ses yeux travaillaient fort pour demeurer loin de mes seins. Enfin, c'est ce que je percevais dans ses clignements de paupières.

La vie, en lui, clignait des paupières, et j'appréciais. Je ne me sentais pas une «chose» dans son regard, mais un être vivant attirant la vie, répandant le trouble dans un autre corps, un autre être. Et son désir me flattait, je l'avoue.

Mais je n'éprouvais aucune envie du père Noël ou d'un Bouddha chevelu entre mes cuisses. Ces fantasmes ne faisaient pas partie de mon répertoire. J'ignorais d'ailleurs si j'avais encore un répertoire.

Somme toute, j'aimais bien Georges. Mais c'était sans me douter que je finirais par éprouver ce que j'éprouve aujourd'hui. J'hésite encore à le dire, mais voilà, je l'adore. Et si j'hésite à le dire, c'est par crainte de voir mes mots briser le mystère qui enveloppe encore cet homme à mes yeux. Mystère que mes sautes d'humeur à son endroit me font parfois détester.

Mais bon, à l'hôpital, tout le monde adore Georges. Il est amusant de le voir rencontrer les enfants. Certains lui sautent spontanément dans les bras. Et lui disent – le plus sérieusement du monde – qu'il ne servait à rien de se déguiser parce qu'ils l'ont reconnu! D'autres, plus âgés, lui demandent s'il est un vrai docteur ou un bénévole sans abri. Et ils le prennent par la main, comme pour s'occuper de lui, tout en l'implorant de leur raconter des histoires.

Il n'y a que les parents qui paniquent. Certains, dès qu'ils l'aperçoivent, se précipitent vers le poste des infirmières et hurlent qu'il y a un malade dans le service. Les infirmières, habituées, répondent qu'on est dans un hôpital! Et que c'est fait pour ça, accueillir des malades. Et elles ajoutent que le monsieur qui a l'air du père Noël est un médecin psychiatre, aussi adorable que le père Noël en personne. Et qu'il n'a surtout rien d'un pédophile: «Et qu'il vaudrait mieux le rencontrer pour lui parler de ce qui vous inquiète, messieurs, dames!»

Quand on est ensemble, tous les deux, Georges et moi, pour accueillir une nouvelle famille et que je me présente: «Docteur Du Bonheur», et que je le présente, lui: «Docteur

Paris », les regards vont immédiatement de lui à moi, et de moi à lui. Comme si nous étions complices d'une mauvaise blague. Le père Noël et le docteur « Du Bonheur » côte à côte… dans un hôpital. De quoi se demander dans quel monde de fous on vient de tomber ! Mais bon, nous avons appris à rassurer ceux qui s'inquiètent. C'est notre métier. Même si parfois il n'y a plus aucune garantie qui tienne.

Je le répète : j'adore Georges ! Mais il lui arrive souvent de me faire péter les plombs. Devant mes interrogations, il a une façon très psy de ne jamais me donner une réponse satisfaisante. Il se borne à semer des indices. Je ne m'y habitue pas. Ça me met hors de moi. Je veux savoir. Tout de suite !

Je le consulte régulièrement quand la condition d'un enfant requiert la combinaison de nos deux expertises. C'est-à-dire lorsqu'il m'apparaît évident que ce qui se passe dans la tête d'un jeune patient – l'interaction entre les cellules de son cerveau – engendre une souffrance qui nécessite un complément aux traitements que je prodigue.

Je l'ai donc appelé au sujet de Charlot. Et après les salutations d'usage, je lui ai simplement relancé la question de mon fils :

— Dis-moi, Georges, c'est quoi l'ego ?

Il a troqué son rire de père Noël pour un rire que je qualifierais de « psychiatrique » ; c'est-à-dire un rire qui contient une réponse sans la révéler (peut-être est-ce le même rire, au fond ?).

Je lui ai dit que j'étais très sérieuse. Il m'a répondu :

— Eh bien, c'est le « moi » ; c'est tout ce qui structure le « moi ».

Je lui ai demandé s'il ne pouvait pas être plus précis… De quoi parle-t-on quand on dit : tout ce qui structure le « moi » ? Quel est ce « tout » si structurant ? De quoi est-il constitué ?

Comme moi-même je l'avais fait avec Charlot, il m'a demandé pourquoi je lui posais cette question. Je lui ai fait écouter les enregistrements des deux « dialogues » avec mon fils. Il a éclaté de rire de nouveau – Ho Ho Ho – et il a eu cette remarque affectueuse :

— Dis donc, il est aussi curieux que sa mère, cet enfant !

J'ai décidé – après avoir sollicité sa permission – de remettre mon enregistreuse en marche. Et de l'enregistrer, lui. Il a accepté sans condition.

— Georges, soyons sérieux. J'ai probablement été malhabile avec Charlot. Je n'ai ni ta formation ni ton doigté. Et je t'avoue que, venant d'un enfant de neuf ans, sa question m'a déculottée !

— Ne me parle pas de tes culottes, Maryse, ça me fait perdre ma concentration. Et j'avoue que tu m'étonnes. La réponse me semble évidente !

— Alors, le génie, que lui aurais-tu répondu ?

— Que c'est la petite voix qui, dans notre tête, dit « Je ».

— Mais encore ?

— Que l'ego, c'est tout ce que ce « Je » représente !

— Georges !… Ai-je besoin de te rappeler qu'il n'a que neuf ans ?

— Non, Maryse. Mais ma réponse était bien davantage destinée à toi qu'a lui. Il me semble, d'après ce que j'ai entendu, qu'il a clairement manifesté une diminution d'intérêt pour le sujet, non ? Alors, s'il n'a pas besoin d'aller plus loin, pourquoi t'acharnes-tu ?

— Parce que j'ai l'impression d'avoir créé un malaise chez lui plutôt que de lui apporter une réponse apaisante.

— Il ne serait pas chez toi, par hasard, le malaise ?

— Cesse de jouer au psychiatre avec moi, Georges. J'ai besoin de tes lumières. Pour éclairer mon fils. On reparlera de moi plus tard, si c'est nécessaire. Faisons comme si Charlot était encore préoccupé et qu'il revenait à la charge. J'aimerais avoir une réponse lumineuse pour lui, facile à comprendre.

Mais Georges avait raison. La vision de l'ego formulée par Alex – ses bandes dessinées, ses dessins animés – et la gratitude de Charlot à son égard m'avaient laissée sur le cul. Et, disons-le, en rogne. Si j'avais horreur de rester dans la brume devant une question, c'était encore pire devant une réponse, surtout quand mon fils semblait l'avoir comprise, lui, du premier coup. Une insulte à mon intelligence. Et les réactions de Charlot me donnaient l'impression qu'il inversait les rôles. J'avais le sentiment qu'il me regardait comme si j'étais sa fille et qu'il me disait que je comprendrais moi aussi, un jour, quand je serais grande. Mais ce qu'il voulait vraiment dire – je le sais aujourd'hui –, c'est que je comprendrais lorsque je serais enfin « petite ».

Pendant que Charlot sortait peu à peu de l'ego, moi je m'y enfonçais davantage.

Et Georges, à l'époque, était plus obscur que l'intérieur d'un bourgeon en hiver (quand on ne voit pas que, malgré le gel, s'y trame une ultime relation avec la lumière). Il me déroutait bien plus qu'il ne m'aidait.

— Tu pourrais lui dire que l'ego c'est toutes les choses auxquelles il s'identifie. C'est-à-dire ce qu'il répondrait à un ami qui lui demanderait de décrire qui il est. Par exemple : « J'ai neuf ans, je suis fils unique, je vis dans une famille mono-parentale, ma mère est une spécialiste du cerveau, j'aime… » Au fait, qu'est-ce qu'il aime ton fils ?

— Que veux-tu dire ?

— Bien, je ne sais pas, est-ce qu'il aime le hockey, est-ce qu'il collectionne les timbres, est-ce qu'il apprend le piano, l'harmonica, la bombarde ?…

— Il passe beaucoup de temps à l'ordinateur et il joue à des jeux vidéo. Alors, s'il te plaît, où veux-tu en venir ?

— Hummm… Ne crois-tu pas qu'il serait approprié que tu t'intéresses un peu à ce qu'il pense de lui-même ? À ce qu'il croit être ?

— À neuf ans ?

— Eh oui, à neuf ans !… Déjà, à cet âge, on a une image de soi-même, de ce que l'on croit être.

J'essayais de me rappeler à partir de quel âge j'avais su que je serais spéciale. Ou, pour être plus précise, à partir de quel âge je l'avais imaginé. Et ça remontait à très loin. Certainement avant l'âge de dix ans. Longtemps, donc, avant la faculté de médecine.

En y regardant de plus près, je réalisais que dès l'école primaire les autres m'étaient apparus sans intérêt. Enfin, la plupart des autres ; lents, banals, insipides. Ils jouaient au ballon-chasseur plutôt que de s'intéresser à la politique internationale, à l'histoire de l'art, à la musique classique. Je n'avais plus de parents, mais j'avais la culture, le savoir, des opinions. Tout ce qui me rendait unique et m'apportait un peu d'attention. Des regards, des mots, une main sur mon épaule ; de la part des profs et des rares copains et copines : « T'es tellement intelligente, Maryse ! Tu connais tellement de choses ! »

Et de la part de tante Bénédicte aussi, qui ne se gênait pas pour ajouter son grain de sel :

— Il ne faut jamais croire personne, Maryse, crois-moi ! Il n'y a que moi que tu dois croire. Parce que tout le monde ment. À soi-même. Aux autres. À l'univers. Tout le monde se fait accroire n'importe quoi. Se pense plus fin que son voisin. Écoute-moi bien, la grande : la vie, la vraie vie, c'est quand on devient la meilleure. Ça ne m'est pas encore arrivé, mais ça s'en vient. Tu vas voir. Je le sais parce que je sais ce qui est vrai. Et, avec tout ce que tu apprends, tu vas devenir « the best », toi aussi. Il n'y aura plus personne pour t'écœurer. Jamais. Tu pourras envoyer promener n'importe qui, n'importe quand. Et je peux te garantir que depuis le jour où j'ai compris ça, beauté, rien ne pourra m'arrêter. Celle que tu as devant toi, ce n'est que le début de moi-même. Regarde-moi bien aller.

Peut-être était-ce ce que Charlot tentait de comprendre, et ce que Georges soignait...

Embourbée dans ces réflexions, j'ai repris :

— Alors, cher docteur, dites-moi, comment pourrais-je, à partir de ça, expliquer à mon fils ce que signifie avoir un gros ego?

— En fait, tu pourrais lui dire que l'ego, c'est la personne qu'on pense être. Et que la grosseur apparaît quand celui qu'on pense être croit avoir toujours raison. Et qu'il s'imagine supérieur aux autres. Tu pourrais même lui dire que le «qui» on pense être n'a jamais rien à voir avec ce que l'on est en réalité. Jamais!

— Tu veux me redire ça en français, s'il te plaît? Et comment on fait pour savoir ce qu'on est en réalité?

— On va en thérapie!

— Georges, s'il te plaît, ne te moque pas de moi!

— Oh, oh!... On a l'ego susceptible ici!

— Georges!

— Pardonne-moi, Maryse, mais j'aime tellement t'entendre réagir... C'est mon petit côté mâle alpha, je crois... hummm, il faudra que j'en parle à mon thérapeute!

— Tu te fous de moi!

— D'accord, d'accord... Écoute, il me semble que Charlot et toi étiez sur une bonne piste.

— Pourtant, je m'y sens complètement perdue cher docteur!

— Eh bien, peut-être n'êtes-vous pas allée assez loin, chère amie.

— Georges, je t'en prie, sors de ta carcasse de psy et dis-moi quoi faire!

— À bientôt Maryse.

Et il a raccroché.

J'étais frustrée, bien sûr, mais c'était du Georges tout craché. Et ce n'était pas la première fois que j'avais l'impression d'être abandonnée, toute nue, au milieu du désert, à deux cents degrés Celsius, sans carte ni boussole, par le père Noël! Une manière bien personnelle, m'avait-il dit un jour, dans son grand rire bouddhique, de me faire comprendre que je n'étais pas très loin de ma destination...

Notes de Georges
15 septembre 2000, en soirée

« Du Bonheur » m'a téléphoné cet après-midi.

J'aime bien l'appeler « Du Bonheur » dans l'intimité, c'est-à-dire quand elle n'est pas là. Pour la faire apparaître dans mes rêveries : « Du Bonheur, ouvre- toi ! »

Code secret. L'équivalent d'une main qui frotterait une lampe magique pour en libérer le génie. Un rappel de cette vieille émission américaine : Jinny, dont j'étais un fan fini. Mon premier fantasme : Barbara Eden[5]. Ce ventre nu. Ce décolleté plongeant. Ces sensations nouvelles qui me traversaient le corps.

« Du Bonheur » me fait le même effet, multiplié par toutes les années de rencontres quotidiennes. Dans les corridors. Son bureau. Le mien.

Et à cause du stationnement.

Quand je trouve le moyen de quitter l'hôpital à la même heure qu'elle.

Et que je la suis.

Sans qu'elle s'en aperçoive.

Pour l'observer. À distance. Dans l'ombre. En secret.

Sa démarche. Son style. Son magnétisme.

Même sans ventre nu. Même sans décolleté plongeant.

Je devrais d'ailleurs l'appeler « Du Bonheur » lorsque je suis en sa présence. Pour qu'elle apparaisse davantage. Pas de prénom, seulement son nom :

---

5   Barbara Eden : actrice américaine née en 1931 et jouant le rôle titre de cette émission.

— *Salut Du Bonheur, t'en as sauvé combien cette semaine ?*
Deux, trois, cinq ?... Et le score ?... Quatre à zéro pour les vivants ?
Ah non ?... Plutôt le contraire... Ce n'est pas une bonne semaine ?
Ils ont perdu les vivants ? Dommage... T'auras quand même tout
donné, la grande !
Elle ragerait, c'est sûr.
J'adore sa rage.
Cet air qu'elle a devant quelque chose qu'elle ignore.
C'est d'une beauté à se faire pâmer d'émoi la Mona Lisa[6] ou
n'importe quel chef-d'œuvre de Modigliani[7].
Si elle savait, la « Du Bonheur » ; si elle savait... Comme j'aimerais
faire surgir, en la caressant, l'être qui l'habite. En entier. La
« Jinny Du Bonheur ».
Il me faudrait juste un petit signe, un indice qui signifierait : « Oui,
le gros Paris, tu m'intéresses... »
Mais non.
La froideur. Le professionnalisme. Le cancer avant tout.
Moi qui lis des visages depuis des années, décode des phy-
sionomies, interprète des silences, cette fois, je suis impuissant...
Je veux dire psychiquement. Du point de vue du cœur.
« Vêtements, bijoux, parfum ; a-t-elle pensé à moi en harmo-
nisant tout ça ? » Le genre de questions que je me pose dès que je
l'aperçois. Incapable de m'en empêcher. Un effort pour apaiser
la violence du désir.
Un seul discours chez elle ; sa carrière, ses succès, ses victoires sur
la mort. Zéro connexion de ventre à ventre. Peut-être est-il trop
gros mon ventre ?
Elle n'envoie aucun message. Comme si elle n'avait pas d'intérêt
pour moi en dehors de mes connaissances, de mon expertise, du
regard médical que je peux ajouter au sien.
Je suis le complément. Elle est le sujet. Le verbe. Nous ne sommes
pas dans la même phrase.
J'entrevois cependant une éclaircie : son fils, Charlot.

---

6   Mona Lisa : modèle du célèbre tableau *La Joconde* peint par Léonard de
      Vinci (1452-1519).
7   Amadeo Modigliani : peintre et sculpteur italien (1884-1920).

Cet adorable bout d'homme. Ce «Petit Poucet[8]» à cheveux roux que j'adopterais demain matin, s'il n'avait pas de père, bien entendu.

En a-t-il un d'ailleurs ?

Son père, Jérôme, un clown, un pseudothérapeute, un amuseur de foire...

Bon, attention le gros Paris, t'es jaloux. Rappelle-toi que tu fais le clown toi aussi. À ta façon. Il n'y a que les déguisements qui diffèrent.

Charlot a questionné sa mère au sujet de l'ego : «Maman, c'est quoi l'ego ? »

Neuf ans !

Jamais un de mes étudiants ne m'a posé cette question. Pas un seul ! En vingt ans d'enseignement. Des adultes supposément.

C'est pourtant la question centrale dans l'univers de la psychologie. Et de la psychiatrie. Comme l'est le soleil dans le système solaire. Et voilà qu'un gamin de neuf ans s'interroge à ce sujet. C'est le monde à l'envers.

Ou le contraire, peut-être : le début d'un monde à l'endroit.

La plus importante révolution de toute l'histoire de l'humanité. La seule valable parmi toutes les révolutions qui ont secoué ou façonné le monde.

La révolution du renversement de l'ego. Avec Charlot à sa tête.

J'adhère...

Sa mère sollicite mon avis. Est-ce une occasion pour lui parler de mon propre ego ?... Pourquoi pas ?

Au fond, j'ai le même problème que Charlot : je ne me sens pas choisi moi non plus.

J'ai la main en l'air, au fond de la classe, avec la Du Bonheur comme professeur...

---

8   *Le Petit Poucet* : l'un des *Contes de ma mère L'Oye* de Charles Perrault (1628-1703).

Gros ego 2 – En soirée, à la maison
15 septembre 2000

En fin d'après-midi, je n'avais que Georges en tête. J'étais plus frustrée que jamais. Et si j'avais eu sous la main une poupée de chiffon représentant Bouddha, je lui aurais planté des aiguilles partout. Surtout dans la tête... Et entre les jambes ! Avec une pensée vicieuse à chaque coup : « Tiens toi, le psychiatre, prends ça ! »

Mais le psychiatre en question m'avait intriguée avec cette idée : « Le "qui" on pense être n'a jamais rien à voir avec ce que l'on est en réalité. » Et plutôt que d'être coincée avec une seule question : « C'est quoi l'ego maman ? », voilà que je me débattais avec deux.

Qu'avait-il voulu dire, le chameau ?

J'avais donc décidé de reprendre la conversation avec Charlot, mais sans trop savoir par où commencer. À mon grand soulagement, dès mon retour à la maison, il a lancé :

— Maman, dis-moi pour vrai, est-ce que j'ai un gros ego ?

— Je t'ai déjà répondu, mon chéri. Bien sûr que non ! Tu ne te tracasses pas avec ça, j'espère ?

Il est resté silencieux un long moment. Puis, j'ai eu l'impression que c'est lui qu'on avait transpercé avec des aiguilles. Que c'était lui la poupée de chiffon. Il pleurait. De partout.

— Qu'est-ce qui se passe mon chou ?

— J'ai peur d'avoir un gros ego, maman !

— Mais c'est quoi cette histoire ?

— J'essaie de me sentir bien quand je lève la main et que je suis pas choisi. Mais je suis pas capable !

— Et t'essaies comment ?

— Je sais pas. Je dis dans ma tête c'est pas grave ! Mais je continue quand même de me sentir mal.

— Mal ?

— Oui !... Pourquoi j'apprendrais des choses si je peux pas les montrer ?

— Ne crois-tu pas que tu pourrais apprendre des choses juste parce que ça peut être utile ou amusant ?

— Comme quoi ?

— Maîtriser la langue française, par exemple ! Pour t'exprimer clairement quand tu parles ou écris. Ou pour comprendre les écrivains, les poètes, les philosophes…

— Maman, il est où l'ego dans ce que tu dis ?

Sans que je sache pourquoi, j'étais de nouveau exaspérée. Les dents serrées, j'ai failli répondre : « Partout ! Dans chaque parole que je prononce ! Dans chaque pensée qui me traverse l'esprit ! »

Une impatience volcanique.

Une irritation « pit-bull ».

Puis je me suis rappelé ma « brillante » idée de projet de recherche : « Explorer la réaction neurohormonale associée au passage instantané de la jouissance intellectuelle à l'exaspération la plus vive » et, bizarrement, cette seule pensée – brève, fugace – a suffi pour inverser le courant ! Je me sentais calme de nouveau. Enthousiaste même. Et plus curieuse encore : « Une pensée pour provoquer l'irritation et une autre pour ramener le calme... que se passait-il neurologiquement ? Hormonalement ? » À suivre...

J'ai ignoré la dernière question de mon fils et poursuivi mon exposé concernant les apprentissages utiles ou amusants :

— Quand on apprend la géographie d'un pays, ce n'est pas pour montrer à tout le monde qu'on sait des choses, mon chéri. C'est pour se débrouiller dans ce pays quand on le visite. Pour ne pas s'y perdre. Savoir où vit un ami qu'on veut visiter.

Un paysage. Une architecture d'une beauté particulière. Découvrir d'autres façons de penser et de vivre. Mais quand une personne apprend la géographie pour montrer qu'elle en sait plus que les autres, c'est parce que ça la rend spéciale à ses propres yeux, et qu'elle a ainsi moins peur d'être insignifiante ou de se sentir nulle, comme tu dis. Elle se sent supérieure, exceptionnelle, unique donc, pas nulle. C'est une manière de se donner une certaine valeur, de se sentir quelqu'un et, par conséquent, vivante.

À m'écouter parler, je m'impressionnais moi-même ! Mais mes propos n'avaient pas du tout le même effet sur Charlot.

— Maman, je suis fatigué.

— D'accord mon chéri, mais tu n'as pas un gros ego, crois-moi !

— Comment peux-tu savoir que j'ai pas un gros ego si t'es même pas capable de me dire c'est quoi ?

Il avait lancé cette phrase avec le cynisme d'un vieil athée.

Il m'a fixée en reculant, comme s'il me repoussait, avec ses yeux.

Je n'avais jamais vu pareille expression sur son visage d'enfant. Ni sur aucun autre visage d'enfant d'ailleurs. J'en ai pourtant rencontré des centaines dans ma vie. Tous plus mal en point les uns que les autres. Je peux maintenant lire les expressions de détresse, de colère ou de peur avec la même acuité que je lis un scan cérébral ou un électro-encéphalogramme. Mais l'expression qui avait envahi le visage de Charlot, je ne la connaissais pas !

Il était visiblement convaincu d'avoir un gros ego ! Et pour une raison qui m'échappait totalement, il semblait en faire l'objet d'une angoisse terrifiante. Comme s'il s'était transformé, à ses propres yeux, en monstre.

Derrière lui, je pouvais voir son lit. Il l'avait entouré de toutes les figurines immondes qui peuplaient sa chambre.

Dark Vador n'était plus seul désormais ; le Joker, Dracula et autres créatures malfaisantes lui servaient de compagnons d'armes. Pourquoi ? On aurait dit que Charlot voulait s'isoler

au milieu d'une armée protectrice, des monstres au gros ego...
gros comme celui qu'il croyait avoir !

Bien sûr, il ne faisait pas ce lien. Et, à ce que je sache,
il connaissait peu ces monstres à part Dark Vador, bien sûr,
auquel il avait continué de s'intéresser après avoir vu *La menace
fantôme*. Les autres figurines avaient capté son attention alors
qu'il feuilletait un répertoire de bandes dessinées que m'avait
offert Alexandrine. Il les avait trouvé belles et je lui en avais
fait cadeau. C'est moi qui attribuais un gros ego à Dark Vador,
au Joker et à Dracula. Et je me suis demandé si Georges n'avait
pas raison. Au sujet des cadeaux. Et de l'enfance.

Je ne reconnaissais plus mon fils. J'avais l'impression que
nos échanges le rendaient inaccessible. Qu'il disparaissait,
peu à peu, dans un monde sans repères. Un monde où, à son
âge, il est facile de se perdre.

Contrairement à ses monstres, j'étais totalement désarmée ;
je n'entendais plus le clouc !

La maladie de Kjer
Novembre 2000

Une bombe est tombée sur la vie de Charlot. Sur la mienne aussi. À cause des lunettes…

Mon fils a subi un premier examen de la vue au mois d'octobre. Et des tas d'autres par la suite. Une pluie d'examens. J'ai eu recours au meilleur ophtalmologiste de l'hôpital, un autre ami : Robert Le Borgne. Son nom nous relie. Tout comme moi, il a eu droit aux moqueries et à l'incrédulité mais, contrairement à moi, il ne semblait jamais atteint. Avant même d'être admis en médecine, il disait avec assurance qu'il voulait devenir ophtalmologiste. Il annonçait la chose à la manière d'une affiche sur la porte d'un bureau : « Le Borgne : ophtalmologiste ! », et il éclatait de rire : « Je sais, on se bidonnera, mais je m'en fous, les yeux me passionnent et je veux les soigner ! »

Il parlait de l'œil non pas comme d'une porte d'entrée, mais comme d'une porte de sortie : « C'est un organe qui permet de dire qu'on est là, Maryse, sans parler. »

Sa passion l'amenait à railler les railleries : « Je garde un œil sur tous ceux qui se moquent, on verra bien qui rira le dernier. »

Au cours de sa résidence, on est allé jusqu'à lui suggérer de choisir une autre spécialité – la gynécologie, par exemple –, un domaine où son nom ne mettrait personne mal à l'aise. Mais les yeux l'intéressaient par-dessus tout, et c'est sur cet intérêt que ricochaient les blagues: «Les sarcasmes ne m'ébranlent pas, Maryse, car je sais clairement où je vais. Et ce n'est pas mon nom qui va m'empêcher de traiter des enfants malades. Un nom ne doit pas être une prison.»

Quand il devait annoncer un problème grave, il était direct et ne cachait rien: «Atrophie du nerf optique, Maryse. Peut-être une forme sévère. Certains tests révèlent que ton fils a également perdu un peu de son audition. On va le suivre de près. Je crois que c'est la maladie de Kjer. Y en a-t-il dans ta famille?» Il tenait pour acquis que je connaissais cette maladie. Mais pendant que ses phrases sciaient ma tête, j'ai cessé de me souvenir, d'avoir une mémoire. «Blanc total» «Black out!» («Blanc» en français – «Black» en anglais, pour décrire l'absence; comme s'il n'existait pas de mot juste pour traduire l'état dans lequel je me trouvais.)

Sur le coup, j'ai fait comme si je savais, j'ai opiné du bonnet. Puis j'ai aperçu le visage de Charlot. Ses yeux ressemblaient à des mains de mendiant, gelées, un peu mauves. Mon fils quêtait une explication; j'étais pour lui la donatrice... mais je n'avais rien à offrir.

En fait, j'avais oublié ce qu'était la maladie de machin-chose, mais l'expression «atrophie du nerf optique» sonnait le glas dans mon crâne. Le mot «cécité» y résonnait à répétition. Ma tête entière vibrait comme une grosse cloche et c'était l'image d'un Charlot aveugle qui en frappait les parois.

Que deviendrait ma vie? Mes rêves? Mon succès? Ces pensées bousculaient toutes les autres, comme si j'étais deve-nue la plus grande admiratrice de ma propre personne, et que les images évoquant mon échec écartaient toutes celles qui ne me concernaient pas. Je voulais continuer à me voir moi-même recevoir des prix, dans ma tête, depuis la première rangée; pas en train de m'occuper d'un handicapé visuel!

Aujourd'hui, quand je songe à cette réaction – et j'y songe souvent –, je retrouve les bas-fonds dans lesquels l'ego peut nous entraîner – la négation de l'autre – et je sens encore la main de Charlot qui s'agrippe à mon «sarrau», fermement, pour me rappeler son existence : « C'est quoi, maman, la maladie de "qui... hier" ? »

Je n'ai pas eu à répondre. Devant mon hébétude, Robert l'a fait pour moi. Pour ma part, d'un geste lourd, machinal, j'ai démarré l'enregistreuse. La voix de Robert s'est gonflée d'une chaleur paternelle :

— C'est une maladie du nerf optique, Charlot. Le nerf optique, c'est un microfil qui conduit à ton cerveau les images que capte ton œil. Dans ton cas, ce nerf a commencé à s'affaiblir. Le courant passe mal. C'est pour ça que tu vois moins bien au tableau. Tu me suis ?

— Oui, je comprends. Et comment elle s'attrape cette maladie ?

— Ça ne s'attrape pas, mon grand. C'est transmis dans les gènes. On vient au monde avec. Mais elle s'amplifie au cours de l'enfance.

— Ça veut dire que je l'avais en moi quand je suis né ?

— Oui, c'est ça. Mais personne ne pouvait le savoir.

Charlot haussa les épaules, puis il eut cette phrase étrange :

— Il y a beaucoup de choses dans ma tête que personne connaît. Et elles m'empêchent aussi de voir au tableau.

Robert s'est tourné vers moi, interloqué. J'ai plissé le front et secoué la tête, signifiant que j'étais aussi déconcertée que lui. Charlot a poursuivi :

— Madame Leblanc a parlé des gènes à l'école. Il n'y en a pas seulement dans les humains, mais dans les plantes aussi. Et les animaux. Chez nous, les enfants, ça donne la couleur des yeux et des cheveux. Et notre grandeur. Madame Leblanc voulait expliquer nos différences.

Robert, avec un sourire attendri, a confirmé :

— Oui, c'est tout à fait ça. Madame Leblanc connaît bien sa matière.

— Et pourquoi on l'appelle « qui... hier », cette maladie ?

— Ça s'épelle K-J-E-R ; Charlot : Kjer. On prononce Kièr. C'est le nom du médecin qui l'a décrite pour la première fois.

— Et on guérit comment ? Avec des lunettes ?

Robert s'est de nouveau tourné vers moi. C'était au tour de ses yeux de mendier. Ils étaient comme à genoux, un peu tendus vers le ciel. Je ne savais pas s'ils sollicitaient la permission de répondre ou s'ils m'imploraient de prendre le relais, en tant que mère.

Robert est un homme discret. Il exprime rarement ce qu'il ressent. Il parle surtout avec ses yeux. Peut-être est-ce la raison pour laquelle il tient tant à protéger ceux des autres. Plus particulièrement ceux des enfants.

Contrairement à Georges, il a tout du « docteur » classique. Complet-cravate. Chemise assortie. Cheveux courts. Ses diplômes ornent les murs de son bureau, sobrement encadrés. Et ils sont nombreux. Il en est de même pour les prix qu'il a remportés. Ils me font d'ailleurs envie. Mais il n'est pas prétentieux. Il ne s'agit pas pour lui d'une façon de s'afficher lui-même. Quand on lui parle de tous ces papiers, il répond que ce ne sont que des papiers. Et qu'il ne voulait pas les égarer. Et que la meilleure façon de les retrouver facilement était de les ranger sur les murs. Bien en vue.

Nous nous sommes connus à l'école secondaire. Il est devenu le frère que je n'ai jamais eu. Un frère, vraiment ! Jamais de relation amoureuse entre nous. La complicité de ceux qui n'ont pas le sexe comme lien, ou comme obstacle.

Il a trois enfants, «les trois étoiles de mon ciel» dit-il régulièrement à leur sujet. Et il s'empresse d'ajouter : « Avec Alice, ma compagne, ça fait quatre. C'est bien suffisant pour un petit ciel comme le mien, quatre étoiles ! »

Comme je viens de le dire, il préfère le silence aux mots. Mais quand Charlot lui a demandé comment on guérissait, il n'y avait plus de silence confortable où se réfugier. Pour personne.

Cette fois-là, je suis certaine que Robert aurait préféré mettre de l'espoir dans ses mots et les tendre à Charlot en disant : «Écoute ça, jeune homme, c'est la plus belle musique du monde. »

C'est un silence désarmé qu'il m'a tendu.

Alors qu'il connaissait la réponse et ne voulait pas la donner (il avait comme baissé la main, au fond de la classe), ma mémoire refaisait surface. Tout revenait : Kjer, une maladie génétique. Très rare. 1/30 000. Aussi appelée « Atrophie optique dominante » ou « AOD » pour les habitués. On n'en guérit pas. La vue diminue progressivement. Parfois jusqu'à la cécité. Pouvais-je être porteuse de ce gène ?

Aussi loin que je pouvais remonter, je n'arrivais pas à trouver… Mes parents étaient décédés dans un accident de voiture. J'avais trois ans. Une soirée trop arrosée chez des amis médecins. J'ai été prise en charge dès le lendemain par la sœur de ma mère. Ma mère n'avait qu'une sœur, ma marraine, tante Bénédicte, vingt-trois ans au moment de l'accident. Et mon père était fils unique. Je n'ai jamais rencontré mes grands-parents maternels. Ils vivaient en Europe et n'entretenaient que très peu de liens avec leur fille. Pourquoi ? Mystère. Ils étaient décédés à quelques mois d'intervalle à la fin des années 1980. Du cancer tous les deux. Mon père avait, comme moi, perdu ses parents en bas âge. Je n'ai jamais su de quoi ils étaient morts. Un vague incendie. Autre mystère. Je n'ai pas fouillé. Aucun intérêt.

Tante Bénédicte avait elle aussi disparu dans une tragédie.

Peu après mon départ pour l'université, elle avait été heurtée par un jeune chauffard qui faisait une « course de voitures entre amis ». Elle faisait une promenade près de chez elle, vers vingt-trois heures, en plein été. Crâne fracassé sur le pavé. Elle est passée de complètement saoule à ivre morte. Jeu de mots détestable, je sais, on ne devrait pas jouer avec la mort, même quand elle donne envie de dire « bon débarras ». « Terrible accident » ont titré les journaux. On parlait d'elle dans tous les médias, même à la télévision. Elle aurait aimé ça, tante Bénédicte.

Le chauffard, dix-sept ans, avait dû être traité pour un choc nerveux. Elle était âgée de trente-huit ans seulement, ma tante.

Je n'avais pas eu de peine. Pas de larmes. Tiny Tear n'aurait pas eu le ventre enfoncé ce soir-là. Elle n'aurait même pas bu.

Je ne me rappelais pas d'une allusion de tante Bénédicte à la maladie de Kjer.

Dans une confusion extrême, j'ai regardé Charlot et j'ai bafouillé :

— Non, mon chou, on ne guérit pas.

Il n'a pas réagi. Comme s'il s'agissait pour lui d'une vieille nouvelle qui, en prenant de l'âge, avait perdu tous ses effets.

— Ça veut dire que je vais devenir aveugle ?

J'ai fermé les yeux. Enfin, je crois avoir fermé les yeux. Pour voir comment ce serait, plus tard, dans son monde. Et pour trouver, peut-être, une réponse dans cette forme particulière d'obscurité.

C'est fou tout ce qu'une telle question peut mettre en scène dans une tête. La catastrophe, la tragédie, l'enfer. Du théâtre, du cinéma, des « première page » de journaux. Il y a même la voix d'un « Morning Man » qui propose une collecte de fonds pour une nouvelle fondation avec bibi en entrevue. On se voit en martyre ou en héroïne, et on finit par oublier la question.

— Maman, est-ce que je vais devenir aveugle ?

J'ignore combien de temps j'étais demeurée silencieuse, mais ce fut suffisant pour qu'il repose sa question. J'ai ouvert les yeux. Enfin, je crois avoir ouvert les yeux, car je ne suis pas certaine de les avoir vraiment fermés.

Quand je l'ai vu de nouveau, j'ai compris la phrase étrange qu'il avait prononcée, quelques instants plus tôt : « Il y a beaucoup de choses dans ma tête que personne connaît. Et elles m'empêchent aussi de voir au tableau. » Dans l'état où je me trouvais, je n'aurais même pas pu voir le tableau. Pourtant, j'ai une vision 20/20 et aucune maladie connue. Je n'étais pour ainsi dire pas connectée. Mon attention était branchée sur ces parties de la neurologie qui se font du cinéma, pas sur celles qui sont responsables de la vision.

Moi, spécialiste du cerveau, je n'étais même pas foutue de me rendre compte que l'attention ne peut se porter à deux endroits en même temps. C'est pourtant d'une telle évidence ! On ne peut rien voir quand l'attention est branchée dans la prise de courant reliée au moi, moi, moi ! Tout dans la tête gravite alors autour de sa propre personne. Les mots, les images, tout !

En reposant sa question, Charlot m'a fait réaliser que je l'avais perdu de vue pendant plusieurs secondes ; lui qui venait d'apprendre à neuf ans que sa vie allait chavirer.

Et qu'avait-il voulu dire ? Par quoi son attention était-elle absorbée au point de l'empêcher de voir au tableau ? Quelles étaient ces choses, dans sa tête, que personne ne connaissait ?

L'aveugle, c'était moi ! Et il n'existe pas de plus grande cécité que la bêtise.

Dans ce brouhaha mental, Charlot, avec beaucoup de patience, a reposé sa question une troisième fois. Je me suis rappelé ses trois ans. Le jour où il m'avait demandé « d'où je viens ? » à trois reprises :

— Maman, on dirait que tu m'entends pas. Dis-moi, est-ce que je vais devenir aveugle ?

C'était une part essentielle de mon travail de répondre à ce genre de question. J'annonçais des mauvaises nouvelles presque chaque jour. J'avais reçu des éloges au sujet du doigté dont je faisais preuve dans de telles circonstances. Mais l'assurance que je déployais au quotidien, devant mes jeunes patients et leurs parents, avait complètement foutu le camp devant mon propre enfant.

Constatant ma détresse, Robert est une fois de plus venu à ma rescousse :

— Pas nécessairement Charlot. Pour te dire la vérité, on ne peut pas prévoir ce qui va t'arriver. Tu ne pourrais perdre qu'une partie de ta vision. Juste une toute petite partie. Ce n'est qu'au fil des années que nous allons le savoir.

Sans broncher, Charlot s'est tourné vers moi et m'a lancé :

— Maman, je veux savoir quelque chose. Quand je t'ai demandé ce qu'était la maladie de Kjer, tu savais la réponse. Je t'ai vue faire oui avec ta tête. Pourquoi c'est le docteur Le Borgne qui a répondu ?

Sur le coup j'ai eu envie de dire : « Parce que c'est lui le spécialiste de la vue », mais la vérité me semblait trop évidente pour que je la cache.

— C'est la peur, mon amour. Pour toi. Pour moi. Et il y avait autre chose aussi. Ma tête était comme un aquarium vide. Je ne me souvenais de rien. Je n'ai pas voulu montrer à Robert que je ne savais pas la réponse, mon ignorance. C'est à cause de l'ego, je crois.

Le corps de mon fils se tordait comme s'il avait envie de faire pipi et qu'on l'empêchait de se rendre aux toilettes. Et même si mes propos étaient à cent lieues de ce que Robert venait d'annoncer, j'ai senti le besoin d'en rajouter :

— Autant tu peux souhaiter que Monsieur Bergeron te choisisse quand tu connais la réponse, autant je ne voulais pas que le docteur Le Borgne sache que je ne la connaissais pas. Je t'ai déjà dit que l'ego c'est cette chose qui en nous veut être choisie ; eh bien parfois, je pense que c'est le contraire, cette chose ne veut surtout pas être choisie.

J'allais enchaîner sur le besoin d'être aimé et la peur d'être rejeté, quand il m'a interrompue sur le ton de quelqu'un qui veut mettre subitement fin à la conversation :

— Je comprends !

Je lui ai demandé ce qu'il comprenait et, un peu sèchement, il a jeté :

— Oublie ça, maman. On a pas besoin d'en parler.

Robert a levé les sourcils, comme ébahi par des réponses qui – il me le dirait plus tard – lui semblaient sortir d'une profonde maturité, d'un âge avancé. Ou de quelque chose qui n'avait rien à voir avec l'âge, mais avec cette intelligence que fait parfois germer la souffrance.

J'ai repris :

— Charlot, je voudrais savoir ce que je ne connais pas en toi qui t'empêche de voir au tableau. Tu viens d'apprendre que tu as une maladie qui pourrait te rendre aveugle. Il est normal que je sois inquiète. Et que je me préoccupe de ce que tu ressens.

— T'as pas entendu le docteur Le Borgne, maman ? Je vois encore.

Puis, appuyant sur chaque syllabe, il a répété, dans ce qui ressemblait presque à un cri :

— JE VOIS EN – CO – RE !

Et comme s'il avait trente ans de réflexion derrière lui, et une sagesse mariant la pop-psychologie à la poésie, il a ajouté avec énormément de tendresse dans la voix :

— Je vais regarder les étoiles, maman, encore plus qu'avant. Parce que je les aime comme des sœurs. Celles que j'ai pas eues. Et parce que je veux les voir comme il faut avant de peut-être plus les voir du tout. Et toutes les autres lumières aussi. La lune. Et les lucioles. Qui sont comme d'autres sœurs plus petites. Que je verrai chez marraine Alexandrine quand on ira. Et même les lumières dans la pluie. Et dans les ombres aussi. Et je vais regarder la noirceur même si j'ai peur. Et peut-être que quand on est aveugle, on peut voir la peur.

J'étais médusée. Totalement. À neuf ans, ce n'était pas possible. Il y avait quelqu'un d'autre que lui dans ces paroles. J'avais rarement entendu de tels propos au cours de ma vie. Même chez des personnes de mon âge. Et je n'aurais jamais pu dire ça, moi, malheureusement !

Les paroles d'Alexandrine, lors de l'accouchement, sonnaient plus fort que jamais : « Il va t'en faire voir de toutes les couleurs, ma chère, et tu vas en redemander. » Mon fils m'en faisait voir de toutes les couleurs, effectivement, mais je n'étais pas sûre de vouloir en redemander.

Robert, comme assommé, n'a pu retenir ces mots mala-droits :

— Mais d'où il sort celui-là? Neuf ans?... Tu te rends compte Maryse? Ce n'est pas d'un ophtalmologiste dont il a besoin, ton gars, c'est d'un imprésario!

Charlot n'a pas réagi. Mais moi, si! Prenant mon fils par les épaules, accroupie devant lui, je l'ai exhorté:

— T'as peur, mon amour? T'as peur de quoi, dis-moi!

Sans tenir compte de ma question, il a enchaîné avec une phrase qui devait, par la suite, se révéler digne de Georges Paris:

— Moi, je peux pas guérir, maman, mais toi, tu peux!

Sur le coup, désemparée et incertaine d'avoir saisi, j'ai laissé tomber:

— Mon chéri, je suis vraiment désolée! Je ne peux pas te guérir moi non plus. Personne ne peut te guérir.

Sans hésiter et me regardant droit dans les yeux, il a été extrêmement clair:

— T'as pas compris, maman. Pas moi! Tu peux pas me guérir, moi. J'ai compris ça. Mais tu peux te guérir, toi. Et tu m'as déjà expliqué comment. Quand tu m'as dit d'où je venais. Et c'est comme si tu l'avais oublié encore une fois. Parce que tu regardes plus les étoiles même quand on les voit beaucoup, chez marraine. Et quand je les regarde, je vois que je suis pas plus petit que toi. Et les lucioles non plus. Et je sais pas si les lucioles ont peur de s'éteindre. Et les étoiles, est-ce qu'elles ont peur de s'éteindre, maman, les étoiles? Parce que docteur Georges dit que les étoiles s'éteignent. Comme les lucioles. Sauf que ça prend plus de temps. Et pour mes yeux, c'est peut-être ça. Le morceau d'étoile que je suis qui s'éteint en commençant par là (il indiquait ses yeux avec ses doigts). C'est ça, maman, tu peux te guérir si tu comprends que mes yeux, c'est comme une étoile qui commence à s'éteindre. Pas une étoile comme tu veux être, toi, mais une vraie étoile. Est-ce que tu t'en souviens maintenant, maman, quand tu me l'as dit d'où je viens? »

Et pour me faire bien comprendre qu'il n'avait pas l'intention d'aller plus loin, il a conclu:

— Allez maman, t'es pas obligée de répondre pour me faire plaisir. On s'en va. Merci Docteur Le Borgne. J'aime les étoiles comme vous. Je sais ce que vous voulez dire avec vos enfants. Ils sont chanceux. Maman m'a déjà dit que j'étais une étoile, moi aussi. Un morceau d'étoile. Quand j'avais trois ans. C'était pour m'expliquer d'où je viens. J'ai jamais oublié. À la prochaine, Docteur Le Borgne.

Son père – Et une soirée au cinéma
8 décembre 2000

J'ai fait analyser mes cellules au service de génétique de l'hôpital et, ouf, je ne suis pas porteuse du gène fautif! C'est la faute de Jérôme!

Ma joie flirtait avec la jouissance. J'ai dû enfoncer mes ongles dans le cuir de ma chaise pour ne pas hurler. Il n'aurait pas été prudent de répandre mon extase dans mon bureau; il suffit d'un rien pour lancer des rumeurs et faire apparaître des regards chargés de sous-entendus.

Dans un service d'oncologie pédiatrique, où la mort est omniprésente, la vie peut emprunter parfois des voies perverses pour s'accrocher; la rumeur en est une, la culture du bouc émissaire en est une autre. Quand on est à court d'explications et de coupables, on en invente, ça rassure et ça donne l'impression d'avoir du pouvoir sur quelque chose, même si ce quelque chose n'existe pas.

En fin de soirée, alors que Charlot dormait, j'ai célébré au champagne. Du Dom Pérignon s'il vous plaît, les bulles de la légèreté et de l'ivresse. J'ai même dansé avec les écouteurs aux oreilles et le baladeur à la ceinture. Sur la chanson de Gloria Gaynor: *I will survive*[9].

La coupe de champagne en guise de micro, je jubilais en boucle. Du «lypsynch» pour ne pas réveiller Charlot. Les pieds sous l'emprise de cet air magique, je gueulais par en dedans:

---

9   *I will survive,* Paroles et musique: Freddie Perren et Dina Fekaris, 1978.

I will survive I will survive

Je la connaissais par cœur cette chanson, je l'avais chantée tellement souvent à l'époque de la rupture. Et là, devant la libération de mes gènes, j'étais à nouveau reine du disco :

Oh as long as I know how to love
I will survive.

Charlot ne pourrait jamais me reprocher à moi, sa mère, de lui avoir transmis l'obscurité. C'est son père qui devrait vivre avec ce poids sur la conscience.

J'adhérais totalement à la culture du bouc émissaire et j'avoue y sombrer encore, de temps à autre. On y échappe difficilement. Elle revêt un rôle majeur dans le spectacle offert à chaque instant par la modernité. Le meilleur roman policier contemporain ne coûte presque rien, c'est le journal quotidien. Page après page on y pointe des coupables, des fautifs, des imparfaits. Le journalisme d'enquête est une police d'assurance contre l'insomnie. Il débusque la moindre erreur et conserve le monde propre, à l'abri de l'imperfection. L'unique chose à laquelle il ne s'intéresse jamais est l'origine réelle du crime : l'ignorance. Il passe sans cesse à côté du seul véritable coupable : « l'ego ».

Ce que nous prenons pour de la justice révèle une méconnaissance totale du fonctionnement de l'esprit humain. Je le sais, un garçon de neuf ans me l'a appris.

Ce soir-là, pour une rare fois, j'ai joint Jérôme au téléphone. J'avais une envie folle de lui annoncer qu'il ne pourrait plus avoir d'enfant. Ou qu'il lui faudrait réfléchir – ce qu'il ne faisait jamais – avant de féconder une autre femelle. J'avais hâte de lui dire : « Une chance que tu n'en as pas eu d'autre ! »

J'espérais même qu'il soit préoccupé chaque fois qu'il baiserait. Je voulais qu'une inquiétude s'installe dans son cerveau en permanence, comme une puce électronique, et qu'elle le fasse ramollir en pleine action, ou ne pas bander du tout.

Je remerciais la vie pour sa générosité, car la maladie de Charlot m'offrait l'occasion de faire payer son père pour ce qu'il m'avait fait, neuf années plus tôt. Je ne voyais nullement l'absurdité de mon raisonnement, j'étais euphorique !

L'ego n'a pas de limites dans sa soif de vengeance, il bafoue toute forme d'intelligence et plonge à fond dans l'énergie fournie par le plaisir de dominer et d'écraser l'autre comme un vulgaire puceron. Quel privilège ! J'allais pouvoir hanter Jérôme, lui enfoncer dans la cervelle son manque de respect, son inconscience, son absence de sérieux, la vacuité de son sens des responsabilités : « Tu es porteur d'un gène qui transmet une maladie grave, Jérôme. Cette maladie rend aveugle, ton fils va devenir aveugle. »

Il a réagi avec la grandeur d'âme que je lui connaissais :

— Merde, Maryse, je n'ai jamais voulu cet enfant. Je n'en avais aucune envie. Et j'ai été honnête. J'avais même insisté pour que tu te fasses avorter en disant que j'étais un ti-cul, et qu'un ti-cul ne peut pas élever un autre ti-cul. Tu ne voulais rien savoir et tu n'as prêté aucune attention à ma demande. J'étais prêt à payer, tu te souviens ? La maladie de Charlot, ce n'est pas un coup du sort, Maryse, mais une preuve que j'avais raison. C'est toi qui as voulu le garder, et bien maintenant, arrange-toi avec ses yeux.

Il existe des hommes comme ça. Si vous n'en connaissez pas, je pourrais vous en présenter. Il m'a coupé la ligne au nez. Jamais il ne m'a offert de payer quoi que ce soit par la suite.

Je sais aujourd'hui que l'ego a une habileté phénoménale à tout justifier pour ne jamais être pris en défaut : « Non, non, non, ce n'est pas moi, c'est l'autre ! » La culture du bouc émissaire entretient l'inconscience.

Jérôme – la peau de vache (pardonnez-moi monsieur Beguin, madame Beguin) – m'a quittée alors que j'en étais à huit mois de grossesse. Il m'a laissé tomber comme une fusée largue ses réservoirs d'essence – usage terminé, j'ai une vie à vivre, je pars en orbite. Aucune considération pour l'enfant à naître, sa queue avait pris le dessus. Il ne m'a pas donné signe de vie pendant trois ans.

J'étais dévastée. Pas tant pour le bébé que pour moi. Charlot pouvait très bien se passer d'un père – je l'avais moi-même fait et j'en tirais une grande fierté –, mais comment Jérôme pouvait-il me faire ça à moi, Maryse Du Bonheur? Comment osait-il abandonner ce mélange de beauté, d'intelligence et de réussite en devenir? Il fallait vraiment qu'il soit minable. J'ai fini par m'en convaincre et je me suis mise à espérer qu'il disparaisse dans le néant, pour de bon.

Mais il est réapparu, le salaud, quand Charlot avait trois ans. Un retour aussi pénible que son départ, sinon davantage. Il a téléphoné un samedi matin : «Allo Maryse, je veux avoir des nouvelles de mon enfant, j'aimerais le connaître. » Comme s'il ne s'était rien passé. Il avait envie de voir : «De quoi j'ai l'air sous la forme de quelqu'un d'autre. »

J'aurais aimé qu'il soit juste à côté de moi pour lui faire avaler ses sifflets, son nez de clown, ses arrosoirs et tout ce qui m'avait jadis séduite. Non seulement je n'existais pas à son départ, mais je n'existais toujours pas à son retour.

Malgré ma hargne, je ne pouvais pas lui refuser d'établir un contact avec Charlot, c'était son fils après tout. Heureusement, il habitait dans le sud-ouest des États-Unis et travaillait dans un cirque très réputé, de sorte qu'il « n'avait pas le temps de venir le saluer » ; il était « trop occupé à réaliser ses rêves ».

J'ai mis des limites : «D'accord mon coco, mais un appel par semaine, pas plus ! » Il n'a jamais respecté ce cadre. Il a continué de faire comme bon lui semblait.

Il téléphonait quand il pouvait, mais ne pouvait pas souvent : «J'ai tellement de choses importantes à faire, Maryse, tous ces spectacles à préparer, tous ces numéros à monter, tous ces costumes à dessiner, c'est d'une complexité que tu ne peux pas comprendre, tu ne l'as jamais fait ! Dis à Charlot que je l'aime. »

Il n'a pas traversé la frontière avant que son fils n'atteigne quinze ans. Autant il avait eu peur de voir son enfant venir au monde, autant il craignait désormais de le rencontrer. Il appréhendait les reproches, je crois, ou plus grave encore, il avait la hantise de l'indifférence.

Charlot a fini par renoncer à le voir, littéralement :

— Je vais peut-être le rencontrer un jour, maman, mais il se pourrait que je le voie jamais. Est-ce que je lui ressemble ?

— Euh, un peu mon chou, un peu. Mais tu es beaucoup plus beau que lui.

— Je sais pas ce que ça veut dire, maman, être beau.

Il a cessé d'attendre les appels de son père. Ce furent sans doute ses premiers pas vers la distinction qu'il allait faire plus tard entre l'amour et l'attachement. L'absence de Jérôme aura au moins servi à ça.

Le salaud ! Ce mot jaillissait dans ma tête chaque fois que je voyais la face de mon ex quelque part. C'était automatique ! Il suffisait d'une photo de lui pour que mon cœur perde le rythme. J'entendais prononcer son nom et mon corps se transformait en celui d'une bête sauvage, une louve-garou, une version féminine de Hulk. Et pourtant, il n'était pas là ; aucun danger, que des souvenirs, que des pensées qui me traversaient la tête et m'empêchaient de dormir.

En vérité, il n'avait jamais été menaçant physiquement ou verbalement. Il était parti, c'est tout ! Disons qu'il ne m'avait pas choisie. Ou qu'il avait cessé de le faire. Un peu comme Monsieur Bergeron avec Charlot. Ce n'est pas du même niveau, je sais, mais la réaction demeurait biologiquement la même.

C'est donc la partie de mon cerveau où se trouvaient rangées les informations concernant mon ex – elles y sont toujours d'ailleurs : les photos, les vidéos, les enregistrements audio – qui se voyait sollicitée quand je pensais à lui. Les archives, la cinémathèque, le disque dur. Et parce que son prénom « Jérôme » mettait ma mémoire à « on », mon corps tout entier entrait en mode combat. (Il ne le fait plus maintenant... Enfin, si. Mais pendant de très brèves périodes. Ça s'arrête rapidement. Charlot m'a montré comment faire. À cause des combats qu'il a dû lui-même livrer.)

Quand j'ai pris conscience de l'importance qu'avait dans ma tête la face de mon ex, je suis devenue gaga. Je ne pouvais pas le croire! La face de mon ex qui laissait présager de nouvelles découvertes, merde! Du matériel scientifique... Mon imbécile de mari qui contribuait à l'avancement des connaissances. Pas possible! Avec sa tête de clown! Et re-merde...

Des tas de questions flottaient entre mes deux oreilles: et si la réponse à la question de Charlot était là; si l'ego n'était qu'un produit de la mémoire? Une fausse identité? D'anciennes photos que l'on montre du doigt en disant: «C'est moi, là!» De vieux mots comme: «Tu m'as choisie. Parmi toutes les autres. Tu as fait de moi quelqu'un de spécial, d'unique, d'exceptionnel. Que serais-je sans toi?» Une accumulation de données que le cerveau cherche à protéger contre une destruction imaginaire, un effacement de la mémoire, un «delete» définitif?

Et si nos corps se trompaient? S'ils confondaient un danger réel avec un danger virtuel? Si la décharge électrique que provoque le nom de mon ex n'était qu'un réflexe primitif, virtuel – archaïque – de la biologie pour protéger des informations récentes qu'on appelle «Moi» ou «Je»?

Et si c'était cette erreur qui provoquait mes tremblements de tête, mes passages instantanés de l'euphorie à l'irritation?

Et si l'ego n'était, au fond, que des «bytes»? Des «mégabytes»? Des «kilobytes»? Des «gigabytes?» Et plus de «bytes» encore?»

Il fallait voir...

Malgré la résistance d'un cadre qui aimait bien abuser de son «petit pouvoir», j'avais amorcé mon projet de recherche sur les manifestations biologiques de mes sautes d'humeur; ma tendance à exploser dès que quelque chose me contrariait ou me dérangeait; un bruit de pas, une voix qui m'interpellait, la sonnerie du téléphone; mon fils qui allait se coucher en me disant bonsoir comme s'il me disait va te faire foutre.

L'étude était simple. Et complexe à la fois. Elle se déroulait entièrement dans mon laboratoire. Je m'assoyais confortablement dans un fauteuil, entourée de mes collègues.

On faisait des prélèvements de mon sang et de ma salive pendant que je pensais à mon ex. En bonne scientifique que je suis, je tiens à la rigueur et au respect du protocole. C'est parfois difficile. Or, quand il s'agissait d'évoquer la face de Jérôme, ça ne me demandait aucun effort. L'information était très facile d'accès.

J'imaginais même des scènes qui n'avaient jamais eu lieu ; je ne faisais pas la distinction. Mais aux fins de cette recherche, ça n'avait aucune importance. Les effets étaient semblables. Et je trouvais ça captivant… Réel, virtuel, bof, les glandes s'en foutaient… et en avant les hormones !

Et on répétait les mêmes prélèvements pendant que je pensais à autre chose. Mes succès éventuels. Mes succès passés. Un enfant qui guérissait ; sa peau qui cessait de vivre dans le monde des spectres, son souffle qui, en compagnie de sa peau, rentrait à la maison. C'est-à-dire dans ce corps qu'on avait envie de toucher, avec son autorisation ; simplement pour se brancher à cette énergie qui réapparaissait ; rose, lumineuse, rayonnante. À la fois neuve comme le matin et vieille comme le Big Bang.

Je songeais à Alexandrine, à ses mains sur le ventre des futures mères, à ses doigts palpant les arachides ou les escargots qui lui disaient : « Enchanté Alexandrine, moi je n'ai pas encore de nom. »

J'évoquais n'importe quelle guérison, la joie des parents ; leurs doigts qui s'enfonçaient dans mes épaules pour y laisser une marque de reconnaissance ; leur voix, réapparue elle aussi, comme celle des oiseaux en mai ; des oiseaux qui chanteraient la gratitude plutôt que la séduction, une célébration de la présence.

Ça suivait donc la séquence suivante : Jérôme dans ma tête (avec sa gueule d'enterrement qui signifiait « adieu ») – Prélèvements – Pause… Pas Jérôme dans ma tête (mais le visage d'un enfant qui disait « allo, je suis de retour ») – Prélèvements – Pause…

On répétait plusieurs fois. Ça durait des heures. Et on introduisait, de temps à autre, des analyses d'urine. On surveillait également le rythme cardiaque et la tension artérielle.

Les résultats sont fascinants. Quand je pensais à Jérôme et à tout ce qu'il m'avait fait vivre, on trouvait dans mon corps les mêmes hormones que chez une bête traquée, sur le point de servir de repas. J'étais pourtant dans un environnement hyper sécurisé : mon laboratoire, mes collègues, le fauteuil. Mais quelque chose se battait dans ma tête, une image de moi qui frappait une image de lui, le con ; la brisait, la broyait, l'anéantissait, « Yes ! » Et tout mon corps luttait sur ma chaise. Armé d'un cœur qui sonnait le clairon : taratata. Et du sang-cavalerie qui accourait. Je veux dire que, bien calée dans le fauteuil, j'avais les jambes et les bras prêts à tout détruire. Comme si une horde de chevaux y détalait. Au grand galop !

Mais si je remplaçais la face de Jérôme par celle d'un de mes petits survivants, la biologie virait, pivotait. La biochimie du sang se modifiait. Celle de la salive et de l'urine aussi. Mon corps désertait son état de champ de bataille pour adopter celui d'un champ de lavande au mois d'août. Avec les abeilles qui chorégraphiaient leur futur miel.

Et on recommençait... Là, dans mon laboratoire, rien ne bougeait autour de moi. À part le signal d'une assistante qui m'invitait à changer d'image dans ma tête. Elle levait l'index. Jamais le majeur. Pour ne pas fausser les résultats...

Tout était calme, silencieux. Et pourtant, mon corps devenait le siège de grandes fluctuations hormonales. On assistait au passage de la biochimie de la peur et de l'agressivité à celle de la paix et de la douceur de vivre. Et vice-versa. La conséquence d'une simple permutation d'images. Dans ma tête.

Ces tests, que j'ai familièrement appelés « les tests du salaud », sont devenus très populaires au sein de mon équipe. Disons que je ne suis pas la seule à m'être fait larguer. Plusieurs de mes collègues féminines ont vécu des expériences semblables à la mienne. Elles ont, elles aussi, été laissées par des conjoints soucieux de devenir eux-mêmes. De partir à la quête de leur « moi ». Et, curieusement, cette quête semblait presque toujours nécessiter la rencontre de femmes plus jeunes.

Bien que des hommes de mon équipe m'aient demandé si on pouvait instituer « les tests de la salope », nous avons convenu que nous adopterions la règle qui prévaut en littérature, que le masculin l'emporterait sur le féminin. L'expression « Les tests du salaud » est désormais consacrée dans notre service. Et nous sommes toute une armée de « pas choisis » à offrir nos veines à la science.

J'ignorais pourquoi, mais j'avais l'intuition que mes travaux allaient me permettre de faire des pas vers Charlot. De trouver une réponse à lui donner. Pour abattre Dark Vador, le Joker et Dracula.

Il me fallait cependant échanger avec Georges, car quelque chose m'échappait encore. Pourquoi, quand je n'étais pas choisie, mon corps réagissait-il comme celui d'une souris en face d'un chat? Comment se faisait-il que, même des années après le départ de Jérôme, je me sois encore transformée en louve-garou quand ma tête se repassait le film : *Mon ex, le salaud* ? Et elle se le repassait souvent, je vous assure, c'était un mégasuccès au box-office de ma cervelle !

La rupture avait été brutale. Jérôme était tombé « follement » amoureux d'une jeune fille de dix-huit ans. Elle avait un petit cul, des seins semblables à ceux de mon adolescence, et admirait mon mari comme s'il eût été un dieu descendu du mont Olympe.

J'avais trente-deux ans, j'étais enceinte jusqu'aux oreilles et je commençais la carrière qui devait me propulser au sommet du mont Olympe.

Elle était roumaine (ah l'exotisme !) et contorsionniste professionnelle. Je m'imaginais souvent les multiples positions dans lesquelles ils pouvaient faire l'amour, alors que je cherchais celles qui me permettraient de dormir.

Il est parti du jour au lendemain en me laissant un mot sur la table de la cuisine : « Je n'ai jamais vécu ça, Maryse. Cette fille et moi, c'est la chimie. Comme je te l'ai souvent dit, la vie est courte ! Il faut donc vivre le moment présent. Je dois m'appliquer à devenir moi-même. Je suis désolé. Merci pour ce que tu es. »

Signé : « Jérôme ».

J'ai obtenu la garde complète.

C'est un artiste : « Je suis un artiste, Maryse. Pour l'instant on ne m'a pas encore découvert, mais ça ne devrait pas tarder, tu vas voir. »

Quand il téléphone, il aime bien rappeler à Charlot qu'il travaille dans « un cirque de renommée internationale, à Las Vegas, le rêve de tous les clowns ».

Charlot a compris très vite ce que son père voulait entendre : « Bravo papa, je suis fier de toi. Continue à faire rire les enfants, ils en ont besoin. »

À l'époque où je l'ai rencontré, Jérôme voulait déjà consacrer sa vie à faire rire les enfants. C'est d'ailleurs ce qui m'avait tant charmée chez lui. Mais j'avais confondu son amour des enfants avec le besoin qu'il avait d'être admiré par eux. Erreur de diagnostic, docteur !

Je faisais mon stage d'externat en pédiatrie à l'hôpital où je travaille aujourd'hui. Il venait y faire du bénévolat, deux soirs par semaine. Il étudiait à l'École nationale de théâtre. Il se déguisait en clown pour se promener d'une chambre à l'autre avec des ballons-chien-saucisse et des souliers-grenouille. Il avait un succès fou et passait pour un héros aux yeux des familles et du personnel soignant, une sorte de missionnaire audacieux et visionnaire. Des personnes n'étant pas au courant de notre histoire de couple ont même dit de lui, plus tard, qu'il avait été un précurseur de Patch Adams – ce médecin qui se sert de l'humour pour soigner. Quand j'entendais ces propos, je prétextais l'urgence de me rendre aux toilettes pour ne pas sortir de mes gonds en public.

Le film qui raconte la vie de ce doc rebelle – Patch Adams – m'a d'ailleurs plongée dans un mélange aigu de colère et de tristesse lorsque je l'ai vu. Je n'ai pas ri du tout ce soir-là ; j'ai énormément braillé. Je ne voyais plus Robin Williams (l'acteur principal) à l'écran, je voyais Jérôme.

À la sortie du cinéma, Georges Paris, qui m'accompagnait, m'a dit avec la subtilité qui le caractérise : « Ton deuil n'est pas terminé Maryse ! C'est devenu pathologique. Tu devrais te faire soigner. Je connais d'ailleurs un excellent psychiatre… »

Je lui ai donné un coup de coude dans les côtes parce que, avec mes talons hauts, je ne pouvais pas lui mettre mon pied ailleurs.

Malheureusement, comme d'habitude, il avait raison. Il m'avait lancé la phrase classique des psys de tout acabit : « T'as un problème avec l'attachement, chère Maryse ! »

J'ai rétorqué : « T'aurais pas quelque chose de plus original que ta psychologie de dépanneur ? »

Il a répliqué – je m'en souviens très bien – avec : « As-tu déjà lu le conte pour enfants : *Lulu au dépanneur* ?

Je lui ai fait signe que non.

Et comme si le père Noël avait le droit de se moquer d'un ancien enfant, il a rigolé : « Ho Ho Ho… c'est parce qu'il n'est pas encore écrit, chère Maryse ! »

Puis il est devenu rêveur, las ou triste. Difficile à dire. À cause de la barbe ou des cheveux. Peut-être est-ce pour ça qu'on met autant de poils sur la face du père Noël ? Pour ne pas voir ? Pour ne pas deviner ce qu'il sait ? Ce qu'il voit ? Ce qu'il entend, peut-être ?

Georges a semblé réfléchir à voix haute :

— Pourtant, ce conte pourrait décrire le sort du monde actuel, Maryse : le désir de toutes les Lulu de la terre, leurs crises, leurs hurlements, leurs larmes au milieu des montagnes de friandises et, pour finir, leur épuisement, leur indigestion. Bref, le portrait de toute une vie ! Le passage d'une insatisfaction à l'autre jusqu'à une mort insatisfaisante… Et des funérailles insatisfaisantes. Il va falloir que je l'écrive ce conte.

Je vais y mettre une Lulu qui, après s'être fait dire «NON!», contemple des bonbons, sourire aux lèvres, sereine. Et même si on lui dit: «Non, non, ma chérie, pas plus de deux!», elle n'en suce qu'un seul, fait miam-miam, et sort tranquillement du dépanneur, ravie.

Pour faire changement, je n'ai rien compris!

Le lendemain de la rencontre où Robert Le Borgne a prononcé le diagnostic comme on prononce une sentence, j'ai revu Georges. Nous avons reparlé de deuil et d'attachement. Au cours d'un repas avalé à toute vitesse, à la cafétéria de l'hôpital, je lui ai demandé s'il avait fini par écrire *Lulu au dépanneur*. Comme il ne répondait pas, j'ai renchéri:

— Te souviens-tu de la soirée Patch Adams?

Il se souvenait très bien.

— Le plus grand obstacle au deuil demeure l'ego, Maryse. D'ailleurs, je ne parle presque plus d'ego maintenant, je préfère utiliser l'expression: activité égoïque. Le mot ego possède un caractère trop identitaire. C'est comme si en disant: «Mon ego», on parlait de quelqu'un. Ce n'est pas une entité, c'est une activité mentale. Le seul fait de remuer le passé pour y découvrir une bonne raison de ne pas avoir été choisi constitue une activité égoïque… Surtout quand on consulte deux cent cinquante personnes pour se faire dire la même chose: «Ça n'a rien à voir avec toi. C'est l'autre le malade.» La paix ne réside pas dans l'activité égoïque, Maryse. Comprends-tu? Elle n'y sera jamais. Le cerveau n'est pas calme quand il lutte pour se refaire une belle image. Il est plein de bruit. En passant, as-tu trouvé les mots pour expliquer à Charlot ce qu'était l'ego?

Devant mon silence, il a poursuivi:

— Tu ne pourras jamais aider cet enfant à comprendre si tu n'as pas d'abord compris toi-même, Maryse. C'est d'une évidence crasse. Pas besoin d'être psy pour saisir ça! Le jour où tu auras cessé de te faire suer en détestant Jérôme, tu sauras quoi dire à Charlot au sujet de l'ego.

Puis, fidèle à ses habitudes, il s'est tu.

Les paroles de mon fils revenaient à ma conscience. Paroles de prodige. Paroles inconcevables dans la bouche d'un enfant de neuf ans. Paroles tournant sur elles-mêmes dans ma tête, comme sorties d'un vinyle usé:

— Je vais regarder les étoiles, maman, encore plus qu'avant. Parce que je les aime comme des sœurs. Celles que j'ai pas eues. Et parce que je veux les voir comme il faut avant de peut-être plus les voir du tout. Et toutes les autres lumières aussi. La lune. Et les lucioles. Qui sont comme d'autres sœurs plus petites. Que je verrai chez marraine Alexandrine quand on ira. Et même les lumières dans la pluie. Et dans les ombres aussi. Et je vais regarder la noirceur même si j'ai peur. Et peut-être que quand on est aveugle, on peut voir la peur.

Mais de quoi avait-il peur, bon Dieu?

Quelques jours après que j'ai téléphoné à Jérôme pour l'informer de l'état de ses gènes, Charlot a reçu une grande enveloppe brune provenant des États-Unis. Nous avons alors appris que Jérôme avait obtenu une importante promotion et qu'il était une des vedettes du nouveau spectacle auquel il prenait part.

Il avait choisi comme nom de scène: «Olaf». C'était dans le programme du *Show of the year* qu'il «se faisait un immense plaisir de faire parvenir à son fils.» Un grand programme en couleurs avec lui, en clown, pour illustrer les pages centrales. On pouvait lire, sous sa photo, en grosses lettres rouge fluo: «O-laugh!» Mais dans la petite lettre qui accompagnait le programme, il racontait qu'au moment de signer des auto-graphes, il écrivait «Olaf», que ça faisait viking, exotique et fort. Je me suis alors souvenue que je l'appelais «mon petit Viking roux» pendant nos fréquentations... Parce que, tout nu, il ressemblait à ces dessins d'hommes du nord dans les livres de contes et que, ajouté à son sens de l'humour, ça m'avait beaucoup charmée. Le salaud!

Le programme était signé: «À Charlot d'Olaf, avec tout mon amour.» Il n'y avait pas de quoi rire.

Pour votre information, sa «Beautiful contorsionnist» – spécialiste de la chimie de l'amour – s'était recyclée dans l'ostéopathie : «Ostéopathe itinérante à votre service»… Elle m'a fait parvenir sa carte professionnelle ! Bilingue.

En revenant de l'hôpital, le soir du huit décembre 2000, alors que j'étais toujours habitée par ma conversation avec Georges, Charlot m'a surprise :

— Dis maman, est-ce que c'était important de savoir de qui ça vient, ma maladie ?

Heureusement, ce n'était pas la première fois que quelqu'un me posait cette question.

— Oui mon chéri. C'est au cas où il y aurait d'autres enfants.

— Tu veux avoir d'autres enfants ?

— Pas pour le moment. Mais ton père, peut-être.

— Je comprends, c'est pour pas qu'il en fasse d'autres comme moi.

Encore un coup de massue sur l'amour. Je me suis agenouillée et je l'ai enveloppé. Avec mes bras et toutes les parties de mon corps disponibles. Et quelques larmes aussi. J'aurais voulu être un kangourou, que mon cœur soit un kangourou :

— La vie serait tellement plus facile, mon chéri, s'il y en avait beaucoup d'autres comme toi. Tellement plus facile… Et puis il fallait que ton père sache. Il ne m'en a jamais parlé, mais il a peut-être fréquenté d'autres femmes que Lara et moi. Qui sait si tu n'as pas des frères ou des sœurs quelque part ? Ou s'il n'avait pas l'intention de t'en faire un ou une avec Lara. Et si c'était le cas, ces enfants auraient besoin de leur docteur Le Borgne, eux aussi.

— Est-ce que papa a un gros ego ? Et est-ce que ça peut se transmettre dans les gènes un gros ego ?

J'ai soudainement eu envie de hurler :

— OUI ! IL A UN EGO ÉNORME TON PÈRE ! LE PLUS GROS EGO DE TOUS LES TEMPS ! ET DE TOUT L'UNIVERS ! L'EGO SUPRÊME !

Mais je me suis calmée (merci Georges Paris) et lui ai répondu :

— Ton père a toujours voulu que tous les enfants le choisissent. Être le clown le plus drôle de la terre. Être le plus aimé aussi. À l'époque où nous étions ensemble, il rentrait parfois extrêmement tourmenté d'un spectacle qu'il avait donné.

Charlot, visiblement intéressé, a sauté sur le dernier mot :

— Tourmenté comment ?

— Si ses culbutes ou son sifflet n'étaient pas parvenus à faire rire, il se demandait pendant des heures ce qu'il n'avait pas fait correctement. Ça l'empêchait de dormir. Disons qu'il souffrait beaucoup quand les enfants ne l'applaudissaient pas. Mais tu devras toujours te rappeler, mon chéri, que ton père a fait rire beaucoup d'enfants au cours de sa vie. Et que ce n'est pas fini. Je l'ai vu de mes propres yeux à l'hôpital. Avec des petits patients super malades. Et leurs parents morts de peur. C'est pour ça que je l'ai tant aimé.

J'ai fait une courte pause, puis j'ai poursuivi :

— Et bien que je n'y aie jamais songé, je ne crois pas que l'ego se transmette dans les gènes, mon amour. Je vais quand même demander au docteur Paris ce qu'il en pense.

Après une autre pause, j'ai risqué :

— Mon chéri, tu ne m'as toujours pas dit ce que je ne connais pas en toi qui t'empêche de voir au tableau. De quoi s'agit-il ?

— Maman, s'il te plaît, je veux pas en parler.

En le bordant, j'ai embrassé ses cheveux plus longuement qu'à mon habitude. J'ai pris le temps de mettre mon nez dans son odeur, comme je le fais de temps à autre dans un verre de vin. J'aime les parfums composés par la vie.

Puis, je suis rentrée dans ma chambre et me suis dévêtue, le cœur gros. Trop de questions demeuraient sans réponse.

Juste avant d'éteindre ma lampe de chevet, j'ai relu le mot que Jérôme avait laissé sur la table de la cuisine le jour de son départ, neuf ans plus tôt. Je n'ai jamais jeté ce bout de papier.

Georges aurait certainement quelque chose à dire là-dessus. Mais en le relisant, j'ai subitement compris à quel point mon ex s'était mis le doigt dans l'œil au sujet du moment présent. Ou plutôt, de ce que signifie l'expression «vivre le moment présent». Il devenait clair pour moi que ces mots avaient été complètement galvaudés en cette époque de va-vite et de surface. Et que la compréhension que Jérôme en avait était très représentative de cette grave erreur de la modernité. Il suffit de voir les compagnies de bière se servir du moment présent pour mousser leurs ventes. Je réalisais qu'on en avait fait une philosophie hédoniste, une psychologie de pacotille servant les intérêts du moi, moi, moi.

Je me suis demandé ce que Georges en penserait et notre dernière conversation a refait surface. J'ai saisi mon portable et j'ai emprunté ses mots de psychiatre pour écrire, à travers la transcription de ceux de Charlot, la réflexion suivante : «L'activité égoïque a fait du moment présent une panacée contre l'angoisse de la mort. D'abord chez les baby-boomers qui utilisent le "moment présent" à toutes les sauces pour justifier leur glorification du "moi" et de tout ce qu'ils font pour l'honorer. Puis, chez ceux à qui ils ont transmis cette méprise : les générations x, y et blablabla, jusqu'aux enfants-rois. Et ça nous fait une belle jambe.»

En relisant ces quelques phrases, je me suis trouvée banale. Sans originalité. Je n'avais écrit qu'un ramassis de clichés bons pour les hebdos à potins. Disons que je me trouvais moche. Ça ne m'était pas arrivé depuis le départ de Jérôme. Soupe au lait oui, mais pas moche.

Mais en songeant à Charlot, je comprenais que vivre le moment présent nécessitait une discipline de tous les instants. Et qu'il n'y avait pas d'autre voie pour entrer dans l'activité neurologique qui conduit à la présence. Mon fils avait emprunté cette voie. Il avait réalisé que des mots ou des images qu'il ressassait dans sa tête l'empêchaient de voir au tableau. Je ne savais toujours pas ce qu'étaient ces mots ou ces images, mais lui le savait. Parce qu'il les avait observés. Il s'était vu en train de ne pas voir.

Alors que son père avait privilégié «son» plaisir en prétextant que ça lui permettrait de devenir lui-même, Charlot avait saisi ce que signifiait ne pas être là, présent en classe et, par conséquent, ne pas être pleinement soi-même.

Satisfaite de cette découverte, je me suis endormie.

Peut-être avais-je enfin commencé à guérir…

Notes de Georges – Gènes
10 décembre 2000

Du Bonheur m'a demandé si l'ego se transmettait par les gènes.
Elle a fait ça le plus sérieusement du monde : « Dis donc Georges,
est-ce que l'ego se transmet par les gènes ? »... Avec sa voix
grave, légèrement rocailleuse ; du jazz de fin de soirée ; une voix
« saxophonique » sans être nasillarde.
Ce son suffit, à lui seul, à me bouleverser.
Et quand elle y ajoute des mots, ça devient de la gastronomie.
C'est comme mettre des cristaux de sucre d'érable dans de la
crème fraîche.
Une voix plus rocailleuse et plus troublante que celle de Marlene
Dietrich[10] lorsqu'elle chante Lili Marlene[11].
La question venait de Charlot.
Transmise par une mère inquiète.
Elle m'a appris que son fils était atteint de la maladie de Kjer.
J'ai dû retourner à mes livres d'ophtalmo. J'avais oublié cette
saleté de maladie : une saloperie ; peut-être une perte de la vue,
de l'ouïe... Et de certaines autres fonctions neurologiques ; on ne
sait pas, on ne peut pas prédire.
« Peut-être » : un mot terrible. Un cauchemar pour d'innom-
brables humains, malades ou non.
Mais pas pour le Poucet.

---

10 Marlene Dietrich : actrice et chanteuse allemande (1901-1992).
11 *Lili Marlene :* chanson d'amour allemande, célèbre pendant la Deuxième
     Guerre mondiale.

Il a appris le diagnostic en compagnie de sa mère. De la bouche de mon ami Robert Le Borgne. Je ris encore quand j'écris son nom, il ne m'en voudrait pas, il s'est bien adapté.

Dès que le Poucet a compris, il a sorti les deux grands docteurs de leurs souliers !

Cet enfant de neuf ans a fermement exprimé : « JE VOIS EN-CORE ! » Une manière de dire : « Revenez ici ! Vous n'êtes déjà plus avec moi ! »

Autant Le Borgne que Du Bonheur me l'ont raconté.

Consternés tous les deux.

Ils m'ont décrit la scène au complet. Comme pour obtenir une confirmation : « Georges, dis-nous, c'est possible ? À neuf ans ? Un enfant peut dire ça ? »

Charlot ne s'était pas arrêté là. Il avait enchaîné avec d'autres mots... plus troublants encore. (Du Bonheur les avait enregistrés ; elle traîne toujours cette grosse machine à cassettes, une obsession ! Il faudra que je lui en parle) :

« Je vais regarder les étoiles, maman, encore plus qu'avant. Parce que je les aime comme des sœurs. Celles que j'ai pas eues. Et parce que je veux les voir comme il faut avant de peut-être plus les voir du tout. Et toutes les autres lumières aussi. La lune. Et les lucioles. Qui sont comme d'autres sœurs plus petites. Que je verrai chez marraine Alexandrine quand on ira. Et même les lumières dans la pluie. Et dans les ombres aussi. Et je vais regarder la noirceur même si j'ai peur. Et peut-être que quand on est aveugle, on peut voir la peur. »

Oui c'est possible de dire ça à neuf ans ! Bande d'incrédules ! Il n'y a pas d'âge pour la lucidité ! Pour peu qu'on lui fasse de la place dans sa tête. C'est quoi votre problème ?

À cet âge-là on peut même se demander si l'ego se transmet par les gènes, c'est permis voyez vous.

Surtout si on a peur.

Charlot craint d'avoir un gros ego comme d'autres craignent d'avoir le cancer. Il y voit quelque chose de monstrueux. Il a raison d'ailleurs. L'ego n'est rien d'autre que le cancer de la conscience. Il fait plus que tuer, il empêche les vivants de vivre.

Pour Charlot, la maladie de Kjer, ce n'est pas compliqué, il va faire avec... Mais l'ego ? Ne sait pas. Se sent attaqué de l'intérieur. Comme par une tumeur...
Un rapprochement inconscient avec sa mère ? À voir...
Comment a-t-il pu en arriver là ?
À suivre... De près...

Notes de Georges – Le stationnement
12 décembre 2000

La Du Bonheur a été claire. Elle a subi tous les tests génétiques disponibles (évidemment!). Conclusion: ce n'est pas elle qui est porteuse du gène de la maladie de Kjer.

Je me meurs de lui demander: «Mais le gène du gros ego, lui, qu'en sais-tu...Tout à coup que...»

J'aimerais pouvoir lui dire que l'ego se transmet par les gènes, juste pour la voir s'enflammer...

Brûler vive devant moi.

Se consumer d'intelligence, de passion, d'angoisse...

Contempler sa beauté à l'état de braises.

D'autant plus que je connais bien l'état de braises. C'est la forme que je prends, inévitablement, chaque fois que je la croise.

Et tous les soirs, ou presque, quand je la suis dans le stationnement.

Elle ne sait pas encore. Ne s'en est toujours pas aperçue. Tant mieux, des braises, ça peut se voir de loin.

Et si je la suis, c'est aussi pour la protéger...

Georges, aide-moi s'il te plaît !
18 décembre 2000

Une semaine avant Noël, Charlot m'avait demandé si on pouvait inviter Georges pour «fêter Noël en famille». Je lui avais fait part de mon incompréhension :

— En famille ?

— À cause qu'il ressemble au père Noël, maman. Et à Noël, c'est mieux d'avoir un père Noël que pas de père du tout. Et c'est peut-être pour ça que le père Noël existe… Et le docteur Paris vit tout seul, tu me l'as dit. Et t'aimerais pas ça que le père Noël soit tout seul à Noël. Moi non plus. Et c'est ton ami, je le sais. Il ressemble à un ami quand tu en parles.

— Ah bon ?...

— Oui, c'est dans ta voix. Quand tu parles de papa, même si tu essaies d'être gentille, c'est comme si c'est pas ta voix qui parle. Quand tu parles du docteur Paris, même si tu dis des choses pas gentilles, c'est le contraire que j'entends. Comme si ta tête disait d'autres mots que ceux qu'elle voudrait dire.

La prophétie d'Alexandrine n'en finissait plus de se réaliser : «Il ne sera pas de tout repos, Maryse, mais ça va te plaire.» Et décidément «il m'en faisait voir de toutes les couleurs»; il me lançait des arcs-en-ciel comme les ninjas lancent leurs petites étoiles coupantes.

Et ces phrases remplies de mystère :

— T'essaies que j'aie pas mal, maman, mais tu peux pas. J'aurais besoin de papa pour me protéger, des fois. Tu veux que je sois pas triste à cause de lui, mais je peux pas. Et c'est pas grave que je sois triste. Je sais comment. Et papa est pas la raison pourquoi j'ai besoin d'être protégé. Je vais toujours l'aimer. Même s'il sait pas que c'est vrai. Parce qu'il me dit jamais en premier "je t'aime"... quand on se parle au téléphone, il répond en deuxième "moi aussi". C'est comme une habitude. Je vais continuer de l'aimer parce que j'ai décidé que je serais pas une habitude. Jamais. J'ai compris que je suis pas obligé d'être choisi pour aimer. Papa ou quelqu'un d'autre. Que je peux être capable quand même. Et peut-être qu'en attendant, le père Noël pourrait me protéger, lui. Je veux dire le docteur Paris.

Un étranger !... Je ne voyais plus un enfant – mon enfant –, mais un être sans âge, de petite taille, avec un drôle de discours.

Ses derniers mots m'alarmaient. Un appel à l'aide innocent, trop pur pour ne pas traduire un véritable danger.

J'avais le cœur qui battait comme les ailes d'un oiseau-mouche.

Et Charlot continuait de lancer des signaux de détresse. Avec ses yeux. Comme une fleur déploierait tous ses parfums pour ne pas que l'oiseau-mouche s'éloigne.

La mère en moi se réanimait elle-même – une forme d'auto-massage cardiaque :

— Te protéger de quoi, mon amour ?

— Les choses que tu connais pas dans ma tête et qui m'empêchent de voir au tableau.

— Mais dis-moi chéri, dis-moi, quelles choses ?

— Je veux pas que ça te fasse peur, maman.

— Quoi ? Peur ? Moi ? Peur comment ? Peur de quoi ?

— C'est compliqué, maman.

— Comment ça, compliqué ?

— J'ai pas le droit d'en parler...

— Pas le droit ? Mais qu'est-ce que tu racontes ? S'il te plaît, dis-moi...

— C'est trop dangereux...

Il a courbé le dos, comme si une pierre venait de lui être attachée au cou. Ou comme si quelque chose avait cédé – clac – dans sa colonne vertébrale.

Il avait l'allure de ces animaux qui se soumettent, épuisés, au bout d'un violent combat. Seule façon pour eux de sauver leur vie avant d'être contraints à l'exil, c'est-à-dire de trouver un nouveau troupeau, un nouveau territoire, un nouvel abri.

Quel était le lien avec sa peur d'avoir un gros ego ? Y en avait-il un ? C'était mon seul indice pour résoudre l'énigme…

Plus tard, je l'ai surpris au milieu de ses figurines. Il avait laissé la porte de sa chambre ouverte. Volontairement ? Involontairement ? Il était dos à moi... Comment savoir ? Il leur parlait : « Laissez-moi tranquille. Je vous ai rien fait ! »

Il tremblait... je crois. Ou étaient-ce mes paupières à moi, agitées, qui faisaient de leur mieux pour chasser un brûlement humide ?

Je voulais voir, vite : « Saletés de larmes allez-vous-en ! »

Pellicules convulsives, lentilles givrées, verres aveuglants.

Je ne voulais pas qu'il me voie. Je n'avais que mes paupières pour me cacher : « Dépêchez-vous paupières ! »

Que faisait-il ? Buée déformante sur une scène surréaliste. Charlot agenouillé devant Dark Vador et ses comparses : « Arrêtez, arrêtez, ça fait trop mal. Vous êtes trop grands. Vous êtes trop forts. Vous êtes trop tout. Tout est trop. S'il vous plaît, arrêtez ! »

Je ne voyais plus rien. Écran de sel et d'indignation : « Pourquoi lui ? »

J'avais en tête des tas de diagnostics qui n'avaient aucun sens. Psychose infantile, schizophrénie (pas à cet âge-là, quand même !), et autres blessures de l'intelligence que Georges s'efforçait de pénétrer, au quotidien, pour mieux les panser.

Georges aide-moi, s'il te plaît…

Jérôme passait Noël dans son cirque. Il n'avait pas le choix à son avis : « Les shows de clown ont lieu plusieurs fois par jour à Noël, Maryse. Avec tous ces enfants en vacances, il faut bien les distraire. »

Et il y avait aussi cette évidence qu'il tentait de dissimuler à son fils : le plaisir d'être applaudi à tout rompre – «Bravo! Bravo!» – mêlé à l'excitation de voir tous ces minois éclairés par la joie. Le rire transformé en chant d'amour. «Un privilège pour l'artiste que je suis» répétait-il, souvent : «Je ne peux pas passer à côté de cette chance Maryse. Il faut sauter dans le train pendant qu'il passe, comme on dit.»

Oui, oui, Jérôme, toujours ce même refrain, appliqué à n'importe quoi : ta femme, ta carrière, le sens de ta vie. Cette façon habile de justifier tes nobles idéaux : ta mission, ta façon de changer le monde ; je sais. Ta contribution à l'avenir de l'humanité ; j'entends. C'est admirable. Seulement, te serait-il possible d'entrer dans les cœurs d'enfant sans attente, sans demande, sans même aucun espoir... Pour le simple plaisir de découvrir la vie que j'essaie, pour ma part, d'y ramener chaque jour ? Y arriverais-tu Jérôme ? Ici même, dans le cœur de ton fils ?

«Je lui ferai parvenir un cadeau, Maryse», cadeau qui n'est jamais venu, comme chaque année.

Si je soulevais la question des cadeaux devant Charlot, il excusait son père : «C'est papa, maman, tu le connais, il donne tellement de spectacles dans le temps de Noël qu'il a même pas le temps de téléphoner, comment voudrais-tu qu'il ait le temps d'acheter des cadeaux ? Et puis clown, c'est moins payant que médecin je pense.»

Je n'osais pas briser ce raisonnement.

Georges aide-moi, s'il te plaît... C'est quoi cet enlèvement ? Mon fils kidnappé par l'ego, retenu prisonnier dans sa propre tête... Où elle est la demande de rançon ? Pour que je paye au plus vite et qu'il me soit rendu ?

Aide-moi, s'il te plaît... Le cancer je sais, mais là, je ne sais plus rien...

Quand j'ai téléphoné à Georges pour lui lancer l'invitation de Charlot – passer la nuit de Noël avec nous –, le psy s'est fait hésitant :

— Charlot veut ça, Maryse, mais toi, le veux-tu?

— Je veux ce que Charlot veut, Georges. Ce n'est pas compliqué !

Il a consenti, mais avec un brin de tristesse dans la voix:

— Nous viendrons tous les deux, chère Maryse, le père
Noël et moi.

Notes de Georges – Protection

22 décembre 2000

Comment cesser mes filatures, le soir ?

Le stationnement.

Ce besoin de me rendre invisible, silencieux, indétectable. Disparaître derrière les colonnes, les voitures, les murs.

Plus qu'un jeu, une pulsion... la voir marcher !

Son pas. Son rythme. Ses talons sur le sol : toc toc toc. Bruit de fermeté, de puissance ; bruit décisif. L'énergie vitale en mouvement. La sensualité révélée par la marche.

Ses jambes. Leur pouvoir... immense. Elle le connaît. Des centrales nucléaires. Robes, jupes, pantalons : des enclos. Pour éviter l'accident. Peine perdue. Un seul de ses pas et c'est Tchernobyl. Je suis foudroyé par la tempête. Et j'aime ça.

Ses seins qu'on voit bouger – malgré l'épaisseur de ses vêtements – chaque fois qu'elle pose un pied sur le béton. Balancement devant lequel je me mettrais à genoux. Posture d'adoration. Pour idolâtrer la vie. Elle ne sait pas ma piété...

Comment cesser de vouloir la protéger, de m'assurer qu'il ne lui arrivera rien ?

Je ne suis pas sûr d'en avoir envie...

D'où me vient cette peur qu'on l'agresse ?

Ai-je peur de moi ?

Elle m'a invité à passer la nuit de Noël chez elle, avec le Poucet. Et Robert, Alice et leurs enfants.

Ho Ho Ho...

Le père Noël ne pourra pas arriver les mains vides.
De quoi aurait l'air le père Noël avec les mains vides ?
Un ego de père Noël ça se soigne... Il faudra que je m'y mette...

La nuit de Noël
24 décembre 2000

Tant qu'à être « en famille », j'avais invité Robert Le Borgne, mon frère d'âme.

À ma grande surprise, il avait accepté lui aussi : « C'est avec plaisir que nous viendrons chère Maryse. Alice et les enfants seront enchantés. Tout le monde se sent proche de Charlot dans la famille. Mon aînée, Adélaïde, neuf ans – le même âge que ton fils –, m'a demandé si ce serait possible, pour elle, de donner un œil à Charlot : "Si un jour il ne voit plus, papa, je pourrais lui donner un de mes yeux. Tu sais, comme avec les reins. Tu pourrais faire l'opération." Elle avait entendu parler du frère d'une amie qui avait donné un rein à sa sœur. Je lui ai vaguement répondu qu'aucun médecin n'était capable de faire ça. "Pas même toi, papa ?" "Pas même moi, ma chérie." J'ai ajouté, pour être plus clair, qu'avec un seul rein on pouvait vivre une vie normale, comme si on en avait deux, mais qu'avec un seul œil, la vie n'était plus la même. Qu'on voyait moins bien. Je me suis lancé dans des explications compliquées, habituellement destinées à des étudiants en médecine, comme la difficulté à évaluer les distances, la profondeur, les trois dimensions. Elle m'a interrompu avec le geste d'une personne qui en a assez. Ou qui veut éviter de faire perdre son temps à son interlocuteur : "C'est pas grave papa si je vois moins bien. Si je donnais un œil à Charlot, c'est parce qu'il ne verrait plus rien. Alors s'il voit mieux avec un de mes yeux, et que moi je vois moins bien, on va voir égal tous les deux." Je lui ai demandé si elle avait pensé à quoi elle ressemblerait avec un trou à la place de l'œil. Elle m'a regardé comme si j'étais le plus ignoble des individus. Je lui ai alors parlé de sa générosité. De la tendresse qui me submergeait devant ce qu'elle était prête à faire. De l'admiration que j'avais pour elle, et pour cette incroyable idée qu'elle avait eue : "Tu sais, mon ange, même si elle n'est pas réalisable ton idée, elle est extraordinaire." Mais le regard plein de reproches à mon égard, elle m'a lancé "Dommage !" »

Je ne connaissais pas les filles de Robert. À regret d'ailleurs. Adélaïde, neuf ans ; Rébecca, sept ans ; Cassandre, cinq ans. Je les avais vues à la pouponnière de l'hôpital dans les heures qui avaient suivi leur naissance. J'avais fait des accolades à Alice et à Robert : « Félicitations, elles sont magnifiques », puis, presque rien... Des « Comment vont tes filles, mon ami ? » de temps à autre. Et les réponses d'un père aimant : « Cassandre vient de commencer la maternelle, Maryse, le croirais-tu ? J'ai l'impression de ne pas l'avoir vue grandir. Pas plus que ses sœurs, d'ailleurs. L'hôpital, l'université, la paperasse... Heureusement qu'Alice était là. »

Il se « printanisait » quand il parlait de « ses femmes », se déployait comme tout ce que la vie déploie : ailes, pétales, feuilles. Il devenait tellement vivant : « Il m'arrive de les regarder, Maryse, le dimanche soir, quand nous sommes réunis autour de la table : je vois des elfes. Sans les oreilles pointues. Un autre monde que le mien. Une complicité, entre elles, qui me semble inaccessible. Est-ce quelque chose de féminin ? Une particularité du lien mère-fille ? Peut-être saurais-tu, toi, en tant que femme ? Il faudrait que tu viennes manger à la maison mon amie, avec Charlot. »

Une invitation sans lendemain. Je ne connaissais pas du tout le « lien mère-fille » ; je connaissais très mal le « lien mère-fils » ; et tante Bénédicte ne m'avait rien appris au sujet de la complicité féminine... Qu'aurais-je pu partager autour de cette table ?

Malgré la profondeur de l'amitié qui m'unissait à Robert, nos rencontres à l'extérieur de l'hôpital se faisaient rares. Un peu comme avec Alexandrine. Je savais qu'il était là, disponible, et ça me suffisait. Je n'en demandais pas plus.

Nous prenions un café, de temps à autre, dans le bouiboui qui faisait face à l'édifice principal. Nous aimions traverser la rue, histoire de quitter les corridors encombrés et le rythme de chaîne de montage. Nous parlions de nos enfants. Tous nos enfants ! Ceux que nous avions mis au monde et les autres, ceux que nous tentions de garder en contact avec le monde.

Robert ne cessait de me répéter à quel point il admirait la sagesse de Charlot : « sa fascinante lucidité » – pour reprendre son expression. Depuis le jour du diagnostic, une touchante complicité s'était installée entre eux. Était-ce masculin ? J'ai posé la question à Robert. Il m'a répondu, avec un grand sourire : « Peut-être... »

Charlot aimait se rendre à ses rendez-vous pour entendre le « docteur Le Borgne parler de ses quatre étoiles ».

D'ailleurs, il était enchanté de savoir que, dans la nuit du 24 décembre, il rencontrerait les trois filles de Robert : « Je vais connaître les étoiles de son ciel, maman. Les étoiles du docteur Le Borgne. Merci à toi ! »

Cette nuit du 24 décembre 2000 a remplacé dans ma mémoire toutes celles de mon enfance. Et Georges, évidemment, n'était pas étranger à ce revirement.

Il avait décidé de jouer le jeu jusqu'au bout. Il a fait son entrée revêtu d'un déguisement « Made in pôle Nord », c'est sûr ! Heureusement, je savais que c'était lui ! J'aurais pu me mettre à avoir cinq ans subitement. J'avais envie d'y croire, de m'asseoir sur ses genoux, de poser des baisers mouillés dans ses lunettes. Pour lui dire merci d'être là. C'est d'ailleurs ce que j'ai fait, au moment de la distribution des cadeaux, quand est venu mon tour...

Il avait préparé des surprises pour tout le monde.

Les filles de Robert étaient visiblement impressionnées par le personnage. Son allure, son panache, son rire... Peu importe si elles croyaient au père Noël ou non, elles l'ont entouré de leurs bras à son arrivée. Toutes les trois. Avec une bonne humeur imparable : des sucreries vivantes.

Les plus jeunes ont choisi les deux jambes. Une chacune. La plus vieille s'est enfoncée dans la bedaine, la tête comme dans un oreiller. Je ressentais une pointe de jalousie tellement elle avait l'air bien. Je m'imaginais à sa place et je me disais : « Pourquoi pas moi ? »

Georges avait préparé trois poupées à leur intention. Faites à la main (ses mains, bien sûr !). Des hommages aux chiffons de tout acabit : « Notre-Dame de Paris », « Les Misérables », les sans-papiers. Fantine, Cosette, Esméralda à six ans. Des jupons troués, des guenilles multicolores, des haillons ; où avait-il trouvé tout ça ? Des restes de pauvreté, de misère, d'usure... Du charbon, de la poussière, de la suie... Rien à voir avec Tiny Tear ou Barbie ! De la vérité sous forme de jouet. De la vulnérabilité à aimer. Pas de pipi. Pas de ventre à enfoncer. Pas de larmes à faire couler. On plongeait dans Victor Hugo* et ses ruelles sales, ses mendiants désœuvrés ; des costumes pour symboliser le sempiternel écart entre riches et pauvres ; une leçon de vie fabriquée avec de vieux tissus. Mais c'était d'une beauté... Georges avait fait de petits miracles. Peut-être avait-il voulu donner un sens nouveau à l'expression « La Cour des miracles[12] » ? C'eût été son genre de fantaisie.

Il était parvenu au sublime en mélangeant des bouts de ficelle, de laine et de cuir. Comment pouvait-on faire apparaître autant de lumière avec de simples chiffons ? Il fallait la touche d'un génie. On se perdait dans des expressions tenant à la fois de la méditation et de l'extase ; des visages totalement apaisés. Il avait dû rassembler tout ce qu'il avait vu de transformations, de guérisons et de métamorphoses au cours de sa vie pour en

---

12   La Cour des miracles : « Espaces de non-droit composés de quartiers de Paris, ainsi nommés car les prétendues infirmités des mendiants qui en avaient fait leur lieu de résidence y disparaissaient à la nuit tombée, comme par miracle. » (Wikipédia)

arriver à de pareils bijoux ; tous les passages de la souffrance à la tranquillité ; tous les rétablissements, toutes les cicatrisations, toutes les rémissions... À n'en pas douter, le père Noël avait puisé dans sa grande poche d'espoir...

Charlot s'émerveillait. Rébecca et Cassandre s'émerveillaient.

Adélaïde était ailleurs... La poupée qu'elle avait reçue, bien que spectaculaire, avait moins d'intérêt pour elle que les yeux de mon fils. Elle les scrutait, les fouillait, essayait discrètement de s'en approcher... un peu à la manière de Robert, son père, lorsqu'il effectue un examen.

Charlot ne fuyait pas, il semblait même apprécier ce rapprochement inattendu. Il ouvrait les yeux tout grand, exprès ; la preuve qu'il avait compris.

Adélaïde fronçait les sourcils, avançait, reculait, penchait de gauche à droite, de droite à gauche. C'était comme si elle voulait découvrir le vice de fabrication, voir la maladie à l'œuvre, repérer les mouvements obscurs de la génétique.

J'avais envie de lui prendre la main et de l'accompagner dans sa quête, au cas où elle trouverait quelque chose...

Georges, plus vrai que vrai en tant que père Noël, avait poursuivi sa distribution.

Pour Robert et Alice, ce furent des billets de spectacle : plusieurs soirées au cirque. Des troupes différentes ; du Québec et d'ailleurs. Mes amis entretenaient une passion commune pour l'art clownesque. Ils s'étaient intéressés au cheminement de Jérôme à l'époque où je découvrais le sentiment amoureux. Déjà ils formaient un couple. Et, tout comme moi, ils étaient fascinés par les trucs que mon ex utilisait pour entrer en contact avec les enfants : ballons, sifflets, accordéon... Ils ont d'ailleurs été très peinés de voir Jérôme me quitter pour une contorsionniste – « une drôle de blague » –, disaient-ils, « une pirouette dont il pourrait ne jamais se relever » : des mots pour me faire rire... j'ai tellement pleuré !

Mais cela ne les a pas empêchés de continuer à suivre sa carrière. Je leur en voulais. Leur passion pour l'art de faire le clown était demeurée intacte. J'aurais aimé avoir suffisamment d'importance à leurs yeux pour qu'ils choisissent d'effacer Jérôme. Enfin, tout ce qui le concernait.

Or, Alice rêvait de devenir comédienne professionnelle, et les pitreries de Jérôme l'intéressaient. Aucun rapport avec l'importance que j'avais pour elle, mais je voulais l'exclusivité : « être choisie ». Je l'ai boudée un certain temps.

Elle m'a rattrapée comme on rattrape ceux qui se noient ; avec calme et fermeté :

— L'affection que nous avons pour Jérôme n'enlève rien à celle que nous avons pour toi, Maryse. N'aie pas peur, nous ne te quitterons pas.

— Peur, moi ?

— Oui Maryse, peur ! La peur de ne plus exister dans nos vies parce que Jérôme y est encore... c'est fou ! Vouloir être la préférée, la chouchou, l'unique, comme si autrement, tu disparaissais. Quel âge as-tu Maryse ?

Son parcours au conservatoire d'art dramatique fut couronné de nombreuses distinctions. Je l'enviais. Mais alors qu'elle aurait pu signer son premier contrat d'importance – une série télévisée –, elle a décidé de troquer l'art dramatique pour celui de la maternité. J'avoue que je n'ai pas compris. J'ai même essayé de la convaincre de changer d'idée :

— Tu pourras toujours faire des enfants plus tard, Alice. T'imagines ?... La télévision ! Tu pourrais devenir une vedette. Être aimée par des milliers de personnes. Y as-tu vraiment songé ? Ne fais pas l'idiote, signe !

Elle a eu une réponse simple et délicate, une réponse qui lui ressemblait :

— L'amour n'a rien à voir avec la télévision, ma chérie. Et je suis tout à fait en paix avec ma décision.

Elle n'exprimait aucun regret.

Puis les filles sont arrivées ; boum, boum, boum.

— Elles seront mes partenaires de jeu, Maryse. Du théâtre tous les jours. Avec des personnages sans cesse réinventés. Drame, comédie, tout ! Je pourrai même faire le clown tant que je voudrai. Un spectacle permanent où je serai auteure, actrice et spectatrice ; je ne veux rien de plus pour le moment.

Un jour, alors qu'elle était venue faire du bénévolat au service d'oncologie, elle m'a annoncé que Rébecca, sa deuxième, avait un côté bouffon et qu'elle se reconnaissait en elle :

— Qui sait, Maryse, elle fera peut-être de la télévision un jour...

Un immense sourire ornait son visage. Pas d'amertume dans sa voix, aucun cynisme, seulement de l'affection, rien d'autre.

Charlot s'était retrouvé enseveli sous une montagne de paquets : un coffret de pâte à modeler, des sacs d'argile, des ciseaux pour tailler le bois ; des rondins, des pierres, des tissus ; de quoi outiller un sculpteur professionnel.

Mon fils ne parlait pas, mais il paraissait ravi.

Georges l'a enlacé avec un : « Ho Ho Ho, ça va t'être utile, mon enfant, et à nous aussi... Avec tes mains, tu vas nous rappeler l'urgence de regarder, en dedans, en dehors, et de voir clair ! »

J'étais soufflée ! Où voulait-il en venir ?

Puis, le cœur dans les doigts, il a touché la joue de Charlot : « Tu me comprends, jeune homme, n'est-ce pas ? »

Et Charlot de faire « oui » avec la tête.

Du mystère, encore du mystère...

Mais c'était Noël et je me suis dit que ce n'était pas le moment d'apostropher Georges. Que je pourrais le coincer plus tard. Un autre jour.

Je me suis assise sur ses genoux, c'était mon tour...

Il avait deux cadeaux pour moi ; emballés avec du papier journal ! Une poupée Tiny Tear « Vintage » ; cher Georges ! Et une Barbie habillée en gardienne de sécurité. Ho Ho Ho !

Quand il a vu mon trouble, il m'a montré l'horloge, au mur : « Il est presque minuit moins une, Maryse... C'est la seule heure qui compte, c'est toi qui me l'as dit. »

Il ne pouvait s'empêcher d'être en mode intervention. Comme s'il ne savait pas vivre autrement.

J'ai regardé le chalet suisse – tic tac, tic tac – et la colère n'a pas eu le temps de m'envahir. J'ai souri. La bonté de Georges avait pris le dessus. J'ai mis des baisers mouillés dans ses lunettes.

Mais le père Noël n'était pas le seul à avoir préparé des surprises. Adélaïde s'est approchée de Charlot et, la voix frémissante de joie, lui a dit : « J'ai un cadeau pour toi. »

Je me suis immédiatement retournée vers son père. Il a haussé les épaules, d'un air soumis : « Je n'avais pas le choix. »

Charlot a d'abord hésité, mais a fini par accueillir le petit paquet. Il l'a déballé, lentement, comme s'il voulait faire durer le plaisir de ne pas savoir. Il s'agissait d'une minuscule lampe de poche.

Adélaïde, sautillante, tout excitée, s'est empressée de dire : « C'est pour quand tu verras moins bien. Elle éclaire très fort. »

J'aurais préféré ne jamais entendre ça... Surtout pas de la bouche d'une enfant.

Mais Charlot a projeté le puissant rayon vers l'horloge qui marquait exactement minuit moins une. Il a attendu patiemment que la dernière minute s'écoule. Puis, à l'instant même où l'oiseau de bois est sorti pour se faire entendre – coucou, coucou... – il s'est retourné vers moi et m'a dit : « Maman, c'est la plus belle nuit de ma vie ! »

Notes de Georges – Père Noël
26 décembre 2000

Noël.

Hier.

Robert, ses enfants, Alice : des cadeaux plus vrais que nature.

Charlot, joyeux : le Petit Poucet qui vient de retrouver son chemin.

La Du Bonheur. Étonnante. Lumineuse. Je lui aurais mis des branches et des guirlandes. Elle sentait la forêt. Bien plus que l'arbre qu'elle avait décoré. Scintillante.

Elle s'est assise sur mes genoux.

Pas nécessaire de la suivre dans un stationnement pour la protéger. Je la sentais en sécurité.

Je l'étais moi aussi.

Elle me dirait certainement qu'elle n'a pas besoin de ma protection. Me traiterait même de macho paternaliste. Mais elle ne sait pas le danger qu'il y a à nier sa peur. À se faire croire qu'on est invincible, supérieure, inatteignable...

La Du Bonheur : une armure de papier, une épée de cristal, une cotte de mailles tatouée sur la peau.

Pourtant elle sait pour les enfants : leurs remparts de sable, leurs griffes de ouate, leurs dents de réglisse.

Elle sait trop bien même.

Parce qu'il fallait se faire accroire très fort qu'on n'avait pas mal quand on mesurait trois pommes, et qu'on avait soi-même affreusement peur : des fantômes, des spectres, mais surtout de l'absence.

Parce qu'à trois ans, n'avoir personne, c'est mourir.

Elle m'a tout raconté la Du Bonheur : ses parents disparus, son enfance rue Rachel, les leçons de sa marraine.

Sa marraine : une femme que j'aurais pu soigner, je crois. Le peu de fois où Du Bonheur m'en a parlé, je revenais toujours au même diagnostic : dépression.

Une femme dépressive qui consacrait sa vie à réaliser ses propres rêves.

Du Bonheur en a payé le prix. Elle était le rêve de quelqu'un d'autre.

Mais voilà, de m'en parler ne lui a pas suffi. Elle demeure inatteignable. Retranchée derrière son besoin d'être la meilleure. Là où, à ses yeux, personne ne peut la menacer.

Un moyen qu'elle a trouvé pour se mettre à l'abri – on n'attaque pas les plus forts à moins de s'imaginer plus fort qu'eux ; on les respecte.

Mais elle ignore qu'elle n'a pas besoin de se mettre à l'abri, que c'est même inutile. Parce que la vulnérabilité qu'elle tente de fuir, c'est celle d'une image ; ce faux portrait qu'elle a d'elle-même : une petite fille qui n'intéresse personne...

Un petit bout d'ego, un segment, un morceau de vapeur...

Comment pourrais-je lui faire comprendre ça ?

Il faut que je trouve.

Notes de Georges – Bogue
31 décembre 2000

Il y a un an, la terre entière attendait une castatrophe...
On lui avait même donné un nom : « Le bogue de l'an 2000. »
Brrr...
Un arrêt des machines. Une paralysie des mémoires artificielles.
Une immobilisation du monde fabriqué par les humains...
Les fourmis, les antilopes et les kangourous n'en savaient rien.
On n'a pas pris la peine de les informer. On ne les informe jamais d'ailleurs.
Et si j'étais un kangourou, est-ce que je m'en offenserais ?
Certainement pas.
Pourquoi ?
L'activité égoïque est nulle chez le kangourou. Zéro signal sur l'egomètre. (Un appareil que j'aimerais inventer pour mesurer l'activité de l'ego.)
Ça explique l'absence d'offense.
Et les chiens, les chats, les rats, est-ce qu'on les informe ?
Pas davantage.
Pourtant, le bogue de l'an 2000, ça les concernait... Le traitement des eaux, les égouts, l'élimination des déchets... La fabrication de nourriture pour animaux domestiques...
On s'en fout, il n'y en a que pour nous ; même l'angoisse.
Il y a un an, l'hôpital tout entier était sur ses gardes (sans vouloir faire de mauvais jeu de mots, il en est toujours un peu ainsi...)
À minuit moins une, le monde se croisait les doigts. Pourvu que les respirateurs n'arrêtent pas dans les hôpitaux, les radars dans les

aéroports, les systèmes de sécurité dans les banques. Pourvu que les portes de prison demeurent fermées !

La peur était partout !

Surtout celle de perdre quelque chose.

À minuit moins une, la Terre allait peut-être cesser de tourner...

Je ne sais pas ce que la Du Bonheur a fait de cette dernière minute... A-t-elle paniqué ? A-t-elle craint de ne pas avoir le temps d'être quelqu'un ?

Je m'amuse...

Et s'il pouvait y avoir un bogue dans la mécanique de l'ego... Plus de moi, moi, moi... Plus d'identification à quoi que ce soit... Que resterait-il ?

La Du Bonheur serait complètement horrifiée par la réponse.

Il faudra d'ailleurs que je lui pose la question.

La faire s'affoler afin d'aider le Poucet.

Finalement, le bogue de l'an 2000 n'a rien bogué du tout.

Les kangourous peuvent respirer.

Au bout de cette peur planétaire, il ne s'est rien passé.

À part quelques crises cardiaques, peut-être...

Hamid

Début janvier 2001

Dès que Charlot est retourné en classe, nous sommes entrés dans un calme gris. Il parlait très peu, se contentant de répondre : « Bien ! » à la question « Comment ça va ? »

Nos rares échanges tournaient autour de ce que j'appelle « l'utilitaire » : la bouffe, les vêtements, les travaux pour l'école et autres babioles du quotidien.

À chaque fois que j'abordais « ce que je ne connaissais pas en lui qui l'empêchait de voir au tableau », il répondait, un peu tendu, qu'il n'avait pas envie d'en parler. Et que je devenais assommante avec cette question.

Quant à ses yeux, ils ont été examinés à deux reprises au cours de cette période. Robert nous a confirmé, chaque fois, qu'il n'observait pas de changements significatifs.

Charlot n'a pas réagi. Il s'est contenté de hausser les épaules et de dire qu'il le savait déjà.

Mes quelques efforts pour connaître ce qu'il éprouvait se sont butés sur : « Je vois encore maman, je vois encore ! Je vois même que tu as peur. Si tu regardes comme je regarde, t'auras plus peur. En tout cas, pas pour mes yeux. Rappelle-toi, c'est un morceau d'étoile qui commence à s'éteindre, c'est juste le début, c'est tout ! Je te répète que c'est toi qui me l'as expliqué quand j'avais trois ans. Et tu t'en souviens jamais. C'est comme une tête dure qui veut pas comprendre ce qu'elle a expliqué elle-même. C'est un peu drôle, tu trouves pas ? »

Rien pour me rassurer! Je ne m'habituais pas à ces phrases à la Georges Paris. Je demeurais étourdie par leur sagesse de moine illuminé, mais transie d'inquiétude devant le mystère qu'elles renfermaient: «T'auras plus peur, en tout cas, pas pour mes yeux!» Voulait-il dire qu'il y avait, pour moi, d'autres raisons d'avoir peur? Cherchait-il encore à me protéger? Si oui, contre quoi?

Quand ça sort de la bouche d'un pou qui a tout près de dix ans (il est né un 14 février – un enfant de Cupidon!), ça jette par terre! On se demande si on a bien entendu, si on n'est pas en plein délire. On se répète que c'est impossible; «À dix ans, un virtuose du violon ou du piano, ça va, mais un poète?... Voyons donc! Un sage?... Un psy?... Come on!»

D'ailleurs Georges Paris était lui-même très intrigué par ce qu'il appelait «cette sensibilité de toile d'araignée», c'est l'expression qu'il a utilisée quand je lui ai révélé mes angoisses: «Peux-tu imaginer à quel point une toile d'araignée est sensible, Maryse? Tu as déjà vu un de ces documentaires où l'on voit une aile de mouche toucher l'un des fils de la toile? Zoom, c'est instantané! L'araignée se précipite sur sa proie et la momifie en quelques instants. C'est peut-être ce qui a inspiré les Amérindiens quand ils ont conçu leurs capteurs de rêves. Tu connais certainement ces objets, chère collègue. Ces cerceaux de bois, petits ou grands, à l'intérieur desquels on croise de la babiche de chevreuil pour former une toile semblable à celles que tissent les araignées. J'ai toujours aimé la croyance qui les entoure. On les suspend à la fenêtre de la chambre où l'on dort. Et pendant la nuit, ils retiennent les mauvais rêves et laissent passer les bons. La lumière du matin peut dissoudre tout ce que le capteur a emprisonné; les démons, les monstres, les fantômes. Ton fils est un "capteur de rêves vivant", Maryse. Il semble avoir attrapé des cauchemars qui ne lui appartiennent pas. Et ne pas avoir trouvé la lumière qui permettra de les dissoudre. Mais, d'après ce que tu me racontes, je crois qu'il la touche du bout des doigts.

Peut-être a-t-il d'ailleurs commencé à nous enseigner à toucher la lumière du bout de nos doigts, pourquoi pas ? Dis donc Maryse, est-ce que Charlot connaît les capteurs de rêves ? » Du grand Georges Paris !

J'ignorais si Charlot connaissait les capteurs de rêves, je ne savais même pas s'il dormait bien. Mais les mots de mon fils s'étaient installés dans ma neurologie, ils revenaient comme un ver d'oreille : « T'auras plus peur, en tout cas, pas pour mes yeux ! » Qu'est-ce que ça voulait dire ? Il y avait autre chose, mais quoi ? Et cet entêtement à ne pas vouloir en parler, pourquoi ?

À l'école, la direction avait pris des mesures concrètes pour l'accommoder. Il était désormais assis à l'avant en permanence, au milieu de la première rangée. Le personnel connaissait le diagnostic et lui accordait une attention particulière.

Monsieur Bergeron n'était plus son professeur. Il avait dû prendre un congé de maladie pour des raisons qui m'étaient évidemment inconnues. Je l'ai cependant croisé dans la petite salle d'attente qui mène au bureau de Georges Paris. Il lisait et ne m'avait pas vue. Il devait avoir d'excellents contacts, car obtenir un rendez-vous avec Georges Paris, surtout dans un hôpital pédiatrique, ce n'était pas donné à tout le monde ! Peut-être venait-il faire soigner son enfant intérieur, qui sait ? Je me suis d'ailleurs demandé, le temps d'un regard discret posé sur lui, si l'ego et l'enfant intérieur n'étaient pas une seule et même chose... Certaines personnes ont confondu la « capacité d'émerveillement » et le « moi, moi, moi », j'en suis certaine...

Madame Leblanc remplaçait Monsieur Bergeron à temps plein. Elle avait raconté à tous les élèves de la classe que les yeux de Charlot étaient malades. Ce n'est pas par Charlot que je l'ai su, mais par la mère d'un autre élève. Cette dernière m'a téléphoné pour m'offrir son soutien. Elle justifiait son offre en me disant qu'elle l'avait appris de la bouche de son propre fils – un soi-disant copain de Charlot qui s'appelait Henri.

« Vous savez, docteur Maryse, Henri a beaucoup souffert parce que son père ne voyait pas plus loin que le bout de son nez. Je ne voudrais pas que votre Charlot subisse le même sort. »

Je l'ai remerciée en évitant soigneusement de lui faire part de mon étonnement et de mon incompréhension. À l'opposé de mon besoin de connaître le sens des propos de Charlot, je ne voulais vraiment pas savoir ce qu'elle voulait dire. J'ai depuis longtemps appris à choisir – quand c'est possible – les vies dans lesquelles j'accepte d'entrer. Il y en a malheureusement trop où j'entre malgré moi, sans que je puisse faire quoi que ce soit pour soulager la souffrance qui s'y trouve. Ou si peu.

À l'aide de quelques questions qui ne m'apparaissaient pas menaçantes, je suis allée à la pêche pour savoir ce que mon fils pensait des mesures prises à son égard. Il a simplement dit que c'était trop et que Madame Leblanc aurait mieux fait de se taire.

C'était la première fois qu'il se montrait dur à l'égard de sa professeure. J'ai bien tenté de faire valoir la bonne intention que contenait le geste de Madame Leblanc, mais je n'ai rencontré qu'une fin de non-recevoir.

Le comportement de Charlot me perturbait de plus en plus.

Il s'enfermait dans sa chambre des heures durant et semblait avoir troqué l'ordinateur pour le dessin et la peinture. Il m'avait demandé de lui acheter des pastels à l'huile (de couleur bleue et jaune, essentiellement), de la gouache, de l'aquarelle, des pinceaux et des fusains. Il ne m'était plus permis d'aller le border avant qu'il ne s'endorme.

Au milieu de sa porte, il avait collé un papier où on pouvait lire : « Interdit à maman ! » Je lui ai évidemment fait savoir que je ne comprenais pas. Il m'a simplement indiqué que je ne pourrais revenir dans sa chambre qu'au moment où il m'en donnerait l'autorisation. J'ai eu beau lui souligner qu'il fallait quand même faire son lit, laver ses draps et ramasser la poussière, il m'a répondu qu'il m'apporterait la literie les jours de lessive et qu'il s'occuperait lui-même de tout remettre en place. Il m'a juré qu'il ferait son lit tous les matins et que pour ce qui était de la poussière, il s'en occuperait aussi bien que moi. Il m'exhortait à lui faire confiance. J'ignorais jusqu'où cette confiance pouvait s'étendre, mais je sentais qu'il était préférable de ne pas pousser plus loin mon investigation. Je n'étais cependant pas rassurée et j'appréhendais le bordel devant lequel je me retrouverais le jour où il me donnerait à nouveau la permission de franchir la porte de ce qui semblait devenir un atelier d'artiste.

Puis, un midi, après avoir donné mon cours à l'université, j'ai décidé de passer par la maison plutôt que de me rendre directement à l'hôpital. L'inquiétude pesait plus lourd en moi que le souci de respecter les consignes de mon fils.

En approchant de sa chambre, j'éprouvais le désagréable sentiment de trahir Charlot et, du même souffle, de me trahir moi-même. Mais lorsque j'ai prudemment ouvert la porte de son nid, je n'ai pu retenir un cri. Ma culpabilité s'est rapidement dissipée devant le spectacle que j'avais sous les yeux. L'armée qui entourait son lit occupait dorénavant tout le plancher. Aux figurines de Dark Vador, du Joker et de Dracula, s'étaient ajoutés des dessins représentant des personnages à la mine effrayante. Le sol en était couvert, comme d'un tapis. Des visages difformes avec des yeux immenses, dont le vide était souligné par un jaune très vif. Plusieurs lignes bleues encerclaient chaque œil ; on aurait dit des ondes, sur l'eau, après le passage d'un caillou.

Je n'arrivais pas à voir comment il pouvait atteindre son lit sans mettre les pieds dans les pots de gouache ou sur les dessins. Peut-être y avait-il un passage secret, mais j'étais incapable de le trouver.

Puis sa voix m'a fait sursauter. Il était derrière moi. J'étais tellement absorbée par son œuvre que je n'avais pas entendu ses pas :

— Je cherche à dessiner l'ego, maman !

J'ai cru mourir ! Il n'y avait pas assez de place dans ma poitrine pour tous les battements.

— Pardon ?

— J'essaie de dessiner l'ego.

À ma grande surprise, il ne paraissait pas choqué de mon intrusion. Il affichait plutôt la mine déçue de l'artiste qui n'arrive pas à donner des couleurs ou des formes à ses idées.

— Je suis pas capable, maman. Il faut que je continue.

Sa présence devant moi m'inquiétait. Que faisait-il à la maison, à l'heure du midi, lui qui partait tous les matins avec sa boîte à lunch ?

Je retenais une colère froide. Le laxisme de la surveillance scolaire m'exaspérait. La désobéissance de Charlot m'irritait tout autant. Jamais je ne lui avais donné l'autorisation de quitter l'école pour venir manger seul à la maison, même si, à plusieurs reprises, il me l'avait demandé :

— J'aimerais venir manger ici le midi, maman. Il y a pas de danger, ça me prend seulement dix minutes si je cours pas.

— Il n'en est pas question, jeune homme, j'ai la tête en paix quand tu es sous surveillance. De nos jours, on ne sait jamais, il ne faut pas jouer avec la sécurité. (L'image de tante Bénédicte me traversait l'esprit quand je prononçais le mot « sécurité ». Et le doute suivait, pas loin derrière.)

Comment avait-il pu quitter l'école sans que personne s'en rende compte ?

Malgré l'intensité de ma colère, je demeurais calme. L'étonnement l'emportait. La honte aussi, celle d'avoir été surprise en ce lieu dont l'accès m'était strictement interdit : sa chambre ! Je devais moi-même rendre compte de mon indiscipline, j'avais désobéi !

— Qu'est-ce que tu fais ici, mon chéri ? Tu n'es pas à l'école ?

Il ne m'a adressé aucun reproche, n'a fait aucune allusion à mon incursion dans son temple. Il a déballé un discours échevelé. Les mots se bousculaient pour sortir de sa bouche, comme une foule en panique lors d'un incendie. Il était difficile à suivre. Il avait préparé une justification mêlée à de vieilles accusations.

— Je suis surveillé plus que tu le penses, maman. Mais j'apprends à me sauver et à revenir ici sans être vu. Je suis obligé pour des raisons que tu connais pas. Et ça m'arrive encore de pas être capable. J'aimerais être comme l'homme invisible. À l'école on est pas toujours surveillé par des gardiens même si des fois ce serait mieux si on l'était. Et je veux pas que tu téléphones pour dire que tu m'as trouvé ici, ce serait pire.

— Mais, mais… Charlot… qu'est-ce que…

— Et ça sert à rien de répéter que j'ai pas le droit d'être à la maison le midi. Je t'ai entendue comme il faut la première fois. T'aimes pas que je sois tout seul, je le sais. Mais je me sens moins tout seul ici que dans la cour de récréation.

— Charlot, écoute-moi…

— Et si j'ai pas la permission d'être ici, c'est parce que tu me vois plus petit que je suis vraiment. Et surtout me dis pas que c'est pas vrai. Je comprends que je suis pas grand depuis toujours et je m'en excuse. Je fais des efforts en mangeant des légumes et pas trop de dessert. Et si tu me donnais le droit d'être ici, je pourrais amener d'autres amis avec moi pour qu'ils se sentent moins tout seuls eux aussi. On est plus qu'un enfant dans mon cas.

— Je ne comprends rien à ce que tu racontes, Charlot. S'il te plaît, essaie d'être plus clair.

— Je cherche, maman, comme toi pour le cancer. Et je veux pas perdre de temps, pareil comme toi. Je mange ici autant que je peux. Mais pas trop souvent. Juste quand personne est capable de m'apercevoir si je me sauve. J'aimerais pas ça que quelqu'un te téléphone pour te dire que je suis perdu. Ça fait partie des choses que tu sais pas de moi. Tu peux pas tout savoir même si tu le voudrais. Et c'est pas grave si t'es entrée dans ma chambre. Je savais que tu le ferais un jour.

J'avais envie de m'asseoir. Une fatigue immense ramollissait mes os. Tout en moi était malaxé. Mon ventre tournait comme une bétonnière. Mon cœur aussi.

J'ai posé ma main sur son front d'enfant troublé, pour m'appuyer, ne pas perdre l'équilibre.

— Mon amour, ta mère est confuse. Elle ne sait plus quoi dire. Et puis elle a honte. Je n'ai pas le droit d'être ici moi non plus, dans ta chambre. Je ne t'ai pas demandé la permission. T'es sûr que tu me pardonnes ? Si je suis entrée, c'est que je suis inquiète. Tes silences sont comme de petites fins du monde. Tout s'arrête avec eux.

— Maman, je sais pas trop ce que tu veux dire moi non plus, mais je suis sûr que t'exagères. Tout est toujours plus grand et plus gros que pour vrai avec toi. Sauf moi.

— Mais Charlot, Charlot, mon chéri…

Je me suis arrêtée ; coincée, ma bouche imitant celle d'un poisson. Il attendait la suite, les yeux comme les sacs que tendent les enfants à l'Halloween, en quête de douceurs. Seule différence, il n'était pas déguisé.

— Quoi, maman ?

— Que… Qu'est-ce que tu essaies de me dire, mon chou… je ne saisis pas.

— La vérité, maman… Juste la vérité.

Il paraissait tellement sûr de lui, c'en était désarmant. Quand j'avais son âge, le mot « vérité » tordait la bouche de tante Bénédicte lorsqu'elle mettait en doute ce que je venais d'affirmer. Et elle le faisait souvent : « Menteuse ! Quand vas-tu apprendre à dire la vérité ! » C'était aussi lorsqu'elle constatait que j'avais raison et qu'elle se trouvait à court d'arguments.

Désemparée, j'ai pris la résolution de m'assurer, avec l'école, qu'on mette fin une fois pour toutes aux escapades de mon fils. Que ça ne se reproduise plus. J'élaborais des plans, une manière d'informer la direction sans me mettre moi-même dans l'eau chaude. Je cherchais, encore une fois, un moyen de sauver la face, de protéger ma réputation. On pourrait en effet m'accuser de négligence ou d'incompétence parentale si on dégotait le Houdini dissimulé dans Charlot. Je ne voulais surtout pas qu'on découvre l'affaire sans que j'aie signalé mon implication dans sa résolution.

Afin d'éviter que mon fils me demande à quoi je pensais, j'ai détourné notre échange vers une autre piste. Mais le dialogue qui a suivi m'a ramenée brutalement sur le sujet de ses fugues. Et m'a conduite dans un monde de blessures que la médecine ne m'avait pas appris à soigner.

— Dis-moi, pourquoi veux-tu dessiner l'ego ?

— À cause d'Hamid.

— C'est qui Amid ?

— C'est un des amis qui pourraient venir manger avec moi le midi.

— Tu ne m'en as jamais parlé ?

— Il est nouveau. Et c'est Hamid avec un « H », maman. HA-mid. Il est arrivé l'an dernier avec ses parents. Il est arabe.

Je n'ai pas pris la peine de souligner qu'avec un nom pareil, j'avais deviné. Mais je me réjouissais qu'il parle de lui comme d'un ami. Depuis qu'il avait remplacé l'ordinateur par le dessin, son isolement m'avait transformée en louve privée d'accès à son petit. Je me retenais souvent de hurler. Je faisais les cent pas devant la porte de sa tanière dans l'espoir absurde d'évacuer ma rage et mon impuissance.

Comment en étais-je arrivée à perdre le contact avec lui ? J'étais, après tout, une « star » dans mon milieu de travail ; on me respectait, on me reconnaissait, j'irais même jusqu'à dire qu'on me craignait. On faisait appel à mon savoir, à mon pif, à mes talents ; mais chez moi ? Devant la chambre de mon fils ? Je n'étais rien ! Je n'existais plus ! Non seulement je me sentais nulle – pour reprendre une expression chère à Charlot –, mais je redoutais sa porte fermée en permanence. Un gamin de neuf ans qui s'isole, ça sortait de mon champ de compétences. J'avais rencontré cette réaction plus d'une fois chez des enfants aux prises avec le cancer, mais Charlot ne souffrait pas d'un cancer, enfin, pas que je sache. Et parce qu'il ne souffrait pas d'un cancer, je ne savais plus par où l'atteindre ; comme s'il n'y avait que mes connaissances à propos des cellules malignes pour me servir de pont. La maladie de Kjer ne me suffisait pas. Mais voilà que Charlot avait un ami. Et s'il était là, le pont ?

— Et c'est quoi le lien entre dessiner l'ego et Hamid ?

— Il est pas choisi.

— Et comment tu sais qu'il n'est pas choisi?

— À cause de ce qu'il se fait dire. Mais j'ai pas le droit d'en parler.

— Ah bon?

— Quand on est pas choisi, on a peur, maman. Et je suis pas choisi moi non plus.

— Mais qu'est-ce que tu racontes?

Il a éclaté, s'est mis à trembler. C'était comme si toute la peau de son visage retenait ses larmes. Un effort immense pour qu'elles ne quittent pas ses yeux. La gorge semblait se contracter autour du souffle à la manière d'une main qui presserait une éponge. Les mots manquaient d'air:

— C'est mes yeux, je crois. Toute l'école le sait. Et je me sens pareil comme Hamid. Il y a des élèves de sixième année qui font des cercles autour de nous. Ils crachent par terre, comme si ça les rendait forts. Et ils me font des jambettes en riant. Avec des bâtons. Et avec leurs genoux. Et ils crient: «L'aveugle tient pas debout, l'aveugle tient pas debout!» Et ils traitent Hamid de terroriste en lui lançant des cailloux.

Mon sang bouillait. Je haïssais ces enfants encore plus que je ne haïssais mon ex. Et je haïssais leurs parents à travers eux, bien sûr. Je les haïssais d'avoir fait ces enfants. Ou de n'avoir rien fait après. Ou d'en avoir trop fait. Ou d'ignorer la monstruosité de leurs petits monstres. Ou de croire qu'ils étaient beaux et fins. Ou de penser que c'était aux autres enfants de se défendre, même plus petits, même plus jeunes.

En fait, je haïssais tous ceux qui haïssent. Tous ceux qui méprisent. Tous ceux qui font souffrir. Je haïssais le monde entier pour ainsi dire. Et les autres mondes aussi. Et je me haïssais de haïr. Surtout que je ne savais rien. Ni des parents, ni des enfants, ni de qui que ce soit. Et je haïssais tous ceux qui ne voient rien. Et je haïssais celui qui avait dit que «L'essentiel était invisible pour les yeux. Et qu'on ne voyait bien qu'avec le cœur[13]. » Quand il a dit ça, il a dit une connerie! L'ESSENTIEL EST TRÈS VISIBLE QUAND ON OUVRE SES YEUX! Et il n'est pas vrai non plus qu'on ne voit bien qu'avec le cœur. Car c'est souvent le cœur qui ne veut pas voir! Ou qui ne voit rien tout court! Et je haïssais la vie d'avoir enlevé ses yeux à Charlot, enfin, peut-être... car pour moi ils les avaient déjà perdus.

Et puis une phrase est remontée tout droit de mon enfance: «Pardonnez-leur, car ils ne savent pas ce qu'ils font.» Et je haïssais ma tante Bénédicte de m'avoir enseigné ça. Je n'avais nulle envie de pardonner!

— En as-tu parlé à Madame Leblanc?

— C'est la mère d'Hamid qui lui a parlé. Hamid a reçu un caillou dans l'œil. C'est devenu très gros. Comme une balle de tennis. Il est allé à la clinique. Les docteurs ont dit de mettre de la glace. J'avais froid pour son œil. Sa mère a posé des questions à Madame Leblanc. Et à la directrice. Et à la psychoéducatrice. J'attendais Hamid dans le corridor. Je les ai entendues. Je me pratique à entendre mieux. Au cas où. Mais c'était facile parce que tout le monde criait. Sauf Madame Leblanc. C'est pour ça qu'elle nous a parlé des gènes. Et de nos différences.

— Et à moi, tu ne m'en as pas parlé, à moi? Il y a des sixièmes qui te font tomber et tu ne m'en as pas parlé?

Il a simplement baissé la tête et murmuré:

— Il faut que tu t'occupes des autres enfants, maman. Ceux qui meurent dans ton hôpital.

J'avais juste envie de dire merde, merde, merde et remerde!

Ma tête ressemblait à ces boules de verre qu'on secoue pour voir une simili neige les remplir. Il y avait un brouillard de neige dans ma boule. Des mots comme des flocons. Des mots qui percutaient d'autres mots. Dans le brouillard.

---

13 *Le Petit Prince*, par Antoine de Saint-Exupéry (publié en 1943).

Aucune voix pour les exprimer. Seulement une neige de mots, dans ma tête :

— Mon enfant, mon amour… je ne te connais pas, je ne te connais plus ! Tu m'as caché ta peur. Ou tu l'as gardée pour toi, je ne sais trop. Je ne sais rien de ce que tu endures. Des menaces, peut-être ? Du chantage ? La crainte de représailles si tu dénonces tes bourreaux ? Tu m'as privée de parole avec tes silences, et maintenant tu me parles de mon travail ! Tu n'accuses pas les enfants qui t'humilient, tu te soucies de ceux que la maladie rend incapables de soulever un caillou ; encore moins d'en lancer. Il est vrai que je soigne de grands malades, mon chéri, mais je me soigne aussi. Et ça, tu n'as pas appris à le faire. Appris à te soigner toi ! Et je vais te montrer comment. Mais avant, j'aimerais écraser ces pucerons sans cervelle. Cette petite vermine. Ces petits rats. Et j'aimerais aussi faire un doigt d'honneur à toute personne qui clame que l'avenir de l'humanité réside dans les enfants. « Fuck you ! » Il réside plutôt dans la lucidité de tous ceux qui les font.

Ma rage était telle que j'aurais été prête à m'emparer d'un fusil. Ou de n'importe quel instrument de torture. Comme ces soldats qui, au retour du champ de bataille, disent d'eux-mêmes qu'ils ne se reconnaissent plus. Qu'ils se sont transformés en autre chose que des humains. Des monstres, des créatures de l'ombre, des acteurs jouant dans un film où ils ne distinguent plus le réel de ce qui ne l'est pas. Ou qui jouissent de savoir que c'est bien réel : cette envie de hache, de poignard, de fer rougi ; cette perte totale de contrôle ou de lucidité ; cette soif de sang, d'entrailles ouvertes, de têtes coupées. Des drames d'horreur dont ils sont enfin la vedette, le héros, le personnage principal.

Alors, brusquement, l'image de Dark Vador est venue voiler mon discours intérieur. Et les bandes dessinées d'Alex ont refait surface. Et je me suis demandé où elle était, ma lucidité à moi, la grande Maryse Du Bonheur ?

La bouche comme remplie de sable, j'ai supplié :

— Dis-moi, mon amour, pourquoi veux-tu dessiner l'ego ?

— Je te l'ai dit, maman, c'est comme toi avec le cancer. C'est pour mes recherches, pour que ça fasse moins mal quand on est pas choisi. Je dessine pour arrêter les films dans ma tête.

Je me suis mise à transpirer. J'ai même essuyé mes mains sur ma jupe de soie bleu poudre. Celle à laquelle je tenais tant. Parce qu'elle me permettait de faire bonne figure dans les congrès. Meilleure figure que toutes les autres. Elle était maintenant cernée.

Charlot me parlait des films dans sa tête. J'ai alors imaginé que nous avions les neurones connectés lui et moi. Comme ces fils que des voleurs attachent l'un à l'autre pour faire démarrer le moteur d'une voiture.

— Les films ?

— Oui, les images et les cris quand je tombe. C'est dans ma tête tout le temps. Et le visage d'Hamid avec son œil comme une orange pleine de sang. Mais quand je dessine, ça s'arrête. Et ça fait moins mal.

— Est-ce que c'est ça que je ne connais pas dans ta tête et qui t'empêche de voir au tableau ?

Il s'est penché et a saisi un dessin sur lequel j'avais posé le pied. Une espèce de grande tache bleue avec deux gros trous jaunes en plein milieu. Il m'a gentiment demandé de retirer mon pied.

— Sais-tu c'est qui, maman ?

— C'est un de ceux qui te font tomber ?

— Non, c'est Egoman ! Avec un « E » majuscule.

— Egoman ?

— Oui. Mais je veux pas t'en parler parce que j'en ai pas fini avec lui. Je veux dire avec mes recherches.

Je savais que je devrais à nouveau m'armer de patience.

J'en voulais subitement à Alexandrine. Et je m'en voulais par-dessus tout de lui avoir amené mon fils. C'était trop... Cette histoire d'ego, de héros, et de bande dessinée ; c'était trop pour un enfant de neuf ans ; et pour moi, une femme de quarante ans.

— Bon, d'accord. Mais parle-moi encore d'Hamid.

— Je veux le protéger.

— Quoi ?... Pourquoi ?

— Parce qu'il est comme moi, maman ! Pareil ! Même s'il y a des différences à cause des gènes.

— Pourquoi dis-tu ça mon chéri, vous n'êtes pas pareils, il vient d'un autre pays…

Je n'ai pas eu le temps de terminer ma phrase. Il haletait, comme s'il ne restait plus d'air autour de lui.

— Arrête maman, tu... te trompes. Il… il est pareil avec d'autres gènes. Et… et un autre pays. Il est pareil pour la peur. Et… et pour quand ça fait mal. Et pour la solitude.

Il a fait une pause alors que c'est moi qui en avais besoin. Puis, calmement, il a repris :

— Il est capable d'aimer les autres comme moi, maman… Comme je t'aime et que je te le dis, des fois, le soir avant de dormir. Et quand je te le dis pas aussi, avec la porte fermée. Il est pareil pour le sourire et il est pareil pour les larmes. Et pour les bleus sur la peau, il est pareil aussi.

J'aurais voulu que le monde entier l'entende. Dans toutes les langues. Une sorte de Pentecôte païenne, avec plein de silence pour bien se comprendre. Mais l'inquiétude a refait surface.

— Depuis que la mère d'Hamid a parlé à Madame Leblanc, est-ce que ça s'est arrêté ? Je veux dire est-ce que les sixièmes ont arrêté ?

— Un peu.

— Comment ça, un peu ?

— Ils continuent à nous regarder avec des yeux qui font plus peur que des cailloux.

— Ont-ils été punis ?

— Ça changerait rien, maman. C'est pas de leur faute.

— Pas de leur faute ?... C'est quoi cette histoire ?

— C'est Egoman dans leur tête.

Egoman, Egoman ! Je pressentais qu'il me faudrait désormais vivre avec ce fichu personnage. Il avait déjà envahi la chambre de mon fils; un colocataire en d'innombrables copies. Je ne voulais pas me rendre à l'hôpital sans en savoir un peu plus long à son sujet. Je savais qu'il prendrait autant de place dans ma cervelle que sur le plancher de Charlot. Et qu'il mettrait la «switch» de certaines de mes glandes à «on» pendant tout l'après-midi. Et même davantage. Bien davantage. Pour leur faire sécréter les hormones de la «peur», cette insupportable sensation d'inconfort dont Charlot avait entouré son lit.

Et cette histoire de bleus sur la peau m'irritait au plus haut point.

J'ai donc fait une nouvelle tentative, teintée de colère:

— Tu es certain que tu ne veux pas me parler d'Egoman? Et des bleus sur la peau?... En as-tu? Si oui, montre-moi, je t'en prie.

— Pas ce midi, maman. Je voudrais manger mon lunch et travailler un peu avant de retourner à l'école. Ce soir peut-être. Et tu sais quoi? Hamid, ça veut dire «digne d'éloges» en arabe. C'est pareil comme pas être choisi, mais à l'envers.

Notes de Georges – Le choix

La Du Bonheur est tout aussi admirable qu'inatteignable. Ce désir puissant qui la transporte : faire disparaître le cancer de la planète. Et, avec lui, toutes les peurs qu'il provoque.

Libérer ces enfants de leurs terreurs nocturnes, diurnes, et même de celles qui s'emparent d'eux alors qu'ils ne savent plus distinguer le jour de la nuit.

Rendre la liberté à leur imagination, à leur créativité, à leur main qui dessine...

Et, bien sûr, faire disparaître sa peur à elle ; celle de la rue Rachel. Et celle de Charlot par la même occasion...

Au fond, j'ai envie de la suivre jusqu'au bout. Dans tous les stationnements du monde. L'aider à remporter son admirable bataille, car il est vrai que certaines batailles sont admirables : « À bas l'ennemi juré ! »

Découvrir avec elle que la peur existait chez bon nombre d'enfants bien avant que le cancer ne s'empare de leur vie.

Et que cette peur a peut-être contribué à l'apparition des cellules malignes.

Des enfants victimes d'une activité égoïque trop intense : la « peur de ne pas être choisi » confondue avec « la peur de mourir ». Le corps qui ne fait pas la différence.

La ligne est mince.

Même les plus brillants intellectuels, les plus érudits de mes collègues ne font pas la différence.

Deux solutions : accentuer l'activité égoïque ou atténuer l'activité égoïque.

Pas seulement un choix de psychiatre...
Un choix qui attend tous les humains au cours de leur existence...
Apprendre à faire la distinction entre ce qui est du ressort de l'ego
et ce qui relève plutôt de la vie.
L'ego ne relève pas de la vie.
Il est un dérapage de l'évolution, du développement du cerveau,
de la multiplication des neurones.
Un sujet de thérapie familiale pour ma neurologue préférée.
Allez la Du Bonheur, il faut qu'on parle !

Portraits d'Egoman – Après-midi et soir qui ont suivi
8 février 2001

L'après-midi m'a paru interminable Je voulais voir les bleus sur la peau. Et sur l'intelligence. Sur ces parties du cerveau qui ne comprennent pas « pourquoi les injures et les cailloux ? »

Je voulais voir les bleus sur tout ce qui est invisible. Sur la capacité d'aimer peut-être... Mais d'après les propos de Charlot, cette dernière demeurait intacte. Il m'a d'ailleurs embrassée tendrement lorsque nous nous sommes quittés et il m'a dit : « Je t'aime maman. Même quand il y a quelque chose dans ta tête que je connais pas et qui t'empêche de m'écouter quand je te parle. »

J'aurais voulu que mes joues deviennent des murs de musée, avec la trace de ses lèvres dessus. Une exposition permanente de sa tendresse et de sa peine. Pour me les rappeler, devant chaque miroir. Et pour montrer à tout le monde que je suis un peu avec lui, parfois ; montrer sa présence sur ma peau, afin d'effacer la culpabilité qui creuse de petites rides, avec des questions comme : « Comment vais-je faire ? »

Comme je l'avais prévu, Egoman ne m'a plus quittée à partir du moment où je suis sortie de la chambre de mon fils.

J'avais apporté plusieurs dessins dans mon bureau, avec l'autorisation de leur auteur, évidemment. Je les ai disposés par terre, autour d'une petite table ronde où s'empilent d'innombrables dossiers.

J'ai même apporté les figurines de Dark Vador, du Joker et de Dracula. Je désirais reconstituer la forteresse de Charlot. J'ai téléphoné à Georges Paris pour lui demander de venir voir. Il était disponible, étrangement. J'ai soupçonné que cette disponibilité était liée au sentiment d'urgence que j'avais exprimé. Je lui ai dit que je voyais Egoman partout. Qu'il nageait dans mon café et rampait autour du lit de mes jeunes patients, que des dessins tentant de le représenter sortaient par la bouche des parents, comme si leur tête était une imprimante.

— Egoman ? Mais qu'est-ce que tu racontes Maryse ?

— Viens voir, il est dans mon bureau, sous ma table de travail.

De quoi alerter immédiatement l'attention d'un psychiatre ! Surtout si ce n'est pas dit sur le ton d'une blague.

À son arrivée, il est resté muet. Plusieurs minutes. Il n'affichait aucune surprise, aucune forme d'étonnement. Sa main semblait donner de l'affection à son menton. Son regard scrutait autant les dessins que les figurines. Il s'attardait d'ailleurs à Dark Vador, au Joker et à Dracula. Comme s'il les appréciait.

Puis, alors que j'attendais une révélation éclairante, il a dit, avec l'éloquence d'un perroquet :

— Hummmmmmmm... intéressant ! Très intéressant !

J'étais furax.

— T'aurais pas quelque chose de plus intelligent à dire, monsieur le grand thérapeute ?

— C'est Charlot ?

— Oui Georges, c'est Charlot ! Il essaie de dessiner l'ego, tu te rends compte ? Il dit que quand il dessine, les films s'arrêtent dans sa tête.

— Les films ?

— Oui, les films ! Il subit de l'intimidation à l'école. Il raconte que ça continue le soir. Et la nuit dans ses rêves. Il revoit, en boucle, des « sixièmes années » qui le font tomber.

Et le traitent «d'aveugle qui ne tient pas debout». Il dit aussi qu'il veut protéger un ami qui s'appelle Hamid. Je ne connais pas cet enfant, mais les élèves de sixième année le taxent de terroriste pendant qu'ils le lapident. Charlot s'inquiète pour les bleus sur la peau de son ami. Il a peut-être des bleus lui aussi, je ne sais pas. Il n'a pas voulu me montrer sa peau. Ce soir, peut-être... Les autorités ont été mises au courant et sont intervenues. Mais Charlot m'a confié que les yeux des «sixièmes années» lui font maintenant plus peur que les cailloux.

Le psy secouait la tête, les dents serrées. Je ne l'avais jamais vu dans cet état. Il gémissait:

— Ce n'est pas vrai! Ce n'est pas possible!

Il serrait les poings plus fort que les dents.

S'en est suivi un long silence, empreint de découragement et de tristesse.

Et comme pour me donner accès à ce qu'il vivait, il m'a touché le bras.

— Elle est là la véritable intimidation, Maryse. Quand des cailloux s'emparent de la mémoire. Avec des yeux de bourreaux dessus. Et que des insultes prennent possession des rêves. Charlot a été kidnappé de l'intérieur. Il est maintenant l'otage de ses propres pensées. Pas étonnant qu'il ait entouré son lit de ces horribles figurines.

Le vide. À deux cette fois. Un silence qui me connectait à celui des figurines. À ce qu'elles disaient...

J'ai voulu corriger:

— Mais Georges, le seul qu'il connaît, c'est Dark Vador. Il a vu le film *La menace fantôme* avec moi, je le regrette amèrement d'ailleurs. Quant au Joker et à Dracula, c'est en feuilletant un magazine quelconque – un catalogue – qu'il est tombé sur leurs photos, je veux dire la photo de leur figurine, évidemment. Il m'a demandé s'il pouvait avoir ces jouets – on appelle ça des jouets, c'est pas possible –, pour le récompenser de ses bonnes notes en français et en géographie. Il ne sait à peu près rien de ces monstres.

— Il connaît ces personnages bien plus que tu ne l'imagines, Maryse. Charlot est entré en contact avec eux par Internet, j'en suis sûr. Crois-en ma parole de psy, il les a examinés sous tous leurs angles. Comme un médecin examinerait ses malades... Ces monstres ont été conçus pour faire peur, et ton fils souhaite qu'ils fassent fuir les images dans sa tête. Trois héros de l'ombre, Maryse. Un mélange de force, d'intelligence et d'immortalité. Quand on a presque dix ans, on est séduit. Quand on en a cinquante, on est séduit aussi. On a même tendance à s'identifier... Enfin, peu importe, il est clair qu'une partie de la vie de ton fils t'a échappée chère collègue, à toi de la retrouver.

Tous mes circuits se sont immédiatement débranchés. Panne neuronale. Bogue cérébral.

Il a enchaîné :

— Oh, et puis je voudrais ajouter ceci : je crois que les bleus les plus douloureux sont ceux qu'on ne peut pas effacer sur la peau d'un ami.

Il s'est arrêté. On aurait dit que ses yeux étaient avec quelqu'un. Ses traits semblaient dire merci. Ou demander pardon. Ou les deux à la fois. Ils trahissaient l'impuissance de celui qui aime et qui perd. Une blessure qui ne guérit pas, mais qui donne quand même aux lèvres l'aspect d'une cicatrice. Le temps que dure le passage d'un souvenir.

Puis il s'est ressaisi.

— Charlot a découvert une merveilleuse façon de se libérer, chère Maryse. De mettre ses ravisseurs dehors. Il ne laisse pas sa mémoire occuper toute sa tête ! Son attention se consacre aux couleurs, aux traits, aux contrastes. L'art jette les cailloux sur du papier et leur donne des formes nouvelles. C'est moins douloureux. La beauté remplace la peur. Les injures quittent alors sa cervelle. Dis-moi, ces dessins, c'est Egoman ?

— Oui, c'est ce qu'il m'a dit. Mais il s'est empressé d'ajouter qu'il n'arrivait pas à le représenter. Et qu'il devait poursuivre ses recherches. Il veut faire des recherches maintenant! – «Comme toi, maman!» – qu'il m'a dit. Et il m'a raconté qu'il ne servirait à rien de punir les élèves de sixième année parce que ce n'était pas de leur faute. Il croit que c'est à cause d'Egoman dans leur tête.

— Il a raison Maryse.

— Quoi???

— Ton fils essaie de dessiner la bêtise humaine.

— Je ne te suis pas, Georges.

— Il essaie de donner un visage à l'ignorance.

Il ne m'a pas laissée lui dire que je ne comprenais toujours pas. Il a continué :

— J'ai une idée saugrenue, Maryse. Je vais avoir besoin de ton aide.

Ce n'était pas la première fois que mon père Noël préféré avait une idée saugrenue. C'était plutôt une habitude chez lui. Mais ma curiosité était piquée.

— Allez, étonne-moi, Georges. Fais-moi rire un peu. J'en ai besoin!

— Avec ta permission, je vais inviter Charlot à donner une conférence au prochain congrès international de pédopsychiatrie.

Il m'a fallu quelques instants pour absorber le choc. Je me suis demandé comment cet homme pouvait soigner des enfants souffrants, si ce n'était pas d'abord lui qui avait besoin d'être soigné.

J'ai explosé :

— Quoi? T'es malade?... C'est quoi cette farce?

Je l'ai imité : «Ho Ho Ho… Ho Ho Ho...»

Il est demeuré zen.

— Il pourrait présenter ses dessins, Maryse. Sur grand écran. Multimédia. Animation. Musique. J'ai même le titre : «Egoman!» Avec en sous-titre : «Aidez-moi à dessiner l'ego, vous les experts! Signé : Charlot, dix ans.» Je crois qu'il laisserait toute une assemblée de psys dans un état cataleptique.

J'étais très très fâchée.

— Mais Georges, c'est un enfant en pleine détresse et tu débarques avec un congrès international de psys, es-tu devenu fou ?

J'ai frappé ma tempe, avec mon index, à plusieurs reprises.

— Ça ne va pas dans la tête, monsieur le psychiatre ?

— Je suis très sérieux, Maryse. Je serai à ses côtés, évidemment. Tu imagines un enfant qui attirerait l'attention d'un groupe de docteurs sur l'une des questions les plus importantes de la modernité ? Une question dont dépend la survie de tous les enfants qu'on soigne ? Leur survie après leur victoire sur le cancer ?... Et ta survie aussi ? Et la mienne ? Et celle de Charlot ? Et celle d'Hamid ? Et celle de leurs bourreaux ?

Une fois de plus, je ne comprenais rien. Mais plus il parlait, plus j'imaginais Charlot, sur une grande scène, en train de recevoir une ovation debout. Je sentais soudainement poindre la jalousie.

C'est fou ce que le corps peut réagir vite, avec l'inconfort, les crampes, et tout. Je me suis alors rappelée des images d'enfants devant l'Assemblée générale des Nations unies. Leur popularité. L'immense couverture médiatique. Les prix qu'ils ont reçus. Et mes crampes s'intensifiaient.

Je me suis également souvenue de ce qu'on m'enseignait à l'école, au cours de religion, avec ce Jésus, à douze ans, devant les docteurs du temple. Une histoire qui a connu un succès énorme. Des millions d'adeptes, peut-être même des milliards. Deux mille ans d'envolées virales dignes de YouTube, Twitter ou Facebook ! Et j'étais plus jalouse encore. J'en avais oublié la peine de mon fils. Il n'y avait plus que la mienne.

Puis j'ai quitté la scène, l'ovation debout, et je suis revenue à l'offensive. J'ai raconté à Georges les Nations unies et Jésus. Je lui ai rappelé que son idée n'avait rien d'original.

Il n'a même pas hésité :

— Je sais, je sais, Maryse. Mais ça marche. Pourquoi penses-tu qu'on a utilisé ce genre d'histoire il y a deux mille ans ? Parce qu'on savait qu'elle aurait de l'influence, du punch, de l'impact. Qu'elle ferait parler. Et ça marche encore. On n'a rien inventé, Maryse, rien. Le marketing n'a pas d'âge. Y a que les moyens qui ont changé.

Je n'en croyais pas mes oreilles. Il était gonflé à bloc.

— Tu sais Maryse, un des plus grands dérapages de l'histoire, c'est quand l'humanité a commencé à croire en quelque chose qui n'existe pas.

Je n'ai pu m'empêcher de revoir le père Noël en lui. Mais mon irritation voulait le ramener sur terre :

— Georges, s'il te plaît. Tu ne vas pas commencer à me parler de Dieu en ce moment ?

— Dieu ne m'intéresse pas, Maryse. Enfin, pas au sens où les humains s'y intéressent habituellement. Ce que je te dis n'a rien à voir avec Dieu, mais avec Charlot. La plus grande méprise de l'histoire est la croyance en l'existence de l'ego. C'est bien plus grave que n'importe quelle croyance en Dieu.

Venant d'un psychiatre, soi-disant spécialiste de l'ego, ça laisse pantois !

— Si je comprends bien, t'es en train de me dire, toi, un psychiatre, que l'ego n'existe pas ? Faudra que tu m'expliques, Georges. Il me semble qu'il est partout présentement. Bien plus que Dieu d'ailleurs. L'ego par-ci, l'ego par-là... Moi, moi, moi... Je suis la première affectée, cher docteur. Je le sais, de temps à autre... Et le sang de mon fils est en train de se transformer en boudin tellement l'ego l'angoisse.

— Oui, c'est bien ça le drame, Maryse. L'ego est partout, mais il n'existe pas. Et il angoisse les enfants. Il les rend malades. Il les fait même mourir. Dans tous ces endroits où ils sont massacrés, violés, éventrés à coups de machettes, de fusils ou de bombes. Et ça commence avec des cailloux. Dans des cours d'école. C'est pareil. La même peur.

Il a pris le temps d'avaler. Il y avait des larmes sur ses joues. Le père Noël pleurait.

— Et ce n'est que le début, chère collègue. La souffrance ne fait que commencer. Elle fera des tas de victimes. C'est la prochaine peste, le prochain choléra. Les microbes sont difficiles à détecter, mais ils existent. Tandis que l'ego, je le répète, il n'existe pas. Il a été fabriqué par des humains. Comme le père Noël. J'aime bien me le rappeler quand je me regarde dans le miroir.

Sa barbe était mouillée. J'avais envie de l'essuyer. Avec ma main. Ou mes cheveux. C'était la première fois. Il s'est mouché avec le mouchoir que je lui ai tendu.

J'avais commencé à comprendre :

— Si je suis ton raisonnement, ce serait la raison pour laquelle Charlot serait incapable de le dessiner ce fichu ego. Et c'est ce que tu veux exposer à ton congrès à travers lui ?

Il habitait encore ses larmes :

— Nous n'aurons bientôt pas assez d'hôpitaux pour soigner toutes les petites victimes du mal de vivre, Maryse. Et les grandes aussi. C'est ce que Charlot nous dit, avec du jaune et du bleu.

Il s'est tourné vers moi. Je voyais soudainement toute la bienveillance que les enfants doivent voir, dans leurs dernières heures, quand la peur quitte leur chambre à l'arrivée de leur ami Georges.

C'est son sourire de moine jaune orange qui a pris la parole :

— J'ai envie d'accompagner Charlot, Maryse. Et ses dessins sont un merveilleux moyen de le rejoindre. Je vais l'aider, si tu consens, à poursuivre ses recherches. Il va trouver lui-même la réponse à sa question. Je ne sais pas quand, mais il va y arriver. Et je te prie de songer à cette idée de congrès. Il a lieu à Montréal, cette année. Je dois faire parvenir notre inscription d'ici trois ou quatre semaines. Il serait bien que tu en glisses un mot à Charlot.

— Notre inscription ?

— Oui, Charlot et moi. Notre inscription !

Quand je suis rentrée à la maison, Charlot m'attendait. Je n'avais qu'une idée en tête, voir les bleus. Tout de suite. Tous les bleus. Les caresser. Plus particulièrement ceux que la peau cachait.

Mais il avait une question urgente :

— T'as montré mes dessins au docteur Paris ?

— Oui mon amour.

— Est-ce qu'il t'a dit pourquoi j'étais pas capable de dessiner Egoman ?

— Il m'a dit que tu pourrais trouver toi-même la réponse. Mais il veut te rencontrer pour en parler avec toi. Et pour que tu fasses une conférence avec lui dans un congrès. Devant des médecins comme lui. On en reparlera parce que je ne suis pas vraiment d'accord.

Je ne lui ai pas donné la chance de m'interroger davantage. Ni de me dire « non » lorsque je lui ai demandé de me montrer les bleus. Il a immédiatement compris qu'il ne servirait à rien de résister. Il a retiré son t-shirt et son pantalon, hésitant, frappé par autre chose que les cailloux. La culpabilité. La honte. Des tremblements.

Quand j'ai vu, j'ai eu envie de cogner partout. Sur le vide. Sur la table. Sur les murs. Sur ma tête. La rage, à nouveau.

J'avais soif de vengeance. Comme dans les films. Je me voyais en train de torturer des enfants de onze ans, moi qui consacrais ma vie à en sauver. Je m'imaginais des scalpels dans les mains, et je prenais un malin plaisir à trancher doucement leur dos, leur thorax, leurs cuisses ; à tous les endroits où Charlot avait des meurtrissures. Je découpais des morceaux de peau de la même taille que les bleus. Pour leur faire avaler. Tout mon corps avait terriblement envie de faire mal. Très mal. De détruire cette mauvaise herbe avant qu'il ne soit trop tard.

C'est Charlot qui m'a apaisée :

— T'es pas guérie, maman !

— Je ne comprends pas, Charlot. Explique-moi.

— Je suis pas capable de dessiner Egoman, maman, mais je sais qu'il est dans ta tête. Il fait bouger ton visage. Comme avec une marionnette.

Rien pour dissiper mes craintes à l'égard de son équilibre. Et de sa vie d'enfant. Celle qui, comme il le disait lui-même, me semblait déjà derrière lui.

Pour éviter qu'on ne parle de moi, je lui ai demandé :

— Explique-moi, mon amour. Pourquoi dis-tu que ce n'est pas leur faute aux sixièmes ? Que c'est à cause d'Egoman dans leur tête ?

La réponse était prête :

— Quand ils lèvent la main pour lancer des cailloux, c'est pareil comme pour être choisis. Pour dire youhou, je suis là ! Ils ont peur, maman. Ils veulent montrer qu'ils sont forts pour pas que personne prenne leur place. Avec quelque chose qu'ils ont pas. Comme mes yeux malades. Ou comme les vêtements d'Hamid.

— Et qu'est-ce qu'ils ont de spécial les vêtements d'Hamid ?

— Ils sont trop grands pour lui.

Je réalisais que Georges et Charlot étaient déjà très près l'un de l'autre. De vieux complices.

— Tu vas faire quoi maintenant pour te défendre ? Je veux dire, si ça recommence ?

— Continuer mes recherches... Et oublie pas ma présentation avec le docteur Paris. Ça m'intéresse.

— ...!!!!!!!!!!

Notes de Georges – Le Poucet

Le Poucet. Il voit rarement son père : Jérôme ! Un clown. Toujours à l'étranger à faire des grimaces – sa spécialité – à des gamins qui l'adorent (c'est ce qu'il raconte à son fils, quand il lui parle : « Si tu voyais comme ils m'aiment, mon grand. »)

Pendant ce temps, Charlot fait des grimaces, lui aussi. Sous les coups de pied de gamins qui le méprisent.

Jérôme ! C'est quoi ton cirque ? As-tu déjà fait des grimaces à Charlot ? Non ? Jamais ?

Et si tu venais grimacer devant ceux qui le terrorisent ?

Histoire de les faire rire !

Le temps d'une récréation.

Pour que s'efface leur peur ; celle de ne pas être les plus importants.

Et que s'ouvrent leurs mains.

Et que tombent les cailloux...

À leurs pieds !

La Du Bonheur n'est pas tendre à l'égard de son ex : « Le salaud ! Il est plus jeune que son fils ; quatre ans d'âge mental ! Et encore... Il ne donne presque pas de nouvelles. Un coup de téléphone de temps à autre. N'importe quand : "Comment vas-tu mon grand ?" – "Bien" – "Je vais venir bientôt, tu sais." – "Quand ?" – "Je ne sais pas encore." – "Pourquoi ?" – "Je veux te faire une surprise." – "Merci papa, j'aime les surprises." – "T'inquiète pas pour moi, mon grand, ta mère m'a dit pour ta maladie. T'es entre bonnes mains. Ta mère c'est la meilleure. Son hôpital aussi." – "À bientôt papa, j'ai hâte de te voir." »

Et la Du Bonheur de conclure : « Et dire que son fils risque un jour de ne plus le voir du tout ! Et lui, l'imbécile, n'a d'yeux que pour ceux qui le regardent. Comment ai-je pu, moi, ne pas voir ça ? » Elle est tellement belle quand elle sort ses griffes...

Je devrais d'ailleurs lui dire.

Comme je le fais devant mon miroir, quand je m'exerce : « T'es belle Maryse ! »

(Silence.)

« Allez Georges, t'es capable ! »

(Silence.)

Et vlan ! Ça reste dans le miroir.

Il me faudrait un supplément de couilles...

Pourtant je m'entraîne aussi dans mes rêves : ses griffes... je les vois, je les sens ! Sur ma peau, dans mon dos : sa signature, un autographe signé de ses dix doigts avec mon sang. Des traces d'elle sous ma chemise. Et si j'osais l'aborder, qui sait, peut-être pourrais-je sentir sa présence, un peu douloureuse, chaque fois que je m'habille. Sourire en me boutonnant.

Et lui expliquer ce sourire : « Tu sais pourquoi je souris, Maryse ? » – « Non. » – « Parce que ma peau gémit quand j'attache ma che-mise... » – « Ah bon ? » – « Ouais... Des lacérations qui hurlent au contact de la soie. » – « Quoi ? » – « Oh, presque rien. Seulement la mémoire de tes ongles et l'écho de tes gémissements. »

Mais pour lui dire ça, j'aurais vraiment besoin d'un supplément de couilles.

Peut-être me faudra-t-il prendre pour modèle cet enfant, Charlot, le Poucet... Dix ans, bientôt.

Il vient d'inventer Egoman : brillant !

Il essaie de dessiner l'ego pour le faire taire : merveilleuse idée !

Je devrais m'y mettre, moi aussi. On pourrait dessiner ensemble. Faire le portrait de cette « chose » qui m'empêche de dire « T'es belle Maryse ! »

Mais actuellement le Poucet a besoin de mon aide...

Afin de retrouver sa route.

Ou une route tout court.

Surtout qu'il n'a pas l'air d'avoir de cailloux dans sa poche. Plutôt sur sa peau. Des bleus. Une carte sur le corps. Avec des repères, épars, qui mènent tous au cœur.

Et ce n'est pas sa mère qui va lui indiquer la direction. Elle est plus perdue que lui depuis la rue Rachel...

À l'âge de trois ans, une forêt très dense est apparue autour d'elle. Un conte tragique écrit par la vie. Une histoire où se retrouvent, malgré eux, les enfants que je vois en consultation. Un récit rempli de petits personnages égarés entourés soudainement par cette forêt obscure, la Terre de l'Ego :

– Miroir, miroir, dis-moi qui est la plus belle, la plus grande, la plus forte ?

– Désolé, ce n'est pas toi, Maryse !

– Alors, dis-moi, où puis-je trouver des cailloux ? Je veux les lancer à tous les plus beaux, tous les plus grands et tous les plus forts ! Les faire disparaître... Devenir enfin celle qu'on regarde, qu'on respecte, qu'on reconnaît ! Exister, une fois pour toutes, dans d'autres yeux que les miens ! Car dans ceux-là – les miens –, je ne crois pas avoir jamais existé !

Une histoire qu'on ne raconte pas, le soir, au bord du lit, parce qu'elle empêche les adultes de dormir.

J'admire Charles Perrault, né le 12 janvier 1628 à Paris où il est mort le 16 mai 1703. Il a écrit les Contes de ma mère l'Oye *: la* Belle au bois dormant, *le* Petit Chaperon rouge, *le* Chat botté, Cendrillon *et celui que je préfère entre tous : le* Petit Poucet...

« Il était une fois... » : une introduction que j'adore. J'aimerais la mettre au début de ma vie.

J'ai noté une phrase, jadis, sur un bout de papier, au sujet de Perrault. Je ne me souviens plus où je l'ai lue : « Il n'a jamais prétendu endormir les enfants avec de jolies histoires, mais a utilisé le merveilleux pour éduquer et donner une direction pour l'accomplissement de la personne humaine. »

À cette époque, on ne connaissait rien au cancer. Mais avec ses ogres et ses forêts obscures, c'est comme si Perrault en avait fait un portrait...

Ou comme s'il avait décrit Charlot aux prises avec ses bourreaux.

Et la Du Bonheur, rue Rachel.

Je n'ai pas de bottes de sept lieues à offrir aux enfants que je soigne.

Et encore moins à la Du Bonheur.

Mais il n'est pas trop tard pour l'aider à sortir du conte où elle est emprisonnée : princesse magnifique enfermée dans la «Tour de l'Ego».

Charlot va l'aider.

Et je vais aider Charlot.

J'ai un conte à écrire, moi aussi ; il s'intitule Lulu au dépanneur.

Je ne sais pas écrire des contes.

Je ne sais que les écouter...

Mais parfois, quand c'est devenu trop difficile pour un Poucet de parler, il m'arrive de me mettre à lui raconter des histoires...

Fête de Charlot, 10 ans
Février 2001

14 février. Soleil éblouissant. De la lumière partout. Un matin semblable à celui où Charlot est né.

Alexandrine s'en souvenait : « Ce matin-là, Maryse, le bleu était plus bleu qu'à son habitude. Le jaune plus jaune. Comme s'il s'agissait d'un présage... Le blanc aussi était plus blanc. Le genre de matin où l'on n'a pas du tout envie d'être ailleurs. Une lumière qui ouvre grand les bras de l'hiver. Charlot allait venir au monde une de ces journées où le froid est beau. Parce qu'il réchauffe. »

Charlot fêtait ses dix ans.

Quelques semaines auparavant, je lui avais demandé ce qu'il désirait :

— Rien maman.

— Il n'y aurait pas quelque chose qui te ferait plaisir ?

— Oui, maman, revoir O moins. Avec mes amis : Hamid, Marie-Lou et les étoiles du docteur Le Borgne.

Je ne connaissais pas Marie-Lou. Je me souvenais vaguement avoir entendu son nom. Mais bon, une de plus ou de moins, allez hop, on l'embarque.

— Qui est Marie-Lou ?

— Je t'en ai déjà parlé, maman, tu te souviens pas ? C'est difficile à dire qui elle est. C'est mon étoile à moi, je pense.

Devant une telle affirmation, j'ai bredouillé :

— Oui, oui, je m'en souviens...

Il a saisi la balle au bond.

— C'est pas grave, maman, si tu t'en souviens pas. Tu peux pas te souvenir de tout. Ça prendrait plus de place dans ta tête. Surtout quand on est ensemble, toi et moi. Et quand t'es toute seule aussi. Et c'est difficile d'avoir de la place dans sa tête, je sais ça ! Elle est presque toujours pleine ma tête.

De la place dans ma tête ? Il n'y avait plus que lui dans ma tête. Elle débordait de lui, ma tête ! Mais ce n'est certainement pas ce qu'il voulait dire... Peut-être aurait-il fallu qu'il me fasse un dessin pour que je comprenne ? Et en plus, il me protégeait contre moi-même. Encore une fois. Tout comme je le faisais, autrefois, avec ma marraine.

Son passage aux deux chiffres – 10 ans – constituait, pour moi, une étape à souligner ; j'y tenais. Tante Bénédicte avait complètement ignoré la plupart de mes anniversaires, et je ne souhaitais pas que l'histoire se répète. Une leçon que m'avait donnée la vie : ne pas faire subir à d'autres les torts qu'on a subis. Ne pas répéter même si on en a parfois envie, afin de se faire croire que c'est normal et avoir moins mal dans ses souvenirs. S'y sentir moins seule. Surtout lorsqu'ils reviennent sans qu'on ne les ait conviés. La nuit. Comme dans les contes.

Robert et Alice souhaitaient ardemment revoir Alexandrine. Pas un mot depuis sa démission. Juste un «Au revoir et à bientôt les amis ! », le jour où elle avait quitté l'hôpital. Aucun signe de vie par la suite. Robert avait bien laissé quelques messages sur le répondeur ; zéro retour d'appel.

Le couple avait été ébranlé par la décision de l'obstétricienne. Ils disaient ne pas avoir compris pourquoi elle avait préféré les chèvres aux enfants. Ils souhaitaient profiter de l'occasion pour obtenir une explication. Être rassurés. Ils remettaient ouvertement en question l'équilibre de leur amie, avec l'inquiétude qu'on éprouve quand une personne aimée traverse un moment difficile.

Georges ne s'était pas fait prier pour être de la partie. Quand j'ai demandé à Charlot s'il voyait un inconvénient à ce que j'invite le docteur Paris, mon fils, le plus sérieusement du monde, a répondu : « Au contraire, maman, il va bien s'entendre avec O moins. » Devant ma surprise, il a ajouté : « Ils sont pareils dans leur personnalité. »

J'ai eu le sourire d'une citrouille à l'Halloween, puis j'ai éclaté d'un rire incontrôlable. Du flamenco dans ma gorge. Des cordes vocales qui claquent comme des castagnettes. Charlot a reculé de deux ou trois pas, l'air apeuré. Je me suis rappelé monsieur Beguin, le jour de notre envolée en montgolfière. Son rire, ma peur. Je me suis rappelé ses mots devant le ballon transparent : « Regardez les filles, c'est la tête des hommes ! Une bulle de savon ! La plupart de leurs pensées, c'est de l'air. Ils n'ont rien dans la tête et ils croient que c'est la vérité ! »

Je me suis également souvenue du rire d'Alexandrine, à l'adolescence, quand nous inventions des expressions pour décrire ma jeune poitrine. Nos larmes. Le mal de ventre qui donne envie de dire : « Je t'aime ! »

Je riais comme une hyène. Un reportage m'avait troublée sur les hyènes : « Quand une hyène "rigole", elle informe ses congénères sur son âge, son statut social et son identité... » J'informais Charlot ! Un rire entretenu par une image tenace, revenant par vagues : Georges, à quatre pattes, en train de ruminer ; petites cornes, barbichette, et bêêêlements philosophiques. Je me tenais les côtes à pleines mains, elles sautaient, tout le thorax sautait. Si Georges avait été là, je crois qu'il n'aurait pas ri du tout. Il aurait sans doute dit que ça frôlait l'hystérie. Je lui aurais alors parlé d'une hystérie affectueuse...

J'ai fait un pas vers Charlot : « Ne t'inquiète pas mon chéri, c'est Georges qui bêlait dans ma tête. »

Il s'est éloigné davantage : « J'étais sérieux, maman ! »

Nous emmenions Hamid et Marie-Lou avec nous.

Ils nous attendaient sous un grand arbre, en face de la maison où habitait « l'étoile de Charlot » : Marie-Lou ! Elle, une petite femme couleur de soleil et de neige. Et lui, Hamid, un petit homme couleur de tire d'érable dans une lumière de printemps.

Curieusement, c'était sur la route qui nous conduisait chez Alexandrine. Marie-Lou habitait en pleine campagne, à quelques kilomètres de la ville. Charlot m'a dit que le père de la jeune fille travaillait surtout à Montréal :

— Il conduit sa fille à l'école tous les matins et vient la chercher tous les soirs, maman.

Je ne connaissais pas encore cet homme, mais j'admirais déjà son courage. Les bouchons de circulation, non merci, pas pour moi.

J'ai immobilisé la voiture. Charlot est sorti en courant. Je l'ai suivi. Je voulais les impressionner, lui et ses copains, passer pour la meilleure des mères, la maman spéciale, différente, celle qui va à la rencontre des amis de son fils. Je voulais entendre : « Wow, ta mère est trippante ! »

C'est lorsque Charlot est arrivé près de Marie-Lou que je me suis rappelé la brève description qu'il m'en avait faite : « Mon amie muette »...

Elle s'est adressée à lui avec ses mains : le langage des signes ! J'ai soupçonné qu'il s'agissait d'un : « Bonjour, comment vas-tu ? », puisque mon fils s'est empressé de répondre : « Bien et toi ? »

Je lui ai fait part de mon étonnement :

— Tu connais le langage des signes ?

— Non, maman, mais je comprends Marie-Lou pareil comme si je savais ce qu'elle veut dire.

Hamid semblait comprendre lui aussi. Il réagissait au moindre geste avec tout son visage. Une feuille de tremble remuée par la brise.

Les parents de Marie-Lou devaient surveiller leur fille par la fenêtre car, alors que je m'approchais des enfants, ils sont sortis de la maison.

Lui portait un vieux manteau taché d'huile et de graisse ; elle, un vêtement très original, fait main visiblement. Une sorte de courtepointe rassemblant des tissus aux couleurs d'horizon, juste après la disparition du soleil ; orange, rouge, mauve, des morceaux récupérés dans différentes étoffes. Du recyclage haut de gamme.

Les présentations ont été brèves :

— Je suis Harold Breton, le père de Marie-Lou. Et voici mon épouse : Mégane. Nous sommes enchantés de faire votre connaissance, docteur Du Bonheur. Vous savez certainement que Marie-Lou est dans une classe spéciale, dans la même école que Charlot ?

Je l'ignorais. J'ai instantanément réagi :

— Oui, oui, bien sûr !

Ils souriaient tous les deux, comme des personnes qu'on vient d'honorer. J'éprouvais une vive contraction dans ma gorge, un malaise qu'il me fallait cacher. J'étais prise en flagrant délit de ne pas savoir quelque chose qui apparaissait d'une importance capitale aux yeux de mes interlocuteurs. Je ne voulais surtout pas qu'ils s'en rendent compte. J'ai vu passer une déception sur le visage de Charlot ; un nuage sur sa peau. Il s'est contenté de tourner son regard vers Marie-Lou. Il me protégeait, une fois de plus.

S'il avait pu s'exprimer, j'aurais probablement eu droit à un petit sermon : « C'est ton ego, maman. Il veut encore être choisi. Et s'il raconte un mensonge, c'est parce qu'il a peur d'être laissé de côté. Ou de plus être ce qu'on pensait de lui. »

Enfin, quelque chose du genre, avec le charme de ses mots à lui, évidemment.

Harold et Mégane cajolaient les trois enfants du regard.

Si la tendresse s'attrapait comme on attrape les papillons, je crois qu'à cet instant précis j'aurais pu l'attraper.

Tout autour de leurs têtes, un vol de tendresse :

— Nous ignorons comment ils sont devenus amis, docteur Du Bonheur. Marie-Lou nous a fait savoir qu'ils s'étaient rencontrés dans la cour de récréation : « Parce qu'ils étaient pareils dans leurs différences. » C'est ce qu'elle a tenté de nous expliquer. On ne comprend pas trop, mais on peut vous assurer que nous en sommes très heureux. La présence de votre fils a provoqué des changements dans la vie de notre fille. Pour dire ça simplement, c'est comme si Marie-Lou s'ouvrait. Je suis plombier, docteur Du Bonheur, je connais tous les tuyaux imaginables et inimaginables que les hommes ont fabriqués. Il n'y en a aucun qui me résiste. Mais le seul tuyau qui m'intéresse, c'est celui qui est dans la gorge de notre fille. Quelque chose le bloque, un bouchon. Et ce bouchon-là, je n'ai jamais pu l'enlever, le faire disparaître. Sa voix est coincée en dessous. On a vu des tas de spécialistes, il n'y a rien à faire. Méningite, surdité ; vous comprenez tout ça, n'est-ce pas ?... Ses oreilles ont été réparées et elle entend. Mais les mots ne sortent pas. Sauf que là, on dirait qu'il y a du nouveau : des sons, des efforts, des mouvements de la mâchoire et de la langue. Peut-être que l'amitié de votre fils va pouvoir défaire le bouchon. Ou celle d'Hamid, je ne sais pas. En tout cas, Marie-Lou change.

Une forme d'attente courait sur son visage. Je vois souvent cette expression dans les yeux des parents qui confient leur enfant à mes soins. Mais cette fois, il ne s'agissait pas de mes soins, il s'agissait de Charlot, d'Hamid, d'amitié. Une nouvelle forme d'espoir pour des parents à bout de moyens.

Ils m'ont invitée à visiter leur maison, j'ai décliné, prétextant que nous serions en retard. J'éprouvais une certaine gêne devant l'ampleur de leur affection. Je n'avais rien fait pour eux. Ils offraient leur présence gratuitement. Je n'étais pas habituée à la gratuité. Pour moi, tout se payait.

Harold était fier de me dire qu'il avait construit cette maison de ses propres mains. Des mains de cuir et de fer, une peau tannée par le travail d'artisan, des doigts d'armure ou de marteau-piqueur. L'opposé des doigts de Charlot. Un homme trapu, costaud, solide. Mégane, très solide elle aussi, taillée comme Alexandrine. Un refuge de chair. Une femme de peu de mots, réservée, concentrant sa délicatesse dans des phrases comme celle-ci :

— Je suis couturière, docteur Du Bonheur, si jamais vous avez besoin de quelque chose, n'hésitez pas !

J'enviais l'aisance avec laquelle ils entraient en relation, cette sensibilité à l'autre qu'on appelle parfois «intelligence émotionnelle». Moi, bardée de diplômes et de prestige, j'éprouvais, pour une rare fois, l'impression d'être en manque de simplicité. En leur présence, la grandeur n'avait aucune importance. J'aurais voulu être à leur hauteur.

Quand je les ai salués au moment de les quitter, je savais que je les reverrais. Une intuition qui n'avait rien à voir avec ce qu'on appelle l'intuition clinique – cette perspicacité soudaine qui permet de faire les bons choix de tests et d'interventions. Non, c'était autre chose. J'ai même dit, spontanément :

— À la prochaine !

J'étais cependant loin d'imaginer dans quelles circonstances nos retrouvailles auraient lieu.

Dans la voiture, les enfants se sont assis tous les trois sur la banquette arrière, Hamid au milieu. Il tenait les deux autres par le bras. Ces gamins faisaient de moi leur chauffeur, la casquette en moins.

Et je n'avais pas le choix, leur complicité m'obligeait à me taire. J'étais subjuguée. J'assistais à une forme de communion. Une connivence que j'avais vue dans des films de guerre ou à l'hôpital. La connexion de ceux qui luttent côte à côte pour assurer leur survie. C'était à ce point-là ! Ils étaient noués. Le mystère de la trinité résolu. Ils ne chantaient pas, mais c'était tout comme. Et s'ils avaient chanté, c'eût été un chant révolutionnaire, le poing en l'air et avec l'assurance que procure le sentiment de ne plus être seul.

Ils jouaient, mais ce n'était pas un jeu, plutôt le lien qui se construit à même les blessures qu'on a en commun ; le jour où l'amitié devient de la solidarité ou vice-versa, le jour où la peur fait disparaître les différences... C'était le lien de la fraternité, mais un lien qui n'a rien à voir avec le sang, sinon celui qu'on a versé.

Ces petits révolutionnaires avaient un chef: Hamid! Charlot et Marie-Lou s'appuyaient sur lui. Physiquement. Épaules, bras, tête; il les aspirait.

Charlot m'avait dit qu'il voulait protéger son ami, j'imaginais maintenant le contraire. Hamid était plus costaud et cet enfant défendait une cause: il ne disait jamais «je», seulement «nous». Le discours de quelqu'un qui prend le monde sous son aile et s'offre comme abri à tous ceux qui se sentent menacés. J'ignorais, à l'époque, comment il avait pu s'approprier une telle mission, mais elle paraissait déjà beaucoup trop grande pour lui, comme ses vêtements. J'aurais aimé faire partie de leur cocon, quitte à subir, moi aussi, leurs blessures.

Marie-Lou me semblait beaucoup trop proche de ses acolytes pour ne pas être elle-même victime de quelque chose. Mais je comprenais ce que disait Robert Le Borgne à propos de ses filles et de sa conjointe; je voyais cette complicité à laquelle il pensait ne pas avoir accès...

Hamid m'attirait dangereusement. Mes yeux ne quittaient plus le rétroviseur. Je regardais davantage en arrière qu'en avant: danger! Il me fascinait. Rien de malsain. Un don chez lui. Ça s'appelle le charisme, je crois.

Je l'enviais: cette grâce, ce charme naturel, cette beauté; à dix ans! Ce magnétisme enfoui dans la timidité. Tout mon être voulait ça, pour moi.

J'aurais voulu adopter les croyances de cet enfant, son histoire, sa cause; devenir «sa» disciple préférée. Afin qu'il défende la mienne, ma cause...

Ce n'est que devant le petit chemin qui conduit à la propriété d'Alexandrine que l'envie m'a quittée. Sous l'effet d'un choc!

Tout le long de l'allée qui conduisait aux bâtiments, Alex avait disposé des montgolfières miniatures. Des ballons multicolores au-dessus d'une minuscule nacelle. Le tout retenu au sol à l'aide d'une ficelle rouge, attachée à une petite pierre en forme de cœur. La maison en était entourée. Il y en avait des centaines. Je n'exagère pas. Un travail colossal. Les gamins n'en finissaient plus de s'exclamer : « Regarde celle-là !... Et celle-là !... Et la jaune là, et la bleue, wow ! »

À notre arrivée près de la maison, les enfants de Robert couraient déjà d'un ballon à l'autre. Mais Adélaïde a bifurqué, à la manière d'un lièvre en fuite, et s'est précipitée vers Charlot. Elle l'a enlacé, a fermé les yeux et l'a embrassé sur les lèvres : « Bonne fête Charlot ! »

Elle a longuement gardé les yeux fermés, comme si elle avait attendu ce moment depuis des lunes, et qu'elle le savourait. Mon fils s'est figé. Il n'escomptait certainement pas une telle démonstration d'affection.

Quand Adélaïde a rouvert les yeux, elle a vu Hamid et Marie-Lou. Leur étonnement. Je crois même qu'elle a vu ce que j'avais vu dans la voiture : le lien. La jeune fille se démantelait... Elle réalisait que quelque chose unissait les trois autres et qu'elle n'en faisait pas partie. Hamid a compris. Il s'est approché d'elle et lui a tendu la main : « Je m'appelle Hamid. »

Il s'est ensuite tourné vers Marie-Lou : « Elle, c'est Marie-Lou. Elle est muette. Et toi, tu t'appelles comment ? »

Il tenait visiblement à ce qu'Adélaïde ne se sente pas exclue ; c'était en lui.

Charlot restait gelé. Un petit bonhomme de glace ; il ne lui manquait qu'un chapeau haut de forme et une carotte à la place du nez. Il semblait paralysé par ce qui venait de lui arriver.

Adélaïde, en jetant un coup d'œil du côté de Marie-Lou, a bafouillé : « Je m'appelle Adélaïde. » Hamid s'est prosterné et l'a saluée avec tout son corps, un valet devant une princesse.

Il s'est ensuite approché de Rébecca et de Cassandre, leur a caressé la joue avec son index et leur a demandé leur nom ; puis il s'est prosterné à nouveau.

Il était d'une autre époque, avait un autre âge.

Pendant ce temps, Adélaïde dévisageait Marie-Lou comme le font souvent les femmes adultes devant la compétition. Je me reconnaissais dans ce regard. Des yeux qui allaient de Marie-Lou à Charlot et revenaient à Marie-Lou. Il n'était pas difficile de voir qu'elle hésitait. Probablement entre la compassion et la jalousie. Les mains de Marie-Lou voletaient dans tous les sens – peut-être est-ce comme ça qu'on bégaie dans le langage des signes ? Elle tentait d'établir le contact, c'était évident. Mais les mouvements de ses mains ressemblaient à une supplication.

C'est Alexandrine qui a mis fin à ce manège. Elle est sortie de la maison en trombe, comme si elle était en retard. On aurait dit Julie Andrews qui rentre au couvent, au début du film *The Sound of Music*. Elle a même manqué une marche, a failli tomber, volontairement ! Elle avait clairement préparé son entrée, une mise en scène digne d'un vaudeville.

Elle était chaussée de raquettes à neige, un très vieux modèle de facture amérindienne. Elle pivotait sur elle-même, bondissait, écartait les bras ; une ballerine en raquettes. Et tout en accomplissant ses prouesses, elle parvenait à chanter : «Bonne fête Charlot, bonne fête Charlot...»

Georges l'accompagnait, calme comme une aubergine. Il était sorti de la maison en même temps qu'elle. Raquettes aux pieds lui aussi. Mais il ne dansait pas, le chant seulement : «Ho Ho Ho, bonne fête Charlot !» Les enfants applaudissaient.

Je me suis demandé, un court instant, depuis combien de temps les deux comparses étaient à l'intérieur. Alex ne m'a pas laissé le temps de penser davantage, elle m'a balancé un sourire coquin.

— Au cas où tu te poserais des questions, chère Maryse, nous mettions la table, Georges et moi. Et le grand docteur essayait de me convaincre de revenir travailler à l'hôpital. Le pauvre !

J'étais aussi figée que Charlot ; une mère de glace. Je regardais Alex faire des pointes et des arabesques (toujours en raquettes, s'il vous plaît !) et je me demandais comment elle s'y prenait pour deviner le contenu de ma tête ; c'en était fatigant ! Alice et Robert en ont profité pour intervenir :

— Nous sommes d'accord avec Georges, Alex. Ta place est à l'hôpital. Tu possèdes un don. Tu n'as pas le droit de réserver ce talent à des chèvres.

L'éleveuse s'est affirmée :

— Vous n'êtes pas venus ici pour parler de moi. Et comme vous pouvez le constater, ma santé mentale se porte très bien. Si vous voulez me comprendre, adressez-vous à Georges.

Alice et Robert venaient d'ajouter leurs corps aux statues de glace. Alex les a regardés et s'est lancée dans une arabesque impertinente, comme si elle leur tirait la langue :

— Je vous aime quand même !

Elle s'est adressée aux enfants :

— Vous avez faim mes chéris ? La « Table d'Alex » vous propose : soupe à l'oignon de ma grand-mère (en passant, ça goûte la magie !), tourtière à la cannelle, ragoût de boulettes aux herbes du fleuve et fromage de chèvre de la région. Il n'est pas encore « maison », mais ça viendra. Je planche là-dessus.

Hamid s'est exclamé :

— Fromage de chèvre, Madame Alexandrine ? Pour vrai ? Merci ! Merci !

Alex lui a fait une révérence semblable à celle qu'il venait de faire aux sœurs Le Borgne :

— Ce sera un honneur de vous en servir, cher monsieur.

Hamid l'a imitée. Révérences simultanées. Deux écorchés, face à face, s'exprimant leur considération mutuelle.

En se redressant, Alex nous a invités à la suivre.

— Et ce n'est pas tout, il y aura une grosse surprise pour le dessert. Allez tout le monde, à table !

Elle est entrée dans la maison sans retirer ses raquettes. Elle les a secouées sur un paillasson – clac, clac, clac. Je n'en croyais ni mes yeux ni mes oreilles. Puis elle a demandé à Georges de les essuyer à l'aide d'un linge à vaisselle. Il s'est assis par terre et a joué le jeu. « Votre humble serviteur », a-t-il déclaré ; une phrase qu'il prononçait souvent, au chevet d'un enfant, quand il s'agenouillait pour lui tenir la main.

Cet homme ne finirait jamais de me surprendre. Alex marchait sur le plancher de bois comme s'il s'agissait d'un champ de neige. Elle a servi tous les plats avec cet attirail aux pieds.

Le spectacle continuait et les enfants appréciaient.

Devant les bouffonneries de mon amie, je pensais à Jérôme. Et je n'étais pas la seule. Robert et Alice, assis juste à côté de moi, m'ont chuchoté à l'oreille :

— Ça ne te fait pas penser à quelqu'un ?

Ils savaient où mon imagination risquait de se perdre ! J'espérais seulement que l'imagination de mon fils n'emprunte pas le même trajet que la mienne ! Mais à le voir s'éclater devant les pitreries d'Alex, mes doutes se dissipaient. Et je me disais qu'effectivement le départ de cette femme avait laissé un grand trou à l'hôpital. Non seulement elle établissait une « connexion » avec les enfants avant qu'ils ne viennent au monde, mais elle se branchait à la vie, en nous, alors que nous avions oublié que nous étions vivants.

Après que Georges eut terminé sa deuxième assiette de ragoût et son troisième service de fromage, Alex a tapé des mains.

— Les enfants, avant le dessert, allons voir les bêtes.

S'adressant aux adultes :

— Elles ne se posent pas de questions à propos de ma santé mentale, elles !

Charlot a crié :

— Enfin, je vais revoir O moins !

En nous dirigeant vers l'étable, j'ai félicité mon amie pour ses plantations de montgolfières :

— C'est magnifique Alex. Mais quel travail ! Ça t'a pris combien de jours ?

D'un petit mouvement de la main, elle a atténué l'importance de la tâche.

— J'ai eu de l'aide, Maryse, tu verras tout à l'heure.

À peine la porte de l'étable ouverte, nous avons entendu les chèvres s'agiter. Elles se tenaient debout sur les pattes arrière, celles d'avant appuyées sur la partie supérieure de l'enclos. Elles semblaient solliciter les caresses, comme le font les chiens à l'arrivée de leur maître.

La suite a pris l'allure d'une pièce de théâtre.

Moi
(Intriguée.)

— Je savais pour les chiens, Alex, mais je ne savais pas pour les chèvres !

Alex
(Un peu cynique.)

— C'est aussi comme ça pour beaucoup d'humains, Maryse.

Charlot
(Très excité.)

— Où est O moins ?

Alex
(Désignant un jeune bouc.)

— Juste là, Charlot.

(Une bête de taille adulte. Aucune ressemblance avec le chevreau que Charlot avait tenu dans ses bras. Mon fils, affichant une certaine déception, tend une main timide vers l'animal.)

Charlot

— Il est comme un adulte, maman ! Est-ce qu'il me reconnaît quand même ? Je veux dire est-ce qu'il me reconnaît pareil comme les autres ? Plus ?

Moi

— Je ne sais pas, mon chéri, est-ce important pour toi ?

Charlot

— Comment on peut être des amis si on se reconnaît pas ?

Hamid
(Il s'interpose en douceur.)

— En continuant d'aimer, Charlot. Il faut pas que t'aies tout le temps envie d'être aimé. Des fois, l'amour, ça ne commence même pas. Et ça finit par faire mal. Il faut juste que tu saches que t'es tout le temps capable d'aimer. Et que tu t'en rappelles. Toujours.

(Marie-Lou sourit. Adélaïde ne semble pas comprendre.)

Alex

— Hamid a raison, Charlot. Tu peux donner plein d'affection à O moins. Et ce n'est pas grave s'il ne te reconnaît pas. Tu sais, mon chéri, il y a des personnes âgées qui ne reconnaissent plus leurs enfants. C'est une maladie. Mais leurs enfants, même s'ils sont des adultes, ont mal. Ils ont mal parce qu'ils ont l'impression d'avoir perdu quelqu'un, c'est normal. Mais ils ont aussi mal parce qu'ils ne se sentent plus reconnus. Ils disent à tout le monde : « C'est pas maman, elle ne me reconnaît pas. » Et ils oublient qu'ils n'ont pas perdu leur capacité d'aimer et qu'ils sont encore capables de s'asseoir à côté de celle qui ne les reconnaît plus. Et de l'aimer en silence. Comme on aimerait quelqu'un qui dort. Et de qui on n'attendrait rien.

Hamid
(Il se met à caresser O moins.)

— On avait des chèvres à la maison. On a dû les quitter parce que mon père nous a dit qu'il avait été choisi. Et à cause qu'il a été choisi, il s'est tué. Avec une bombe. Dans un autobus. J'avais cinq ans. Moi je ne voulais pas faire ça, même si je voulais être choisi moi aussi, par lui. On a fui ici avec ma mère.

Tous

— Quoi ? ? ?

Hamid

— Il faut faire attention quand quelqu'un nous dit : « J'ai besoin de toi. » Peut-être qu'avant, personne ne nous l'avait dit. Et là, tout à coup, on est content. C'est fini d'être rien. On se sent grand. Et on peut faire n'importe quoi pour la personne qui a dit ça: «J'ai besoin de toi.» Pour qu'elle le redise. Même se faire exploser. Je crois que papa n'avait jamais entendu: «J'ai besoin de toi.» C'était la première fois. Et la dernière aussi. Je regrette encore que ce n'est pas moi qui lui ai dit.

(Alors que nous sommes tous consternés, le bruit d'un klaxon nous fait sursauter.)

Alexandrine
(Elle s'efforce d'être joyeuse.)

— C'est le dessert!

(Elle ouvre toute grande la porte de l'étable. Dans la pénombre de fin d'après-midi, deux gros phares nous aveuglent. Charlot est le premier à réagir. Il sort la lampe de poche qu'Adélaïde lui a donnée. Il l'a toujours sur lui. Adélaïde paraît étonnée, mais elle sourit. Nous suivons Charlot vers le véhicule. Il s'agit d'un autobus scolaire, avec des haut-parleurs sur le toit.)

Les haut-parleurs

— Mon cher Charlot, c'est à ton tour de te laisser parler d'amour...

(Le bus est orné de grandes lettres, peintes en jaune et bleu, sur les deux flancs: «Bon anniversaire Charlot». Des dizaines d'enfants en sortent. Tous habillés en clown.)

Alex

— J'ai invité les enfants du village voisin. Et ceux des fermes autour. Les parents ont tous dit un grand «oui» quand je leur ai parlé de Charlot. Ils m'ont aidée à préparer la fête. Le maire du village s'est même offert de conduire l'autobus; c'est son métier. Maintenant, ouvrez grands les yeux!

(Devant cette marée de petits clowns, je m'attends soudainement à voir surgir Jérôme, la surprise suprême! Mais non, pas de Jérôme.)

Moi

(Lançant une boutade.)

— Alex, as-tu tenté de joindre mon ex?

Alex

— Bien sûr que j'ai essayé, qu'est-ce que tu penses? Mais il m'a dit que c'était aussi la fête de la Saint-Valentin là où il travaille. Et qu'il devait se produire ce soir même, dans un « Méga spécial de l'amour », un spectacle intitulé : *The Show of Love*. Il a promis d'appeler Charlot dès qu'il pourra.

(Je dois me retenir pour ne pas péter les plombs. C'est la Saint-Valentin après tout.)

Alex

(Elle me montre les petits clowns et me murmure à l'oreille.)

— J'ai cru qu'il fallait quand même donner à ton ex une certaine forme de présence, Maryse. Georges m'a dit que c'était une bonne idée. Qu'un symbole valait mieux qu'une absence. Et que Charlot ne s'en porterait pas plus mal. On va voir.

(Les petits clowns courent vers les minimontgolfières avec, dans les mains, des objets qu'ils cachent. Ils se penchent vers les ballons et les remplacent par autre chose. Les plus grands aident les plus petits. Ils ont visiblement été entraînés. On voit apparaître de petites flammes, à la base d'objets ronds. D'autres ballons. Un peu plus gros que les premiers.)

Alex

— Au lieu d'un gâteau d'anniversaire, avec des bougies à souffler, nous allons relâcher des lanternes chinoises, les amis. Des minimontgolfières lumineuses. On va souffler dessus, non pas pour qu'elles s'éteignent, mais pour qu'elles s'envolent. Et nous avec elles.

(En quelques minutes, le ciel se remplit de ballons lumineux. Cassandre et Rébecca trottinent d'une lanterne à l'autre. Alice et Robert les accompagnent. Ils ont cinq et sept ans, eux aussi.)

Alex

— C'est du matériel biodégradable, pas de souci. Et pour la mise à feu, il n'y a aucun danger. Tout le monde a reçu une formation digne d'un cours prénatal.

Hamid

(Ébloui par le spectacle.)

— Tu sais, Charlot, on pourrait être comme ça, toi et moi. Je veux dire quand on sera grand. De la lumière qui flotte. Pas nécessaire que ce soit beaucoup, juste un peu, pour tous ceux qui ne voient rien.

Charlot

(Il met son bras autour de l'épaule d'Hamid.)

— On est déjà ça, mon ami. Ma mère me l'a dit quand j'étais petit. Elle a dit qu'on était des morceaux d'étoile. Je m'en rappelle souvent. Surtout quand je pense à papa. C'est gentil qu'Alexandrine ait fait venir des clowns de mon âge. C'est pour que papa soit un peu avec nous. Pour pas qu'il me manque. Je comprends, mais c'était pas nécessaire. T'es là.

(L'émerveillement s'installe. Accompagné par le silence. Ça dure quelques minutes.)

Charlot

— Maman, je voudrais que tu prennes une photo. Avec mes amis.

(Je saisis la caméra qui repose sur mon ventre. Je réagis comme si j'en avais oublié l'existence.)

Moi

— Bien sûr, bien sûr. Tout de suite.

Charlot

— Hamid, Marie-Lou, venez! Vous aussi Adélaïde, Cassandre, Rébecca, approchez!

(Charlot est au centre. Hamid et Marie-Lou de chaque côté de lui. Adélaïde s'approche de Marie-Lou. Elle hésite. Puis elle se colle contre cette dernière. Marie-Lou l'embrasse sur la joue.)

Charlot

— Les adultes, vous m'avez apporté des cadeaux, merci ! Mais je veux pas que votre ego se fâche, même si je sais pas c'est quoi l'ego. Et je veux vous dire que les plus beaux cadeaux, c'est mes amis. Parce qu'on va toujours être ensemble si on a peur. Même quand on va être vieux. Et un jour, je vais savoir c'est quoi l'ego.

Georges
(Il s'approche de moi. Il a les yeux comme
des lanternes chinoises.)

— T'es belle Maryse !

(Je ne dis rien. Je regarde le ciel. Pour que le psy ne voie pas que je rougis. Il regarde le ciel, à son tour, comme s'il y cherchait une réponse. Un ballon, lumineux, qui lui dirait merci, peut-être.)

(La fête se prolonge jusqu'à ce que toutes les lanternes se soient confondues aux véritables étoiles. Alors que nous nous préparons à rentrer, Alex me retient par la manche.)

Alex

— La prochaine fois, Maryse, j'emmènerai les enfants en ballon. Pour leur montrer le toit.

Moi
(Étonnée.)

— T'as un ballon ?

Alex
(Sûre d'elle-même.)

— Depuis la mort de mes parents, j'ai besoin de m'élever, Maryse. De m'élever...

Notes de Georges

Une fête.

Hier.

Le Poucet. Mon ami.

Dix ans.

Alexandrine, sa marraine, a rempli le firmament de lanternes chinoises. Jamais je n'ai vu un «gâteau d'anniversaire» aussi grand. Des centaines et des centaines de bougies volantes. Je me suis discrètement penché vers le Poucet: «Fais un vœu Charlot...» Silence de quelques secondes. Réflexion. Puis il a fermé les yeux et s'est mis à souffler vers le ciel. Longtemps. Une éternité.

Les yeux toujours fermés, il a fini par s'ouvrir: «Je pourrai pas éteindre les lanternes, docteur Paris, alors je vais vous dire c'est quoi mon vœu: je souhaite que le jour où je verrai plus les étoiles, je me rappelle encore que je suis capable de les sentir, comme là, maintenant, les yeux fermés. Parce que quand je fais ça, j'ai pas besoin d'être choisi par personne. Ni d'être reconnu par O moins.» Il me déboussole. Il n'est pas censé dire ça, à dix ans. Ce n'est pas écrit dans mes livres.

Ton vœu est déjà réalisé, mon enfant. Plusieurs de mes livres conduisent à cette solution. Tu as trouvé ce que cherchent des adultes qui me consultent.

Des thérapies qui durent des mois, des années.

Après avoir dépensé une fortune en temps et en argent, ils ne savent toujours pas qu'il suffit de fermer les yeux et de sentir en soi le mouvement des étoiles (ou d'entendre leur murmure), pour ne plus avoir besoin d'être choisi.

Toi, tu sais.

Une fête fertile hier. J'ai fait la connaissance de deux autres enfants : Hamid et Marie-Lou.

Marie-Lou. On dit qu'elle est muette. Méningite en bas âge. Silence permanent. Langage des signes.

Pourtant, il y a eu intervention chirurgicale. Implants cochléaires. Succès total.

Elle entend, c'est sûr! On peut lui parler sans problème, lui raconter des histoires, lui donner des explications. Mais elle ne répond qu'avec ses mains.

Hier, je l'ai observée.

Facile, j'étais un étranger. Un gros docteur sans intérêt. Juste à me placer là, tout près, dans l'ombre. Offrir une attention discrète à ses réactions, ses sursauts, ses réflexes.

J'ai fait des tests. Des claquements de doigts, des chuchotements depuis l'arrière, des variations dans le volume de ma voix; elle réagissait au moindre bruit. Une sensibilité exquise d'ailleurs. Capable d'entendre une minuscule variation dans l'intensité du souffle. Elle semblait même communiquer avec un jeune bouc : O moins. Entendre ses bêlements et offrir des réponses : des caresses délicates, comme celles que j'aimerais recevoir de la Du Bonheur; une forme raffinée du langage des signes.

Ses parents l'ont fait examiner par plusieurs thérapeutes, sans succès. On leur a offert d'innombrables hypothèses. Et on a fini par leur dire qu'elle ne voulait pas parler, tout simplement. Qu'elle protégeait peut-être quelqu'un ou quelque chose. On leur a suggéré d'être patients.

Sept ans de patience déjà!

Je ne sais pas si je pourrai attendre aussi longtemps avec la Du Bonheur?

Et si j'essayais de lui parler à la Du Bonheur?

Dire ce que je ressens, comme ça, sans chercher mes mots?

Elle qui semble sourde à toutes mes formes de langage...

Et si j'apprenais la langue des signes, peut-être que ça m'aiderait?

Je pourrais approfondir en même temps son obsession pour une enregistreuse... En profiter pour lui suggérer d'enregistrer mes hésitations, afin qu'elle se rappelle qu'en sa présence j'oublie ce qu'est un psy.

Marie-Lou. Le genre de cas qui m'intéresse au plus haut point. Je suis sûr qu'elle est capable de parler. Je vais l'en informer. Et même l'accompagner. J'ai des idées.

Un défi que j'apprécie particulièrement: trouver le blocage, déverrouiller la voix, la sortir de son coffre-fort. Devenir le voleur qui dévoilerait un des objets les plus précieux sur terre, la parole! Celle qui permet de choisir de se taire.

L'autre gamin, Hamid.

Le Poucet a un frère.

Deux garçons dont le père a pris la poudre d'escampette.

Celui d'Hamid s'est fait exploser. Il cherchait un père, lui aussi.

Celui de Charlot cherche la même chose, dans les yeux des enfants qu'il tente de faire rire.

Hamid nous a bouleversés:

« On avait des chèvres à la maison. On a dû les quitter parce que mon père nous a dit qu'il avait été choisi. Et à cause qu'il a été choisi, il s'est tué. Avec une bombe. Dans un autobus. J'avais cinq ans. Moi je ne voulais pas faire ça, même si je voulais être choisi moi aussi. Par lui. On a fui ici avec ma mère. »

Il a établi le profil psychologique de ceux qui se font exploser, des hommes et des femmes qui veulent être choisis et qui ont trouvé un moyen extraordinaire de croire qu'ils le sont: choisis par « Notre Père, qui êtes aux cieux, que votre nom soit sanctifié, que votre règne arrive, que votre volonté soit faite sur la terre comme au ciel... Allah Akbar! » C'est pareil.

Hamid a appris comment sortir de la plus grande des dépendances – celle dont proviennent toutes les autres: « la dépendance à être une personne »; « la tentation permanente de recréer quelqu'un », deux expressions dont j'ai oublié l'auteur. Mais je n'oublierai jamais que c'est Hamid qui a révélé à Charlot le moyen de se désintoxiquer: « En continuant d'aimer, Charlot. Il faut pas que t'aies tout le temps envie d'être aimé. Des fois, l'amour, ça ne commence même pas. Et ça finit par faire mal. Il faut juste que tu saches que t'es tout le temps capable d'aimer. Et que tu t'en souviennes. Toujours. »

Il m'a rappelé une phrase du poète Rainer Maria Rilke* : «Aimer, c'est luire d'une lumière inépuisable. »
Et m'a donné le courage de dire à la Du Bonheur : «T'es belle. »
C'est sa peau qui a répondu, par un afflux de sang.
J'aime quand elle rougeoie. Elle ne rougit jamais, pas son genre, elle rougeoie. Une caractéristique de la braise.
Elle a regardé au ciel, pour y cacher quelque chose.
Je me suis mis à transpirer, le sentiment d'avoir commis une bévue.
Et j'aime aussi quand elle me fait transpirer. Cette assurance dévastatrice, ces regards impitoyables, ces arguments-marteaux ; des moyens féroces de ne jamais être prise en défaut et d'apaiser la crainte de ne plus être choisie.
Hier soir je transpirais pour une autre raison : son silence.
J'ai eu envie de lui parler d'Egoman, des barrières qu'il érige entre nous, mais j'ai regardé les lanternes se mélanger aux étoiles et j'ai préféré me taire.
Le moment ne se prêtait pas à ce que je lui parle d'ego.
Elle sait déjà que je n'aime pas ce mot, « ego ».
Que je préfère la formule « activité égoïque ».
Elle sait aussi que je l'utilise quand même ce mot. Pas le choix, pour se faire comprendre, il faut parfois commencer par le début.
Je compte bien revenir sur cette question avec elle.
Bientôt.
Lui expliquer le plus grand dérapage de toute l'histoire de l'humanité : croire à l'existence de l'ego.
Et lui faire comprendre ce qu'a compris son fils... Peut-être pourra-t-il d'ailleurs le lui expliquer lui-même : «Le jour où tu fermes les yeux, maman, et que tu entends le murmure des étoiles, l'ego se dissout. »
Il n'a pas dit ça. Je lui proposerai...

La mort
Fin mai 2001

C'est arrivé un jeudi. J'ai passé la soirée dans des puzzles géants. Au milieu d'un tas de morceaux impossibles à assembler. Et moi, minuscule comme dans les contes.

Ce jour-là, j'aurais préféré rester grande. Non pas pour regarder les autres de haut, mais pour prendre un petit sur mes épaules. Le porter un certain temps, au bout de son désert, jusqu'à ce qu'il puisse voir à nouveau ce qu'on ne voit plus quand on reçoit des cailloux. Quand on est sans cesse diminué par ceux qui jouent à être grands parce qu'ils ont peur, parce qu'ils se sentent tellement petits – comme dit Charlot. Porter un petit sur mes épaules pendant toute la traversée de son désert. Pour qu'il sache qu'il existe encore des épaules où s'asseoir quand on ne sait plus comment marcher.

J'aurais voulu être grande et habiter ces légendes où l'on met la vie dans un flacon. Afin de la faire boire à celui qui vient de mourir. Pour le ramener. En lui disant qu'il avait tout faux dans sa tête. Que rien de ce qu'il entendait n'était vrai. Qu'il ne fallait pas enregistrer ces choses. Surtout pas. Garder sa mémoire disponible pour le réel. Le nécessaire. L'utile. Une mémoire au service de la beauté. La vraie. Celle qu'on fabrique avec un ami.

Le faire revenir. Comme dans les contes.

J'ai vécu une nuit d'enfer. Un sommeil hyper agité – quand sommeil il y avait. J'ai souhaité, en m'éveillant, avoir seulement rêvé. Un cauchemar. Des cauchemars. Avoir séjourné, la nuit entière, dans un labyrinthe fait de cauchemars.

Au matin, je n'osais pas quitter mon lit pour vérifier. Me faire dire que tout était vrai. Avoir à retourner, sans protection, dans le cauchemar véritable. Ce labyrinthe où on tourne en rond, sans savoir par où on est entré. Ce labyrinthe sans sortie. «No exit. »

J'ai dû ressortir mon enregistreuse. Pour enregistrer ce qu'aucune mémoire ne veut enregistrer. Ne devrait enregistrer. Je ne m'étais pas servie de cet appareil depuis février. Charlot ne posait pas de questions. Il dessinait. C'était sans doute sa façon de parler des élèves de sixième année. Autrement, il n'y faisait aucune allusion. L'intimidation semblait avoir cessé. Enfin, il n'avait plus de bleus. Je vérifiais tous les soirs. Il s'était habitué à ma demande. Il retirait son chandail devant moi, avant d'enfiler son pyjama: «Regarde maman, elle est toute blanche ma peau, est-ce que t'as moins peur? »

Le ton n'était ni arrogant, ni cynique. Je dirais même que, du haut de ses dix ans, il s'inquiétait pour vrai. Mais j'étais incapable de répondre, car je ne voyais pas cet endroit, en lui, que les regards méprisants désiraient frapper.

Je ne pouvais que balbutier:

— Mais toi, mon amour, est-ce que t'as encore peur?

Il me montrait alors ses craies ou ses pinceaux, en me disant qu'avec ça, il pouvait se défendre.

Il était rentré à la fin de l'avant-midi. Vers les onze heures. Tous les cours avaient été annulés pour la journée jusqu'à nouvel ordre, l'école évacuée, cerclée de policiers et de rubans jaunes. Jaunes comme les yeux d'Egoman.

Hamid est mort. Il s'est pendu. Dans une salle de classe. Il y avait des images à la télévision. On voyait la petite chaise renversée. Les pupitres autour. C'était là!... Comme s'il s'agissait de mettre une croix sur une carte, sur une destination, sur un emplacement où quelque chose avait été caché. L'envers d'un trésor. Un vide. Une absence. Un trou.

Il s'est pendu avec ses vêtements trop grands pour lui. On l'a retrouvé nu, sa chemise nouée à son pantalon autour de son cou. C'est Georges qui me l'a dit le lendemain. Il a su par des amis dans la police.

Hamid avait dix ans, lui aussi. C'est sa mère qui l'a trouvé. Elle enseigne à l'école en première année. Elle l'amenait avec elle tous les matins. Ils arrivaient très tôt avant tout le monde. Il allait finir ses devoirs, dans sa classe, pendant qu'elle corrigeait ceux de ses élèves, dans la sienne. J'imagine qu'elle avait su pour les cailloux. Et qu'elle le croyait en sécurité, tout près d'elle. Et qu'elle se croyait en sécurité, elle aussi.

Elle a été hospitalisée d'urgence. Choc. Traumatisme. Ambulance. C'est dans les journaux. Avec cette photo qui date de deux ou trois ans où elle affiche un grand sourire. Elle venait d'obtenir sa citoyenneté canadienne. Elle est belle. Comme son fils.

Quand Charlot a tenté de me joindre, j'étais au chevet d'Inès. Une petite femme de huit ans. Elle en était à ses dernières respirations. Étouffée par un cancer. La vibration de ma Pagette m'a fait sursauter. Toute mon attention suivait les sons qu'expulsait le corps de la petite femme. Sa gorge comme une flûte de Pan.

J'ai vu le numéro de téléphone de la maison sur l'écran de l'appareil. Un coup d'œil furtif ; la maison ?... Onze heures ?... Charlot ?... J'étais derrière les parents. Je ne voyais pas leur fille. Il n'y avait plus d'espace entre eux, pas de fente, pas de fenêtre. L'étanchéité de ceux que la souffrance rapproche. Je ne pouvais qu'entendre. Les derniers efforts du diaphragme, des côtes, de l'air. Il y avait cet intervalle de silence qui s'allongeait entre chaque souffle. Trois secondes, quatre secondes, cinq secondes de plus qu'à l'intervalle précédent...

Toute la chambre attendait le prochain souffle ; le plafond, le plancher, les chaises, les mains qui se retenaient les unes les autres puisque c'est tout ce qu'il restait à retenir... Sept secondes, dix secondes. Charlot ?... Onze heures ?...

À la maison?... Vingt secondes... Un autre souffle. Trente secondes... Quarante... Cinquante... Un râle... aigu, sec, finies les secondes... Zéro! Ne restait qu'un fragment d'éternité.

J'ai rappelé dès que j'ai pu. Quand Charlot a répondu, j'ai eu tout le mal du monde à comprendre ce qu'il disait. Des salves de sanglots remplis de :

— Pourquoi maman, pourquoi!

— Du calme, mon enfant, du calme... Qu'est-ce qui se passe?

— Hamid s'est pendu, maman, Hamid s'est pendu... À la télévision... Regarde...

J'étais certaine d'avoir mal entendu, je lui ai fait répéter.

— Pourquoi maman? Pourquoi on suicide les enfants?

J'ai quitté la chambre d'Inès, sur le bout des pieds. La mère hurlait; des chants de baleine. Le père s'étranglait avec son impuissance.

Je me suis précipitée dans la salle de repos des résidents. Un téléviseur y crachait les nouvelles en continu. Les caméras étaient devant la maison où demeurait Hamid. On interrogeait les voisins.

— C'était une famille discrète. On ne les voyait presque pas. Une mère et son fils. Pour le père, on ne sait pas. On ne l'a jamais vu.

Puis d'autres voisins.

— Ils sont différents, mais ils ne nous dérangent pas.

Puis d'autres encore.

— La mère porte le voile, mais elle n'a pas l'air dangereuse...

Et des commentaires à se demander si on a toujours envie d'appartenir à l'espèce humaine.

— Heureusement qu'il ne s'est pas fait exploser, on ne sait jamais aujourd'hui! Vous imaginez ce qui serait arrivé à nos enfants?

On a aussi interrogé Charlot avant qu'il ne quitte l'école. Quelqu'un a su qu'il était le meilleur ami d'Hamid. Mon fils, en gros plan, les yeux bouffis, la voix pleine de cailloux, a déclaré :

— C'est la faute à Egoman.

Lorsque le reporter lui a demandé qui était Egoman, Charlot a répondu que c'était un monstre dans la tête des humains. Et qu'il était aussi dans sa tête au journaliste. C'était en direct. On n'a revu cette entrevue que deux fois par la suite. Elle a disparu des ondes.

Je n'ai fait ni une ni deux, j'ai foncé vers la maison. Quand je suis arrivée, Charlot était dans sa chambre, la porte fermée. J'ai frappé, mais il ne répondait pas. Deux fois. Trois fois. J'ai fini par entrer avec des images d'Hamid en tête, le bruit de la chaise qui tombe. Charlot était assis devant un petit miroir, nu, comme Hamid à ses derniers instants.

Il s'était peint le visage en jaune et bleu. Il avait tracé des cercles autour de ses yeux, à coups d'épaisses lignes noires. Il pleurait, doucement. Les larmes agissaient tels des pinceaux sur du papier d'aquarelliste.

Il s'était peint le corps aussi. De grands traits verts sur le thorax, le ventre et les cuisses. Le jaune et le bleu mélangés dans des zébrures très larges, comme si des ongles immenses l'avaient lacéré.

— Egoman c'est moi, maman ! J'ai pas protégé mon ami. Je suis un peureux. Ils l'ont dit les sixièmes. « T'es un peureux Charlot, t'es un peureux. Tes yeux, c'est pas vrai. T'es juste un peureux. » Ils ont raison maman. J'ai pas fait assez pour Hamid. Egoman est un peureux.

J'ai sauté sur lui, littéralement, collant mes joues sur les siennes. Je frottais ma peau, mes cheveux, mes larmes dans cette peinture ; ma tête était un chiffon vivant. Toutes mes forces voulaient effacer ce tableau, ce personnage, et retrouver mon fils, sous les barbouillis.

— Charlot mon amour, Charlot ; ça n'a rien à voir avec toi ! T'as fait tout ce que tu as pu.

— Mes yeux voient moins bien, maman. Mes oreilles aussi. Vas-tu m'amener dans ton hôpital ?

Il m'a prise dans ses bras, appuyé sa tête sur mon épaule.

La gauche. La droite. Il ne savait pas où déposer cette lourdeur que son cou n'était plus capable de porter. Il peignait mes vêtements avec son chagrin jaune et bleu.

Il avait un grand désert à traverser.

Notes de Georges – Enlèvement

Egoman a sévi.

L'enlèvement d'un enfant.

Hamid.

Disparu. Pour toujours… Des points de suspension qui veulent tout dire, mais n'ont plus de voix.

Comme Marie-Lou.

Les bleus sur la peau qui montent jusqu'à la tête, et la remplissent.

Des cailloux qui forment un collier. Un nœud. Mortel.

Des injures qui serrent un cou. Et le brisent.

À dix ans, ça ne fait même pas de bruit. Une interruption du silence, c'est tout. Ou le bruit d'une chaise qui bascule, peut-être. Et l'éternité a une petite tache sur sa robe de temps.

J'ai posé la question à la Du Bonheur :

— Et s'il pouvait y avoir un bogue dans la mécanique de l'ego, un vrai bogue. Pas la farce de l'an 2000, pas la peur que les machines s'arrêtent, non, pas ça ! Un vrai bogue : l'activité égoïque qui s'interrompt ! Plus d'identification à quoi que ce soit, plus de crainte de ne pas exister, plus de peur de disparaître ; que resterait-il ?

Elle n'a rien dit.

J'ai poursuivi :

— Il resterait l'intelligence, Maryse, l'intelligence !

L'ego n'est pas l'intelligence, chère collègue.

L'ego s'offusque, l'intelligence s'indigne.

L'ego se ferme, l'intelligence observe.

L'ego résiste, l'intelligence écoute.

L'ego se défend, l'intelligence partage.
L'ego envie, l'intelligence se réjouit.
L'ego veut, l'intelligence donne.
L'ego frappe, l'intelligence éduque.
L'ego se sent humilié, l'intelligence compatit.
L'ego hait, l'intelligence aime.
L'ego lance des cailloux, l'intelligence soigne les blessures.
La Du Bonheur m'a écouté jusqu'au bout. Puis elle m'a interrogé :
— Tu m'as dit que l'ego n'existait pas... Alors c'est quoi ce charabia ?
J'ai répondu :
— Nos enfants sont kidnappés par une voix, Maryse ; la voix qui raconte n'importe quoi à l'intérieur de la tête des hommes. Elle raconte surtout des histoires qui font peur. Elle se les raconte à elle-même d'abord, puis aux autres par la suite. Parfois même au monde entier. C'est comme un bulletin d'informations permanent. Avec des analyses ultra-rapides accompagnées de commentaires comme : ce qui est inquiétant, ce qui est à craindre, ce dont on doit se méfier... Elle parle sans cesse de tout ce qui menace ses identités, tout ce qui pourrait la priver de se faire croire qu'elle est quelqu'un : une idée, une nation, une croyance, un dieu, une souffrance, une communauté ; tout ce qui lui donne l'illusion d'être unique ou différente. Et cette voix, avec ses histoires de peur, rend le corps agressif ou angoissé. Elle est facile à reconnaître, Maryse, elle commence toujours par : « Moi, je... » Et après, elle lance des injures qui se transforment en cailloux. Ce qui est très grave, ma chère, c'est le tort que cette voix inflige à la vie. Ces enlèvements d'enfants. Disparus pour toujours.
La Du Bonheur m'est apparue perplexe :
— Je ne suis pas certaine de comprendre, Georges. Mais, dis-moi, que proposes-tu comme solution ?
Je n'ai rien fait pour la sortir de sa perplexité.
— Au lieu de penser, Maryse, on devrait apprendre à regarder à quoi on pense. C'est tout !
Elle a alors dit quelque chose que je n'ai pas compris : Monsieur Beguin !

Les mouches
Début juin 2001

É trangement, dans les jours ayant suivi la mort d'Hamid, nous avons connu une épidémie de décès dans le service. Il y a des périodes comme ça. Ils « tombent comme des mouches ». J'ignore d'où vient cette expression, mais je ne peux m'empêcher de voir ces bords de fenêtre, à la campagne, en hiver. Ces mouches sur le dos. Des pattes qui s'agitent, parfois. Des ailes qui semblent plus lourdes que le corps. Certaines arrivent encore à voler, se frappant contre la vitre, avant de retomber. C'est davantage un bond qu'un vol. De toute évidence, elles cherchent à sortir. Par quoi sont-elles attirées ? La lumière ? L'espace ? Autre chose ?... La vie ? Qu'y a-t-il dans une tête de mouche ? Je ne sais pas. Je ne saurai jamais. Je ne suis pas une mouche, mais j'ai l'impression que je peux comprendre.

Chaque fois qu'un enfant s'éteignait, je pensais à Hamid. C'est comme s'il était avec moi, unissant ses efforts aux miens, pour les empêcher de mourir.

Je ne l'avais vu qu'une seule fois avant l'anniversaire de Charlot. J'étais allée chercher mon fils à l'école, une fin d'après-midi, pour un examen de la vue avec Robert. Charlot m'attendait, en compagnie de son ami : un enfant des *Mille et une nuits*; Sinbad le marin, à dix ans ; ou Aladin, avec des yeux comme des lampes magiques. Aujourd'hui, je me dis qu'elles étaient bien là, ces lampes, et qu'elles contenaient des génies qu'on aurait pu faire sortir, d'une simple caresse sur la tempe ou sur la joue. Ses cheveux avaient l'abondance nécessaire pour couvrir plusieurs têtes rasées par la chimiothérapie, 100 % cacao, aussi luisants que des éclats de goudron séché. Il se cachait un peu dessous, timide comme le sont souvent ceux qui ont sans cesse envie de s'en aller, parce qu'ils ne sont jamais sûrs d'avoir le droit d'être là où ils sont, et qu'ils craignent constamment d'être surpris en flagrant délit de clandestinité. Je l'ai tout de suite aimé.

Ce jour-là, je n'avais pas remarqué ses vêtements trop grands pour lui. Et je n'avais pas vu le révolutionnaire en herbe.

Après sa disparition, le bazar médiatique a battu son plein. Pendant toute la semaine, on a entendu des « Morning Men » et des « Afternoon Men » gueuler contre les directions d'école : « Ces incompétents qui ne font pas leur travail pour stopper l'intimidation. Il faudrait plus de personnel. Plus de sécurité. Plus d'argent. »

On cherchait des coupables. On réclamait une enquête. Elle aura lieu, d'ailleurs. Ouf, ça fait du bien de savoir que c'est la faute à quelqu'un d'autre. Ou à quelqu'un tout court. Que ce n'est pas dans nos gènes à nous mais dans les gènes d'une personne – ou de plusieurs personnes – qu'on peut montrer du doigt… Il y a des monstres quelque part, des malades, des fous. On peut les identifier et le problème est réglé. On est à nouveau à l'abri, « yes » !

O.K., je me défoule une fois de plus devant la multiplication des justiciers des ondes, ces héros du micro en quête d'attention. Je fais une nouvelle montée de lait devant l'exploitation de l'ignorance humaine en vue d'une victoire dans la course des cotes d'écoute. Je sais, je sais, ils ne sont pas tous idiots. Mais chaque fois que j'évoque la mort d'Hamid, je ne peux m'empêcher d'avoir des nausées devant l'usage que certains animateurs en ont fait, à leur profit.

Et quand Georges me surprend à m'emporter devant la bêtise des médias, il me dit – Ho Ho Ho – que c'est mon narcissisme qui ne tolère pas la compétition. Qu'il me reste encore des bibittes dans le grenier. Du ménage à faire.

Dans les jours qui ont suivi la mort d'Hamid, il me le rappelait souvent :

— Ton besoin d'être la plus grande te fait sombrer dans la bêtise que tu dénonces, Maryse. C'est l'envie qui te ronge. Tu aimerais bien tirer une certaine gloire de cet événement, toi aussi !

Il visait juste, le père Bouddha ! J'avoue que j'éprouvais un plaisir intense quand j'entendais un «Afternoon Man» gueuler : « Il faudrait leur donner une leçon à ces p'tits baveux, une fois pour toutes ! » Mes ongles redevenaient scalpels. Une version médicale de Wolverine, ce personnage de bande dessinée dont Charlot possédait aussi une figurine. Les sensations qui m'habitaient – le goût de faire mal à des enfants et à leurs parents – ne provenaient plus seulement du désir de protéger Charlot, mais de la soif de venger son ami. Les films projetés dans ma tête – pour reprendre l'expression de mon fils – ne racontaient plus l'histoire d'une femme qui soigne, mais celle d'une bête qui détruit. Et mon corps jubilait. Vraiment ! Encore une fois...

Il paraît qu'il en est ainsi chez les soldats qui découpent les oreilles de leurs victimes. Ils les font sécher et les portent en pendentifs. Ils sont convaincus de le faire pour une bonne cause ; éliminer ce qui pourrait menacer leurs fils et leurs filles. Ils croient profondément que la chair qu'ils taillent n'est pas humaine, mais celle d'une sorte de vermine. Leur tâche est noble à leurs yeux, ils soignent quelque chose : un drapeau, une nation, l'idée qu'ils se font d'un peuple. Ils tentent d'apaiser la peur de ce qui pourrait peut-être, un jour, leur arriver. Ils ne découpent pas des êtres humains, mais des tumeurs en forme d'hommes, de femmes ou d'enfants. Ils détruisent des cancers au fond, qui ont l'allure d'un Sinbad à dix ans ou d'un Aladin. Des cellules cancéreuses qui hurlent lorsqu'on les égorge.

En écoutant les « Morning Men » et les «Afternoon Men », je me transformais peu à peu en soldat en quête d'oreilles à exciser ; celles des sixièmes et celles de leurs parents. Et j'avais une envie folle de les pendre à mon cou, en mémoire d'Hamid.

Mais depuis le début de mon étude sur «les manifestations biologiques de mes sautes d'humeur », je faisais de plus en plus rapidement le lien entre ce que nous avions observé dans mon laboratoire – ma transformation neurohormonale provoquée par la face de mon ex – et les paroles de Charlot au sujet d'Egoman dans ma tête : «Il fait bouger ton visage, maman, comme avec une marionnette. »

Je sentais que mon envie de découper les sixièmes en petits morceaux n'avait rien à voir avec les enfants concernés. Je ne les connaissais pas. Je ne les avais jamais vus. Des garçons de onze ans. Je ne pouvais que les imaginer.

D'ailleurs, je les imaginais très laids. De cette laideur qui ne tient pas à la taille du nez ou au manque d'harmonie des traits, mais à l'absence de vie. Du métal à la place de la peau. Le Terminator désincarné ! (Autre figurine appartenant à la collection de mon fils.) Je comprenais mieux le jaune des yeux d'Egoman ; couleur que mon imaginaire attribuait aisément aux orbites des sixièmes. Une lumière toxique. Je n'avais qu'à me mettre ça en tête, dans mon laboratoire, pour qu'on mesure en moi les hormones de l'agressivité, cette intense sensation physique qu'on appelle aussi haine. Mon sang en était plein.

L'intuition de Charlot révélait ainsi tout son pouvoir. Ce n'étaient pas des enfants que je voulais détruire, mais leur ego. Egoman dans leur tête. Leur peur de ne pas être choisis. Leur besoin d'être spéciaux. Leur crainte de passer inaperçus parce qu'ils n'avaient pas une maladie des yeux, ou un nom comme « Hamid ». Leur fichu ego de merde ! Qui jetait dans leur sang les hormones de la haine. Cet ego qui, selon Georges, n'existait pas : « Oui, c'est bien ça le drame, Maryse. L'ego est partout, mais il n'existe pas. »

Je ne comprenais toujours pas ces propos. Comment pouvait-il ne pas exister puisqu'il lançait des cailloux ?

En écoutant les « Morning Men » et les « Afternoon Men », je n'entendais jamais de réponse à la seule question qui comptait vraiment pour moi : « Maman, c'est quoi l'ego ? »

Depuis la mort d'Hamid, je dormais mal. J'étais souvent réveillée par le bruit de la chaise qui tombe. Le claquement des vêtements qui se tendent, sans se déchirer. Mon cerveau imaginait ces bruits comme il inventait l'allure des sixièmes, en pleine nuit, malgré les somnifères.

Je sortais du lit et je réécoutais les enregistrements de mes échanges avec Charlot. À partir du début. Dans l'espoir de guérir plus rapidement, peut-être... Comprendre enfin ce que mon fils voulait dire avec son étrange : « Tu peux pas me guérir, moi. Mais tu peux te guérir, toi. » Peut-on guérir, mon amour, quand le cancer, dans sa propre tête, n'a rien à voir avec des tumeurs, des lésions, des cellules, des machins ? Peut-on guérir d'Egoman ?

Je lisais les journaux, à trois heures du matin. On y allait d'analyses de toutes sortes. Un pot pourri d'opinions soi-disant éclairées ; il y a tellement d'experts quand personne ne sait quoi dire...

Certains chroniqueurs laissaient entendre, à mots à peine couverts, qu'Hamid et sa mère étaient responsables de ce qui leur arrivait. Qu'ils l'avaient provoqué. Qu'ils n'avaient qu'à ne pas venir ici, à rester chez eux...

Et d'autres encore d'écrire que les immigrants devraient fermer leur gueule. Que c'est ce qu'ils doivent faire, les immigrants, fermer leur gueule. Qu'ils n'avaient qu'à s'estimer heureux d'avoir été accueillis... Je ne comprenais pas. C'est pourtant ce qu'il faisait, Hamid, fermer sa gueule ? Et sa mère aussi, elle la fermait, sa gueule. Tout le temps ! Je veux dire même quand on lançait des cailloux à son fils et au copain de son fils. Je ne comprenais vraiment pas. Et si Egoman habitait aussi la tête des « Morning Men » ? Et des « Afternoon Men » ? Et de certains chroniqueurs ?... Qu'aurais-tu à dire là-dessus, Charlot ?

L'école avait recommencé, «il fallait bien que la vie continue», disaient les autorités. Mais Charlot n'y allait pas. Il m'accompagnait à l'hôpital, tous les jours. Avec son matériel à dessin, bien sûr. Georges m'avait dit qu'il était important d'être à ses côtés. Pour une période indéterminée.

Mon fils dessinait dans mon bureau, sculptait de petites figurines avec du papier mâché, découpait des images dans des magazines. Surtout des photos de femmes portant le hijab. «Comme la mère d'Hamid», me disait-il.

Il avait reçu une lettre, le lundi suivant l'événement. C'était d'Hamid. Cette lettre avait probablement été mise à la poste dans l'heure qui avait précédé la chaise qui tombe. Une enveloppe jaune et bleue, déposée dans une vulgaire boîte à lettres. Sur le chemin de l'école. Alors que le futur petit disparu était encore en compagnie de sa mère. Peut-être était-ce même elle qui avait déposé l'enveloppe dans la boîte, qui sait? Mais de toute évidence, elle n'en connaissait pas le contenu.

Charlot, après l'avoir lue, me l'a tendue.

— Lis maman, ça parle un peu de toi.

Je la lui ai presque arrachée des mains. Une écriture droite comme un mur :

Cher Charlot,

Je t'écris pour te dire quelque chose. Pour pas que tu penses que c'est à cause de toi. Comme souvent ça t'arrive. Et même si je sais pour Egoman et que je ne comprends pas trop ce que tu veux dire avec lui. Surtout quand tu m'expliques que les cailloux c'est à cause de lui dans la tête des sixièmes. Et que c'est pas de leur faute.

Je peux rien faire contre Egoman et je dois protéger ma mère. Tu le sais toi que les sixièmes la regardent avec des yeux pareils que pour moi. Et les parents des sixièmes aussi, des fois, quand ils viennent chercher leurs enfants après l'école. Et qu'ils nous voient ensemble, maman et moi. C'est des yeux avec plein de dents dedans, comme on se le dit, toi et moi dans nos secrets. Je vais la protéger Charlot.

Je sais comment. Tu vas comprendre. Parce que t'es mon ami. Et je vais t'aimer toujours.

Hamid.

Le cœur comme un cercueil, j'ai quasiment assailli mon fils :

— Et pourquoi dis-tu que ça parle un peu de moi ?

— À cause que je t'aime autant que ça, moi aussi.

Une phrase aussi tendue qu'un fil de fer entre deux falaises. Et moi funambule à ses premiers pas, sans balancier, sans filet, j'avais besoin que Charlot me ramène au sol, ou m'attache avec un harnais. N'importe quoi de solide. J'ai imploré :

— Mais je ne suis pas en danger, mon amour. Je n'ai pas besoin d'être protégée, moi.

Il a secoué la tête en signe de découragement. Il m'aurait dit : « Maman comment peux-tu être aussi idiote ? » que je n'aurais pas été surprise. Il me regardait avec l'air de quelqu'un qui n'en revient pas. Et qui se demande comment faire voir une évidence à une personne bouchée.

Il a repris :

— Tu sais pourquoi il est mort, Hamid, maman ?

— Mais tu viens de le lire dans sa lettre, mon chéri, c'est pour protéger sa mère. Il s'est probablement imaginé que si lui mourait, plein de personnes s'occuperaient d'elle. Ou quelque chose comme ça.

— Non, maman, c'est pas la vraie raison. Tu sais la vraie raison pourquoi il est mort ?

— Je ne comprends pas ce que tu cherches à me dire, mon amour.

Malgré la gravité de la situation, j'avais l'impression d'être dans un quiz de Georges Paris. J'ai décidé de jouer le jeu, si j'ose dire.

— Alors, dis-moi, c'est quoi la vraie raison ?

— C'est pour pas la perdre, maman. Pour pas perdre sa mère.

J'avais l'estomac comme une chaise qui tombe. Avec Hamid se balançant, dans mon ventre.

— Je ne comprends pas, chéri, qu'est-ce qui te fait dire ça ?

— Je connais Hamid, c'est mon ami.

— Je ne te suis toujours pas.

— S'il était arrivé quelque chose à sa mère, il aurait été tout seul. Comme tu sais, son père est resté là-bas. Dans un autobus brûlé. Je sais pas où c'est. Hamid non plus il savait pas où c'est, là-bas.

Je me suis emportée. La mère en moi avait subitement cinq ans.

— Mais tu ne crois pas que c'est ton ami qui a laissé sa mère toute seule ?

J'aurais voulu rattraper ces mots avant qu'ils ne se rendent à ses oreilles. J'en voyais l'énormité… Comme s'il était de la responsabilité d'un enfant de ne pas laisser sa mère toute seule. Mais en même temps, je ne pouvais m'empêcher de penser à certains de mes petits mourants qui, contrairement à Hamid, se battent jusqu'à leur dernier souffle pour ne pas laisser leurs parents tout seuls.

J'ai déballé ça à Charlot et je lui ai parlé du courage de ces enfants. Erreur ! Trop absorbée par « l'intelligence » de mes propos, je ne me rendais pas compte qu'il s'agissait d'un jugement sur le geste d'Hamid.

Il m'a immédiatement ramenée à l'ordre :

— Tu m'as déjà raconté ça, maman. Et tu m'avais dit que les enfants peuvent mourir s'ils sont rassurés par leurs parents. Comme s'ils avaient la permission. Mais pour Hamid, c'est pas pareil. Et t'as raison pour quelque chose, il cherchait toujours un moyen pour que plein de personnes s'occupent de sa mère. Il me le disait. Et à cause de ce qu'il a écrit dans sa lettre, je pense qu'il a trouvé un seul moyen. Il s'est battu jusqu'à son dernier souffle, lui aussi.

Que pouvais-je ajouter ? Il a poursuivi son bombardement :

— Elle est où la mère d'Hamid ?

— Dans un hôpital pour les adultes.

— Est-ce qu'elle va devenir folle?

J'avais envie de brailler : «C'est moi qui vais devenir folle si tu continues.» Mais j'ai cru voir, dans le repli de ses lèvres, une autre inquiétude. J'ai retrouvé la raison.

— Et ça veut dire quoi, pour toi, devenir folle?

— Ne plus être capable d'aimer personne.

Il s'est interrompu le temps, je crois, de faire face à une nouvelle pensée. De la formuler clairement, pour l'exprimer avec assurance, sans montrer à quel point elle lui faisait peur.

— Être folle ça voudrait aussi dire avoir Egoman tout le temps dans sa tête.

Je me suis dit qu'à ce compte-là, nous étions tous fous. Je suis revenue à la mère d'Hamid.

— Elle va être bien soignée, ne t'inquiète pas. Je vais m'en assurer avec le docteur Paris. Il a des amis médecins dans l'hôpital où elle a été transportée.

— Est-ce que je pourrais aller la voir?

Je… Tu… Je… Cet enfant… D'où sortait-il?

J'en étais bouche bée.

— Pas en ce moment, mon amour. Je ne crois pas qu'elle te reconnaîtrait. Il y a parfois des personnes qui, après un choc terrible, s'en vont dans un autre monde. Quelque part dans leur tête. On ne sait pas où c'est. On sait simplement qu'elles ne sont plus avec nous. Mais elles ne sont pas folles, je t'assure. Elles sont ailleurs, c'est tout. Parce que pour elles, ici, ça fait trop mal.

— Tu parles d'Hamid ou de sa mère?

Il ne laissait rien passer. Ça m'épuisait. Ma «grandeur» en prenait pour son rhume. J'ai répondu, un peu absente :

— Des deux, mon chéri. Je parle des deux.

Silence, réflexion, un visage envahi par la déception.

Puis la phrase d'un soignant qui espère encore entendre le bruit du cœur après qu'il s'est arrêté, le retour des battements, malgré l'incrédulité de tous ceux qui baissent les bras et quittent la chambre. Cette phrase était de lui, pas de moi :

— C'est plate que je puisse pas la voir, parce que si je la voyais, je lui dirais que c'est pas de sa faute. Que c'est à cause d'Egoman.

Je commençais à en avoir plein les baskets de celui-là ! Egoman par-ci, Egoman par-là, il m'emmerdait plus que mon ex, ce qui n'est pas peu dire.

Georges avait beau insister sur les vertus thérapeutiques du personnage, j'en voyais uniquement les effets pathologiques. « Réveille, Georges ! Il s'empare de la raison de mon fils ! » – « Non, Maryse, il la protège ! »

J'ai, pendant quelques instants, perdu la foi dans mon père Noël préféré. L'opinion de Georges avait soudainement le poids d'une mouche morte sur le bord d'une fenêtre, en hiver. Je me suis emportée :

— Écoute Charlot, ça suffit ! Tu vas m'arrêter ces histoires immédiatement. Egoman n'existe pas, tu comprends ! Il n'existe pas ! Pas plus que Dark Vador, le Joker ou n'importe quelle stupide invention du même genre. Tout ça, c'est du vent. Rien d'autre que du vent dans ta tête.

J'étais pompée. Puis tout à coup, pop ! Je me suis rappelé le discours de Georges à propos de l'ego : « Tu sais Maryse, un des plus grands dérapages de l'histoire, c'est quand l'humanité a commencé à croire en quelque chose qui n'existe pas. »

Je constatais que j'étais en train de défendre la même position que lui…

Et j'entendais Alex, ses héros, ses personnages de bandes dessinées. J'entendais aussi son père, Monsieur Beguin, avec ses histoires de têtes en bulles de savon et ses envolées à propos des pensées qui ne sont que de l'air.

Et puis Georges encore : « La plus grande méprise de l'histoire est la croyance en l'existence de l'ego. C'est bien plus grave que n'importe quelle croyance en Dieu. »

J'avais envie de hurler :

— Sois plus clair Georges, j'ai besoin de profondeur, je ne sais plus à quoi m'accrocher. Je ne m'enfonce pas, je glisse… sur une patinoire en pente ; ce monde de surface où l'apparence a remplacé le sens. Un enfant est mort inutilement. La tête de sa mère n'est plus qu'une potence vide. Mon fils me fait terriblement peur. Jusqu'où va-t-il aller ? Tu disais aussi : « Nous n'aurons bientôt pas assez d'hôpitaux pour soigner toutes les petites victimes du mal de vivre »… Que voulais-tu dire, Georges ? « Please… Please… »

Toutes ces histoires d'ego me donnaient le vertige. Quand on a l'impression, pour la première fois de sa vie, de marcher sur un fil de fer, ça vous fout l'assurance en l'air ! Et, tout à coup, celle qui sait tout aimerait bien qu'on lui dise quoi faire… Pas à pas…

Malgré le ton autoritaire de mon discours, Charlot n'avait pas sourcillé. Il a simplement levé les yeux vers la porte de mon bureau, elle était grande ouverte. Des enfants couraient dans le corridor, riaient, semblaient jouer à cache-cache. Il les a longuement regardés comme s'il était lui-même caché, ou perdu.

Ses mots m'ont dit où il était :

— Est-ce que Hamid va être enterré, maman ? Est-ce que je pourrais y aller ?

J'ai réalisé que je ne savais même pas où se trouvait le corps d'Hamid. Mais Charlot ne m'a pas laissé le temps de le lui dire, il a formulé un autre mot d'amour :

— Qui va l'enterrer si sa mère est pas là ?

C'est comme si, avec tact, il m'amenait boire au même amour que lui.

— Je ne sais pas s'il va être enterré, mon chéri. Je ne sais pas combien de temps sa mère va être malade. Je ne sais rien. Peut-être que des personnes qui viennent du même pays qu'eux vont l'enterrer ? Je ne sais pas. Ou peut-être même des personnes d'ici, des personnes qui n'ont pas peur des différences ?

J'ai fait une pause. Puis, envahie par une surprenante sérénité, affranchie de toute intention de donner une leçon, j'ai proposé :

— Ou peut-être par des personnes qui n'ont pas peur d'Egoman ?

Il a semblé esquisser un léger sourire. Ça m'a rappelé à quoi il ressemblait quand il souriait. J'avais oublié.

J'ai cru voir ses épaules se détendre, son corps s'apaiser.

Il a écrasé un tube d'où est sortie une pâte d'un bleu profond, et il s'est remis à peindre.

Marie-Lou
Fin juin 2001

L'année scolaire était terminée. Charlot avait réussi ses examens – ouf! – grâce au soutien de Madame Leblanc. Et de Marie-Lou, son « amie muette ». Cette petite fille venait le voir tous les jours à l'hôpital, en fin d'après-midi.

Peu après la mort d'Hamid, ses parents avaient laissé un message sur mon répondeur à la maison: urgent! Lorsque je les ai rappelés, ils m'ont confié que depuis le départ de son « ami arabe », leur fille hantait sa propre chambre – mini fantôme blond!

Elle voulait voir Charlot, à tout prix. Pour aider celui-ci à traverser « sa peine d'Hamid », elle avait la même... Harold et Mégane demandaient la permission de conduire leur fille auprès de Charlot: « Parce que n'avons plus de moyens et que votre fils en a peut-être, lui. »

À travers leur fille, ils m'ont amené un autre morceau de puzzle géant qui m'obligerait, plus tard, à des efforts inouïs pour entendre le clouc!

Marie-Lou, Marie-Lou: petite ombre qui tremblait quand on lui adressait la parole ou disparaissait à l'intérieur d'elle-même si on la touchait. Des ailes de libellule qui auraient été séparées de leur corps, violemment, et battraient l'air à sa recherche. Des pétales de marguerite arrachés uniquement au son des « Il ne m'aime pas » par des doigts invisibles, qui font aussi des nœuds dans des vêtements trop grands.

La fête chez Alexandrine m'avait permis d'en apprendre

un peu plus sur les liens qui unissaient Charlot à cette petite ombre lumineuse.

Sur le chemin du retour, après avoir déposé Hamid et Marie-Lou chez cette dernière, j'ai fait part à Charlot de ma curiosité concernant son amie. Il a d'abord hésité ; l'hésitation des personnes déchirées entre le goût de partager une joie précieuse et la crainte qu'elle ne s'altère en la partageant. Il avait le regard d'un douanier. Il fouillait mes intentions, scrutait ma physionomie, cherchait des indices révélant le malaise de quelqu'un qui cache quelque chose. Et, malgré ma transparence, il semblait ne pas savoir s'il allait me donner l'autorisation d'entrer dans son monde.

À l'inverse, j'avais l'impression d'être moi-même une douanière et de voir en lui la crainte que je ne lui confisque une partie de ses rêves. Comme le font certains adultes, en ridiculisant les premiers élans amoureux de leurs enfants ou des enfants des autres.

Je pensais d'ailleurs à Georges, en cet instant précis. Avait-il été blessé ? À quel âge ? Par qui ? Comment ? Où était sa voix quand il s'agissait de parler d'amour ?

Nous roulions, Charlot et moi, sous un ciel étoilé, le genre de ciel qui donne envie de vivre à la campagne, et je me rappelais ce que m'avait dit le grand psy quelques semaines plus tôt : « On ne voit plus assez les étoiles dans les villes, Maryse, trop de pollution lumineuse, trop de smog, trop de tours. Les étoiles nous rappellent à la fois d'où nous venons et ce que nous sommes. Quand on ne les voit plus, on se met à croire que le monde s'arrête avec nous, on oublie notre statut de poussière. » Je comprenais parfaitement le sens de ses paroles.

Je devais même redoubler de prudence, car j'étais totalement envoûtée par le spectacle qu'offrait la nuit étoilée. Une gifle à Egoman.

C'est d'ailleurs en me servant des étoiles que j'ai tenté de faire tomber l'hésitation de mon fils : « J'aimerais juste que tu me parles un peu de ton étoile, mon grand... la belle Marie-Lou. Sois sans crainte, je garderai le secret. »

Il a paru se détendre et s'est confié. Il m'a répété certaines choses qu'Harold m'avait racontées, comme s'il ignorait ce que m'avait déjà dit le père de la petite blonde.

— Marie-Lou, c'est ma meilleure amie avec Hamid. Elle parle pas à cause de sa méningite qu'elle a eue quand elle était jeune. À trois ans. Tu te rends compte maman ? Trois ans qu'elle avait. Elle est devenue sourde après. Elle a été opérée. Elle serait supposée entendre et parler. Mais il y a autre chose qui explique pourquoi elle parle pas, je pense. Je lui demande des fois et elle baisse la tête. Comme quand on est pas capable de dire quelque chose, même à un ami. À cause que c'est bloqué dans la gorge. Et ailleurs. Et qu'on sait pas pourquoi. En tout cas, elle me comprend. Même quand je parle pas moi non plus. Et elle me comprend aussi quand je parle. Elle mélange ses oreilles avec ses yeux pour m'entendre. Elle est capable de voir les mots sur mes lèvres, même si je les dis pas fort comme elle veut que je le fasse, pour que je la croie que c'est vrai qu'elle est capable. Mais j'aurais pas besoin de faire des tests pour la croire. Je le sais à cause qu'elle me les écrit. C'est aussi comme ça qu'elle m'écoute. Avec un crayon qui l'aide et qui me raconte sa vie. Des fois elle met des larmes d'amie à la place des mots. Sur le papier. Ça vient tout seul. Et elle me raconte aussi sa vie avec ses mains que je comprends de plus en plus dans leurs mouvements. Elle a plusieurs moyens pour qu'on se comprenne. Et elle est amie avec Hamid autant que moi.

Après la première visite de Marie-Lou à l'hôpital, il a eu cette phrase lourde comme un assommoir :

— Elle sait pour les cailloux.

Un trio d'enfants reliés par l'isolement. Et par autre chose que l'enfance : des millénaires de cruauté collective envers les « différents », ceux qui font peur à cause de leur vulnérabilité et de l'attention que ça leur procure ; cette attention dont les « pas différents » se sentent alors privés.

Un trio d'enfants qui recevaient des cailloux parce qu'ils avaient quelque chose de moins, ou de plus, ou de pas pareil, et qu'ils étaient les « chouchous ».

— Les écœurants ! Ils sont choisis sans même avoir levé la main !

(Pour Marie-Lou on a su beaucoup plus tard qu'elle avait, elle aussi, reçu des cailloux. Elle n'avait pas utilisé ses mains – la langue des signes – pour informer son entourage à ce sujet, seulement pour dire non aux sixièmes, probablement. Des mains-boucliers. Elle a dû les croiser au-dessus de sa tête, comme ça, avec les bras devant son visage. Un signe très clair dans toutes les langues.)

Un trio d'enfants encerclés dans la cour de récréation.

— À cause que vous avez pas d'affaire ici !

C'est un territoire après tout.

— Dehors les pas pareils ! À nous toute l'attention ! Et si on vous lance des cailloux, avec les copains, c'est pour montrer au monde entier qu'on n'est pas comme vous. Qu'on est normaux, nous. Et que c'est aux normaux que la cour appartient !

Oui, la cour de récréation comme un territoire, avec des frontières : une clôture, la rue, un boisé. Quelques mètres carrés qui confirment que le cerveau reptilien continue à dicter les comportements malgré l'apparition du cortex – le cerveau de la raison.

Des « sixièmes » avec des peaux de fourrure et des massues. « Peur 101 ». Et la préhistoire est de retour, chaque jour, dans la cour de récréation, avec des mots aussi coupants que les cailloux :

— T'es pas bienvenu dans cette cour, t'es pas comme nous, va jouer ailleurs ! Tu pues ! Et puis ferme ta gueule, sinon on va te la fermer pour de bon !

Mais peut-être est-ce aussi ça, l'enfance, après tout ? La bêtise qui se perpétue dans des petites cervelles depuis des millénaires ? La peur transmise par les grands, bien mieux que l'amour ?

J'ai moi-même connu le sort réservé à la différence. Le «syndrome de la cour de récréation» m'a causé des nuits convulsives, des draps froids trempés de sueur, des nausées acides devant le petit-déjeuner. Et ce n'est pas tante Bénédicte qui pouvait détecter quoi que ce soit.

— Allez ma grande, mange! Tu ne m'auras pas avec tes allures de malade. J'en ai vu d'autres. La comédie c'est ma spécialité. Si tu savais tous les rôles que j'ai dû jouer pour arriver là où je suis. Et ça ne fait que commencer. Alors ta face de carême, mets-y des couleurs!

Dans la cour de récréation, on m'isolait parce que j'avais les meilleures notes. Une première de classe dérange parce qu'elle réussit. Très tôt, on veut détruire ce qui nous diminue à nos propres yeux.

Au bout du compte, ça n'a fait que renforcer mon sentiment d'être supérieure. La «vulnérabilité» n'avait pas de place, rue Rachel.

Je vis maintenant mon quotidien au milieu des plus «vulnérables», une chiquenaude peut les faire basculer au-delà de toutes les frontières. Ici, à l'hôpital, c'est la maladie qui lance des cailloux.

Et dans les cercles que nous faisons – famille, soignants, amis – autour des petits malades, on se tient la main pour qu'ils ne partent pas. Pour qu'ils restent dans la cour. Avec nous.

Ça pue, parfois, aussi. Parce que le corps est trop faible. Le caca, le pipi, le vomi; il ne peut plus rien retenir, le corps. Il est tellement différent...

Chaque main compte. Elles doivent toutes être vides pour ramasser la chiasse, laver les fesses, toucher le bras en disant: «C'est correct, c'est correct.» Changer les draps, remplir la seringue.

Et si elles tiennent un caillou, c'est pour en faire cadeau parce qu'il a été sculpté en forme de poisson, d'oiseau ou d'ami.

Ici, quand on ferme sa gueule, on la ferme tous ensemble – chuuuttt! – parce qu'on n'entend plus rien tout à coup. Et qu'on veut entendre un autre souffle, s'il vous plaît, un autre mot. Pas le dernier, non, surtout pas. Le premier... Le commencement d'une nouvelle série. Un nouveau poème, un nouveau chant, une nouvelle explication du monde... Ouvre-la ta gueule, je t'en prie... Ouvre-la!

Et il y a d'autres enfants avec nous. Des petits malades qui nous tiennent la main dans le cercle. Parce qu'ils veulent dire à leur ami qu'ils vont l'attendre. Pour continuer le casse-tête pas fini où on voit des visages d'enfants qui habitent à l'autre bout du monde. Et leurs vêtements étranges, quand ils en ont. Trop grands, trop petits, difficiles à rassembler dans le casse-tête parce qu'on ne trouve pas les morceaux qui vont ensemble. Il en manque peut-être...

Et les autres morceaux aussi où on voit de la peinture sur leur front ou sur leurs joues: jaune, bleue, rouge et de toutes les couleurs. Ça complique, mais c'est beau. Et les morceaux avec des photos des cadeaux qu'ils se donnent à leur anniversaire. Des bijoux faits avec de la terre, du bois ou de la pierre. Et leur sourire qui dit: «J'aimerais te connaître un jour, quand tu pourras venir ici me raconter ton histoire. Dans ma cour. À côté de mon école qui n'a pas de murs, juste des chaises, à cause que ça coûte trop cher les murs.»

Mais il y a aussi les sixièmes. Et ces cercles d'enfants qui font mourir ceux qui sont au milieu.

Et moi, Maryse Du Bonheur, je réalise, en écrivant ces mots, à quel point ces événements m'ont transformée. Les bleus, Egoman, Hamid; j'absorbais et je changeais. La bêtise me lançait des cailloux.

Serait-ce ça la bêtise? Un besoin d'attention qui se sent menacé? La perception qu'il faut être spécial pour qu'on s'occupe de nous, qu'on nous change de couche, qu'on nous donne le sein, qu'on nous embrasse, qu'on nous caresse ou qu'on nous applaudisse?

La croyance que si on n'est pas spécial, on ne recevra plus cette attention et qu'on va macérer dans sa couche, mourir de faim, ne plus être protégé? Qu'on ne survivra pas si on n'est pas intéressant?

Et si c'était ça la bêtise : l'idée que pour être spécial on doive éliminer tous ceux qui nous empêchent de l'être, tous ceux qui sont déjà «plus spécial» que nous? Parce qu'ils ont les cheveux roux, des «barniques» épaisses ou la peau couleur café? Qu'ils sont gros, boiteux, ou fille? Qu'ils pètent des scores en mathématiques ou aiment déjà des personnes du même sexe?

Oui, si c'était ça la bêtise... Ce besoin d'éliminer «ceux qui nous empêchent d'être spécial» parce qu'ils ont le malheur d'être là, dans «notre» cour de récréation.

C'est maintenant moi qui vois des films dans ma tête. Des scènes que j'avais oubliées et qui remontent à l'époque où j'avais l'âge de Marie-Lou, d'Hamid et de Charlot. Ma propre cour de récréation.

Première scène :

— Hé le gros, est-ce que tu vois ta quéquette quand tu fais pipi? hi hi hi... hi hi hi...

Et ça rit tout autour. Des rires pleins d'attention pour celui qui a dit ça, il est tellement spécial quand il parle comme ça. On l'aime parce que : «Il sait comment débarrasser la cour de ceux que les profs nous demandent de respecter. Ils veulent tout le temps qu'on respecte les gros, les profs. Et tous les autres pas pareils. Même ceux qui puent. Mais nous, les propres, qui va nous respecter, hein?»

Et le gros de quitter la cour et de se cacher derrière un mur.

Deuxième scène :

— Hé la tapette, tu dois t'aimer beaucoup, hein? Parce que t'aimes ça toi, les trous du cul? hi hi hi... hi hi hi...

Et ça rit tout autour. Le rire collectif de ceux qui veulent l'attention du leader parce qu'il parle fort. Et parce qu'il a confiance en lui. Et parce que : « On a peur de ne pas être choisi dans son équipe de soccer. Et de se retrouver tout seul, pas d'équipe. Et en plus, il est grand. Et il a un couteau dans sa poche. »

Et la tapette de rejoindre le gros, derrière le mur.

Troisième scène :

— Hé la poupée, t'as déjà quelque chose sous ton chandail ou si t'es encore plate comme une queue de castor ? Montre-moi ça juste pour voir ! hi hi hi... hi hi hi...

Et ça rit tout autour. Les gars rient : « Pour montrer à celui qui a dit ça qu'on n'est pas une fille nous non plus. Et qu'on aime ce qu'il dit même s'il a des boutons dans la face. Et que c'est peut-être à cause de ses boutons qu'il n'a pas peur des filles. Et que, grâce à lui, y en a pas une qui va nous envoyer promener. »

Et la poupée de s'asseoir entre la tapette et le gros. Derrière le mur.

Et la poupée c'était moi avant de ne plus être plate, fin du film !

Et si c'était ça la bêtise ; le rire de ceux qui ne savent pas pourquoi ils rient ? À tout âge. Le rire de ceux qui craignent que personne ne veuille les changer de couche parce qu'ils n'ont rien de spécial, rien qui les rende uniques.

Et si c'était pareil à l'échelle de l'hôpital ? Et de ceux qui prennent des décisions concernant mes recherches ? Ces gestionnaires qui me mettent des bâtons dans mes roues pour montrer qu'ils ont des idées exceptionnelles eux aussi ? Et qu'ils savent ce qui est important – le budget, la performance, la « capacité à faire plus avec moins », alors que moi – la rêveuse – je ne sais pas !

Et si c'était la même chose à l'échelle des quartiers, des villes, des nations ? Un besoin collectif d'être changé de couche et d'être assuré que ça va se faire parce qu'on a quelque chose qui nous distingue et nous rend différent et qu'on ne restera pas dans sa merde jusqu'à la fin des temps ?

Et si tous ces comportements n'étaient dictés que par des erreurs de la mémoire et par des réactions neurohormonales instantanées, comme dans mon labo? De la haine dans notre sang et dans notre pipi...

Comment pourrais-je arriver à faire comprendre ça dans mes articles scientifiques? Dans mes conférences? Dans mes futurs bouquins?... Peut-être que si j'y arrivais, ça pourrait redescendre dans les cours de récréation? Et me permettre de gagner des prix?

Quand je voyais mon fils lire les bouts de papier que lui tendait Marie-Lou, j'entendais sa voix d'enfant de chœur. Ses mots roulaient dans ma tête, ou la faisaient rouler comme une boîte de conserve vide qu'on frappe à grands coups de pied quand on a dix ans: « Et puis c'est parce que mon enfance est finie. Et que je l'ai pas vue. Et que c'est dur d'être grand avant d'être petit. »

Beding!, tiens... prends ça, toi, la quécanne! J'avais l'impression de ne voir que ça, autour de moi, des enfants grands avant d'être petits.

Les parents de Marie-Lou m'avaient scié les jambes quand ils m'avaient dit que leur fille dessinait d'étranges visages jaune et bleu, et qu'elle les collait partout sur les murs de sa chambre, avec le nom de Charlot en grosses lettres de chaque côté et de grands cœurs rouges autour du nom – « parce qu'ils ont cette couleur-là, les cœurs qui goûtent la cannelle », écrivait-elle à ses parents.

Mon fils lui en donnait, de temps à autre, des cœurs qui goûtent la cannelle. Je les achetais pour lui et il m'avait fourni toutes les explications:

— Elle essaye aussi de dessiner Egoman, maman. Elle fait des recherches comme moi. Elle est dans mon équipe de deux. J'en ai parlé au docteur Paris. Il passe nous voir de temps à autre et il a invité Marie-Lou au congrès pour donner ma conférence avec moi, même si elle parle pas. Elle expliquerait avec ses mains. Ce serait mieux pour les psychiatres qui entendent pas. Il y en a peut-être beaucoup, je sais pas. Et je saurais pas comment leur faire comprendre moi tout seul sans les mains de Marie-Lou. Et ses parents sont d'accord parce que t'es d'accord pour moi.

Elle avait la peau plus blanche qu'un lac en hiver cette gamine (de quoi m'inquiéter à propos de son taux d'hémoglobine). Et des yeux de ce bleu profond que Charlot mettait partout dans ses dessins.

Malgré une surdité bilatérale postméningite, elle entendait. Elle avait subi une intervention chirurgicale au cours de laquelle on lui avait installé ce qu'on appelle des «implants cochléaires». Pour expliquer ce que ça signifie, je vais citer un article scientifique. C'est une vieille habitude de chercheuse:

«L'implant cochléaire est composé de deux parties: une partie contenant un circuit intégré et les électrodes est implantée sous la peau lors d'une intervention chirurgicale; la seconde ressemble à un appareillage externe, elle contient le processeur de son et communique avec la partie sous-cutanée par l'intermédiaire d'une boucle à induction couplée à un aimant.

Le son est détecté par le <u>microphone de l'appareillage externe</u>; le message est ensuite segmenté en informations numériques par le processeur. L'information est ensuite transmise par voie transcutanée au circuit intégré qui délivre le message sous forme de stimulations électriques aux nombreuses électrodes (18 à 24) placées à l'intérieur de la cochlée au contact du nerf auditif»[14]

Admirable! Je m'émerveille devant ce que le génie humain est capable de faire lorsqu'il est au service du plus vulnérable. Et qu'il entend les sons qu'émet la vie chez tous ceux que la fragilité a obligés à fermer leur gueule. Le génie humain libre

---

14   «La place de l'implant cochléaire dans les suites des méningites», Teissier Natacha, Doehring Isabelle, François Martine, Van Den Abbeele Thierry, Loriot, Mathie, in *Texte des Journées parisiennes de pédiatrie*, Paris, 2 octobre 2010.

de toute peur! Zéro crainte archaïque d'être abandonné la couche pleine ou de ne pas recevoir le sein si on ne performe pas. L'attention entièrement consacrée à corriger une oreille défectueuse ou à retirer une tumeur plutôt qu'à détecter une menace à son image. Vive le génie humain libre!

L'opération avait été un succès total et Marie-Lou aurait normalement dû parler. Personne ne comprenait son silence. Ses parents avaient demandé qu'elle fasse partie d'une classe dite «régulière» en espérant qu'au contact d'enfants «normaux» quelque chose finisse par débloquer. «Elle écoute beaucoup – disaient-ils – elle ne lit pas seulement sur nos lèvres, elle nous regarde en plein dans les yeux avec ses oreilles. C'est clair!»

Elle écoutait sans doute aussi les sixièmes, le micro grand ouvert.

Georges estimait qu'il arriverait à la faire parler: «Je vais la faire parler, Maryse, je vais la faire parler.» Il me fallait plonger de tous mes yeux dans son regard aimant pour ne pas confondre ses mots avec ceux d'un tortionnaire; un bourreau désignant sa victime.

Marie-Lou était étonnamment proche de mon fils. Elle avait des attitudes maternelles à son égard, à dix ans! Une petite femelle qui viendrait d'accoucher... Louve, renarde, lionne, peu importe le cliché, ses yeux avaient des dents (pour reprendre l'expression d'Hamid), et j'ajouterais même des griffes, prêtes à défendre Charlot en toutes circonstances.

C'était plus qu'évident quand j'élevais la voix pour gronder mon fils. Elle entendait très bien, c'est sûr! Surtout lorsque j'enjoignais à Charlot de laisser tomber Egoman. Grrr... Elle y croyait autant que lui.

J'admirais leurs échanges bâtis à coups de crayons et de mouvements des mains. Elle enseignait la langue des signes à Charlot. Il s'appliquait à suivre sa «prof» privée comme un musicien suit un chef d'orchestre.

Il y avait quelque chose de bouleversant dans l'œuvre qu'ils interprétaient en duo; la musique du deuil. Un requiem pour

Hamid dont j'entendais le dernier chant d'amour, même s'il n'y avait aucun son dans la pièce. Seulement deux enfants qui, du bout des doigts, essuyaient les larmes sur le visage de l'autre lorsqu'elles venaient. Une mélodie composée à trois, malgré tout, pour s'aider à guérir.

Charlot disait qu'ils « travaillaient » très fort : « On prépare la conférence, maman. Et Hamid nous assiste. C'est grâce aux idées qu'il nous racontait avant d'être plus là. Il me comprenait pas avec mes recherches. Il l'a écrit pour Egoman dans sa lettre. Mais il me posait beaucoup de questions. Comme moi avec toi. Je savais pas les réponses, mais ça me rendait proche de lui d'être perdus ensemble. »

Et Marie-Lou d'acquiescer d'un mouvement de la tête. Et moi aussi d'acquiescer, avec tout mon corps.

Ils dessinaient souvent à deux, sur la même feuille. Des visages d'Egoman tapissaient peu à peu les murs de mon bureau. Des faces aux allures de chat, de chien, de voiture. Des faces tordues, éclatées, en morceaux. Des têtes difformes ressemblant vaguement à des maisons, des chaussures, des cages avec des oiseaux dedans, ou des bocaux avec des poissons en guise de bouche ou d'oreilles ; des costumes de clown ou de père Noël avec des yeux au beau milieu. Parfois des abstractions pures. Toujours du bleu et du jaune, seulement.

Ils se servaient de tout ce qui leur tombait sous la main ; fusain, gouache, aquarelle. Ils frottaient les dessins les uns contre les autres ; papier contre papier, trait contre trait, peinture contre peinture. Ils utilisaient leurs doigts, leurs avant-bras, leurs coudes. Ils peignaient avec leurs pieds, leurs genoux – j'étais d'accord ! Ils en avaient partout. Ils se servaient du visage de l'autre comme d'un canevas. Ils se fabriquaient un mélange de roux, de bleu, de blond, de jaune, en trois dimensions. Rien à voir cependant avec le Charlot tout nu que j'avais lavé avec mes cheveux.

Jour après jour, quand je passais à mon bureau, j'assistais à une exploration digne des Picasso*, Braque* ou Pollock*...

Je me demandais d'ailleurs si ces grands n'avaient pas cherché à dessiner Egoman eux aussi? Ou à être spécial? Si Egoman n'avait pas tenté de peindre son autoportrait à l'aide de leurs mains...

Ou s'ils n'avaient pas plutôt trouvé une manière de sortir de la grandeur de temps à autre, de ne pas devenir grands avant d'avoir été petits...

Et je constatais que j'ignorais à peu près tout de ces peintres. Qu'en dehors des cellules cancéreuses, je n'avais rien exploré. Et que ces artistes n'avaient peut-être pas cherché autre chose qu'une connexion avec la beauté. Comme celle que je voyais apparaître entre Charlot et Marie-Lou. Une œuvre qui se construisait non pas sur le papier ou sur la toile, mais entre eux. Les langues des signes et de l'art mélangées dans une attention quasi amoureuse à la peine de l'autre.

Plus ils dessinaient, plus j'entendais des rires. Comme ceux qu'on entend parfois quand on passe près d'une école, à l'heure de la récréation. Si j'étais musicienne – compositrice – j'enregistrerais les rires et les cris de la récréation. Et je dirais, voilà, je n'ai rien à ajouter. À part le silence de ceux qui sont assis derrière le mur.

Oh, et j'ajouterais ceci: que je suis aussi chercheuse, et que j'essaie de trouver comment ramener dans la cour le rire de ceux qui se cachent derrière le mur. Parce que ce rire-là je l'entends, à l'hôpital, quand des tests sanguins démontrent que le cancer quitte la cour et s'en va jouer ailleurs. Là où il n'y a plus personne pour jouer avec lui. Et qu'au bout du compte, moi, la grande Maryse Du Bonheur, c'est peut-être dans l'espoir d'entendre ce rire-là que je vis. Et que c'était probablement aussi dans l'espoir d'entendre ce rire-là qu'Hamid a disparu. Tu vois Charlot ce que tu m'as enseigné? Merci pour tes recherches, mon amour, merci pour tes recherches...

Il me disait qu'il ne savait toujours pas ce qu'était l'ego ni pourquoi il n'était pas capable de dessiner Egoman, mais qu'il aimait ça, ses recherches avec Marie-Lou.

Notes de Georges – Stationnement 2

J'ai eu l'air fou.

Pour un psychiatre, ce n'est pas banal.

D'ailleurs, toutes ces expressions : « rire comme un fou », « avoir l'air fou », « aimer comme un fou », me rendent un peu triste. C'est bien mal connaître les fous.

La folie ne devrait jamais faire rire personne. Et nombreux sont les fous que j'ai soignés qui auraient aimé connaître l'amour.

Mais j'ai vraiment eu l'air fou. Au sens où je ne me rendais plus compte de ce que je faisais (à ce titre-là, beaucoup d'humains sont fous).

Je l'ai réalisé le soir où la Du Bonheur m'a demandé de cesser de la suivre dans le stationnement.

Alors qu'elle s'apprêtait à déverrouiller la porte de sa voiture, elle s'est retournée vivement : « Georges, ça suffit ! Ton petit jeu ne m'amuse plus. »

Je suis sorti, penaud, de ce que je croyais être une cachette.

J'avais l'impression d'être réprimandé. Comme un enfant quand il vient de faire une sottise : « Ce qui me faisait sourire au début, c'était ta naïveté, Georges. Comment pouvais-tu croire que je ne te verrais pas ? Avec ta bedaine unique qui dépasse de la bordure des colonnes de béton ; cette courbe qui s'avance ; cette parenthèse fermée ?... Je ne voyais qu'elle ! Et j'étais certaine que tu étais là. Aucune colonne n'est assez large pour que tu puisses t'y dissimuler complètement, mon ami. Même un enfant jouant à cache-cache t'aurait immédiatement repéré : "1-2-3 pour Georges derrière la colonne..." Tu ne te vois vraiment pas, cher collègue... C'est quoi cette folie ? »

Je me suis confondu en excuses.

Je lui ai dit que je ne souhaitais que la protéger.

Elle m'a répondu qu'elle n'avait nul besoin de protection. Qu'elle était bien assez grande pour se protéger toute seule. Et que si quelqu'un devait être protégé, c'était bien moi.

Je n'ai pas osé lui demander pourquoi elle me disait ça. Ni aborder avec elle ma paralysie du cœur en sa présence, mon besoin d'un mode d'emploi pour la séduire, mon inaptitude à déterminer si elle ressent quelque chose à mon égard ; moi sondeur d'âmes...

La peur qu'a mon ego de disparaître dans ses yeux de femme s'ils se ferment sur lui.

J'oublie chaque fois le pouvoir de la présence...

Elle est montée dans sa voiture et ce n'est qu'au moment où j'ai vu la porte du stationnement se refermer sur les phares arrière que j'ai enfin pu dire : « Je t'aime. »

Le processus d'identification
Encore fin juin 2001

J e comprenais mieux pourquoi Georges avait laissé entendre que la conférence serait bénéfique pour mon fils. Je n'approuvais toujours pas, mais je comprenais.

Le projet avait d'ailleurs été accepté par le comité scientifique du congrès. J'étais sidérée! Vraiment! J'avais tenu pour acquis que ce projet s'arrêterait à la table des experts. Egoman, quand même... Ce n'était pas sérieux! Mais bon, la présentation était prévue pour le mois de décembre. Georges était enchanté. Charlot lui avait demandé s'il pouvait la faire en compagnie de Marie-Lou: «Elle parlera avec ses mains, docteur Paris. S'il vous plaît, s'il vous plaît... Ses parents sont d'accord.»

Georges se frottait les siennes, de mains: «T'imagines, Maryse? Deux enfants, côte à côte, sur une grande scène, devant plus d'un millier de psychiatres? Trois grands écrans derrière eux? Ho Ho Ho... Un triomphe, Maryse, un triomphe. On aura quelqu'un pour traduire le langage des signes en mots! D'habitude c'est le contraire, incroyable! Et la traduction simultanée en anglais aussi. Je n'en reviens tout simplement pas. Avec Egoman en vedette... Une conférence sur ce qui n'existe pas... Et qui réunit pourtant mille personnes venues du monde entier. C'est peut-être le début de quelque chose, Maryse. Des enfants qui nous aident à comprendre ce que nous sommes vraiment. Pas ce que nous croyons être. Fascinant, fascinant.»

Je ne partageais pas du tout son enthousiasme. J'avais cependant compris qu'en invitant Marie-Lou, Charlot tenait mordicus à ce congrès. Même s'il n'avait aucune idée de ce que ça signifiait : « C'est juste une présentation, maman, je sais c'est quoi. J'ai toujours eu des bonnes notes à l'école. A+ pour "Le stress chez les enfants", tu te souviens ? On dirait que t'as pas confiance en moi. Et il y aura Marie-Lou pour m'aider. »

Oh la la Charlot, bien sûr que j'ai confiance en toi. Beaucoup plus que tu ne l'imagines, d'ailleurs. Et en Marie-Lou aussi ! Mais mille psychiatres, mon chéri...

Et voilà qu'en plus, Georges me ressortait sa vieille énigme ; la phrase cinglante qu'il m'avait lancée lors de notre premier échange à propos de l'ego :

— Tu pourrais lui dire que le « qui » on pense être n'a jamais rien à voir avec ce que l'on est en réalité. Jamais !

Oui oui, Georges. Merci beaucoup ! Plus clair que ça, c'est l'eau de la mer après le déversement d'un pétrolier.

Je lui en voulais. J'avais oublié cette phrase. Elle m'avait intriguée la première fois, bien sûr – Georges est tellement habile pour éveiller ma curiosité –, mais j'avais fini par renoncer à la comprendre. Trop compliquée. Elle faisait partie de ce que j'appelais « son lumineux jargon de psy » ; « sa bouillie pour pseudo-spécialistes "of the human pain" » ; « sa manière élégante de faire de moi une épaisse ».

Quand je lui ai reproché sa limpidité : « T'es aussi clair qu'un déversement de pétrole, Georges ! », il en a rajouté :

— Mille psychiatres vont se pencher sur cette phrase, Maryse. Penses-y ! Et deux enfants vont les aider à comprendre.

Inutile de dire que je me sentais une fois de plus abandonnée par le père Bouddha, toute nue, en plein désert, à 200 degrés Celsius !... Pas de carte, pas de boussole !... « Full » mirages... Et, au milieu des mirages, je ne voyais personne d'assez fort pour me prendre sur ses épaules et m'aider à traverser.

Pourtant, juste à côté, il y avait Charlot et Marie-Lou qui dessinaient des cartes. Avec des routes jaune et bleue en forme de visages. Ils sculptaient aussi des boussoles en papier mâché. Dans le même désert. Celui qu'Hamid n'avait pas réussi à franchir. Un désert de cendres. Les siennes.

Georges, malgré tout, avait certainement perçu mon inquiétude ; il essayait de me rassurer :

— Nous allons parler d'Hamid et de sa mère. J'ai eu des nouvelles d'elle, Maryse. Elle ne va pas bien du tout. Elle est toujours hospitalisée. C'est tellement compliqué. Ses croyances lui disent que le suicide mène à l'enfer. Sans vouloir offenser qui que ce soit, je cite : « Et ne vous tuez pas vous-mêmes. Allah, en vérité, est miséricordieux envers vous. Et quiconque commet cela, par excès et par iniquité, nous le jetterons au feu, voilà qui est facile pour Allah[15]. » Et voilà bien le drame, Maryse. Non seulement son fils est mort, mais elle l'imagine en enfer ! Pour l'éternité. Et elle dit que c'est de sa faute à elle. Comme Charlot, au début. Et elle s'arrache les cheveux, littéralement, par poignées. Elle hurle qu'elle ne peut pas le sortir de là et qu'elle ne le pourra jamais.

Il s'est arrêté et a regardé autour de lui. Comme pour s'assurer que nous étions seuls. Puis il a ajouté :

— Elle aurait besoin de son voile pour se protéger la tête contre elle-même, Maryse. Protéger sa chevelure, très belle, d'après ce qu'on m'a dit. Mais elle ne le porte plus.

J'étais exaspérée. Je n'arrivais pas à croire qu'il puisse imaginer que de tels propos soient rassurants pour moi. « Come on » Georges, bordel ! Elles sont où tes antennes de psy ? Et ta sagesse de vieux guerrier, elle est où ? Toi, le pro du coco, qui débusque la peur dans le moindre mensonge, t'es où ?

Comment pouvait-il ne pas savoir que l'imagination d'une mère se détraque lorsqu'elle croit sa progéniture en danger ? Et qu'elle se met à concevoir les scénarios les plus farfelus qui soient ?

---

15   *Coran*, 4/29-30

Je voyais déjà mon fils et Marie-Lou enlevés par des ter-
roristes – des sixièmes adultes – quelques jours après la conférence. Et être détenus comme des otages. Pierre Laporte[16]
à l'époque du FLQ (j'avais été marquée par cette histoire
lorsque j'étais enfant). Je les voyais attachés l'un à l'autre, dos
à dos, dans une cave fourmillant de rats. Mini James Bond
avec sa mini «Bond girl». Torturés pour avoir contribué au
suicide d'un innocent.

Mon cerveau perdait momentanément sa raison. Sans
doute à cause des bleus sur la peau de mon fils; ils étaient
devenus des bleus sur ma mémoire.

Je ne pouvais concevoir que Georges ait envie de mêler
des enfants à une conférence traitant d'un sujet aussi délicat.
Il pourrait y avoir des journalistes dans la salle, la radio, la
télé; n'importe qui!

Et je me demandais si le père Bouddha n'avait pas perdu
la raison lui aussi. Je voulais lui jeter ma panique à la figure, et
lui dire que tout ça devenait de plus en plus ridicule, mais il a
poursuivi son envolée:

— Le cas de la mère d'Hamid est très spécial, Maryse. Mes
collègues doivent travailler sur des croyances qui datent de
plusieurs siècles. Ancrées dans les fins fonds de la neurologie.
C'est quasiment indécrottable. Pire que du gruau collé dans
le fond d'un chaudron; une purée oubliée sur le feu. Et ces
croyances sont apparues pour une seule raison: la peur!

J'avais envie de lui dire: «C'est exactement ce que je
ressens, nono, la peur! Tu ne te rends pas compte? On dirait
que t'essaies de me rassurer, mais je m'enfonce. Comme si tu
me poussais sur la tête. À deux mains. Pour me garder sous
l'eau… ou la boue.»

Mais le psy ne me regardait pas, il continuait:

— Les peurs traversent le temps, chère collègue. Surtout
la peur de ne pas être quelqu'un!... Et à cause de cela, d'être
abandonné… et de mourir.

---

16 Pierre Laporte: ministre du Travail, au Québec, mort le 17 octobre 1970
   au cours d'un enlèvement.

— Quoi??? Tu veux me répéter ça?

— Tu sais, Maryse, ce ne sont pas les religions dont il faut combattre l'emprise, mais la peur. Sans elle, il n'y aurait peut-être jamais eu de religion. Le véritable intégrisme prend sa source dans la peur de disparaître. Cette peur demeure la même depuis l'origine de la vie, mais ses branches se sont ramifiées. Ce n'est plus la survie proprement dite qui est aujourd'hui menacée – enfin rarement –, c'est la survie de toutes les fausses identités que le processus d'identification fabrique. C'est ce que Charlot et Marie-Lou essaient de dessiner.

— Le processus d'identification? Mais de quoi tu parles, Georges?

— C'est une activité du cerveau qui fabrique des identités à partir de n'importe quoi, ma chère. Et ça donne ce qu'on appelle l'ego. Mais comme je te l'ai déjà dit, je préfère parler d'activité égoïque plutôt que d'ego. Il me semble que ça décrit bien la chose. Une activité plutôt qu'une entité. Cette activité est apparue on ne sait trop quand au cours de l'évolution. Je l'appelle «processus d'identification», parce que je ne sais pas comment l'appeler autrement.

— Et pourquoi dis-tu que c'est ce que Charlot et Marie-Lou essaient de dessiner?

— Les dessins de Charlot et de Marie-Lou sont très révélateurs. La chaussure, la maison, les oiseaux dans des cages; leur intuition d'enfant et d'artiste a vu juste. Le processus d'identification cherche constamment des représentations qui donneront à l'esprit humain l'impression d'être spécial. C'est relié à une vieille distorsion qui nous fait présumer, en venant au monde, qu'il faut se distinguer pour recevoir de l'attention. Se démarquer, être unique. Le cerveau se trompe dès le début! Il interprète gauchement des signaux envoyés par les parents. Il se met à croire que pour survivre, il doit être intéressant. Et il imprime cette croyance sur son disque dur. Elle conditionne par la suite ses peurs, ses réactions agressives, les comportements qu'il adopte. Le cerveau choisira toute sa vie ce qui pourrait lui apporter un caractère unique : une chaussure rose marquée du « swoosh » de Nike ; une maison avec un garage triple et un toit rétractable ; un oiseau exotique comme animal de compagnie ; et il sera à l'affût du moindre commentaire qui pourrait attaquer ce qu'il a choisi. Le cerveau considère – pauvre lui – l'oiseau exotique comme une représentation du moi. S'il entend une opinion qu'il juge négative au sujet de l'oiseau – « est-ce qu'il chante du Brel ton pitpit ? » – il sort l'artillerie lourde et la dirige vers la personne qui a émis ce commentaire. Le corps réagit comme si sa survie en dépendait. Il est biologiquement prêt à tuer. À cause d'un simple commentaire sur le pitpit.

J'étais sidérée ! Mes intuitions se confirmaient : le besoin d'être spécial pour expliquer la bêtise… La cour de récréation, les sixièmes, la mort d'Hamid… Mes réactions neurohormonales dans mon labo… La face de mon ex… Mon sang et mon pipi, remplis des hormones de la haine… Je n'ai pu retenir une exclamation de contentement :

— J'avais donc vu juste !

Georges ne comprenait pas. Un virage à 180 degrés de ma part. Un brusque changement d'état.

Surpris, il a immédiatement réagi :

— C'est à mon tour de te demander de quoi tu parles, Maryse ?

Ça me démangeait de lui dire : « Hé docteur, j'avais découvert tout ça toute seule. Par moi-même ! Comme une grande fille. Pas mal pour une vulgaire neurologue, non ? »

Mais quelque chose en moi s'est interposé. Un cran d'arrêt, nouveau. Et mon besoin d'impressionner comme attrapé au passage, avant qu'il ne s'exhibe la gueule, les fesses, et tout.

Décidément, je changeais.

— Ce n'est pas important, Georges. Continue.

Le sourcil interrogateur, l'air de me dire tu ne t'en sortiras pas comme ça, il a continué :

— En fait, le cerveau ne se trompe pas, Maryse ! Il enregistre, tout simplement. Il fait des associations. Les parents envoient à l'enfant des signaux indiquant qu'ils l'apprécient lorsqu'il fait des choses « spéciales » à leurs yeux. Le processus d'identification fonctionne à pleine vapeur dans leur tête de parent : « T'as vu, t'as vu ? Il s'est gratté les deux pieds en même temps ! Wow ! Je n'ai jamais vu un enfant faire ça à son âge, génial ! » Et l'enfant de décoder, à travers ce qu'il fait, qu'il rend ses parents « spéciaux ». Il n'existe déjà plus uniquement pour ce qu'il est, mais en tant que représentation identitaire de ses géniteurs. S'il pouvait parler, il se dirait : « S'ils se sentent spéciaux à cause de moi, ils vont me donner de l'attention, donc je ne mourrai pas. "Let's go" bébé, on va leur en donner pour leur argent : "Avez-vous vu, mes parents chéris ? Je me gratte aussi la tête, déjà !" »

Je me suis alors demandé en quoi Charlot pouvait me rendre spéciale. Quel genre de signaux j'aurais pu lui envoyer ? Et je ne trouvais pas... Aucun ! « Niet ! » Je me réjouissais... Culpabilité nulle. Mère parfaite. Puis, nouvelle question... inconfort... doute... peut-être n'avais-je pas eu besoin de lui pour me sentir spéciale ? Peut-être l'étais-je déjà suffisamment à mes yeux avant même de le mettre au monde ? Ou peut-être n'avais-je rien trouvé en lui de spécial, justement ? À part sa petite taille et sa grosse tête ? Rien qui puisse me rendre plus admirable encore ? Juste un enfant ordinaire ? Avec des besoins ordinaires ? Même pas une maladie ?... Il en avait une maintenant. Et Georges a mis fin à mon interrogation.

— J'espère ne pas t'emmerder, Maryse.

— Non, non, Georges. Bien au contraire. Tu ne fais que confirmer ce que je savais déjà.

Bon, celle-là, je l'avais échappée ! On ne change pas du jour au lendemain ; faut voir les arbres, les huîtres, et les tortues...

Georges a souri. Il était habitué à ce que Maryse Du Bonheur sache tout. Enfin, dans le domaine de la médecine, du cancer et du regard des hommes sur ses seins. Mais cette fois, le sourire de Georges s'adressait à ma suffisance. Son regard de psy narguait ma prétention, car le personnage du docteur Paris, lui, me laissait constamment dans la mélasse. Et ça aussi, il y était habitué, le cher psy. Disons qu'il prenait un malin plaisir à brasser la mélasse en m'utilisant comme spatule : Georges « *Aunt Jemima* » Paris !...

Et comme s'il lisait dans mes pensées, son sourire s'est transformé en une salve de Ho Ho Ho... Sa bedaine tremblait sous son t-shirt « Imagine » de John Lennon. J'avoue que j'aurais préféré une robe orangée, un tissu plus esthétique, un matériel beaucoup plus efficace pour me protéger contre les trémoussements de cette chair moqueuse.

J'ai repris la parole, vexée :

— Dis donc, Georges, pourquoi tiens-tu tant à plonger des enfants dans une conférence aussi explosive ? Tu ne pourrais pas te la faire tout seul avec ta gang ? Un petit party à mille ? Et trouver des moyens plus simples pour aider Charlot et Marie-Lou à guérir ?

Il m'a répondu que jamais, lui, le gros Georges Paris, ne pourrait avoir l'impact de deux enfants blessés. Et que – comme il me l'avait déjà dit – leur intervention serait un apport majeur à la santé mentale ; d'abord celle des psys dans la salle, puis celle de ceux que ces docteurs soigneraient. En particulier, les enfants victimes de l'intense activité égoïque qui secouait actuellement la planète.

Mais, alors que j'espérais une phrase forte pour apaiser mon inquiétude, il m'a balancé cette insanité :

— On vit dans un monde de fous, Maryse, la terre perd la boule... Ho Ho Ho... La terre perd la boule...

Je n'avais pas du tout envie de rire. Surtout pas d'une ânerie pareille. J'ai d'ailleurs été incisive :

— Tu te trouves drôle Georges ?

— Je n'essaie pas d'être drôle, Maryse. Je ris de moi. Je ris de nous. Je ris du genre humain. Et ce n'est pas drôle du tout ! Je ris du sérieux avec lequel on défend nos gros egos ! Tous les territoires qu'on occupe ; la sorte de marmelade qu'on mange, la marque des caleçons qu'on porte, le parti politique pour lequel on vote ; tout ce qui tourne autour de ces fausses identités que le processus d'identification fabrique. Je ris de notre acharnement à protéger ce que nous ne sommes pas. Quelle perte de temps, Maryse ! Que de vies sacrifiées pour rien, que de souffrance inutile. Elle est là, la véritable folie Maryse, au bulletin de nouvelles, pas dans les services de psychiatrie !

— Mais tu ne crains pas, justement, que la folie soit aussi dans la salle de conférences ? Un psy illuminé ? Un grand docteur offensé par ta mise en scène à l'eau de rose ? Un taré déguisé en psy ?

Je bouillais à nouveau, mes entrailles de mère bouillaient, une réaction neurohormonale déclenchée par une seule image : deux enfants exposés à la folie humaine, à un cerveau agité par la peur ; celle de voir une de ses identités disparaître.

Si le cerveau rend le corps « biologiquement prêt à tuer » à cause d'un commentaire sur un pitpit : « Est-ce qu'il chante du Brel ton pitpit ? », imaginez ce qu'il peut faire s'il perçoit une menace à un Dieu, son Dieu ! Enfants ou pas, il ne fait plus la différence.

Le corps d'Hamid n'est pas le seul à s'être balancé dans le vide au cours de l'histoire. Si de très vieux arbres avaient une mémoire, certaines de leurs branches s'en souviendraient. Le poids des corps n'était pas difficile à supporter : des ornements humains pas plus grands que des pivoines, des guirlandes flottant dans le vent avec le soleil pour sépulture.

Je me suis déchaînée :

— Avez-vous mis en place les mesures pour détecter les tarés ? Les fous de n'importe quoi ? De Dieu, de la nation, des légumes verts ? Êtes-vous capables de distinguer les psys normaux des tarés ? Ça ne doit pas être évident, non ? Il suffit d'un seul taré, Georges, même pas déguisé, un psy normal, accrédité, avec ses papiers et tout… un seul tordu et boum, ça saute !

Il me regardait avec cet air qu'il affiche quand il s'apprête à rire, et ça m'a fouettée davantage.

— Un seul tordu et les enfants sont en danger, Georges... Et tu me dis qu'il y en aura mille, des tordus, dans ta salle.

Il a alors un peu élevé la voix. Ce qu'il ne fait à peu près jamais. Sauf quand le comportement d'un enfant le requiert.

— Attention, attention, Maryse, ce ne sont pas des tordus, bien au contraire. Ce sont des femmes et des hommes qui consacrent leur vie à comprendre pourquoi les êtres humains ont si mal dans leur tête et dans leur corps... Ils cherchent, comme toi! Le thème du congrès c'est: « **La violence : de la massue à la bombe, l'humain a-t-il vraiment changé ?** »

— Mais les enfants, Georges, les enfants? Tu ne trouves pas qu'ils en ont déjà assez bavé comme ça?

— Il n'y a pas de danger Maryse. Pas avec ce qu'ils diront. Au contraire, ils vont être inspirants. Et tu vas pouvoir le découvrir par toi-même puisque tu es invitée.

Grande nouvelle! Comme si ça n'allait pas de soi. Un peu plus et j'allais me faire dire qu'on filmerait la chose et qu'on m'enverrait un DVD à la condition que j'en fasse la demande, bien sûr. Alléluia Georges! Merci beaucoup de cette délicate attention.

Je n'allais pas en rajouter.

À part ceci :

— Mais dis-moi, sincèrement, mon ami, toi qui as vu pleuvoir sur l'Arche de Noé, tu crois vraiment qu'à leur âge, ils peuvent être d'un quelconque intérêt pour une assemblée d'intellectuels comme ta gang?

— Certainement, Maryse. Et il m'a alors répété cette phrase qui m'avait tant sonnée, la première fois: « Je crois que les bleus les plus douloureux sont ceux qu'on ne peut pas effacer sur la peau d'un ami. »

Puis, lentement, en mâchant chaque syllabe comme s'il mâchait du cuir, il a ajouté :

— Ils vont parler des bleus sur la vie d'Hamid, Maryse. Ces taches que l'amour ne peut pas effacer. Ils vont nous dire, à leur manière, qu'ils ont compris ça. Et que si l'amour peut faire quelque chose, c'est d'embrasser les taches. Tendrement. Placer les lèvres contre la peau, bouche ouverte, de manière à pouvoir lancer un appel à la guérison qui hésite, de l'autre côté, sous la peau, sous la peur, et lui dire qu'elle n'est pas seule, qu'elle peut compter sur deux enfants blessés et sur mille tordus. Et qu'Egoman n'a qu'à bien se tenir, qu'il ne l'emportera pas en paradis.

Pendant qu'il prononçait ces mots, sa physionomie s'est transformée. Je me suis alors souvenue d'avoir vu ce visage une fois. On ne peut pas oublier pareille expression : les yeux qui sont avec quelqu'un que la mort a emporté, les traits qui disent merci ou demandent pardon, l'impuissance de celui qui perd... La blessure qui donne aux lèvres l'aspect d'une cicatrice.

J'ai soudainement eu l'impression de me transformer moi-même en psy.

Du bout des lèvres, j'ai murmuré :

— Tu ne veux pas m'en parler ?

Il a à peine réagi. Sa tête s'est inclinée légèrement. Une soumission douce. Et comme s'il savait exactement à quoi je faisais allusion, il a murmuré :

— Un jour, peut-être...

Je lui ai alors avoué le regret que j'avais eu de ne pas avoir porté Hamid sur mes épaules ou autrement ; dans mes bras, autour de mes hanches, en plein cœur. Pour l'aider à traverser son désert.

Georges a alors fait un pas vers moi.

Je me suis empressée de lui dire qu'il n'avait pas besoin de me rassurer. Que j'étais parfaitement consciente que pour Hamid, je ne savais pas ! Et que je ne pouvais pas savoir. Et qu'à cause de ça, il ne m'était pas venu à l'esprit de demander, d'offrir, de deviner... De faire des recherches.

Puis, prenant le temps de dévisager Georges, je lui ai dit que cette fois-ci, je ne voulais pas manquer mon coup, et qu'il m'inquiétait. Qu'il avait l'allure d'une photo de personne disparue, genre : « Avis de recherche : Georges Paris, alias le père Noël ou le père Bouddha. Aperçu pour la dernière fois en juin 2001. À proximité de ses rêves, ou de ses remords. »

Et sur le ton de quelqu'un qui lance un avertissement, je lui ai dit que je n'avais aucune envie d'éprouver des regrets le concernant :

— J'ai l'impression qu'il y a pour toi aussi un désert quelque part, Georges. Et que tu n'as pas fini de le traverser. Un vieux désert enfoui dans ton ventre, tes cheveux, ta barbe. Caché derrière cette fausse identité à laquelle il ne manque que des bretelles, un traîneau, un gros sac ; cette fausse identité parfaite pour travailler avec les enfants – Ho Ho Ho — … si facilement attirés par ton rire ; cette fausse identité qui passe bien, ici, au service d'oncologie pédiatrique : « Bof, faut pas se surprendre, c'est Georges. » Mais qu'est-ce que tu caches ? De quoi as-tu peur ? Qu'en est-il de ta phrase-choc : « Tu pourrais lui dire que le "qui" on pense être n'a jamais rien à voir avec ce que l'on est en réalité. Jamais ! » Où est-elle, cette vérité, dans ta propre vie ?

Voilà que je lui servais sa propre médecine. Avec une certaine satisfaction d'ailleurs. Emportée par mon élan d'apprentie psychanalyste, j'ai insisté :

— Un très vieux désert, Georges, dissimulé dans les coutures d'un costume trop grand pour toi.

Il s'est mis à fredonner. Il m'a dit qu'il s'agissait d'une chanson de Serge Reggiani[17] et qu'à une certaine époque, il la connaissait par cœur.

— Ça s'appelle « L'Arabe », Maryse.

Il a fermé les yeux et l'a entonnée. Il tentait de chanter. Je dis « tentait » parce que j'entendais davantage un râle qu'un chant ; mais c'était un râle poignant.

Il s'exécutait sur le ton de quelqu'un qui ne veut pas vraiment être entendu, le volume près de zéro.

---

17   *L'Arabe*, Paroles : Sylvain Lebel, Musique : Philippe Sarde, 1973.

Un chant qui, malgré une concentration extrême de ma part, ne rejoignait pas mon intelligence, seulement mon intuition. Les paroles étaient inaudibles, comme s'il y avait des interférences, quelque chose qui venait brouiller la réception ou l'émission, je ne savais plus. Je saisissais parfois le mot « arabe » parce qu'il l'avait évoqué, mais pour le reste, uniquement des bribes.

On aurait dit un « coming out » au sujet d'une vieille relation ; une personne qui l'aurait porté sur son dos, quelqu'un qui aurait changé sa vie, dans un désert.

Il s'est arrêté… a toussé un peu.

— J'ai oublié ce qui suit, Maryse… Non, voilà, ça revient.

Le râle à nouveau. Du papier sablé qui lui râpait le gosier, des cailloux qui sortaient de sa gorge ; il les régurgitait. Puis des lalala… lalala…

Visiblement, ça remontait de très loin.

Finalement, les yeux pleins d'eau, il s'est tourné vers moi et, d'une voix très forte, comme s'il s'agissait d'une déclaration, il a gémi :

— Nous sommes vivants, Maryse. Nous sommes vivants !

Une pause. Une longue pause. Psychiatrique. Un silence du genre de ceux qu'on a envie de meubler à tout prix, avec n'importe quoi. Insupportable. Parce qu'on ne trouve aucun « n'importe quoi » qui convienne.

Tout en continuant à me fixer, il a recommencé à chanter. Cette fois, il ne s'adressait plus qu'à moi :

— Tu as changé quelque chose dans ma vie, Maryse.

Je n'ai pas laissé le silence s'installer.

— Tu es certain que tu ne veux pas m'en parler, Georges ?

— Un jour peut-être Maryse, un jour…

Son visage me semblait tout à coup peint de bleu et de jaune. Et j'avais ce désir improbable de le toucher. Plus longuement que pour essuyer des larmes…

Je me suis avancée et j'ai ouvert les bras. Il y avait longtemps que je n'avais pas fait ça avec un homme. Peut-être voulais-je le rejoindre dans ce lieu d'où la chanson montait, je ne sais pas. Son désert. Sa fausse identité.

Ou peut-être était-ce l'enfant en lui que je voulais étreindre en compagnie de tous les enfants que je n'avais pas pu serrer au cours de ma vie, parce qu'ils étaient partis avant que j'arrive dans leur chambre, après leur dernier souffle. Ou simplement parce que je n'étais pas leur mère, seulement leur médecin.

Et je voyais tout à coup sa bedaine comme un abri, la planète où se déposait la terreur de tous ceux qui ne savaient pas encore ce qu'était la terreur ; des morveux sans défense qui apprenaient la peur subitement, comme une bête reçoit une flèche venue de nulle part – de l'ombre, du néant, de l'absurdité. La bedaine de Georges pareille à une terre où la peur des enfants se dissolvait.

Et, à ma grande surprise, j'ai soudainement eu envie de ce ventre. De respirer l'atmosphère qui l'enveloppait. Mes cuisses voulaient l'entourer comme si j'avais pu me mettre à cheval sur un globe terrestre.

Mes bras autour de son cou, ma chevelure dans la sienne, j'ai chuchoté :

— J'aime ton parfum.

Il était complètement figé. J'ai senti l'effort que ça lui demandait pour articuler :

— Je n'en porte pas, Maryse.

Sûre de moi j'ai continué :

— Si, si tu en portes un. Je l'entends. Il rit... Ho Ho Ho.

Notes de Georges – Bachir

La Du Bonheur m'a inventé un parfum.
Elle l'appelle « Ho Ho Ho ».
Elle m'a dit que c'était l'air qu'elle aimerait respirer en permanence.
Qu'on devrait le répandre partout, qu'il agirait comme un gaz euphorisant, qu'il le faisait peut-être déjà dans les chambres d'enfant.
Quand elle dit des choses comme ça, je deviens plus muet que Marie-Lou. J'ai la tuyauterie qui se bouche moi aussi.
Elle a mis ses bras autour de mon cou, sa chevelure dans ma barbe.
J'avais tous les mécanismes de défense à plat. La vulnérabilité absolue ; celle du désir, de son emprise, de son chant.
Je venais d'ailleurs de chanter. Tout juste. Tout faux.
À peine avais-je terminé que son corps est venu réveiller le mien.
Son corps qu'aucun artiste ne pourrait représenter tellement c'est la vie qui lui confère sa beauté.
Je venais de chanter la chanson L'Arabe de Serge Reggiani.
Je n'ai pas pu lui dire pourquoi.
Ses bras ont compris. En m'entourant, ils m'ont fait sentir que ce n'était pas nécessaire que je parle. Qu'ils n'avaient pas besoin de savoir pour m'envelopper. Que c'était gratuit.
Du nouveau chez elle. Elle ne croit pas à la gratuité. Elle me l'a dit plus d'une fois. Je m'en souviens.
Dans le monde de l'ego, elle a raison, la gratuité n'existe pas.
Dans le monde de la présence, elle se trompe... Si l'ego disparaît, la gratuité se manifeste.

La présence n'attend rien.

L'Arabe... pour me souvenir.

J'avais treize ans. J'étais déjà bedonnant, gros !

Une histoire qui ressemble à cent mille autres. C'est bien là le drame. Un cliché. L'ego ne cesse de se répéter. Il est toujours le même au fil des siècles. Juste un peu plus bedonnant.

Un été, dans un camp de vacances, notre équipe de valeureux campeurs – « Les Corbeaux blancs » – faisait une excursion en montagne. Huit garçons de douze à quatorze ans. En fin d'après-midi, nous avions atteint notre destination. Un lac au bord duquel nous allions planter nos tentes pour la nuit.

Il faisait une chaleur torride.

Comme les autres, j'ai revêtu mon maillot de bain. Je détestais les maillots de bain. Je détestais ma graisse quand elle recouvrait la bande élastique qui servait de ceinture.

— Tu flottes ou tu cales Georges ?

Des rires.

— T'as pas besoin de bouée, t'as déjà ton pneu.

D'autres rires. Plus nombreux. Plus forts.

— C'est pas un pneu, c'est un canard !

Ils n'avaient pas besoin de me frapper, les rires le faisaient.

Je bouchais mes oreilles.

— Allez, les gars, on va vérifier s'il cale.

Ils étaient quatre. Les autres regardaient. Applaudissaient.

Ils m'ont empoigné par le maillot, les bras, le cou. Je ne me suis même pas débattu. Je n'en avais pas la force.

Notre moniteur laissait faire. Seize ans. Il riait comme les autres.

Ils m'enfonçaient la tête dans l'eau. J'avalais, je crachais, j'étouffais.

— Sa tête ne flotte pas, c'est sûr !

Encore des rires. Je ne les entendais presque plus. Ils étaient loin, loin...

J'avalais bouillon après bouillon.

— Alors le gros, ça flotte ?

Silence.

Brume.

Grande légèreté...

Oui, oui, je flottais. Plus rien ne me retenait dans l'eau. Je n'avais plus de poids. Juste un flottement.

J'ai soudainement senti mon corps basculer. Je toussais, mes yeux buvaient la lumière, je reprenais connaissance – l'ai-je vraiment perdue ? Je ne me souviens pas.

Un bras soutenait ma tête et m'aidait à me redresser. Un corps solide me servait d'appui. Au bout de l'autre bras, un couteau réfléchissait les rayons du soleil.

C'était l'Arabe.

Je ne savais même pas son nom. On l'appelait tous l'Arabe. Il faisait partie du groupe sans en faire partie.

Plus grand, plus costaud, on le craignait. Sa gueule nous faisait peur. Une peau ravagée par l'acné, les poings et la méfiance.

Il tenait une lame longue et fine. Quinze centimètres au moins. Pointée vers mes assaillants.

Le moniteur lui intimait de ranger cette arme.

L'Arabe le défiait :

— J'éventre le premier qui s'approche. Je lui coupe la quéquette, les oreilles et le nez. Et je les donne aux sangsues. Et je lui fais regarder le spectacle. Les sangsues sur la quéquette. Je suis capable. J'ai appris à jouer du couteau avant d'apprendre à parler.

Il a saisi une touffe de cheveux sur la tête d'un de mes agresseurs et l'a coupée d'un coup sec.

Il a lancé les cheveux en l'air.

Le vent les a immédiatement dispersés.

En s'adressant au moniteur :

— Si tu tiens à ta langue, tu vas la fermer. Car je vais te retrouver où que tu sois. Ça aussi je suis capable.

J'ai eu la paix pour le reste du camp.

Il s'appelait Bachir. Mon Hamid à moi. J'en souhaiterais un à tout le monde. Un qui reste en vie.

Je l'ai revu plusieurs années plus tard pendant ma résidence en psychiatrie. Il m'avait retrouvé.

Mon nom avait résonné dans l'interphone de l'hôpital : « Docteur Paris vous êtes demandé dans le hall d'entrée. »

Je suis arrivé devant une jeune famille : un homme, une femme, un enfant.

J'ai tout de suite reconnu Bachir. Toujours la même gueule.

Il m'a fait une longue accolade.

— Je viens te voir pour mon fils. Il a des troubles d'apprentissage. Je te suis depuis longtemps, le gros. Pas très difficile avec un nom comme le tien : Georges Paris...

J'ai soigné l'enfant.

Pour me remercier, Bachir m'a donné un couteau qu'il avait lui-même fabriqué. Un bijou. Une lame légèrement courbée sur un manche sculpté en tête de corbeau. C'est son métier, coutelier. Chaque fois que j'entends Reggiani interpréter L'Arabe, *je pense à lui. Aux bouillons. Au couteau. À sa famille.*

Je pense également à Hamid, Charlot et Marie-Lou.

J'ai toujours de la difficulté à mettre un maillot de bain en public. Il fallait que je donne un sens à ce corps, à cette bedaine, à cette graisse. Que je lui trouve une identité vivable.

J'ai laissé pousser mes cheveux. Ma barbe.

J'ai ajouté le « Ho Ho Ho ».

Maintenant, les enfants aiment ma grosseur...

Les peurs de Georges et de Charlot
Fin juin 2001

Le séjour de Charlot dans mon bureau s'est terminé avec son départ pour un camp de vacances. Il allait mieux.

Georges me l'avait confirmé :

— Ton fils s'apaise, Maryse. Ses recherches avec Marie-Lou lui ont fait grand bien. Tu peux le laisser partir sans crainte. Sa guérison va se poursuivre là où il veut aller.

J'avais eu droit, comme d'habitude, à ce regard auquel je ne m'habituais pas. Son regard de thérapeute. Il m'en gratifiait tous les matins bien avant d'avoir dit bonjour. Il ne me saluait jamais avec des mots. Il commençait par un silence, sa manière de demander comment ça va. Et j'avais droit à ce silence à chacune de nos rencontres, comme si j'en avais besoin en permanence. Des yeux qui vous déshabillent le cœur.

J'aurais d'ailleurs aimé savoir comment me l'habiller ce cœur... Pour que Georges ait envie d'en rester là, à le contempler, soufflé, interdit, en disant wow, quelle élégance !

J'avais osé lui faire part de mon malaise à quelques reprises. Je lui assénais « des coups de mots » comme on dit « des coups de pied », ou « des coups de fouet ». Des attaques griffues lancées par une accusée sur la défensive : « Georges, t'es un voyeur de l'être, un nouveau genre de pervers. Je me sens toute nue quand tu me regardes avec ces yeux-là. Plus nue que si j'avais le cul à l'air. C'est très emmerdant. Tu ne pourrais pas, je ne sais pas, juste me dire bonjour ? »

Zéro réaction. Gueule impassible.

Il m'arrivait de prendre conscience de mon accusation – un diagnostic psychiatrique – pendant que je la formulais. Moi qui m'étais longtemps méfiée de cette branche de la médecine appelée psychiatrie, voilà que j'affublais le père Bouddha d'une nouvelle forme de maladie mentale : « le voyeurisme de l'être ».

J'avais même cru bon d'en rédiger une définition et d'en faire part à Georges. Je lui ai dit qu'il m'avait en quelque sorte inspirée. Que j'avais pensé à lui en l'écrivant, mais qu'au bout du compte, ça ne le concernait pas vraiment. Qu'il s'agissait plutôt d'une description des grands mouvements de l'ego à notre époque.

Et que je désirais son avis : « Une tendance maladive à scruter l'intérieur de l'autre, à la recherche d'erreurs commises au cours de son existence. Une propension à jouir de ce qui ne va pas chez son voisin pour arriver à se délecter de sa propre supériorité. Un penchant pour les défauts, les peurs, les faiblesses d'autrui, et une disposition à s'en régaler. Les personnes atteintes de cette affection, non satisfaites de s'en prendre à des vulnérabilités apparentes – la grosseur, l'âge, l'origine ethnique –, se jettent sur des vulnérabilités cachées. Elles fouillent des histoires de vie avec l'espoir d'en révéler ce qui est sale, laid, honteux ; ce que les personnes concernées ne veulent surtout pas qu'on sache. Il s'agit d'une manière subtile de faire disparaître l'autre. Elles fabriquent ainsi une race de purs, de forts, de parfaits. Elles sélectionnent ceux qu'elles vont rendre repoussants et impropres à être aimés, c'est-à-dire à peu près tout le monde. Et dès qu'elles le peuvent, elles diffusent l'information recueillie à leur sujet. Partout. Au travail. À la maison. Sur le Web. Et si ce syndrome n'est pas diagnostiqué et traité rapidement, il peut conduire à une forme subtile et ultra-moderne de génocide affectif. »

Malgré mes précautions, il s'est quand même senti visé. L'ego ne retient que ce qu'il veut bien retenir. J'avais commencé à le voir clairement, chez les autres.

— Wow Maryse! Merci beaucoup! Merci de ton intérêt à l'égard de ma santé mentale, j'apprécie. Mais il manque quelque chose à ta définition, chère collègue. On peut bien essayer de rendre quelqu'un repoussant, impropre à être aimé – comme tu dis –, mais on ne pourra jamais lui retirer sa capacité d'aimer. En ce qui me concerne, ce ne sont pas les bibittes qui m'excitent, mais ce qui alimente le goût de vivre. Et c'est ce que je cherche en toi.

Sa voix avait tremblé. Juste un peu. Comme tremble la voix de certains petits malades au cours des traitements de chimio. Quand ils essaient de mettre des mots sur leur solitude, celle qui coule dans la tubulure du soluté, goutte à goutte, directement dans leurs veines et finit par se rendre jusqu'à leur voix qui, à son tour, sort goutte à goutte pour nous faire voir qu'on ne peut pas tout comprendre.

— C'est pas à cause que vous êtes grands que vous pouvez nous dire c'est quoi mourir. Vous ne savez pas! Malgré que vous avez l'air de savoir. Et vous dites n'importe quoi. Avec des mots pas vrais. Même s'ils ont de l'amour dedans. Des mots pour vous guérir vous-mêmes. Parce qu'on s'en va. Et que personne ne sait si c'est quelque part.

Une colère retenue, étouffée parce qu'elle ne peut être dirigée contre personne et qu'elle l'est alors contre tout le monde à la fois. Contre Dieu aussi, quand c'est possible. Une colère qui crie: «Ne me prenez pas pour un imbécile», avec de la gratitude dedans.

Quand il m'a laissé entendre que Charlot pouvait partir pour l'été et qu'il continuerait à guérir, je lui ai demandé d'où lui venait cette assurance.

— C'est son lien avec Marie-Lou, Maryse. Pas besoin d'avoir fait des études en psychiatrie pour voir que l'amour est à l'œuvre dans leur relation.

— L'amour? À dix ans? Mais voyons Georges...

— Oui, Maryse, l'amour!... Serais-tu jalouse par hasard?

— Jalouse, moi? Es-tu malade?... Georges, ce sont des enfants!

— La première fois que j'ai été amoureux, Maryse, j'avais six ans. Follement amoureux. Elle ne l'a jamais su. Enfin, peut-être... puisque je ne pouvais m'empêcher de la regarder. En classe, elle était mon tableau. C'est sur sa peau que je voulais apprendre à lire et à compter. Elle s'appelait Madeleine. Tout le monde l'appelait Butterscotch ou Toffee. Parce qu'elle était presque toujours habillée en rouge et vert, comme une célèbre friandise de l'époque. Je préférais « Caramel au beurre ». Chez elle, tout était caramel : ses yeux, ses cheveux, sa peau. Même son odeur. Je savais déjà ce qu'était la beauté, Maryse, je t'assure. J'ai encore sa frimousse en mémoire. Tous les matins j'avais hâte d'aller à l'école à cause d'elle. Et tous les soirs, j'avais de la difficulté à dormir tellement elle était présente. J'en parlais à mon jeune frère – cinq ans – du haut de notre lit à deux étages, dans l'espoir qu'il me dise : « Chanceux ! » Lui, ça l'endormait.

Un soir d'automne tout a basculé. Mes parents étaient au théâtre. Ils avaient demandé au fils du voisin de veiller sur nous – un ado de quinze ans. Pourquoi a-t-il fait ça ? Je ne le saurai jamais. Il ne le savait pas lui-même. À quinze ans, un ado moyen ne sait pas. Il ne sait rien. Il veut rigoler. Surtout des autres. Des plus petits. Raconter l'histoire à ses copains. Être admiré. Se sentir spécial. L'ego en pleine action. Il m'a écouté parler de Madeleine à travers la porte de notre chambre. Longtemps, j'en suis sûr. Puis, sans ouvrir la porte, et en s'accompagnant de grands éclats de rire, il s'est mis à beugler une chanson très populaire cette année-là, en 1962 : *Madeleine*[18]. Il n'en connaissait que deux lignes, mais les répétait comme des coups de fouet ; je ne les ai jamais oubliées :

« *Ce soir j'attends Madeleine*
J'ai apporté du lilas... »

— Il avait tout entendu, Maryse. Il avait même fait peur à mon petit frère qui pleurait : « Où est maman ? Où est

---

18   *Madeleine*, Paroles : Jacques Brel, Musique : Jacques Brel, Gérard Jouannest, Jean Corti, 1962.

maman? Laissez-moi dormir, laissez-moi dormir!» J'étais tétanisé; notre gardien – le grand qui veillait sur nous – ridiculisait l'amour. Je n'y comprenais rien. Ce que je ressentais m'apparaissait tellement pur. Il introduisait un doute en moi, un questionnement: pourquoi ce rire, ces moqueries?... T'imagines, Maryse, Brel servait à ridiculiser un amour naissant. À l'époque, j'ignorais tout de Brel. Même son existence. Aujourd'hui, je vénère son œuvre. Il n'aurait jamais pu soupçonner qu'on utiliserait son travail pour entacher l'apparition de l'amour. Je n'étais pas fâché, j'avais honte. Quelque chose de sacré venait d'être profané. Je n'avais pas su protéger Madeleine. Ça te rappelle quelque chose?... Un vieux, quinze ans, beaucoup plus grand que moi, six ans, se moquait du désir d'aimer. Je n'ai pas osé en parler à mes parents, j'avais bien trop honte. En fait, je n'en ai parlé à personne. Je craignais que ça se sache à l'école. Et qu'on se moque davantage de moi: «Paris aime Toffee, Paris aime Toffee...» Je me suis mis à croire qu'il y avait quelque chose de laid dans le sentiment amoureux. Triste affaire. Mais bon, peut-être est-ce ainsi qu'a germé en moi le goût de devenir psy, qui sait? Tout ça pour te dire que oui, Charlot est amoureux, et que ça aide à guérir. Pourvu qu'on croie l'amour possible, Maryse, à n'importe quel âge.

Madeleine, Butterscotch, Toffee; enfin une explication!

Une blessure... Le rire du plus grand, l'incompréhension: «Qu'ai-je fait? Qu'ai-je dit d'incorrect?» Et personne pour clarifier. La confusion devenue humiliation, honte et, finalement, la peur qui s'imprime sur le petit moi en pleine croissance personnelle, la crainte qu'a l'ego du ridicule s'il dit: «T'es belle!»

Et Georges qui n'est toujours pas capable d'aller plus loin... Même s'il sait pourquoi. Peut-être...

Il a soupiré. Puis, comme s'il allait me faire une confidence, il s'est approché de moi. J'ai spontanément tendu l'oreille. Il a baissé le volume de sa voix et, les lèvres à l'orée de ma joue, a chuchoté:

— Crois-moi, chère collègue, il n'y a pas d'âge pour être branché sur sa capacité d'aimer.

Bon, je n'étais qu'en partie rassurée quant à l'équilibre de Charlot. Je ne savais pas encore faire confiance à Georges ; comment peut-on faire confiance au père Noël ? Surtout s'il se moque de vous et qu'il vous déshabille le cœur avant d'avoir dit bonjour. Mais il y avait désormais son parfum dans mon oreille. Et mon ventre. Avec, en plus, un soupçon de caramel. Et le caramel m'a toujours réconfortée.

C'est Charlot qui m'avait demandé s'il pouvait aller dans un camp de vacances. Il en avait entendu parler par Marie-Lou. Elle y était déjà inscrite : « Un camp pour les artistes, maman, ça dure seulement trois semaines. Tu seras pas inquiète longtemps. »

Ah, son souci de moi... Comment soigner son souci de moi ?

Mais bon, aucune prétention dans cette demande. Il n'attachait pas de valeur au mot « artiste ». Pas plus qu'au mot « docteur » d'ailleurs. Quand il disait : « Ma mère est docteur et elle empêche des enfants de mourir », c'était bien davantage par solidarité avec mes petits malades que pour satisfaire un quelconque besoin d'attention :

— Est-ce qu'ils ont mal, maman ? Est-ce qu'ils ont peur ? Le sais-tu ? J'en ai vu beaucoup dans leur chambre. Il y en a qui rient. Je sais pas pourquoi, leur rire est comme une fête quand je suis invité. J'ai envie d'y aller. Mais il y a les autres, maman, ceux qui bougent plus comme dans une vieille photo effacée. T'en as à la maison. Des portraits de tes parents quand tu les as pas connus. On les voit presque plus. En noir et blanc. Jaune aussi. Est-ce que les enfants que tu soignes ont peur, maman ?

— De quoi auraient-ils peur, mon chou ?

— Je sais pas... De plus pouvoir dessiner, ou aimer leur mère, ou leurs amis s'ils en ont.

— Oui, je crois qu'ils ont peur, mon amour. Mais pourquoi veux-tu savoir ça ?

— Parce que j'ai peur moi aussi.

— Encore les sixièmes?

— Non, maman. J'ai peur de plus voir Marie-Lou. Je veux dire avec mes yeux.

— Mais qu'est-ce qui te fait croire que tu ne la verras plus?

— Je le sais, maman, je le sais. Te souviens-tu quand je t'ai dit que je regarderais les étoiles plus qu'avant? Et la lumière dans la pluie?

Je ne pouvais plus parler. La gorge serrée.

Oh que si, je m'en souvenais mon amour, oh que si!... Ces mots ont changé ma vie.

Aujourd'hui encore, quatorze ans plus tard, il m'arrive de lever les yeux au ciel, le soir, en rentrant de l'hôpital. Je m'arrête, quelques instants, et je sors de ma voiture. Ce que je ne faisais jamais avant tes paroles. Je réalise alors, encore et encore, que même le ciel n'est plus visible. Avec tout le béton, l'acier, les grues. Et je pense à toi très fort. Et à Georges. Comme lui, je me dis qu'on ne voit plus suffisamment les étoiles cachées par notre propre lumière: nos néons, nos halogènes, nos ampoules de toutes sortes. Tous ces éclairages qui enrobent nos villes et nous font vivre comme si la lumière ne venait désormais que de nous-mêmes. De notre activité. De nos insomnies. Comme si nous étions la source et la fin. La pollution lumineuse en forme de dôme, d'écran, de barrière qui, bloquant l'accès au firmament, nous empêche de voir à quel point nous sommes petits: des particules qui croient que l'univers s'arrête avec elles...

J'emprunte alors tes yeux malades, mon chéri, quand ils pouvaient encore regarder le ciel pour tenter de le contempler comme tu le faisais, avec la même intensité. Et parfois, à travers les immeubles, il m'arrive de voir Monsieur Beguin s'envoler dans sa bulle de savon géante, en pleine nuit. Il me lance un adieu percutant, sous forme d'avertissement: «Il faut cesser de croire que nos pensées sont la vérité, Maryse. Elles nous empêchent de voir le dessin sur le toit et les étoiles dans le ciel. On ne voit plus rien en ce monde, belle enfant. À part notre nombril. Et tous les problèmes qui en sortent. »

Et je comprends un peu mieux le besoin que tu avais d'effectuer tes recherches, mon grand, à propos d'Egoman.

— Je vois ma vue baisser maman. Je regarde toutes les choses plus qu'avant. Et toi aussi, quand on se voit. Et surtout Marie-Lou.

« Et toi aussi, quand on se voit »... Toujours la même discrétion quand tu parlais de ta peine, la même retenue. Jamais d'agressivité, plutôt un simple portrait des faits. Être vrai sans faire d'efforts. Rien à cacher, rien à prouver. Tu es encore comme ça d'ailleurs, tellement vrai que tu ne t'en rends pas compte.

— J'ai peur de plus voir les yeux de Marie-Lou, maman. Même s'ils sont grands comme la mer où nagent les poissons qui deviennent des enfants. Comme tu m'as dit pour me faire comprendre d'où je venais. Et j'ai peur de plus pouvoir dessiner Egoman avec elle.

— Et c'est à cause de cette peur que tu veux aller dans ce camp de vacances ?

— Oui, maman. Marie-Lou y va. Et mes recherches doivent continuer en été, comme pour toi. Et c'est à cause de ce que je t'ai déjà dit, je dessine aussi pour arrêter les films dans ma tête.

— Il y a encore des films ?

— Oui, des films de ce que je vais voir quand je verrai plus. Est-ce qu'il y aura toujours des films dans ma tête quand je verrai plus ? Et que je serai plus capable de dessiner ? Comment je vais faire pour dessiner, maman ?

J'avais envie de répondre « il faudra voir ». Ou « on verra bien ». Ou « tu verras ». Des idioties que j'arrivais à retenir, heureusement.

Ou de lui rappeler ses propres mots : « JE VOIS EN – CO – RE ! »...

Mais il était amoureux et j'étais désemparée. C'est encore lui qui m'a sortie de l'impasse :

— Peut-être que quand je serai plus capable de dessiner, je ferai des sculptures ? Une statue de Marie-Lou ? Peut-être que mes mains seront mes yeux ? Et que Marie-Lou sera d'accord ?

J'étais certaine qu'il n'y avait aucune considération érotique derrière cet énoncé. Seulement l'innocence au service de l'art. La vie qui diffuse à travers la capacité de créer. Comme autrefois l'encre dans un buvard.

Puis je me suis emportée ; j'ai vu un mini Rodin* en voie de devenir aveugle... Rien de moins ! Un destin tragique, une existence bouleversante qui révélerait enfin l'importance de ma personne : la mère d'un génie... L'histoire idéale pour un film, dans ma tête !

Comme il le faisait souvent quand je m'absentais en sa présence, il a touché ma main. Et, devant l'espoir que je lisais dans ses yeux condamnés, j'ai eu ce flash :

— Crois-tu que tu vas pouvoir essayer de sculpter Egoman ?

Il a affiché le sourire que j'avais commencé à reconnaître : celui de l'apaisement.

— C'est une bonne idée, maman, merci...

— Mais on va quand même prendre rendez-vous avec le docteur Le Borgne, mon chéri, tu t'inquiètes peut-être pour rien.

— Je m'inquiète pas, maman, je sais. Mais je suis d'accord pour aller voir le docteur Le Borgne. Juste parce que je veux savoir comment il va te dire ce que je sais déjà. Et puis j'aime ça voir celui qui me dit que je verrai plus.

— ...

— C'est une blague, maman.

Madame Leblanc
Début juillet 2001

La batterie de tests à nouveau. Vue, audition, tout le bazar. Robert n'a fait que confirmer les observations de Charlot : « Sa vue diminue Maryse, pas des masses, mais elle diminue. Son audition aussi. Tu sais comme moi que l'évolution est habituellement lente. Mais ton fils semble atteint d'une forme sévère. On va espérer qu'il n'aura pas d'autres problèmes neurologiques. Et se croiser les doigts pour que la recherche lui vienne en aide. Surveillance présidentielle à partir de maintenant. »

Il m'a rappelé un aspect particulier de cette maladie : un défaut de la perception des couleurs, plus précisément dans l'axe bleu-jaune. Je l'avais oublié. Mémoire trop pleine.

Charlot voyait le bleu et le jaune quitter sa vie et il s'y cramponnait en y trempant les doigts. Comme la mère d'Alexandrine avait utilisé la parole dans l'espoir de ne pas la perdre.

Les portraits d'Egoman jouaient donc un rôle d'ancrage, en plus du reste. Une façon d'empêcher le jaune et le bleu de s'effacer définitivement, et un effort pour faire apparaître Egoman, celui qui avait fait s'effacer Hamid à tout jamais.

Juste avant que nous quittions le bureau de Robert, Charlot s'est retourné, la main sur la porte :

— Docteur Robert, elle va comment Adélaïde ?

— Très bien, jeune homme, très bien merci.

Mon fils paraissait soulagé.

— Tant mieux !

Robert, étonné :

— Pourquoi demandes-tu ça, mon grand ?

— Parce qu'elle m'a donné un baiser et que je lui ai pas dit merci. C'était la première fois qu'une fille me donnait un baiser. J'étais plus capable de parler. Surtout à cause que Marie-Lou l'a jamais fait. Je veux dire m'embrasser. Et que c'est arrivé devant elle. Est-ce que vous pourriez quand même lui dire merci pour moi à Adélaïde, docteur Robert ?

Avec le sourire discret de celui qui se mord les joues pour ne pas rire, Robert a habilement répondu :

— Tu lui diras toi-même quand tu la reverras, Charlot.

Charlot, très songeur :

— Oui, il faut que quelqu'un lui dise avant qu'elle s'en souvienne trop.

Une autre expression percutante : « S'en souvenir trop. » Il nous obligeait à comprendre qu'il est possible de ne pas enregistrer ce qui pourrait devenir un souvenir encombrant, d'éviter de le répéter, de lui donner de l'importance.

Alors qu'il s'apprêtait à partir pour son camp, il m'a demandé de l'emmener rendre visite à Madame Leblanc. Curieusement, depuis la mort de son ami, il s'inquiétait pour elle.

Dans les jours ayant suivi le drame, cette enseignante s'était montré un admirable soutien pour Charlot. Elle m'avait fait parvenir un plan : les étapes à suivre pour terminer l'année scolaire loin des bancs d'école ; les travaux, les examens, tout ce qui permettait de rester en lien avec la vie quotidienne d'un élève. Et, grâce à la possibilité de terminer quelque chose, avec la vie tout court.

Comme j'étais trop occupée pour assister aux « soirées de rencontres avec parents », je n'avais jamais pu faire sa connaissance. Les notes de Charlot tournaient autour de A. Nul besoin de me faire dire qu'il n'avait pas de problèmes et qu'il serait merveilleux de n'avoir que des élèves comme lui. Je le savais !

Quand j'ai appris pour l'intimidation, je n'ai pas osé me rendre sur place. Ma rage aurait pu faire des dégâts. Et ce n'était pas pour ce genre de raison que je voulais me retrouver dans les journaux. J'ai demandé à la direction de me tenir au courant des mesures adoptées. Par téléphone.

Je n'avais donc jamais vu Madame Leblanc. Elle nous a accueillis dehors, dans la cour d'école, en plein soleil de juillet. Un soleil qu'on a envie de remercier. Je ne sais pas comment c'est, une journée pareille quand on ne voit plus le jaune et le bleu; je n'ai jamais demandé à Charlot. Je crois que j'aime autant ne pas savoir. Au cas où je ne verrais plus que ça.

Dès le premier contact, j'ai compris toute l'estime que Charlot avait pour elle. Son parti pris dans le conflit avec Monsieur Bergeron. Son besoin de savoir ce qu'était l'ego. Je ne comprenais d'ailleurs pas pourquoi Monsieur Bergeron s'était permis de dire à cette femme qu'elle avait un gros ego. J'ai appris du même coup que ce dernier avait pris sa retraite. Il le souhaitait depuis plusieurs années. Il n'aimait plus l'enseignement et l'avouait ouvertement. Les enfants-rois, les nouveaux riches, tout y passait. Une hostilité quotidienne qui minait le moral de toute l'équipe-école.

Il vivait maintenant au Costa Rica dans une communauté principalement composée de Québécois. Il avait conçu un grand intérêt pour la pétanque, la plongée sous-marine et le «shuffle board».

Madame Leblanc – Isabelle – l'avait appris dans une lettre adressée à tout le personnel. Il y disait, avec un certain cynisme, qu'il était enfin heureux. Et qu'il souhaitait la même chose à tous ses anciens collègues et à tous les futurs adultes que ces derniers s'évertuaient à déniaiser.

«Du shuffle board et de la pétanque», répétait Madame Leblanc, songeuse, «je ne sais pas combien de temps ça peut durer...»

Début vingtaine, l'énergie faite femme. Une chevelure aussi rousse que celle de mon fils. Des yeux caramel, pour reprendre l'expression de Georges. (J'ai même failli lui demander si sa mère s'appelait Madeleine, on ne sait jamais!)

Un corps d'athlète, le genre qui s'entraîne plusieurs fois par semaine. Nous avons d'ailleurs parlé de ses marathons, nombreux. Elle y trouvait ce souffle dont elle avait besoin pour ne pas tomber dans l'amertume de Monsieur Bergeron. J'ai pu la remercier.

Nous avons longuement marché dans la cour. Le territoire. Le bout de terre réservé aux normaux. Je me disais, en regardant le sol, que je mettais peut-être les pieds sur des pierres qu'avaient reçues Charlot, Hamid et Marie-Lou. J'aurais voulu m'élever, flotter, être en ballon. Voir Bouddha dessiné avec des cailloux sur toute l'étendue de la cour.

On y trouvait maintenant des fleurs déposées là par des élèves et leurs parents. Des bougies aussi. Des dessins. Une photo d'Hamid retenue par un caillou pour éviter qu'elle ne s'envole. Peut-être était-ce le caillou qu'il avait reçu dans l'œil? Je délirais. Je n'ai pas vérifié s'il y avait des traces de sang dessus. Pas osé. Et il y avait des messages de toutes sortes. J'ai pris le temps d'en lire quelques-uns.

Bonne chance Hamid. Je ne te connaissais pas beaucoup, mais je te souhaite bonne chance. Parce que je suis capable de te parler maintenant que t'es pas là. Si t'es dans ton paradis, je te souhaite des amis autrement qu'ici où on te parlait pas.
Je te trouvais beau.
Annie

Allo Hamid. Je sais pas pourquoi t'as fait ça, mais c'est pas ta faute si t'es mort. C'est à cause que tu n'étais pas compris dans nos coutumes. Je suis d'accord avec Madame Leblanc quand elle a dit ça. Les coutumes, ça peut faire mal aux autres, j'ai compris ça grâce à toi. Merci.
Adrien

Salut Hamid, ça fait drôle de te dire salut quand je te l'ai jamais dit avant. C'est comme si je te voyais pour la première fois. Ça

prenait que tu meures pour que je te voie. Pour que je me souvienne comment t'étais avant. Et ce sera toujours beau comment t'étais avant, avec tes habits trop grands pour toi.
Éléonore

Madame Leblanc lisait en même temps que moi. Elle pleurait.

— Ça fait cent fois, docteur Maryse, et je ne m'habitue pas. Je préfère d'ailleurs ne pas m'habituer. On s'habitue trop en ce monde. À tout. Trop vite. Même aux enfants qui se pendent.

Elle a fermé son poing droit, l'a porté à sa bouche et s'est mordu l'index.

En regardant intensément la photo d'Hamid, elle m'a dit :

— J'aimerais que Charlot me pardonne, docteur Du Bonheur.

— Vous pardonner quoi, Isabelle ?

— D'avoir révélé sa maladie aux autres élèves de la classe. Je m'en veux terriblement. Ce n'était pas nécessaire. Une terrible erreur. Comment pourrais-je me faire pardonner ?

Je voulais lui dire qu'il n'y avait rien à pardonner, que ce n'était pas une erreur, qu'elle était bien intentionnée, mais ce n'est pas ce qui est sorti.

— Demandez-lui.

Pendant que nous marchions, elle et moi, Charlot s'était tenu à l'écart, assis derrière le mur. Madame Leblanc m'a dit que c'était souvent là qu'elle le trouvait, à la fin de la récréation, en compagnie de Marie-Lou et d'Hamid.

Elle s'est approchée de lui.

— Comment vont tes yeux, Charlot ?

— Ils s'en vont.

Elle s'est instantanément retournée vers moi. Son corps tout entier voulait savoir. Le roux de sa chevelure flamboyait dans le soleil comme si celui-ci s'y était couché prématurément. Elle tortillait plusieurs mèches. On aurait dit des flammes entre les doigts d'une personne qui tente d'éteindre un feu rapidement, avant qu'il ne devienne un incendie.

Je l'ai tout de suite rassurée, avec la seule phrase qui pouvait être parfaitement honnête :

— On s'en occupe, Isabelle, on s'en occupe !

Elle s'est alors assise devant mon fils. S'est mise à gratter le sol ou, pour être plus juste, s'est mise à le caresser. Le genre de caresse qu'on donne à un animal, dans le cou, ou derrière les oreilles.

— Tu me pardonnes Charlot ?

Il ne semblait pas surpris par cette demande. Comme s'il l'attendait.

— Je sais pas c'est quoi, le pardon, Madame Leblanc. Pour vrai. Je veux dire que je sais pas comment on fait ça.

Tout en continuant de caresser la cour de récréation, elle a proposé :

— Je crois que c'est quand on cesse d'avoir mal à cause de quelque chose que quelqu'un nous a fait.

Charlot n'a pas hésité :

— C'est comme pour les sixièmes ? C'est quand on comprend que c'est la faute à Egoman ?

Je suis sûre que le visage de Madame Leblanc affichait la même expression que le mien lorsque j'ai entendu prononcer ce nom pour la première fois.

— Qui est Egoman ?

Charlot était prêt, vraiment prêt.

— C'est pour ça que je voulais vous voir Madame Leblanc. Pour vous dire que c'est pas vrai que vous avez un gros ego. Pas vous. Monsieur Bergeron savait pas ce qu'il disait. Vous souvenez-vous quand je vous ai demandé c'était quoi l'ego ? Vous étiez pas capable de répondre. Monsieur Bergeron non plus, il aurait pas été capable de répondre. Personne est capable de répondre. Je fais des recherches, maintenant, avec Marie-Lou. On essaie de le dessiner. Pour voir à quoi il ressemble. Comme un personnage de bandes dessinées. On va trouver la réponse. Et si j'ai mal, c'est à cause de lui, Egoman, pas à cause de vous.

Elle s'est levée et a invité Charlot à faire de même. Il l'a imitée. Elle l'a pris dans ses bras et l'a embrassé sur la tête. Il a un peu hésité, peut-être pensait-il à Marie-Lou...

Finalement, il lui a enserré la taille et a collé l'oreille sur son beau ventre de femme. Il a fermé les yeux comme s'il cherchait à entendre quelque chose. Il savait probablement qu'il ne la reverrait plus. Enfin, pas avec ses yeux.

Après un long moment, il a relâché son étreinte et m'a regardée.

— J'ai pas écrit de mots pour Hamid, maman, parce que j'en avais pas.

Il a alors plongé les mains dans ses poches et a sorti deux feuilles de papier pliées plusieurs fois. Il les a dépliées minutieusement. Du jaune, du bleu : « Egoman ».

Nous sommes retournés tous les trois près de la photo de son ami. Il a déposé ses dessins sur le sol – des peintures presque abstraites – et placé des cailloux dessus. Il s'est assuré que ça ne bougerait pas.

Il s'est redressé, a regardé Egoman avec dépit et, fermement, s'est adressé à lui :

— C'est pour que le soleil et la pluie t'effacent.

Il a pris ma main et m'a entraînée vers la voiture. Il ne voulait plus parler.

Avant que nous partions, Madame Leblanc m'a informée qu'elle était disponible à toute heure du jour et de la nuit si j'avais besoin d'elle. À l'hôpital, on aurait dit qu'elle était de garde !

Quelques jours plus tard, Charlot partait pour son camp. Quand je suis passée devant sa chambre, vide, je me suis rendu compte qu'il avait emmené Dark Vador et une partie de son armée avec lui.

11 septembre 2001

Ce fut un été rassurant. On aurait dit que la mort était en vacances ou en congé de maladie – «épuisement professionnel» – à se demander à quoi elle servait. Surtout dans un service de pédiatrie !

Une idée réjouissante parmi toutes celles qui me mettaient à plat : «La mort en burnout !», incapable de faire sa job de mort. Un délice pour moi, un casse-tête pour Georges.

En tout cas, cet été-là, elle était ailleurs qu'à l'hôpital. Je n'avais que des bonnes nouvelles à annoncer presque chaque jour. Rémission complète pour plusieurs enfants. Cinq ans sans cellule maligne.

Une permission de prononcer le mot «guérison» :

— Gué-ri-son ?

— Oui, oui, gué-ri-son... vous pouvez le dire !

Des familles entières prises au dépourvu, incrédules, s'interdisant la réjouissance. Tous les membres – sœurs, frères, parents, grands-parents – qui se regardent, éberlués, comme pour solliciter l'autorisation d'être le premier à risquer :

— Euh... Gué-ri-son ?

Une caresse sur une peau brûlée jusqu'à l'os ; sensation trop douce pour qu'elle soit vraie. L'hésitation de ceux et celles qui craignent de faire fuir la réalité en insistant jusqu'aux larmes :

— GUÉRISON ?... GUÉRISON ?

— Oui, oui... Gué-ri-son ; vous pouvez même le hurler.

La crainte de se tromper, de ne pas mettre l'accent sur la bonne syllabe et d'insulter la vie. Après toutes ces années, on ne veut surtout pas l'offenser, elle pourrait très bien tourner le dos et se diriger vers un entourage moins menaçant (c'est fou tout ce qu'on peut imaginer quand on a eu si peur de la perdre...).

L'été 2001; les succès se multipliaient. Des résultats tangibles, des victoires confirmées par les «moins» plutôt que par les «plus». Le succès absolu étant de réussir à obtenir zéro: zéro tache, zéro bosse, zéro anomalie sanguine. La disparition plutôt que l'apparition.

On traverse des périodes comme ça, parfois. On saute de joie quand on voit zéro sur la feuille ou à l'écran. Des enfants qui crient à toutes les personnes qu'ils rencontrent:

— J'ai eu zéro à mon dernier examen.

— Ah oui?

— Oui, oui, zéro! J'ai réussi. Je suis content!

Une résurgence de l'énergie au pays des frimousses. L'aboutissement d'années de présence de la part des parents, d'amis et du personnel soignant. Des résultats obtenus grâce à la mise de côté du «moi», son rangement temporaire dans le cagibi des objets inutiles afin de vivre dans les inoubliables paroles d'Hamid: «En continuant d'aimer, Charlot. Il faut pas que t'aies tout le temps envie d'être aimé. Des fois, l'amour, ça ne commence même pas. Et ça finit par faire mal. Il faut juste que tu saches que t'es tout le temps capable d'aimer. Et que tu t'en souviennes. Toujours.»

L'été 2001: je ne me reconnaissais pas. J'avais moins envie d'être quelqu'un. Le goût soudain de séparer ces deux mots: «être» et «quelqu'un». Un divorce à l'amiable. Le «quelqu'un» qui s'éloigne, peu à peu, pour laisser toute sa place à l'«être», dans le calme.

Sensation semblable devant l'expression populaire: «être moi». Le goût d'une rupture en douceur: «moi» qui s'en va, et «être» qui reste, à contempler des familles entières incapables d'articuler: «GUÉ-RI-SON».

Et devant leur hébétude, plus besoin de dire : « C'est moi qui ai fait ça », ou « C'est grâce à moi s'il s'en est sorti ».

Seulement réussir à obtenir zéro à tous les examens. Et enseigner, avec sa propre mâchoire, comment prononcer : « gué-ri-son ». Une sorte de rééducation à la joie. Rééducation mutuelle.

Je changeais, mais n'en tirais aucune gloire. Plutôt l'inverse : un effacement. Et, avec lui, un soulagement.

J'ai tenté en vain de joindre la mère d'Hamid. J'ai fini par savoir qu'elle était repartie dans son pays. On m'a dit qu'elle avait de la famille là-bas. Une manière de dire qu'elle n'en avait pas trouvé ici.

On sait si peu de choses d'elle. Presque rien. Qu'est-ce qui l'attend là-bas ? Des cailloux, peut-être ? On n'en saura rien non plus. Probablement jamais. Elle était arrivée amputée d'un mari, elle est repartie amputée d'un fils. Deux membres en moins, ceux qui lui entouraient le cœur.

Au début septembre, trois enfants que je connaissais ont été hospitalisés de nouveau. Des récidives. Je les croyais hors de danger. Deux fillettes : Axelle, trois ans, et Delphine, huit ans. Et un garçon, Maxime, dix ans, l'âge de Charlot.

La mort était rentrée de vacances. J'avais cependant un nouveau rapport avec elle. Je n'en faisais plus un moyen d'être reconnue et admirée, mais un pont vers trois enfants qui avaient renoncé à l'admiration et à la reconnaissance. Qui n'en avaient plus besoin si ce n'est que pour savourer ces moments, très brefs, où il leur était encore possible d'en offrir : « Merci maman, merci papa, merci mon grand frère, merci ma grande sœur. Vous n'avez pas besoin d'être quelqu'un pour que je vous aime. »

Ma relation à la mort se transformait. Elle ne servait plus de tremplin à la réalisation de mes rêves – devenir une star – elle menait à la fragilité que nous avions en commun, ces trois petits malades et moi. Je crois que Georges comprenait ça.

Il me l'a dit d'ailleurs : « On viendra à bout des cellules malignes un jour, Maryse, j'en suis certain. Le génie humain y parviendra. On n'en est pas encore là, mais on ne mourra plus du cancer. On mourra de ne pas avoir vécu. On mourra d'amertume, de mépris et de fatigue. On mourra de ce qui a tué Hamid. Les cailloux lancés par le besoin de sentir qu'on est quelqu'un et la déception de ne pas l'avoir été. On mourra de regrets et de remords. On mourra d'avoir trop voulu, ou d'avoir voulu trop. On mourra de se rendre compte qu'on n'a pas suffisamment aimé pendant qu'on passait sa vie à chercher l'amour. On mourra d'avoir été absent pendant qu'on touchait une main, un visage ou un sein ; parce qu'au même moment, on était occupé à devenir soi-même. On mourra des dommages causés par Egoman. »

Au retour de son camp, fin juillet, Charlot était tout sourire. Il ramenait un sac rempli de sculptures ; son nouveau dada. Georges avait visé juste avec son cadeau d'anniversaire. Des œuvres taillées dans du savon, du bois et de la pierre. Des têtes et des corps de toutes sortes. Déformés pour la plupart. Plusieurs formes abstraites aussi, celles que mon fils préférait. Et des reproductions de Dark Vador et de sa bande. On aurait dit qu'il multipliait ces guerriers, qu'il grossissait son armée : « Ne t'inquiète pas maman. Ils me protègent, mais ils m'inspirent aussi. Et ils vont m'aider à trouver Egoman. Je sais qu'ils ont un lien avec lui. Je sais pas encore c'est quoi, mais je vais le découvrir. Je le sens. Et je ferme les yeux quand je sculpte. Pour pas être ailleurs. Pour être prêt le jour où ce sera seulement ça que je pourrai faire. »

Pendant qu'il explorait la troisième dimension, Marie-Lou avait continué à dessiner. Ils étaient convaincus, tous les deux, qu'il faudrait utiliser plusieurs voies pour arriver à donner un visage à Egoman. Ils ne trouvaient pas. Rien qui leur permette de dire : « Voilà, c'est lui ! » Leurs recherches se poursuivaient.

J'avais aménagé un atelier dans le sous-sol de la maison. Ils y travaillaient tous les deux lorsque je suis rentrée, à dix-sept heures, le 11 septembre 2001. Beaucoup plus tôt qu'à l'habitude. Je ne pouvais plus rester à l'hôpital même si Axelle,

Delphine et Maxime n'allaient pas bien. J'ai demandé qu'on m'appelle si la détérioration s'accentuait. Je les ai embrassés avant de partir. Je le faisais de plus en plus souvent. Je n'avais pas osé embrasser Hamid, le soir des lanternes, quand on l'a déposé chez lui. J'y pensais pourtant déjà, sur la route, les yeux dans le rétroviseur. J'avais envie de lui dire « Bonne nuit » sur les joues. J'ignorais si ça se faisait dans sa culture. Je n'ai pas demandé. C'est la dernière fois que je l'ai vu.

Je n'aurais pas osé embrasser sa mère non plus si je l'avais rencontrée. Son voile comme un interdit dans ma tête. Une distance. Le symbole de sa foi, celui de mes préjugés ; l'emblème de mes peurs, celui des siennes aussi.

J'ai donc embrassé les parents d'Axelle, de Delphine et de Maxime. On ne sait jamais.

New York avait envahi l'hôpital. Chambres, salles d'opération, postes d'infirmières ; il n'y avait plus que la ville, partout. La Grande Pomme répandait son sang dans les corridors. Son feu. Sa poussière. Tout le monde aurait voulu la soigner. Même les enfants : Delphine, l'oxygène dans le nez : « Est-ce qu'on peut faire quelque chose, docteur Maryse ? »

Des téléviseurs avaient été placés à des endroits stratégiques pour qu'on puisse avoir accès aux images en permanence. Les voix des reporters retentissaient dans les chambres. Les parents voulaient savoir. Les enfants demandaient :

— Est-ce que c'est pour vrai ? Pourquoi maman ? Pourquoi papa ? Qui a fait ça ?

Les parents pointaient le téléviseur :

— Chuttt... chuttt... mon chéri, ils vont nous le dire...

On cherchait les coupables. On en avait déjà. Des portraits remplissaient les écrans.

Le monde entier ne voyait que ça. La première tour, sa plaie béante qui fumait, l'avion qui percutait la seconde, les deux tours qui s'écroulaient. La mort en boucle.

Je ne voyais qu'Hamid. Sa chute. Petite tour frappée par des cailloux. Pas de feu, pas de poussière, pas de portraits.

Je me rappelais la phrase de Jean Cocteau*, écrite sur un mur de béton à la faculté de médecine, dans la salle destinée au repos : « J'ai mal d'être homme, comprenez-vous ? »

Tout l'étage était atteint d'un déficit d'attention. On ignorait Axelle, Delphine et Maxime ; on marchait plus vite, on parlait plus vite, on piquait plus vite ; on voulait retourner devant les téléviseurs, revoir les photos des accusés. Les haïr, avant de les oublier. J'entendais déjà : « De toute façon, ils sont tous pareils ! »

J'avais besoin de serrer Charlot dans mes bras.

Dix-sept heures. Ils m'ont entendue arriver, aussi pleurer peut-être, allumer le téléviseur. Ils sont venus me rejoindre.

Nous avons regardé les images des tonnes de fois, tous les trois, en silence. Charlot et Marie-Lou ne se lassaient pas. Je ne savais plus si je devais intervenir, leur dire : « Ça suffit, les enfants ! », comme j'aurais voulu le dire au monde entier.

Je suis parvenue à avoir Georges au téléphone. Très difficile, il était sollicité de toutes parts.

Il m'a dit que c'était une occasion en or pour amorcer un nouveau « dialogue » avec le Poucet et sa copine. Le Poucet ??? ... c'était la première fois que je l'entendais utiliser cette expression. Le grand psy m'a signifié que j'apprendrais des choses...

Marie-Lou a bougé la première. Ses mains, très agitées, touchaient le visage de Charlot. Mon fils a traduit :

— Est-ce qu'il y avait des enfants dans l'avion ?

Tellement sous le choc, je n'y avais pas pensé.

— Je ne sais pas mon chou. Je ne sais plus rien. Peut-être. Probablement.

Les mains de Marie-Lou se sont agitées davantage. Charlot était d'une attention hors du temps. Ses yeux, un peu éteints, captaient tout ! Il comprenait. Je me demandais, encore une fois, d'où lui venait cette connaissance. Il a deviné ma pensée – il avait un peu d'Alexandrine en lui – et, sans même que je ne lui aie posé la question, il a répondu :

— En écoutant, maman, en écoutant !

Il a repris son rôle d'interprète.

— Et des bébés, docteur Maryse, est-ce qu'il y avait des bébés ?

Une question de femme. Mon fils ne regardait plus Marie-Lou, il la contemplait. Ses yeux de « Poucet », affaiblis, brillaient d'une énergie nouvelle : le regard d'un homme amoureux.

Je ne faisais plus qu'une avec Marie-Lou. Nous étions deux à être muettes. Puis j'ai entendu la question de la petite blonde de nouveau, ou l'écho de sa question :

— Et des bébés, docteur Maryse, est-ce qu'il y avait des bébés ?

— Des bébés ?... Je ne sais pas. Je préfère ne pas savoir.

Les bras de Marie-Lou continuaient de parler. Des mouvements très larges, comme ceux de ces personnes qui, sur les pistes d'aéroport, dirigent un avion. Dans le contexte, j'aurais aimé qu'il y ait des centaines de petites filles comme elle, sur le toit des deux tours, avec un voile sur la tête, pour diriger les avions ailleurs. D'immenses mouvements des bras écrivant dans le ciel : « Allah Akbar, c'est pas ici, c'est pas ici ! »

— Ça veut dire qu'ils ont explosé, les bébés, docteur Maryse ?

Je ne pouvais pas imaginer cela. Je n'osais pas. Je me l'interdisais.

Charlot a pris la parole :

— C'est Egoman, maman, c'est ça ?

— Oui, mon chéri, c'est Egoman.

— Les avions, c'est comme des gros cailloux ? Avec des sixièmes adultes qui les conduisent ? Moi aussi je suis une sixième maintenant. Et je veux pas être comme les sixièmes de l'an dernier. Il faut que ça arrête avant que ça commence, même si on doit se sentir grand quand on lance des cailloux. Est-ce qu'ils sont aussi des morceaux d'étoile ceux qui conduisaient les avions, maman ?

— Oui, mon amour, mais ils ne le savent pas.

— Je comprends. Quand on sait pas qu'on est un morceau d'étoile, on pense qu'on est rien. Qu'on est nul. Et Egoman en profite. Mais c'est quand même dur à comprendre pourquoi ils ont fait ça.

— Oui et non, mon chéri. Je pense qu'ils veulent juste être choisis eux aussi. Comme le père d'Hamid. Ils ont jamais entendu personne leur dire: «J'ai besoin de toi.» Et là, tout à coup, pour la première fois de leur vie, ils l'entendent dans leur tête. Une voix qui leur parle, et qui dit très fort: «J'ai besoin de toi.» Et ça ne leur fait plus rien de mourir, parce qu'avant d'entendre cette voix, ils avaient l'impression de ne pas vivre.

— Oui, je sais, maman. C'est Egoman, dans leur tête, qui leur dit ça.

J'avais soudainement un peu peur. Mais, je voyais en lui une certaine paix. J'ai tout simplement renchéri:

— Oui, c'est Egoman qui leur dit ça.

Puis, comme s'il essayait de se rassurer lui-même, il m'a jeté ce caillou:

— C'est pas grave si papa me dit pas j'ai besoin de toi.

Marie-Lou a alors pris sa main. Elle l'a serrée très fort, je l'ai vue. Et avec son autre main, elle lui a parlé. Des gestes calmes, cette fois.

Charlot a acquiescé et s'est retourné vers moi:

— Il faut qu'on retourne faire nos recherches, maman. C'est urgent!

Notes de Georges – L'ego-thérapie
12 septembre 2001

Assis dans l'un des avions, qu'aurais-je fait ?

La folie humaine, c'est ma spécialité. Je l'ai étudiée sous tous ses angles. J'ai exploré tous ses rouages. Je connais les noms de toutes les maladies.

Mais cette folie-là n'est pas dans les manuels de psychiatrie.

Elle est dans d'autres livres. Que je n'ai pas étudié. Mais que je connais par cœur.

Ils parlent de sagesse.

L'envers de la folie.

Mais comment soigner cette sagesse ?

Comment soigner celui qui ne souffre plus parce qu'il a enfin découvert qui il est ? Une identité définitive, immortelle...

Comment soigner celui à qui la pauvreté et la faim ne font plus peur puisqu'elles font désormais partie de son identité ?

Comment soigner celui qui a enfin trouvé une famille, des amis, une communauté d'appartenance ?

Comment soigner celui qui se sent enfin aimé, reconnu, admiré ?

Comment soigner celui qui a désormais un sens à sa vie, une mission, la plus grande de toutes : répandre Dieu ? Et détruire tous ceux qui pourraient en menacer l'existence ?

Comment soigner celui dont l'estime de soi atteint des sommets record depuis qu'il sait qu'il peut convertir des ignorants, des incultes ?

Comment soigner celui qui a Dieu pour père et la vérité en guise de savoir ?

Comment soigner celui qui est déjà guéri ?

Le problème n'est pas la croyance, le problème est l'identification à la croyance.

La folie commence le jour où la croyance devient une identité. Et qu'une attaque à la croyance est perçue comme une menace à l'ego.

C'est l'ignorance qui s'invente des croyances.

On a cru que la Terre était plate et on brûlait ceux qui affirmaient qu'elle était ronde !

On a cru que le tonnerre était un cri de Dieu et on exécutait ceux qui osaient en douter !

On a cru que des démons crachaient leur feu par la gorge des volcans et on y jetait des vierges pour les apaiser !

Et, chaque fois, c'est soi qu'on protégeait.

En s'identifiant à la croyance, elle devenait une composante du moi ; et en jetant des vierges au feu, on sauvait ce moi.

La religion est une ego-thérapie.

Dieu, s'il existe, n'a certainement pas besoin des religions.

J'ai moi-même contribué à soigner l'ego, à renforcer le moi, à donner plus de poids à chaque opinion, à chaque jugement, à chaque rêve.

Le problème n'est pas le rêve, le problème est l'identification au rêve.

J'ai fait beaucoup d'ego-thérapie dans ma vie.

J'ai cru à l'existence du moi parce que je ne comprenais pas la véritable nature de l'esprit humain.

Comme jadis on ne comprenait pas le tonnerre ou les volcans.

J'ignorais qu'il existait autre chose...

Je n'avais pas vu que l'ego est encore une invention des hommes – une autre ! – pour cette fois apaiser la peur du vide, du néant, du sentiment de ne pas exister. De l'absurdité.

Je n'avais pas vu qu'on peut exister, à chaque instant, si l'ego cède sa place à la présence.

Et qu'il suffit d'une seconde de présence, pas plus, pour que le bain d'un oiseau dans une flaque d'eau fasse disparaître l'absurdité. On peut appeler ça Dieu, si on veut.

Aujourd'hui, on lance des avions dans des tours, on brûle ceux et celles qui y travaillent et on fait exploser les passagers – peut-être des enfants – pour sauvegarder une croyance à laquelle on s'est identifié.

L'ignorance fait encore des siennes. Avec des moyens beaucoup plus sophistiqués.

Alors, assis dans l'un des avions, entre les prières des fous de Dieu – «Allah Akbar, Allah Akbar» – et le sang des agents de bord, qu'aurais-je fait ?

J'aurais dit à la Du Bonheur : «T'es belle !»

En espérant que mes mots traversent le ciel et se rendent jusqu'à elle.

La trouvent.

Comme un vol de bernaches trouve ses terres.

Au printemps.

Ou à l'automne, peu importe.

Des mots qui traversent les continents — les vents, la foudre, les tempêtes – parce qu'il y a quelque chose en eux qui les obligent à le faire. Qui leur en donne la force. Une sorte d'instinct qu'aucune peur n'arrête.

Et puis, après avoir dit : «T'es belle», j'aurais fermé les yeux...

J'aurais détourné mon attention du sang, des prières.

Je l'aurais placée sur ces ailes que j'aurais données aux mots «T'es belle» dans ma tête.

Des ailes bien plus étendues que celles de l'avion.

Et je les aurais fait se mouvoir, ces ailes, avec mon souffle. Conscient qu'il serait l'un de mes derniers et qu'il pouvait encore servir à transporter quelque chose, un peu de ma foi, la seule que j'ai : la foi dans cette femme et dans ce qu'elle accomplit.

Et peut-être alors serais-je entré dans la paix.

Peut-être...

Libéré de toute attente.

Dans un silence qui aurait entouré ma peur.

Et pour m'aider un peu à faire surgir ce silence, je me serais répété cette phrase qui, d'un trait de génie, dessine la paix de l'esprit. Elle est de Thomas Merton*, qui était moine :

«Le véritable silence, c'est lorsqu'on n'a plus besoin d'être entendu.»

Le congrès
11 décembre 2001

Au cours de l'automne, nous avons perdu Axelle, Delphine et Maxime. Ils ont eu 100 % dans presque tous leurs examens. Une amère déception pour eux, un échec pour moi. Ils ne s'en sont pas remis. Moi non plus. Je ne m'habitue pas. Et je ne veux surtout pas m'habituer.

J'ai cessé d'écrire. J'ai éteint mon enregistreuse.

Puis le congrès est arrivé. Je l'ai remise en marche.

Charlot m'avait demandé :

— Tu viendras à ma conférence, maman ? Tu vas peut-être comprendre même si c'est compliqué. C'est compliqué parce que ça s'explique pas.

— Comment ça, ça ne s'explique pas ?

— Parce que je trouve pas Egoman avec des mots. Marie-Lou non plus, elle le trouve pas. Même si elle essaie plus fort que moi. Tu devrais voir ses mains, maman, elles font des mouvements que j'ai jamais vus. Comme si l'air était un dictionnaire et qu'elles fouillaient dedans. Et, même avec nos dessins et nos sculptures, on est pas capable de faire apparaître Egoman. Le docteur Paris dit que c'est pas grave si nos recherches sont pas finies à temps pour le congrès. Qu'elles avancent et que c'est ça qui compte. Et qu'on va montrer à ses amis ce qu'on a fait jusqu'ici. Et que c'est pareil dans tous les congrès.

— Tu sais combien d'amis il a, le docteur Paris ?

— Mille.

— Et ça ne te fait pas peur?

— Des amis, ça fait jamais peur, maman. Même si je sais pas comment il fait pour en avoir autant. Il est pas capable de répondre les fois où je lui demande de m'expliquer. Peut-être que c'est comme quand il est avec toi et qu'il sait pas quoi dire. On dirait qu'il est pas pareil quand il est avec nous et quand il est avec toi.

— Que veux-tu dire, mon chéri?

— Je sais pas. On dirait qu'en face de toi, il change. Comme quand on a peur.

Malgré mon insistance, il demeurait vague. Il répétait simplement:

— Je sais pas maman, Marie-Lou et moi on en parle et on se dit qu'avec toi il a l'air de quelqu'un qui veut tout le temps être grand, ou qui dit pas vraiment les choses qu'il veut dire. Avec nous, c'est différent. Il a pas besoin d'être quelqu'un d'autre. Sauf si je lui demande d'expliquer pour ses amis. Je sais pas maman.

Quand je l'interrogeais au sujet de sa « conférence », Charlot ne paraissait pas nerveux. Il me rappelait ses présentations en classe, ses réussites, ses A+. Un vieux routier de la scène, quoi! Un habitué! Chez moi, ce n'était plus de la nervosité, c'était de l'angoisse.

En dépit de ma réticence, Georges s'était attribué le mandat exclusif de préparer les enfants; ensemble et séparément.

Le jour où il est venu solliciter mon consentement pour les répétitions, j'ai explosé: «Non, Georges, tu m'entends, c'est non! Est-ce assez clair? »

Ne tenant nullement compte de ma réaction, il s'est plu à souligner l'importance de mon engagement:

— Il va falloir que tu t'investisses dans le transport, chère Maryse, comme ces mamans et ces papas qui conduisent leurs enfants à l'aréna, à l'école de danse ou chez leur professeur de piano.

Je l'ai mal pris. Son ton de voix paternaliste, cette façon de s'adresser à moi comme si j'avais cinq ans, ce regard naïf et vide de virilité, je le vivais comme une leçon de morale, un reproche ; le genre de pression que je n'appréciais pas du tout.

— Pour ce qu'ils auront à dire, Georges, une répétition générale, ça suffirait, non ? Tu ne les feras quand même pas parler pendant deux heures ?

— Non, quelques minutes à peine.

— Alors pourquoi ?... Pourquoi plusieurs répétitions ?

— J'ai mes raisons, Maryse.

Il ne bronchait pas. Un vieux bouc. De quoi l'envoyer paître chez Alex et faire le mâle aux côtés d'O moins.

Mais devant la détermination de Charlot, j'ai consenti.

Pendant trois semaines, j'ai conduit mon fils chez Georges tous les mardis soir. Harold et Mégane, les parents de Marie-Lou, faisaient de même avec leur fille, le jeudi. Et nous nous croisions le samedi après-midi, le temps de partager nos inquiétudes.

J'étais certaine que Georges exagérait, mais nos enfants paraissaient passionnés.

— C'est important pour nous, maman. C'est pour Hamid et pour les enfants de New York. On va pouvoir dire notre opinion sur le suicide. Et poser des questions aux docteurs qui soignent l'ego.

Lorsque je retrouvais ces deux apprentis conférenciers à la maison, en train de dessiner ou de sculpter, je devenais inquisitrice. J'auscultais leur état d'âme. Plus le congrès approchait, plus mon angoisse s'intensifiait. Je me grattais partout, je dormais mal et je jetais mon impatience à la face de personnes qui n'étaient pas concernées ; des collègues, des infirmières, et parfois même des parents.

Devant mes questions tourmentées, mon fils restait discret, calme, posé. Marie-Lou, pour sa part, devenait très excitée ; elle insistait même auprès de Charlot pour qu'il me traduise le papillonnement de ses doigts.

— Il y aura beaucoup de surprises, docteur Maryse, dont certaines que Charlot connaît même pas.

Un grand sourire accompagnait la chorégraphie de ses mains.

Je demeurais très perplexe devant ce que Georges avait pu concocter. Je me méfiais de son imagination. Le monde de l'enfance était devenu le sien, il y vivait en permanence, ou presque. En fait, il ressemblait de plus en plus à sa clientèle, et je craignais que Charlot et Marie-Lou ne deviennent les pions de ses fantaisies à lui.

Il m'avait un jour confié qu'il avait fait partie d'une troupe de théâtre pendant son cours de médecine. Il savait, dès la première année, qu'il allait devenir psychiatre, et avait supposé que la comédie et le drame constitueraient un atout précieux dans l'exercice de sa profession. Il soulignait que l'aspect qui l'intéressait le plus dans l'art dramatique était la mise en scène : «À cause de toutes celles que l'on conçoit constamment dans nos têtes, Maryse, jour et nuit. Surtout les tragédies.»

Le 11 décembre est arrivé.

J'étais assise depuis déjà quinze minutes, à la première rangée, quand les lumières se sont éteintes. La musique de Beethoven* s'est emparée de la salle, la *Septième Symphonie*, le deuxième mouvement, les trois premières minutes. Karajan* et l'orchestre symphonique de Berlin. L'un de mes passages préférés en musique classique. Georges le savait. Nous avions comparé différentes versions, différents chefs et différents orchestres. Ce passage dure presque toujours trois minutes, à quelques secondes près. C'est le temps qu'a duré l'entrée de Charlot et de Marie-Lou. Pour moi, un siècle au minimum.

Les enfants sont sortis du fond de la scène. Une lumière très blanche dirigée sur chacun d'eux. Je pensais à la lampe de poche de Charlot, à Adélaïde, à l'horloge : «Il est minuit moins une, c'est la seule heure qui existe.»

Ils avançaient lentement, côte à côte. Chaque pas était en harmonie avec les notes de Beethoven. Une mise en scène signée Georges Paris, aucun doute.

Je me suis retournée pour regarder l'auditoire. Mille psychiatres dans l'ombre : leur domaine. Difficile de voir leurs visages. Les quelques traits que je devinais paraissaient figés, cataleptiques, totalement absorbés par ce qui se déroulait devant eux. Certains portaient des écouteurs pour la traduction simultanée en anglais.

En fond de scène, trois écrans géants. On y voyait les deux enfants en gros plan. Ils tenaient une boule de verre dans chaque main.

Ils se sont éloignés l'un de l'autre. Charlot s'est dirigé vers un micro, à l'extrémité droite de la scène. Marie-Lou a fait de même, à gauche. Je ne comprenais pas. En quoi un micro pouvait-il leur être utile ? Une exigence du metteur en scène, sans doute. Un besoin de symétrie.

Puis les images ont basculé. Sur l'écran de gauche : Charlot. Sur celui de droite : Marie-Lou. Sur l'écran du milieu : deux boules de verre ; elles occupaient tout l'espace. J'ai compris qu'il s'agissait de celles que tenait Charlot, car Marie-Lou avait déposé les siennes sur une petite table, à sa droite. Elle avait besoin de ses mains.

Une caméra était donc directement pointée sur les objets que Charlot soulevait déjà au-dessus de sa tête. Il avait l'allure d'un prêtre en pleine cérémonie, présentant des offrandes.

Il secouait sa main gauche pendant qu'il gardait la droite immobile. L'effet était saisissant. Sur l'écran du centre, on voyait la boule de gauche se remplir d'images imprécises, des dessins d'enfant – des têtes bleues, des yeux jaunes ; les travaux de Marie-Lou et de Charlot réunis dans un dessin animé captivant, mais sans cohérence aucune.

Sur l'autre moitié de l'écran, la sphère de droite demeurait parfaitement transparente.

Me revenait cette image que j'utilisais souvent pour décrire ma tête : une boule de verre, agitée, pleine de neige.

Cette image prenait maintenant un autre sens, mes pensées... contaminées par Egoman !

Beethoven nous redonnait ses trois premières minutes, à répétition.

Mon fils a pris la parole :

— Je m'appelle Charlot. Et elle, c'est mon amie, Marie-Lou. Elle est muette comme vous allez pouvoir l'entendre si vous regardez ses mains.

Marie-Lou s'est empressée de lever les bras à son tour, et de les faire parler. À notre grande surprise, une voix d'adulte a jailli des haut-parleurs. Une interprète, cachée quelque part. Elle traduisait le langage des signes : « Bonjour. Merci de nous écouter. Peut-être que vous pouvez nous aider. On cherche Egoman. On voudrait le dessiner ou le sculpter. Mais on n'y arrive pas. »

Dit avec les mains de Marie-Lou, ce n'était plus une demande, mais une destination.

Charlot a repris la parole :

— Marie-Lou et moi, on voudrait dédier cette conférence à notre ami Hamid et à tous les enfants qui sont victimes d'Egoman.

J'entendais quelques murmures derrière moi : « Mais qu'est-ce que c'est que cette plaisanterie ? » – « C'est pas sérieux ! » – « On nous prend pour qui ? »

Marie-Lou traduisait les propos de Charlot. Comme s'il y avait eu des personnes malentendantes dans la salle. Y en avait-il, qui sait ?

Peut-on être psychiatre et sourd ? Je ne m'étais jamais posé la question. Peut-être qu'en lisant sur les lèvres... J'aurais voulu, à cet instant précis, que Georges lise sur les miennes... avec les siennes. Il y aurait entendu des voix. Des tas de voix. Celles de tous les enfants que je n'avais pas pu sauver. Les Axelle, les Delphine, les Maxime. Il aurait goûté à leur départ dans ma façon de retenir sa salive. Il aurait aussi entendu les voix des Hamid, et celles des vivants : les Charlot, les

Marie-Lou (il aurait saisi le langage de ses mains sur mes lèvres) et tous les autres. Il aurait entendu ces voix hurler dans les mouvements de ma langue, ma fougue remplie de tristesse, mes élans pour mêler mon désir au sien, la découverte de ma soif d'aimer...

Il m'apparaissait évident que les gestes de Marie-Lou étaient un hommage à l'écoute. Ou une exhortation. Peut-être était-ce aussi un appel à la surdité de ceux qui ne veulent pas entendre? Ou une imploration adressée à ceux qui n'entendent que leur propre voix?

Charlot a poursuivi :

— Hamid était notre meilleur ami et il est mort dans un suicide. Si je suis ici, c'est parce que j'ai posé la question à ma mère : c'est quoi l'ego? À Madame Leblanc aussi, ma professeure. Et à d'autres. Mais personne est capable de me dire c'est quoi. Voilà pourquoi Marie-Lou et moi, on cherche.

Les murmures se sont tus.

C'est alors que Georges a fait son entrée. Il était vêtu d'un complet style Armani ou Hugo Boss, bleu azur, avec une cravate jaune; je ne l'avais jamais vu aussi élégant. J'ai même échappé un petit « wow ». Il s'est dirigé vers Charlot et lui a mis la main sur l'épaule. Mon fils ne s'est pas arrêté, comme s'il savait :

— Marie-Lou, Hamid et moi, on a reçu des cailloux à l'école. Parce qu'on faisait peur aux plus grands que nous. Ils pensaient qu'on était choisis à cause de nos différences. Et qu'eux, ils avaient pas assez de différences. Hamid, c'était son côté arabe et ses vêtements trop grands. Marie-Lou, c'est parce qu'elle parle avec ses mains comme vous le savez déjà. Et moi, c'est mes yeux qui diminuent pour que je devienne aveugle et que je voie d'une autre façon. On pense que l'ego c'est quelque chose qui veut être choisi grâce aux différences. Et qu'à cause de ça, quand il croit qu'il a pas assez de différences pour être quelqu'un, il lance des cailloux ou des avions. Et que c'est comme ça qu'on suicide des enfants.

Soudainement, les écrans sont devenus noirs.

Puis, lentement, sur celui de gauche, est apparue une photo d'Hamid. Une de celles que j'avais prises lors de l'anniversaire de Charlot, chez Alexandrine. Un portrait en noir et blanc. Sa belle tête de révolutionnaire.

Au même moment, sur l'écran de droite, des images des tours à New York. Le trou. La fumée. L'avion. L'explosion. Les flammes. L'écroulement. La foule déversée dans les rues. Comme de la lave.

Peu à peu ces images ont quitté leur écran respectif pour se rejoindre sur celui du centre et y être mêlées. Un choc, brutal, percutant : la tête d'Hamid, frappée par l'avion, à répétition. Le feu mêlé à ses traits, sa chevelure, son regard. La foule sortant par sa bouche. Son nez entouré de poussière.

Pendant ce temps, Charlot continuait de secouer la boule qu'il tenait dans la main gauche. Elle est apparue en arrière-plan. Les têtes bleues, les yeux jaunes se confondant aux tours, à l'avion, à la tête d'Hamid. Et Beethoven qui, comme si l'intensité n'était pas déjà suffisante, en rajoutait.

Mon estomac se contractait. De puissantes nausées. Une forte envie de vomir. J'avais le « mal de mère » ; un mauvais jeu de mots que j'aurais voulu crier à toute l'assemblée, debout, sur mon siège. Mais les écrans sont devenus noirs de nouveau. L'obscurité complète.

Après quelques secondes, sur l'écran du centre, sont réapparues les deux boules que tenait Charlot.

Georges est intervenu :

— Ce n'est pas en continuant d'habiter le monde de l'ego qu'on va régler les problèmes que nous y avons créés, c'est en le quittant ! Le monde de l'ego a fait son temps ! Il faut maintenant entrer dans l'autre monde ; celui de la présence. Nous devons passer de la boule agitée à celle qui est vide. Peut-être savez-vous que dans l'univers bouddhiste, on utilise une boule de verre vide pour symboliser un esprit parfaitement clair ? Un esprit libéré des frasques de l'ego ? Un esprit capable de recevoir, d'accueillir et de transmettre ? Nous avons atteint l'état d'urgence, nous n'en sommes plus à l'étape de renforcer l'ego, nous en sommes à celle d'en libérer les esprits. Charlot a inventé le personnage d'Egoman parce qu'il s'efforce, en compagnie de Marie-Lou, de représenter l'ego. Nous venons de voir les résultats de leurs recherches. Enfin, une partie des résultats. Ils nous font comprendre que si nous n'entendons que la voix d'Egoman, nous devenons sourds à tout ce qu'il y a derrière cette voix et nous perdons contact avec ce que nous sommes vraiment. Nous n'habitons plus notre capacité d'aimer, de créer, d'apprendre, de nous émerveiller, de réfléchir, de savourer, de transmettre et de bien d'autres choses. Nous cessons de vivre, en quelque sorte. Notre mission à toutes et à tous ici présents est de faire sortir le plus grand nombre de personnes possible du monde de l'ego. Une évacuation universelle. Le seul intégrisme acceptable serait celui-là, parce qu'il nous libérerait de tous les autres. Voilà ce que ces enfants m'enseignent.

Georges a alors traversé la scène et s'est dirigé vers Marie-Lou. Charlot est demeuré derrière son micro, dans l'obscurité. La lumière n'était projetée que sur la blondinette. Le psy, un sanglot dans la voix, sa main caressant la tête de l'enfant, s'est à nouveau adressé à l'auditoire :

— Cette petite fille n'a jamais parlé autrement qu'avec ses mains ; victime d'une méningite très sévère, en bas âge. Elle a maintenant quelque chose à vous dire. Et le temps est venu pour moi de me taire.

Sur l'écran du centre, la tête d'Hamid est réapparue. Son sourire imprégnait l'amphithéâtre. Il le tapissait.

En fond de scène, deux jeunes femmes ont surgi, armées d'instruments de musique. Une violoncelliste et une violoniste. Elles transportaient également des chaises. Elles se sont installées lentement, sur le bout des pieds, comme si elles voulaient à tout prix éviter qu'on les remarque. Impossible ! Les mille psys étaient sous hypnose. Elles ont accordé leur instrument et, avec une douceur déchirante, Beethoven a cédé la place à une mélodie qui m'était vaguement familière... Un air que je n'arrivais pas à reconnaître. Un souvenir flou. Des bribes.

Mais là...

Mais là...

Une voix d'ange s'est levée. Fragile. Un souffle ténu tentant sa chance dans un menu tuyau d'orgue. Un tube de cristal : Marie-Lou ! Elle a commencé comme une petite bête qui se déplie, sur le sol, tout juste après que sa mère en a accouché.

Je reconnaissais enfin la chanson : Reggiani, « L'Arabe » ; celle que Georges m'avait chantée, quelque mois plus tôt. Marie-Lou y mettait tout son cœur.

Je sanglotais. Les parents de Marie-Lou, assis tout près de moi, étaient sans voix, à leur tour. Ils avaient la bouche grande ouverte, comme celle de leur fille. Ils essayaient d'articuler en même temps qu'elle, même si, de toute évidence, ils ne connaissaient pas les paroles. Un mélange de réflexe, d'imitation et d'encouragement. Les mouvements du choc.

Les efforts de la fillette répandaient un frisson dans la salle. Ils ressemblaient à ceux de certaines bêtes en mue, au moment où elles quittent leur vieille peau. Sa mâchoire s'étirait dans tous les sens, se désarticulait presque. Chaque syllabe constituait manifestement un obstacle. Elle mâchait, tout comme Georges, les cailloux qui remontaient depuis son ventre.

Les paroles défilaient sur les écrans latéraux. Elles traitaient d'entraide entre deux personnes au bord de la mort. Un Arabe et quelqu'un d'autre ; ça pouvait être n'importe qui ; nous tous.

J'ai fermé les yeux pendant quelques secondes, question de mieux entendre l'interprétation de Marie-Lou. Elle n'était pas dans le souci de bien faire, non, elle mettait toute son énergie au service d'une intention très claire : rendre hommage à une personne aimée.

Quand j'ai rouvert les yeux, Charlot était à ses côtés. Il avait traversé la scène pendant que j'appréciais, les paupières closes, les résultats du travail de Georges.

Mon fils paraissait aussi stupéfait que l'auditoire. Marie-Lou fixait quelque chose que nous ne pouvions pas voir, droit devant elle – un désert, une ville imaginaire ; les lieux évoqués par le texte – mais son bras s'est mis à montrer l'écran derrière son dos ; une invitation à le regarder, lui, Hamid. Elle avait l'allure de ceux qui dénoncent une injustice ou un abus tout en indiquant qu'ils vaincront. Elle brandissait la lumière.

Sur l'écran, l'avion avait recommencé à percuter la tête du jeune Arabe. Mes larmes tombaient dru comme les tours. Je retrouvais mon laboratoire, les sensations provoquées par la face de mon ex. Chaque mot déclenchait de puissantes décharges d'hormones.

Marie-Lou donnait de plus en plus de tonus à ses bégaiements :

— L'A...a...a...rabe...

Ma tête devenait pareille à la boule vide. Ne restait que la voix de Marie-Lou dans ma conscience, son index dressé, l'incroyable beauté de la scène.

Au bout de quelques minutes, l'horreur a quitté l'écran. Plus de tours, plus d'avion. Ne restait que la tête d'Hamid, son sourire.

Puis une pause de quelques secondes, sans accompagnement musical. Les musiciennes avaient déposé les archets.

A capella, la petite blonde a repris les dernières paroles de la chanson :

« *Mais tu as changé l'Arabe*
Quelque chose dans ma vie... »

Un silence de béton s'est abattu sur la salle. Une douche d'azote liquide. On aurait entendu un battement de paupières.

Les enfants saluaient, la main sur le cœur. Derrière eux, en grosses lettres, sur les trois écrans, le titre du congrès : « **La violence : de la massue à la bombe, l'humain a-t-il vraiment changé ?** » La traduction en anglais, juste au-dessous.

Des applaudissements mitigés sont venus rompre le silence, rien d'éclatant. De rares bravos à travers une montée de murmures. Un accueil poli.

Georges s'est amené au micro une dernière fois.

— Le moment est venu de vous diriger vers vos ateliers. Les emplacements sont indiqués dans le programme qui vous a été remis. Merci pour votre attention.

Autour de moi j'entendais des commentaires variés : « Impressionnant ! » ; « Je ne suis pas certain de comprendre... » ; « Mais c'est quoi ce cirque ? »

« Ce cirque »... je pensais à Jérôme ; où était-il ? Son fils venait de donner une incroyable performance devant mille personnes, à dix ans ; mais lui, le père, où était-il ?

On avait de moins en moins de nouvelles. Charlot n'en parlait pas. Quand je l'interrogeais, il se contentait de me ramener à la réalité : « C'est papa, maman, tu le connais pas encore ? »

Les enfants sont descendus de scène. Je les ai embrassés, mais rapidement, d'autres participants se sont approchés d'eux et les ont entourés. Des félicitations, des compliments, des questions.

Pendant que Charlot continuait à répondre aux questions, Marie-Lou est sortie du petit attroupement pour se diriger vers ses parents.

Harold et Mégane, livides, regardaient leur fille comme si elle était une étrangère. Ils n'osaient pas s'avancer. C'est elle qui a tendu les bras.

— Vous pouvez venir, je ne suis pas dangereuse. Mes mots ne vous feront pas mal. Enfin, je l'espère.

Il leur a encore fallu quelques secondes. Leurs corps exprimaient un vibrant mélange de douleur et de joie, un marmonnement des gestes ; ultime relent de ce qui leur avait servi de langage pendant sept ans. On n'était pas dans la fierté, on était dans l'incrédulité. Harold a même bafouillé, tendrement :

— Est-ce bien toi, mon amour?

Marie-Lou a éclaté de rire. Pour la première fois, j'entendais la gamine dire:

— Merci!

Elle a même répété, lentement:

— Merci à vous deux.

Mégane, abasourdie, s'est agenouillée devant sa fille.

— Pourquoi «merci» ma chérie, pourquoi?

Et comme si la réponse mijotait depuis longtemps, Marie-Lou a pris le temps d'articuler chaque syllabe:

— Pour votre peine, maman, c'est beaucoup.

Elle avait l'aisance de quelqu'un qui sait.

Il a fallu attendre un long moment avant que la salle ne se vide. Plusieurs personnes semblaient vouloir prolonger ce qu'elles y avaient vécu.

Je me suis approchée de Georges.

— Dis-moi, Georges, pour Marie-Lou, comment as-tu fait?

Il a souri en haussant les épaules et en hochant la tête; sa façon à lui de dire je l'ignore. Puis, comme si c'était la seule réponse possible:

— Je lui ai chanté la chanson, Maryse, c'est tout!

Il m'a poliment tourné le dos et s'est dirigé vers des collègues.

Je regardais Charlot entouré de ces spécialistes de l'enfance et une bouffée d'orgueil m'a remplie d'une douce euphorie. Je me disais qu'il n'y en avait pas deux comme lui sur la planète.

Il m'a vue m'enorgueillir et s'est excusé auprès du groupe qui l'interrogeait. Il s'est avancé vers moi et, comme s'il percevait un danger, m'a mise en garde:

— Attention, maman, Egoman s'empare de toi...

Notes de Georges – Petite muette
11 décembre 2001

Premier soir du congrès. J'ai décidé de prendre une chambre à l'hôtel pour demeurer près de l'action. Faire le bilan de la journée. Me taire.

Ce matin, à ma grande surprise, l'ouverture s'est faite à neuf heures pile. Aucun retard.

À huit heures quarante-cinq, la Du Bonheur se tortillait déjà dans la salle. Première rangée. Je la voyais depuis les coulisses. Sa chaise était électrique. Où était son assurance légendaire ? J'aimais cette image, elle me rassurait.

Charlot et Marie-Lou jetaient un coup d'œil sur les mille personnes présentes. Les deux enfants étaient près de moi, derrière les rideaux, regardant par une toute petite fente.

Le Poucet a ramené une question qu'il m'avait déjà posée plus d'une fois. Cet enfant ne lâchait pas, comme sa mère :

— Ils sont vraiment tous et toutes vos amis, docteur Paris ?

Je souriais sans répondre. J'avais un peu le goût d'y croire ; une croyance de père Noël. J'ai finalement risqué :

— Si tu me poses la question, mon grand, c'est que tu connais la réponse.

Il a d'abord paru surpris. Puis, la mine un peu piteuse :

— Vous avez raison, docteur Paris. Je savais la réponse.

Pour la première fois depuis le début des préparatifs, il manifestait une certaine nervosité.

— J'ai un peu mal au ventre, docteur Paris.

— Rappelle-toi, mon grand, tu le fais pour Hamid et pour tous les enfants à qui Egoman a lancé des cailloux.

Le Poucet s'est immédiatement redressé.

— Et des avions, docteur Paris ! Les enfants à qui Egoman a lancé des avions. C'est pas grave si j'ai mal au ventre.

Marie-Lou faisait les cent pas au rythme de ses mains ; elle répétait son texte pour elle-même.

Quand les lumières se sont éteintes et que Beethoven a lancé ses premières notes, mes jambes se sont ramollies. Un besoin d'agenouillement devant le courage de ces deux gamins et l'amour qu'ils ressentaient pour leur ami disparu ; leur soif de vivre.

En les voyant saisir les boules de verre et se diriger vers la scène, j'ai eu envie de les retenir. J'ai même tendu les bras, je me suis penché vers l'avant, j'ai fait un pas ; il était trop tard.

Leur prestation a laissé des traces. De l'admiration pour certains, du doute pour d'autres et, dans certains cas, de la colère.

On a même témoigné publiquement du mépris à mon égard. L'impression d'avoir été manipulé à travers des enfants. Des lettres écrites au Collège des médecins, aux médias ; des plaintes – Egoman aime se plaindre, ça lui donne de l'importance, une voix. Rien à voir avec la voix de Marie-Lou ; elle a osé défier Egoman.

Je ne saurai jamais d'où provenait le blocage.

Un traumatisme ? La méningite ? La chirurgie ? L'anesthésie ? Le besoin d'un refuge ?

Je soupçonne plutôt un subterfuge de l'ego.

Un autre !

La découverte d'une identité propre : « la petite muette ».

Je suis incapable d'imaginer ce qui se passe dans la tête d'une enfant de trois ans atteinte d'une méningite.

J'ai essayé. Trois ans, c'est plus fort que moi. Plus loin qu'Andromède.

Les rêves, les cauchemars, les peurs ; la panique des personnes qui l'entouraient ; la fièvre, la somnolence, la confusion ; que pouvait-elle ressentir ?

Les sensations provoquées par l'instinct de survie, sans doute, le besoin qu'on s'occupe d'elle.

Toute seule ; impossible, la fin !

Au sortir de la fièvre : la surdité. L'absence de son, le vide sonore, le silence partout. Les quelques mots qu'elle prononce, pas de réponse. Des lèvres qui bougent devant ses yeux, rien. Beethoven qui cherche sa musique ailleurs que dans sa propre tête.

Pendant la période entre la maladie et l'intervention chirurgicale, la peur, c'est sûr. Tous ces sons disparus, ces berceuses, ces «T'es tellement belle ma chérie», ces «Je t'aime»; que sont-ils devenus, où sont-ils? Et, à travers cette peur, la découverte d'une identité propre : «la petite muette».

Une manière subtile d'obtenir de l'attention, «d'être choisie» pour reprendre l'expression chère à Charlot.

J'imagine qu'à trois ans, le cerveau fait une pirouette équivalant à : «On s'occupe de moi parce que je ne parle pas, vaut mieux me taire, je ne retournerai pas dans cette fièvre d'où je viens.» De simples associations, des liens qui conduisent à une autre manière de se sentir unique, spéciale, différente. Pour survivre.

Les enfants adoptent les vêtements identitaires qu'on leur présente inconsciemment.

Et, parfois, malheureusement, consciemment.

C'est l'ignorance à l'œuvre, la bêtise : Egoman.

Il y a des enfants à qui on fait porter des imitations de vestes-bombes, des jouets, comme des chandails de hockey ou de foot. Je l'ai vu à la télévision, le jour de l'attentat. Des enfants de trois ou quatre ans. Vêtus de cet attirail, on leur faisait piétiner le drapeau américain en flammes. J'ai vu ça. Leur père riait. Les amis de leur père riaient. La communauté au complet était en liesse. On chantait. Et l'enfant de sourire devant la caméra. Il avait du plaisir, c'était évident. On le filmait. On en faisait une vedette, un héros, un modèle. Trois ans. Quatre ans. Il adoptait déjà la haine comme identité : «Je suis important et en sécurité sur ce drapeau en flammes. Il y a toutes ces grandes personnes qui m'applaudissent, elles s'occupent de moi. Je suis un héros, je ne mourrai pas.»

L'enfant entrait ces informations dans sa mémoire, sur son disque dur, dans sa banque de données identitaires.

Les liens se faisaient dans la neurologie, les connexions : «Je suis aimé parce que je hais.»

On assistait, « live », au début d'une construction de l'ego, d'une forme d'estime de soi.

Et le père de se sentir quelqu'un parce que son fils était applaudi.

Il devenait lui-même un héros : Dark Vador.

On a sans doute fait pareil avec la croix gammée.

Marie-Lou, malgré l'affection sans bornes de ses parents, avait revêtu une veste identitaire. Le résultat d'une interprétation erronée de ses neurones. Une fausse identité.

Mais il y a eu l'intimidation, les cailloux, la mort d'Hamid.

Elle a trouvé une raison pour quitter son silence, son armure identitaire : elle a découvert l'amitié, un amour profond pour Hamid et Charlot, une solidarité dans la souffrance. Elle a découvert sa capacité d'être présente et d'aimer, sa véritable identité, sa voix. Un autre sens. Ou un sens tout court. Celui que cherchait aussi Charlot.

Puis le désir intense d'en témoigner est devenu plus fort que l'attention que lui procurait son silence. Elle s'est débarrassée de cette pelure désuète qui n'avait rien à voir avec ce qu'elle est vraiment, et qu'elle n'avait plus à porter ou à défendre. Elle pouvait désormais vivre sans recourir aux mouvements de ses mains pour se protéger.

Ça s'appelle le détachement.

Il y a tellement de vestes qui deviennent identitaires...

Il faudrait que je quitte les miennes...

Je sais parler aux enfants. Il me reste à trouver une voix pour parler aux adultes.

Surtout ceux que j'aime... Elle !

Notes de Georges – Le congrès : réactions et lettre de bêtises

Janvier 2002

Harold et Mégane, les chers parents de Marie-Lou.

Lui plombier, elle couturière.

Des gens sans prétention.

Très présents quand on leur parle. De cette présence requise par l'exercice de leur métier ; l'attention au tuyau qu'on installe ou au bouton que l'on coud.

Elle m'a d'ailleurs offert une grande boîte à la fin du congrès. Verte, luisante, entourée d'un large ruban bleu couvert d'étoiles : « Nous sommes quelques jours avant Noël, docteur Paris. Vous pourrez certainement utiliser le contenu de cette boîte lors de la fête annuelle du service de pédiatrie. »

Un magnifique costume de père Noël. Vert. Un mélange de jaune et de bleu (peut-être une influence inconsciente venue des dessins de sa fille ? On ne saura jamais). Un tissu très léger, du lin, avec une doublure amovible : « Vous pourrez le porter en toutes saisons, docteur Paris. Même l'été ! Les enfants pourraient apprécier... »

Elle avait, de toute évidence, été informée à propos de mon style, de mon allure, de mes tendances. Par Marie-Lou probablement. Par Charlot peut-être. Ou par les deux, tout simplement.

Quand la fête a eu lieu, troisième semaine de décembre, j'ai revêtu le costume. Des enfants m'ont demandé pourquoi j'étais vert.

— À cause des arbres, je veux leur ressembler.

Ils comprenaient tout de suite. Et me l'exprimaient avec l'indulgence de ceux à qui la souffrance a donné des rides dès l'âge de sept ans :

— C'est une bonne idée, père Noël.

Leur mine empathique me rappelait une phrase de Félix Leclerc*, lue pendant mon adolescence dans son Calepin d'un flâneur, mon livre préféré à l'époque : « Ce n'est pas parce que je suis un vieux pommier que je donne de vieilles pommes. »

D'autres gamins ne faisaient pas la différence. Rouge, vert, pourvu que je sois là. Ils sautaient autour de moi comme s'ils étaient guéris. Cancer, fibrose kystique, peu importe, ils avaient l'énergie qu'on attribue à la santé. Des cris de joie, des bonds de sauterelle, des courses de biche.

D'autres encore, plus faibles, très pâles, enfouis sous des couvertures au fond d'un fauteuil roulant, souriaient malgré le conduit d'oxygène dans leur nez et le soluté dans leur bras.

Les plus âgés, qui ne croyaient plus en moi, mêlaient quand même leur enthousiasme à la fête et jouaient le jeu des plus jeunes.

C'était à me demander si je n'étais pas plus efficace en père Noël qu'en psychiatre...

Cette fête m'a fait grand bien.

J'en avais besoin.

Les enfants m'ont soigné de nouveau.

En effet, dans les jours qui ont suivi le congrès, des courriels sont arrivés de partout.

D'abord des remerciements, des compliments, des félicitations.

Au sujet des premières minutes, de l'ouverture.

On louait le courage des enfants, l'originalité de la mise en scène, l'audace du propos.

On me demandait la permission de reprendre l'idée ailleurs. Dans d'autres pays.

On me disait qu'il ne serait pas difficile de trouver des enfants qui avaient vécu les mêmes horreurs qu'Hamid, Charlot et Marie-Lou. Que c'était universel.

Et qu'il fallait plus que jamais donner la parole aux premiers concernés.

À tous les martyrs de l'ego.

Cesser de glorifier Egoman, et en approfondir les méfaits, une fois pour toutes. Révéler son vrai visage plutôt que d'en faire l'apologie.

Débusquer ou approfondir ce phénomène.

Qu'il était temps qu'on s'y mette, toutes et tous !

Scientifiques, chercheurs, médecins.

Pour enfin mettre au jour cette supercherie et s'en débarrasser.

J'ai reçu des lettres aussi, très élogieuses. Écrites dans la patience que les courriels ne connaissent pas.

Mais au milieu de ce flot de reconnaissance, des cailloux !

Des voix dissonantes.

Dont une en particulier, très forte, qui a retenu toute mon attention.

Elle m'a été remise par ce gestionnaire qui se plaît à nous rappeler, à la Du Bonheur et à moi, qu'il gère.

Une lettre pleine de fiel.

Je l'ai relue plusieurs fois.

Trop de fois.

Sans être en mesure de laisser tomber.

De l'empêcher d'imprégner ma mémoire.

De ne pas laisser quelqu'un s'emparer de ma tête.

Pourtant il y avait eu cette femme, en fin de congrès, venue partager cette leçon donnée par son père : « Docteur Paris, ne laissez jamais personne prendre possession de votre tête ! »

Je n'y arrivais pas, moi, grand spécialiste de la libération de la tête.

Cette lettre s'est insinuée dans mes neurones, couverte de venin.

Comme ces flèches qu'on trempe dans le curare, en Amazonie, pour paralyser une proie.

L'ego : proie parfaite, le mien surtout.

Mais bon, chaque être humain pourrait dire la même chose.

La lettre était d'une écriture raffinée, soignée, méthodique.

Encre bleu azur, très belle, visiblement choisie pour mieux camoufler le poison qu'elle renfermait.

Docteur Paris,

(Peut-on encore vous appeler « docteur » ? Êtes-vous seulement digne de ce que ce mot représente ? Pour ma part, je ne crois pas !) J'étais de la conférence que vous avez organisée. Malheureusement !

Comme je le regrette !

Je ne pouvais pas imaginer qu'on puisse être à ce point inconscient, pervers, dépravé. Votre comportement constitue une tache sur notre profession, de la boue sur notre sens de l'éthique, du cambouis sur nos intelligences.

Vous devriez vous faire soigner de toute urgence. Mais je n'arrive pas à imaginer qu'il puisse exister, en ce monde, un thérapeute apte à vous venir en aide. Ça me semble trop profond. Trop encrassé. Irréversible.

Il n'y a pas de mot dans le répertoire des diagnostics psychiatriques pour décrire le problème qui vous afflige. Il faudrait l'inventer. Et ne comptez surtout pas sur moi pour le faire. Je crains de me pervertir moi-même en me penchant un tant soit peu sur votre cas.

Je devrais d'ailleurs vous dénoncer. Ce que vous avez fait est ignoble. Exploiter des enfants pour vous faire valoir, ça rejoint, sans équivoque, tout ce que l'homme a fait de plus bas au cours de l'histoire.

Les exposer au regard de mille spécialistes, tous habitués à distinguer le faux du vrai, relève de la plus innommable irresponsabilité. Faire croire à des innocents qu'ils pourraient nous duper, ça frise la méchanceté ou, pire encore, le vice.

Cette histoire de jeune fille, par exemple, qui retrouve la parole devant une foule, c'est du très mauvais Disney. Voilà qui en dit long sur ce que vous pensez de vos collègues ; pour qui nous prenez-vous ?... Des imbéciles ? Des crétins ? Des idiots ? Vous considérez-vous à ce point supérieur ? Avez-vous cru un seul instant qu'on ne percevrait pas votre mépris à notre égard ? Êtes-vous bête ou immoral ? Les deux peut-être...

Et comment êtes-vous parvenu à convaincre cette enfant ? Je n'arrive toujours pas à croire que vous ayez pu abuser à ce point de la naïveté d'une petite fille. Quel stratagème avez-vous utilisé pour l'amener à se faire complice de votre ridicule comédie ? Que lui avez-vous promis ?... Des applaudissements ?... Son nom et sa photo dans le programme du congrès ?... Un enregistrement vidéo ?...

Vous êtes-vous regardé récemment dans un miroir Monsieur Paris ? Avez-vous bien contemplé cette allure ridicule que vous avez ? Cette barbe, ces cheveux, ces lunettes ? C'est du délire à la limite de l'état psychotique... On en hospitalise pour moins que ça ; une honte à votre âge !

Et comment avez-vous pu oser vous servir de l'autre gamin, Charlot si je me souviens bien... L'avez-vous berné avec les mêmes promesses que celles faites à sa copine ? Comment peut-on avoir le culot de faire jouer pareil rôle à un être aussi naïf et sans défense, aller même jusqu'à lui faire dire qu'il perdra la vue... Avez-vous sérieusement pensé qu'il pouvait nous tromper et nous émouvoir ?

Et ce personnage d'Egoman, est-ce encore une invention sordide de votre part ? N'avez-vous pas réalisé, un seul instant, qu'il s'agit d'une manière parfaitement malsaine de vous emparer de l'esprit d'un enfant ?... Faire appel au concept du superhéros, de bande dessinée, de dessin tout court ; existe-t-il plus vil moyen d'abuser de votre pouvoir ?

Vous êtes passé maître dans l'art de manipuler les bons sentiments, monsieur, le savez-vous ? En êtes-vous conscient ? J'en serais le premier étonné, car vous ne manifestez aucune forme d'autocritique ; premier atout d'une personne qui exerce notre profession !

Et ces images de jeune Arabe qui se serait suicidé ; quelle imagination tordue vous avez ! Le montage que vous avez fait, la tête de votre Hamid superposée aux avions, aux tours, à l'explosion ; j'ai même failli me laisser prendre à votre jeu. Du sensationnalisme de télé-réalité, de la fumisterie de prestidigitateur, de la pure mythomanie ! Vous êtes, je dois le reconnaître, incroyable !

Et tout ça, pour soi-disant en finir avec l'ego ! Mais bon sang, où avez-vous la tête ? Vous vous en prenez à ce qu'il y a de plus précieux chez l'être humain ; le cœur même de notre identité, de notre être, de notre essence ; êtes-vous devenu fou ?

Je ne vous dénoncerai pas, monsieur, car vous êtes une triste victime de l'ère du spectacle; un autre pantin manipulé par les gourous de l'image; un disciple inconscient de leurs sectes. Et comme je suis avant tout un soignant (contrairement à vous, il me semble), je souhaite que mes mots atteignent le peu de sens qu'il reste peut-être encore sous vos mensonges. Et j'espère malgré tout – je suis un grand idéaliste – qu'ils arriveront à éveiller chez vous un brin de lucidité afin que vous n'osiez plus, de toute votre vie, répéter pareille insanité.

Je dois vous avouer que suis fort heureux de signer mon nom; il m'apparaît plus que jamais significatif:

Docteur Jocelyn Sansregret, m.d. f.r.c.p.

Des cailloux! Encore des cailloux!
Egoman ne voit pas la vérité. Il en est incapable. Même chez les plus brillants des hommes, il domine l'intelligence et la lucidité.
Il attaque pour se défendre, survivre, ne jamais mourir.
Et chez moi, malgré des centaines d'appuis, il ne regarde que la plainte, la critique, le blâme. Le cerveau privilégie de mettre l'attention sur ce qu'il perçoit comme une menace; un vieux réflexe, quelques millions d'années de conditionnement.
Ce n'est qu'en revêtant le costume confectionné par Madame Mégane, pour la fête de Noël, que j'ai retrouvé ma véritable identité.
Celle du vide. L'absence de tapage intérieur.
Dans la joie des enfants, Egoman s'est enfin tu.
Peut-être vais-je dorénavant pouvoir soigner comme je ne l'ai encore jamais fait.
Dans le silence de ma tête.
À partir de rien...

Cinq années plus tard...

Le couple
Janvier 2007

Pendant que j'attendais l'arrivée de son adolescence, Charlot était occupé à vivre autre chose. Au cours des cinq années ayant suivi le congrès, il a déménagé dans sa propre chambre, en « couple » ! Rien à voir avec la période au cours de laquelle il s'enfermait avec Dark Vador. Sa figurine préférée était désormais blonde et bien vivante. Elle avait le même âge que lui. Et après s'être tue pendant des années, elle parlait.

Quand je questionnais Georges au sujet de la « guérison » de Marie-Lou, il disait qu'elle n'avait rien de miraculeux. Qu'il l'avait mise en scène, bien sûr, mais avec l'accord de sa protégée : « Parce qu'à deux, on désirait montrer qu'il est possible de venir à bout d'Egoman, Maryse. De se débarrasser de son emprise et des rôles qu'il nous fait adopter. Et Marie-Lou désirait surprendre Charlot, lui faire cadeau de sa gratitude devant mille témoins. Un merci public à son meilleur ami ; pour son écoute ! »

Georges disait que son métier ne servirait à rien s'il n'existait pas de « guérisons » de cette nature. Que son rôle était de redonner la parole à tous les enfants qui l'avaient perdue, ou d'en permettre l'apprentissage à ceux qui ne l'avaient jamais acquise. Il disait de lui-même qu'il était une sorte d'orthophoniste de l'âme. Que Marie-Lou était un symbole : « Elle incarne la victoire sur les forces obscures qui bâillonnent l'enfance, Maryse. Voilà pourquoi je l'ai mise en scène devant mille psys. Elle représente tous les petits muets et toutes les petites muettes pour qui je me bats. »

Il racontait que la pire des forces obscures était l'ignorance. Et que la majorité des êtres humains ignorait ce qu'était l'ignorance : « On ne sait pas ce que signifie l'expression "se connaître", chère Maryse. On en parle depuis des millénaires, mais on ne cherche pas dans la bonne direction. On regarde du côté des rêves à réaliser, des désirs à satisfaire, du besoin de réussir, alors qu'il suffit de découvrir ce que veut dire "être là". Une présence immédiate à tout ce qui se passe en nous et autour de nous. Plus particulièrement à ce vacarme permanent qui pollue la tête des hommes et mobilise toute leur attention vers ce moi qu'ils vénèrent : la voix d'Egoman. »

J'étais consternée par la place que Georges accordait à ce personnage inventé par mon fils.

Mais le psy joignait sa voix à celle de Marie-Lou pour rendre hommage à Charlot : « Egoman, Maryse, penses-y ! Quelle brillante idée ! Donner une forme à l'ego, le dessiner, le sculpter... Freud* n'a jamais un seul instant songé à ça ! Ni aucun de ses disciples d'ailleurs. Enfin, pas à ce que je sache. Ils y ont pourtant consacré leur existence. Depuis plus d'un siècle on cherche des moyens de renforcer le « moi », de le faire croître, de l'outiller pour qu'il puisse se défendre, s'affirmer, devenir ce qu'il est. On croit que la vie a pour but d'en assurer la réussite, l'accomplissement, la réalisation. Charlot vient renverser tout cela, Maryse. Tu disais d'Hamid qu'il était un révolutionnaire, Charlot l'est aussi. Egoman !... Wow !... Un personnage qui prend la conscience en otage et l'empêche d'avoir accès à ce que perçoivent les sens ; une créature qui occupe l'intelligence et en fait une chambre de torture plutôt qu'un lieu où les capacités d'un être humain peuvent s'exprimer à leur plein potentiel ; un spectre qui détruit la vie plutôt que d'en favoriser l'épanouissement. Et Charlot qui veut nous débarrasser de ce dictateur ! En le faisant sortir de l'ombre, en lui donnant un visage, en le démasquant ! Démasquer une illusion, Maryse, wow ! »

Il s'emportait, la face aussi bleue que celle d'Egoman.

Ses mains, probablement sous l'influence des soirées passées à écouter Marie-Lou, affirmaient bien haut qu'elles continueraient d'accompagner les enfants dans leur entreprise : « Tant qu'ils voudront bien de moi, je serai là ! »

Le congrès n'avait fait que renforcer le désir qu'avaient Charlot et Marie-Lou de représenter l'ego. Les psychiatres n'avaient pas répondu à leurs questions. Georges le savait, bien avant l'évènement probablement.

Les enfants partageaient leur vie entre l'école, leur chambre respective, et les ateliers qui avaient été aménagés pour eux dans les deux maisons.

Ils ont vécu cinq années de cette « vie de couple » avant l'épisode qui a transformé mon existence une fois pour toutes.

Ils grandissaient ensemble. Et alors que je continuais à vouloir devenir extraordinaire, ils s'affairaient à découvrir l'ordinaire.

À la suite du congrès, Charlot a cessé de m'interpeller. Il avait trouvé quelqu'un d'autre pour partager ses questions.

Il a complètement perdu la vue. Marie-Lou le soignait, lui servait de guide. Je découvrais la jalousie : « Marie-Lou » par ci, « Marie-Lou » par là, j'avais l'impression de n'exister qu'afin de pourvoir à leur survie : la bouffe, les vêtements, les visites chez Robert (qui ne faisait que confirmer les dégâts causés par la fichue maladie de Kjer) ; tout le reste appartenait à Marie-Lou.

Mon enregistreuse avait pour seule fonction de capter l'admiration qu'avait mon fils pour la blondinette. Une jeune femme qui gagnait en beauté ce que je perdais en exclusivité, en intimité.

J'ai un jour lancé l'enregistreuse au bout de mes bras. J'avais décidé que c'en était fini, que je ne transcrirais plus rien. Mon fils avait une nouvelle confidente, quelqu'un d'autre pour établir des dialogues.

Je ne servais plus qu'à payer.

J'étais abandonnée par le fils après avoir été abandonnée par le père ; Jérôme... le salaud !

Inutile pour moi de chercher à représenter Egoman, il avait déjà un visage : celui de mon ex. Si j'avais essayé de dessiner l'ego, je me serais certainement inspirée d'une photo de Jérôme ; Egoman déguisé en clown !

Egoman = Jérôme « The Best », Jérôme le pseudo-guérisseur d'enfants, Jérôme la star cosmique.

Charlot, avec son humour d'ado, disait : « On veut être une star parce qu'on ignore qu'on est un morceau d'étoile » ; il parlait de son père.

Mon ex avait cessé de donner des nouvelles après avoir annoncé à son fils qu'il partait pour l'Inde : « Ton père se cherche, mon grand, et il veut se trouver ; ce sera dans une grotte. »

Il avait dit à Charlot qu'il rencontrerait des gourous, des maîtres, dans le but d'atteindre l'illumination : « Ça veut dire ne plus jamais souffrir, mon fils. Un jour, tu comprendras. »

Charlot s'était confié : « On a pas besoin de devenir illuminé quand on sait qu'on est un morceau d'étoile, Mom, on l'est déjà. »

Il n'y avait jamais eu d'Inde, ni de grotte.

Lara, sa contorsionniste recyclée en ostéopathe, m'avait rendu visite dans les semaines ayant suivi le congrès. Elle s'était présentée à l'hôpital en milieu d'après-midi, le 14 février 2002 (comment ne pas m'en souvenir ?) : « Docteur Du Bonheur, vous êtes demandée à l'accueil. »

Ah bon ? Mon fils peut-être ?... Non, la surprise totale ; une bohémienne, une hippie : « Je suis Lara, docteur Maryse, la compagne de Jérôme. Il a besoin d'aide. »

Aucune allusion à l'anniversaire de Charlot ; de toute évidence elle l'ignorait, ou l'avait oublié.

O-laugh ne faisait plus rire personne... sauf moi ! Je riais en écoutant cette jeune femme aux traits tirés. Elle était aussi maigre que mes malades, aussi verte. Je me retenais pour ne pas l'interroger sur la nature des traitements qu'elle offrait : « Êtes-vous votre propre thérapeute, madame ? Vous devriez essayer autre chose... »

Plus elle parlait, plus je me bidonnais. Je l'avais finalement devant moi, cette connasse, défaite. Elle se désarticulait sous mes rires et j'y prenais plaisir.

Elle a fini par croiser les mains dans un appel désespéré : « Aidez-nous s'il vous plaît. Jérôme ne sait pas que je suis ici. Il ne serait jamais venu lui-même. Je me disais que vous l'aviez déjà aimé. Et que peut-être... parce qu'il est le père de Charlot... »

Jérôme avait été congédié par son cirque. La star s'éteignait. D'autres clowns étaient plus drôles que lui.

Il avait tout essayé pour remonter au sommet : coke, ecstasy, meth, alcool ; le grand cocktail. Il n'avait plus besoin d'utiliser son talent de comédien pour faire ses pirouettes... Quand il perdait l'équilibre, sur scène, c'était bien réel. Au début, il continuait à faire rire, mais peu à peu, il s'était mis à tomber dans les premières rangées. Le déguisement ne cachait plus rien. Le clown avait même blessé un enfant. Dehors, le clown !

Tante Bénédicte refaisait surface. Je me mordais les joues.

J'ai fait un chèque à Lara et lui ai dit que je ne voulais plus jamais la revoir.

Charlot n'a pas su. J'ai gardé cette rencontre pour moi. Après la dernière conversation avec son père, il n'en a plus parlé. Certaines de ses sculptures représentaient un homme sans visage assis en position du lotus.

Une fois, il m'a dit : « Quand on se cherche, c'est qu'on est perdu. Et si on est perdu, c'est parce qu'on ne se sent plus choisi comme on voudrait l'être. Egoman est toujours perdu parce qu'il ne se sent jamais suffisamment choisi. Jamais. » Il avait quatorze ans.

Une semaine avant son quinzième anniversaire (en février 2006), Charlot m'a demandé l'épée de Dark Vador.

— Maman, j'aimerais que tu m'achètes l'épée de Dark Vador.

— Pourquoi ?

— Parce que je m'en servirais comme canne blanche.

Il m'a alors expliqué que celle de Dark Vador était rouge ; la couleur du sang, pour faire peur. Mais qu'il la prendrait blanche même si elle était moins puissante. Et que de toute façon, c'était celle que Dark Vador utilisait avant de basculer dans l'obscurité. Et qu'en fin de compte, il n'aurait pas besoin de l'épée pour sa force, mais pour montrer qu'il ne voyait plus les gens et qu'il pourrait les heurter. Et que dans son cas, ce n'était pas la couleur du sang qui importait, mais celle de la lumière. Et que des épées comme ça, on pouvait en avoir de toutes les grandeurs.

Puis est arrivée la question-choc ; celle que j'attendais, mais ne voulais pas entendre :

— Maman, c'est quoi être amoureux ?

Cette interrogation me dérangeait, m'irritait, mais au moins, c'est à moi qu'il l'adressait. Enfin une question qui m'appartenait, comme avant !

J'oscillais entre la joie d'être unique de nouveau et la distance que cette question renfermait. Elle m'exaspérait : amoureux, amoureux, à quinze ans, quelle perte de temps ! Rien d'autre qu'un terrain fertile pour la souffrance. Si seulement il savait...

Je faisais l'innocente, j'avais appris à faire ça.

— Tu m'intrigues, mon chéri... Je ne suis pas certaine de savoir.

— Je pense que je suis amoureux.

— Ah bon ?

— Tu n'étais pas amoureuse de papa ?

— ... Je ne sais pas, je ne me souviens plus.

Il paraissait extrêmement déçu.

— Même pas un peu, Mom ? Dis-moi, pourquoi papa et toi vous avez divorcé ? Je n'étais même pas né, est-ce de ma faute ?

Les yeux fermés, il semblait chercher une réponse avec ses mains, en les croisant, comme un accusé implore la clémence du juge. Un réflexe, peut-être... Ou était-ce la mémoire de l'ancien langage de Marie-Lou ?

— Ça n'a rien à voir avec toi, mon chéri, c'est parce qu'on ne s'aimait plus. Enfin, ton père ne m'aimait plus.

— Explique-moi, Mom, pourquoi un jour vous vous êtes aimés et que vous m'avez fait et, qu'après, vous avez cessé de vous aimer. C'est quoi ce genre d'amour ? Ça s'arrête un jour ? Pourquoi l'as-tu quitté ? Est-ce à cause de ton ego ? Je ne veux pas vivre ça avec Marie-Lou.

J'aurais préféré qu'il soit encore dans mon ventre, qu'il n'ait pas quinze ans : « Au secours Alexandrine ! »

Comment lui laisser ses illusions : « ... Je ne sais pas mon chou, il faudrait que j'y pense. »

Une autre question pour mon copain Georges, le spécialiste de l'amour ! Je veux dire chez les adolescents. Parce que pour l'amour entre adultes, il aurait assurément eu besoin d'un thérapeute. Il m'avait dit « T'es belle Maryse ! » une seule fois ! Puis l'enveloppe s'était refermée, rangée dans le tiroir de la peur, pendant cinq ans ; des mots repliés sur eux-mêmes. Je les sentais parfois pousser comme s'ils essayaient de déchirer l'enveloppe depuis l'intérieur. Trop de colle, trop de salive, il aurait fallu quelque chose de coupant. Je n'osais pas. Je ne suis pas chirurgienne.

Charlot et Marie-Lou n'avaient pas besoin de chirurgie. Oh, pour les séparer peut-être... légèrement.

Peu à peu, j'ai commencé à me sentir envahie. J'ai vu apparaître les premières sculptures du corps de Marie-Lou. Seulement de l'argile. Elle l'exigeait : « Seule matière qui soit aussi fragile que moi et qui peut très bien casser, se fracasser, disparaître, comme Egoman ! »

Georges disait : « Symbole parfait de l'impermanence, du non-attachement, wow ! » Une lecture qui n'appartenait qu'à lui, sans doute.

— C'est toute ma peau qui la sculpte, maman. Tous mes nerfs. Toutes mes veines.

J'avais envie de provoquer mon fils :

— Je n'aime pas ses hanches, ses seins...

— Maman, comment peux-tu dire une chose pareille ? Mes mains savent ! C'est quoi ton problème ?

J'étais émue jusqu'aux larmes par les œuvres que je voyais. Un visage visiblement modelé par l'amour quand on y croit encore ; la tendresse qui avait joué dans la glaise ; les jeunes courbes découpées par le soleil en personne ; un corps maigre, trop maigre, mais tellement vrai.

— Quand tu en parles, Charlot, c'est trop beau, tu l'idéalises, c'est toujours dangereux d'idéaliser quelqu'un.

— Et pourquoi c'est dangereux d'idéaliser quelqu'un ?

— Parce qu'on risque d'être déçu.

— Parle pour toi, maman.

J'ai baissé la tête. Il a certainement senti mon mouvement ; le menton sur le cou, le désarroi qui accompagnait ce geste, ma peine.

— On est dans un puzzle géant, maman, tu te souviens ? C'est toi qui m'en as parlé, il y a longtemps.

Ma respiration seulement ; je n'avais rien d'autre à offrir, je savais à quel point il l'entendait...

— T'entends le clouc, maman ? Tu sais ce bruit qu'on s'était donné ? Pour se confirmer qu'on avait réussi à mettre une pièce du puzzle dans l'autre ? Je ne peux plus voir les morceaux, Mom, mais je peux les entendre quand ils s'emboîtent.

— Oui, je me souviens, mon chéri : clouc !

— J'ai fait l'amour avec elle, maman. Elle voulait être la première. Sa peau brûlait comme un bûcher. J'ai découvert qu'embrasser est une des formes les plus élevées d'écoute. C'est fou tout ce qu'on entend dans des lèvres.

Ils baisaient, merde ! Je ne pouvais pas croire ce que je venais d'entendre.

— Quand je pose mes lèvres sur elle, je sens la vie qui circule sous sa peau, maman. Mes lèvres ont soif de vie, plus que jamais. Terriblement soif.

Comment avais-je pu ne pas m'en rendre compte, ne pas voir ?

— La vie dans mes lèvres cherche la vie dans les siennes, Mom. Je pense que c'est ça qui arrive quand on s'embrasse. C'est la vie qui se cherche elle-même, et qui se trouve.

— Tais-toi, Charlot, tais-toi !

— Nos peaux se parlent, je crois. Depuis le temps qu'on apprend à utiliser d'autres moyens que nos voix... On ne s'est jamais si bien compris.

Il avait franchi les portes de l'attachement. À quinze ans, on ne peut pas faire l'amour sans entrer dans la crainte de perdre l'autre... Enfin, pas pour moi.

— Elle est tellement présente, maman, comme si elle savait qu'une seule seconde ailleurs que dans nos caresses était une seconde perdue.

Il n'avait aucune gêne à me raconter. Au contraire, la sexualité n'était pas un problème pour lui, mais une expression artistique.

— Tu pourrais craindre que je m'attache, maman. Ne crains rien, je ne m'attache pas, j'aime. L'attachement n'est pas l'amour.

Il continuait de me faire baisser les bras. Je perdais toute forme d'intelligence dans la peur croissante qu'il ne se fasse terriblement mal. Je demeurais incrédule – toujours la même rengaine – il ne pouvait pas me balancer des phrases pareilles à son âge, même s'il avait vieilli ; impossible !

Il ne comprenait pas ce qu'il disait, j'en étais convaincue. Des phrases apprises par cœur au cours de lectures d'adolescent pour faire bonne impression auprès des ados de son entourage, se distinguer, être choisi.

Comment pouvait-il savoir ce qu'il faisait ? Balivernes. Jamais le cliché « l'amour est aveugle » ne m'était apparu plus juste.

Quand je les regardais tous les deux, je les enviais, je les condamnais.

Leurs mains constamment nouées m'agaçaient. Tellement !

Leurs baisers me faisaient suer. Charlot n'avait même pas besoin de fermer les yeux pour aller au bout d'une sensation, pour ressentir ce qu'on ne ressent pas lorsqu'on garde les yeux ouverts.

Quand Marie-Lou prenait le visage de mon fils entre ses mains et qu'elle l'approchait de ses lèvres, je me rappelais un vers de Paul Claudel*, appris au secondaire : « Un parfum que pour respirer, il faut fermer les yeux ». Ça me révoltait. La maladie de Charlot accentuait l'intensité de son rapport au plaisir, j'en étais certaine.

Egoman hurlait dans ma tête : « Combien de temps ça dure être amoureux ?... » Et il se répondait à lui-même : « Trois ans maximum ! »

J'essayais de me convaincre, de me rassurer, de panser mes blessures : « Ça ne peut pas durer plus longtemps que ça, c'est impossible. C'est écrit dans les magazines populaires. »

Mais Charlot en remettait. Il se servait de mon univers en plus.

— Quand j'ai envie de faire l'amour, maman, c'est le monde entier qui s'en mêle. Je veux dire toute l'évolution, toute l'histoire de la vie qui charge comme une horde de chevaux à travers mes cellules. C'est très difficile à supporter et c'est en même temps enivrant. Une violente charge du monde à travers la biologie, maman. Ça doit te dire quelque chose, à toi, la passionnée de biologie ?

Si tu savais tout ce que ça me disait Charlot. Tout ce vide que ma biologie ressentait, si tu savais...

— Maman, je n'ai jamais rien vu de plus beau qu'une femme qui jouit. Et t'imagines, c'est avec mes mains que je la regarde. C'est bizarre, avant, quand elle ne se servait pas de sa voix, je l'écoutais avec mes yeux. Maintenant qu'elle parle, je la vois avec mes mains.

Je lui enviais ses mains, le pouvoir de ses mains. J'aurais aimé m'en servir pour donner une voix à la peau de Georges.

— Et t'inquiète pas, Mom, on se protège. Avec elle, c'est facile !

Je n'ai pas relevé.

En plus, il essayait de me faire comprendre, un peu comme Georges :

— Je vois de plus en plus clairement les manifestations d'Egoman, maman. C'est fou tout ce qu'on voit quand on ne voit plus rien. La différence entre « aimer » et le « besoin d'être choisi ». J'ai entendu, à la télé, un homme qui venait de tuer un ours : « Je l'ai mon trophée », disait-il. Mais il disait surtout : « Enfin ! » comme s'il avait attendu ce moment toute sa vie ; tuer un ours. Il se réjouissait d'avoir fait ça. Il avait mis des poubelles pour l'attirer. Il y avait tellement de fierté dans sa voix, ça me faisait même un peu mal : « C'est le plus gros jamais tué dans la région, un record ! Ce sera dans un livre ! » J'étais content de ne pas le voir, maman, l'ours. Egoman était là, à se raconter. C'est une autre de ses façons de se sentir vivant ; avoir quelque chose que les autres n'ont pas ; son nom dans un livre à côté du plus gros poisson, du plus grand panache, des plus belles plumes. Quelque chose que les autres n'ont pas accompli, n'ont pas vu, n'ont pas entendu. Être « le » seul pour ne pas être seul... Avec Marie-Lou, on n'a pas besoin de ça. Ce qui est le plus dur, c'est d'entendre Egoman quand il gueule dans notre tête, surtout si on lui dit qu'il s'est trompé et qu'il pense que son nom ne sera jamais écrit dans un livre.

L'amour lui donnait une telle assurance. Moi, il m'enlevait toute la mienne.

Alors que la plupart des ados se cherchent une identité, Charlot continuait à vouloir se débarrasser de son ego.

— Peut-on vivre sans ego maman ?

— Je ne crois pas mon grand, je vais demander à Georges.

— Pas besoin de demander à Georges, maman, je connais la réponse. Le moi va toujours dire : « On a besoin de moi », c'est sûr ! Qu'est-ce qui lui arriverait si on n'avait plus besoin de lui ?

En effet, qu'arriverait-il au « moi » si on n'avait plus besoin de lui ? Un philosophe de quinze ans me posait des questions et je me sentais stupide...

— On n'a pas besoin de lui, maman, j'en suis certain ! C'est ridicule la nécessité d'avoir un « moi ». Il suffit d'aimer, de créer, d'apprendre, et la vie peut circuler. Pareil comme si elle était contente. Mais Egoman n'aime pas ça du tout. Il revient tout le temps embêter la vie.

Et Georges de m'expliquer :

— C'est fou le peu de confiance que tu as dans ton fils, Maryse. Il peut très bien apprendre à observer les mouvements du « moi » à l'intérieur de lui ; découvrir les talents, le potentiel, les qualités à développer et les distinguer des pressions que fait l'ego pour qu'on en parle. Charlot a compris que le sentiment de paix n'apparaissait que lorsqu'on n'a plus rien à prouver, Maryse, ni à soi-même, ni aux autres. Et qu'il n'est pas nécessaire d'être quelqu'un pour être aimé. Et toi, qu'est-ce que ça va te prendre pour que tu l'apprennes ?

Il me répétait qu'il était temps que je me débarrasse de mon enregistreuse (il ignorait que c'était déjà fait !) et de bien d'autres choses... Surtout de mon terrible besoin « d'exclusivité » :

— Quand vas-tu enfin laisser tomber l'exigence d'être la personne « choisie » entre toutes, chère collègue ?

Et cette phrase pleine d'acide :

— Comment peut-on te choisir quand on sent que ce ne sera jamais suffisant ?

Il ne dérougissait pas. C'est terrible quand on a la face bleue.

— Tu as la possibilité d'explorer l'envie et la jalousie, chère docteure ! Ça pourrait t'être tellement utile. Deux émotions issues de la peur. Apprendre à les distinguer l'une de l'autre, le feras-tu ?

— Ah bon, toi qui en sais toujours plus que les autres, toi qui sais ce que personne d'autre ne sait, toi qui connais tout ; dis-moi !

Il n'a pas mordu.

— La jalousie, c'est la peur de perdre ce que tu as l'illusion de posséder, Maryse. Quelque chose ou quelqu'un que personne d'autre ne possède et qui, par conséquent, te procure un sentiment d'unicité. Ton fils, par exemple, sa présence à tes côtés te permet de te sentir la meilleure mère, la meilleure docteure, la seule qui soit capable de le soigner. Et lorsque tu es remplacée par une ado de quinze ans capable de soigner elle aussi, ayoye, ça ébranle ton sentiment d'être unique! Surtout, surtout, si à quinze ans, cette ado est capable d'aimer...

Il cherchait, de toute évidence, les signes qui révéleraient une déstabilisation en moi. Il a continué à pousser:

— C'est Egoman ou, dans ton cas, Egowoman qui s'applaudit elle-même. Beaucoup de parents demandent ça à leurs enfants, Maryse, même à travers la maladie de ces derniers; tu te rends compte?

Malgré ma main prête à le gifler, j'ai repris:

— Et l'envie, monsieur le psychiatre, l'envie, c'est quoi?

— L'envie, c'est la peur de ne pas avoir ce que quelqu'un d'autre te semble posséder, Maryse; quelque chose qui le rend unique à tes yeux et qui te laisse, toi, dans la masse grise de tous les ordinaires.

— Je ne suis pas certaine de faire la différence...

— Dans le cas de la jalousie, c'est la peur de perdre, Maryse, tandis que dans le cas de l'envie, c'est la peur de ne pas avoir. Dans les deux cas, tu n'es pas libre, et tu ne peux plus aimer.

Je n'entendais rien à ce qu'il me disait. Ne voulais rien entendre.

J'ai acheté un cellulaire.

Les enregistrements d'Egoman devenaient plus faciles, sa voix mêlée à la mienne, du matériel aisé à réécouter; nos deux voix se plaignant d'un commun accord de la présence de Marie-Lou dans la vie de mon fils. L'ancienne petite muette qui, après avoir possédé les yeux de Charlot, en possédait maintenant les oreilles et les mains.

Un matin de juillet 2006, Marie-Lou est arrivée dans mon service. Ses parents l'accompagnaient. Elle était plus pâle que d'habitude, ce qui n'est pas peu dire. Plus maigre. Avec des bleus sur la peau. Cette fois, les cailloux venaient de l'intérieur.

Quelques jours plus tard, le diagnostic tombait.

Le plus grand de tous les cailloux : cancer !

Je ne l'ai jamais vu venir.

Pourtant, il suffisait de bien regarder les sculptures…

Notes de Georges – Petite ombre

Marie-Lou, petite ombre discrète, l'ombre de la neige pendant qu'elle tombe.

Après cinq années sans vent, une tempête : leucémie lympho-blastique aiguë.

On l'appelle aussi « cancer du sang » quand on s'en parle. C'est pour nous comprendre, elle et moi.

— J'ai le cancer du sang, docteur Paris.

— Oui, je sais.

— Ça me rend plus faible.

— Oui, je sais.

— Et plus maigre.

— Oui, je sais.

— Et ça me donne aussi des bleus.

— Oui, je sais.

— Est-ce qu'il y a quelque chose que vous ne savez pas, docteur Paris ?

— Comment tu te sens, je ne sais pas.

— Moi non plus, je ne sais pas.

Elle tourne la tête pour fuir mon regard. Je regarde ailleurs, moi aussi, pour rattraper le sien.

— Tu ne sais pas, ou tu ne veux pas en parler ?

— Des fois je pense que j'aimais mieux quand j'étais muette.

Une colère dirigée contre moi. Je l'entends dans sa voix. J'ignore comment elle faisait quand elle n'avait que ses mains. J'essaie d'imaginer. Des mouvements brusques ? Pas de mouvement du tout ? Les bras croisés ? Il n'y avait pas eu de colère à l'époque où nous préparions le congrès. Enfin, pas contre moi. Contre Egoman peut-être... Plus de jaune dans ses dessins, plus de bleu, un peu de rouge aussi, parfois. Jamais de rouge chez Charlot, seulement chez Marie-Lou.

Cinq ans déjà qu'elle parle. Peut-être imagine-t-elle que cette guérison a empoisonné son sang ? Que je suis responsable des nouveaux bleus sur sa peau ? Il est tellement difficile de quitter une fausse identité... La peur de mourir n'est jamais loin quand on se rapproche de ce que nous sommes vraiment.

— T'es fâchée ma belle ?

— C'est le docteur Du Bonheur qui s'occupe de moi.

Sa façon de me dire : « Va te faire foutre ! »

Elle fuit toutes mes tentatives de rattraper son regard.

— Et ça te plaît que ce soit elle qui s'occupe de toi ?

— Ça fait bizarre. Elle n'est pas pareille quand elle est ma docteure et quand elle est la mère de Charlot.

— Est-ce que tu l'aimes ?

— Quand elle me soigne, oui ! Je sens qu'elle a peur pour moi, même si elle essaie de le cacher. Elle veut que je vive, je le sens. Quand elle est la mère de Charlot, c'est le contraire qu'elle essaie de cacher.

Son regard revient dans le mien. Je comprends alors comment elle faisait pour exprimer sa colère quand elle n'avait pas de voix. Ses yeux pénètrent mon cerveau, des glaçons pointus.

— Et vous, docteur Paris, à part aider les gens à parler, vous soignez quoi ?

— C'est comme ça que je soigne, Marie-Lou, en aidant les gens à parler.

Elle tourne la tête de nouveau. Les glaçons demeurent dans ma cervelle. Ils ne fondent pas. Je frissonne. Elle remet ça :

— Ah bon ?

L'envie de lui dire : « Tu ne te rappelles pas ce que j'ai fait pour toi ? Tu ne te souviens pas ? L'Arabe... La chanson... Ça ne te dit rien ? Petite ingrate... »

Puis je réalise qu'Egoman s'empare de mon intelligence. Que c'est lui qui parle.

Je regarde la blondinette de quinze ans, ses efforts immenses pour ne pas me faire mal et pour ne faire mal à personne. Il n'y a plus qu'elle dans ma tête. Son visage comme une phrase inachevée, une prière d'athée. Je retrouve une pensée sans ego dedans.

— Si j'écoute les enfants malades, Marie-Lou, c'est pour les aider à dire comment ils se sentent.

— Et pourquoi il faut dire comment on se sent ?

— Ce n'est pas obligatoire, mais ça aide à guérir la colère. Et la peine aussi. Et certaines peurs. Et ça aide même à guérir le cancer du sang, parfois.

J'approche ma main de la sienne, prudemment. Elle me laisse la prendre.

— Et ça aide aussi les autres à ne pas se sentir coupables.

Je vais l'accompagner. Plus que jamais, elle aura besoin d'une voix ; pour dire qu'elle n'est pas dangereuse, qu'on peut s'approcher d'elle, qu'elle ne contaminera personne.

Egoman a tellement peur, il voit la mort partout. Il ne voudrait surtout pas l'attraper dans le cancer d'une ancienne petite muette : «Et si le cancer était dans son souffle pendant qu'elle parle ? Si des cellules malignes sortaient de sa gorge, et que je les respirais ? »

Des questions que posent certains parents lorsqu'ils rendent visite à leur enfant atteint d'une autre maladie.

Je les entends, je les vois, je me tais.

J'aimerais tellement hurler.

Ils pointent les Marie-Lou de ce monde : «Elle a le cancer celle-là ? »

Et on les voit reculer, sortir de leur poche (ou de leur sac) cette petite lotion qui tue 99 % des microbes, s'en frotter les mains et tout ce qu'il est convenable de se frotter en public. La petite lotion qui tue la peur.

Et ce n'est pas pour protéger les autres.

Ils tirent leur enfant par la manche : «Ne t'approche pas trop ! Elle a la leucémie. »

Des sixième années adultes, encore !

Cette fois, ils lancent des mots dans une chambre d'hôpital, comme si la cour de récréation ne suffisait pas.

L'ignorance devenue bêtise. Aucune conscience de ce qui est dit, aucun temps d'arrêt, aucun recul, aucun ralentissement de la pensée pour en observer le contenu, aucune manifestation d'intelligence ; seulement la bêtise.

Et la peur qui lance des projectiles.

La peur qui vise l'ego d'enfants sans défense, totalement vulnérables parce qu'ils ne savent pas ce qu'est l'ego. Ils ne peuvent pas savoir, ils n'ont jamais entendu parler d'Egoman.

Il faudrait le leur enseigner...

Et si Marie-Lou savait ?

Je sens ses doigts qui serrent les miens, de petites tiges de bambou :

— Vous allez me faire parler, docteur Paris ?

— Oui, Marie-Lou, je vais te faire parler. Une fois de plus.

Colère de Charlot
Janvier 2007

Charlot comptait les heures passées sans Marie-Lou :
— Cent soixante, Mom !

Je le voyais tourner en rond autour de son épée de Dark Vador ; une canne transformée en axe, en pivot ! Je craignais qu'il ne la brise.

Il frappait le sol : toc ! toc ! toc ! Il jouait avec le mécanisme qui illumine l'objet. La lumière apparaissait, disparaissait, réapparaissait. Comme s'il envoyait des signaux en morse : S.O.S.

Le son, bizzz... bizzz... bizzz... de petites électrocutions de l'air.

— Qu'est-ce qu'elle a, Mom ? Hein, qu'est-ce qu'elle a ?

Ce n'était plus une question, mais de la rage. Il bavait presque. Un chien dont on ne voit plus que les dents. Il aboyait sa douleur, son besoin de savoir, sa peur. Il lançait des appels au secours partout autour de lui, enchaîné à sa canne ; un pieu.

Je n'osais pas l'approcher ; son corps disait non, de toute façon, aussi distant que l'intérieur d'une pierre.

— Je... Je... il faut faire des tests, mon chéri, d'autres tests !

La canne m'interrompait : TOC ! TOC ! TOC !

— Arrête, Mom ! Arrête !

Un sanglot se formait dans ma poitrine ; j'essayais de l'avaler, mais ça ne faisait que l'amplifier ; il se nourrissait de mes efforts pour le faire disparaître.

— Tu ne vois pas, Mom ? Tu ne vois pas ? Non, tu ne vois pas !... Tu ne vois rien ! Ce n'est pas moi l'aveugle ici... Tu me racontes n'importe quoi, Mom, n'importe quoi !

— Charlot, Charlot...

Je serrais les poings, j'avalais, j'avalais. Toute ma volonté s'efforçait de retenir cette vague dans ma gorge, avant qu'elle n'enfle. Mais c'était comme tenter de retenir la mer avec ses deux mains.

— Tu ne me dis pas la vérité, Mom, je le sens !

— T'as raison, mon chéri, t'as raison...

Il ne fallait pas qu'il voie. Je veux dire qu'il se rende compte. Mon désarroi. Mon impuissance. Mon goût de prier tout à coup. La magie. Les miracles. Tous les dieux inventés depuis l'apparition de la peur. Je savais pourtant que les traitements étaient efficaces ; qu'on sauvait plus de 80 % des enfants, mais mes moyens m'échappaient.

Il s'est calmé. Sa voix s'est adoucie. À peine un murmure, comme s'il s'était branché sur mon manque de confiance. Il devait l'avoir senti.

— Pourquoi tu n'oses pas, Mom ? Tu ne veux pas que j'aie mal ? Il est déjà trop tard !

— C'est difficile, Charlot...

TOC ! TOC ! TOC !

— Arrête de vouloir me protéger Mom ! Sais-tu ce que tu ne vois pas ? Je vais te le dire, Mom, ce que tu ne vois pas ; tu ne vois pas que je suis capable d'entendre ce que tu as à me dire. Capable d'avoir de la peine. Capable d'aimer.

— Si, si, je vois Charlot.

TOC ! TOC ! TOC !

— Non, non, tu ne vois pas, Mom ! C'est comme s'il n'y avait que toi qui étais capable... Tu ne vois pas que je suis capable moi aussi ! Capable de comprendre Marie-Lou, capable de la prendre dans mes bras, capable de l'aider... même si je ne suis pas docteur !

J'encaissais.

TOC! TOC! TOC!

— Je n'en veux plus de tes mensonges, Mom, c'est fini! Fini! Puis arrête de vouloir être toujours la meilleure partout… Tout le temps… Je m'en fous, Mom! Tu m'entends? Je m'en fous… Ce n'est pas pour ça que je t'aime. Je t'aime parce que tu ne penses pas comme moi et que tu me le dis. Je t'aime parce que tu n'es pas d'accord et que tu me le dis. Je t'aime parce que tu me dis « Non! » Je t'aime parce que tu n'aimes pas toujours ceux que j'aime. Je t'aime parce que t'as peur et que tu me le dis. Je t'aime parce que t'es jalouse. Je t'aime pour rien. Je t'aime pour tout. Je t'aime sans raison. Je t'aime parce que je suis capable de t'aimer. Alors, ne m'épargne pas, Mom! On n'en est plus là, toi et moi!

Il a alors placé son index devant ses yeux vides, l'a déplacé de gauche à droite et de droite à gauche. Comme le faisait Robert à l'époque où il examinait le champ visuel de mon fils. Charlot l'imitait, se moquait:

— Suis bien mon doigt, Charlot...

TOC! TOC! TOC!

— C'est fini, Mom. Depuis quelque temps, les seuls doigts que je peux suivre sont ceux que je touche. « Come on », prends ma main et emmène-moi!

Quant à moi, je voyais Marie-Lou partout. Surtout depuis la première prise de sang. Une semaine d'hospitalisation déjà.

— Cent soixante heures, Mom!

Question de faire tous les examens nécessaires avant d'entreprendre la chimiothérapie.

Marie-Lou, Marie-Lou, je ne l'avais pas vue maigrir, je n'avais vu que sa beauté; les jeunes formes que Charlot découvrait avec son innocence. J'avais même désiré qu'elle maigrisse davantage, je crois. Pour que mon fils perde l'envie de la sculpter, de sculpter sa vie, leur vie. Je ne sais pas. À toi de me le dire, Georges Paris.

Ils se réclamaient l'un l'autre. J'entendais leurs demandes respectives. J'étais celle qui pouvait les rapprocher. Je résistais.

TOC! TOC! TOC!

— Si tu ne m'emmènes pas, Mom, je vais y aller tout seul. Il n'est pas nécessaire que tu m'accompagnes. Je suis capable de me rendre à l'hôpital sans toi.

Je craignais qu'il ne le fasse. Il se déplaçait rarement sans accompagnement. Sans elle. Sans moi. Il s'habituait tranquillement, acquérait une forme d'autonomie, mais certains déplacements demeuraient impossibles; il ne les avait jamais faits. Il savait comment se rendre à l'hôpital, bien sûr, mais n'y était jamais allé seul, avec sa canne blanche.

— T'attends quoi, Mom?

J'attendais quoi?...

— On y va tout de suite mon chéri, tout de suite.

Et puis cette phrase inutile:

— Il faut que je passe par l'hôpital, de toute façon.

Comme s'il me fallait encore lui prouver mon importance. Lui dire, subtilement, que je n'avais pas que ça à faire, moi, l'emmener à l'hôpital.

— Tu n'avais pas besoin de dire ça, Mom.

Il était dix-neuf heures quand nous sommes entrés dans la chambre. Une lumière tiède pénétrait par les grandes fenêtres. Le genre de lumière qui permet de voir les poussières en suspension dans l'air. La blondinette était plus blonde encore.

Elle était seule. Une infirmière qui s'apprêtait à sortir m'a saluée, et elle m'a dit que les parents de Marie-Lou étaient à la cafétéria.

Elle dormait. Encore un conte. Georges aurait aimé. Le Poucet qui embrasse la Belle au Bois dormant. Il m'a fallu diriger la tête de Charlot, légèrement. Il n'a pas mis de temps à trouver. Juste un effleurement pour respecter le sommeil.

Elle s'est quand même réveillée:

— Charlot! T'es là? Je rêvais qu'on faisait un voyage en ballon. On était dans le ciel. Et on voyait O moins dans un champ. Peut-être qu'on pourra, un jour?

Une phrase qui n'est pas tombée dans l'oreille d'une
«sourde»! (Quand ce mot m'est venu à l'esprit: «sourde»,
j'ai réalisé qu'Egoman n'était jamais très loin.)

Le soir même, j'appelais Alexandrine.

Notes de Georges – Le poids de la neige

Marie-Lou ; la peau, les os, le poids de la neige pendant qu'elle tombe. J'ose à peine respirer en sa présence. La crainte qu'elle ne s'envole avec mon souffle.

Elle parle. Beaucoup. Me raconte son goût de vivre : « J'ai surtout peur de ne plus pouvoir aider Charlot à représenter l'ego, docteur Paris, à le mettre en sculpture. Il y tient tellement ! »

Comment fait-elle ? À quinze ans ? Cet amour qui se soucie de l'idéal de l'autre, des rêves de l'autre, du sens que l'autre donne à sa vie. Et qui le dit, simplement, sans la moindre présence de l'ego dans ses paroles.

— Et toi, ma chérie, ton ego, comment le dessinerais-tu ?

Quand elle ne sait pas quoi répondre, ses mains prennent le relais. Un réflexe qui ne l'a jamais quittée.

J'ai l'impression de comprendre. J'aimerais, moi aussi, posséder un autre langage ; une autre façon de dire que je ne sais pas ; un autre outil que le silence.

Comme Charlot, j'ai appris à saisir le sens des signes de Blondinette. Nous avons tellement travaillé tous les trois, il y a cinq ans, pour préparer le congrès.

Elle, surtout !

Afin d'apprendre la chanson, des mots parmi les premiers qu'elle articulait.

Des mots noués ; ils étaient tous là, il n'y avait qu'à les dénouer. L'amour l'a fait.

La colère aussi ; quand Blondinette a compris que sa colère était une manière de retenir Hamid et qu'elle pouvait libérer son ami et, avant tout, se libérer, elle. En parlant au jeune Arabe, même s'il n'était plus là et qu'il ne l'entendait pas.

En lui disant qu'elle avait cessé de lui en vouloir. Et de s'en vouloir à elle-même de ne pas en avoir fait assez. De ne pas avoir pu trouver les mots parce qu'elle n'en avait pas... Ou qu'elle craignait de ne plus être elle-même si elle se mettait à en avoir, si elle se mettait à parler.

En lui disant, aussi, que c'est grâce à lui qu'elle avait appris, non pas qui elle était, mais ce qu'elle était : la vie, capable d'aimer, reliée aux étoiles et aux flocons de neige. Et à tous les Hamid qui avaient eu trop mal pour continuer.

— Si j'ai bien compris, docteur Paris, les personnes comme Hamid décident de mourir parce que c'est le seul moyen qu'elles ont trouvé pour vivre avec leur peine ? Ou leur peur ?

« Mourir comme seul moyen de vivre »... Dit comme ça, ça cogne ! Je pense aux élèves de sixième année de la cour de récréation, à ceux des avions — les adultes du 11 septembre — et à ceux de tous les mois de l'année.

— C'est à peu près ça, ma chérie. C'est la honte aussi de ne pas en avoir assez dit ou d'en avoir trop dit ; de ne pas en avoir assez fait ou d'en avoir trop fait ; de ne pas être assez ou d'être de trop ; et la crainte que cela entraîne ; recevoir encore des cailloux sur le corps et sur le cœur. Sous forme de mots ou de silence, d'insultes ou d'indifférence, d'exclusion ou d'abandon. Mourir par peur de mourir ou de ne pas vivre assez. Étrange, n'est-ce pas ?

— Pas vraiment, docteur Paris, pas vraiment ! Je comprends de plus en plus.

Parfois, j'aimerais mieux qu'elle ne comprenne pas.

Je lui dis que c'est encore grâce à Hamid qu'elle allait maintenant apprendre autre chose de très important :

— Tu es aussi la vie reliée à tous ceux qui ont mal parce qu'ils doivent partir alors qu'ils veulent continuer, belle Marie-Lou. Certains de tes nouveaux amis, par exemple, ici à l'hôpital.

Elle me dit qu'elle croit maintenant qu'il suffit d'un mot pour aider quelqu'un à continuer. Ou à partir. Mais qu'il faut être là, au bon moment et au bon endroit. Et que ce n'est pas toujours possible. Et qu'elle aimerait que je lui donne ce mot. À cause de la chance que nous avons d'être ensemble.

Je lui dis que je ne veux pas lui raconter n'importe quoi. Que je l'ai déjà fait. Avec d'autres. Et que c'est fini.

Et que parfois, malgré tous les mots qu'on propose, il n'y en a pas un qui convienne. Parce qu'on se bat contre Egoman. Et qu'il gagne souvent. Parce qu'il a terriblement peur du rejet et qu'il choisit de tout arrêter plutôt que de ne plus être important aux yeux de quelqu'un d'autre.

Elle me dit qu'elle ne veut surtout pas qu'Egoman gagne avec elle. Même s'il lui arrivait de ne plus être importante aux yeux de quelqu'un d'autre.

— Ça ne t'arrivera jamais, Marie-Lou, crois-moi !

Elle me demande de l'aider à vivre. Parce que ce n'est peut-être pas pour longtemps. Surtout si ce n'est pas pour longtemps. Et que ça devrait toujours être comme ça, de toute façon.

Je lui dis qu'elle a raison. Qu'on va tous les deux s'aider à vivre. Que malgré sa maladie, on ne peut pas savoir si c'est pour longtemps ou non. Et que le docteur Du Bonheur va tout faire pour que ce soit pour longtemps.

Elle me dit que, docteur Du Bonheur ou pas, elle sait. Comme Charlot savait pour ses yeux.

Je lui dis qu'il y a quelque chose qu'elle ne sait pas.

Que c'est impossible qu'elle le sache.

Étant donné que je ne lui ai jamais dit, car je n'ai pas osé.

Malgré mon âge.

Parce que j'ai un peu de difficulté à parler d'amour.

Et qu'il n'y a pas d'âge pour avoir de la difficulté à parler d'amour. Même si on est psychiatre, et tout.

Et que c'était pour ça que je me déguisais souvent en père Noël.

Mais que là, j'avais très envie de parler d'amour.

Et, surtout, de la remercier : « Parce que tu sais Marie-Lou, maintenant, c'est toi qui m'enseignes à parler... »

Les amants
Mars 2007

J e ne supportais pas.
L'état de Marie-Lou, je ne supportais pas : faute, bavure, égarement de ma part, moi, la grande docteure, mère d'un enfant non voyant, je n'avais rien vu !

Egoman m'avait éblouie, comme un soleil de décembre. Il avait dirigé toute mon attention sur ma rivale : la blondinette, l'amante, le modèle, la muse ; il s'indignait de mon absence dans les œuvres de mon fils ; aucune sculpture de moi dans la maison, elle seulement, partout !

La tête habitée par cette iniquité, j'avais l'expertise à plat, les compétences débranchées, l'intuition clinique au-dessous de zéro. Egoman était parvenu à brouiller mon intelligence et ma sensibilité professionnelle. La maladie avait évolué devant moi, chaque jour, à domicile, et elle m'avait échappée. Il avait fallu Marie-Lou dans mon bureau, à l'hôpital, pour que j'allume.

La mort venait d'entrer dans ma vie par une fenêtre que j'avais oublié de fermer, avant l'orage.

La rivalité basculait. Elle était double désormais. Deux adversaires plutôt qu'une : Marie-Lou, la femme, d'un côté ; et la mort qui s'en prenait à Marie-Lou, de l'autre.

Je n'acceptais jamais un décès. Je voulais toujours plus ! Plus que soigner, plus que soulager, je voulais vaincre. J'aimais le combat. Un seul but, l'emporter : « Fuck » la mort ! Si l'enfant s'éteignait, je m'enfermais dans mon laboratoire ; encore plus de travail, plus de publications, plus de conférences. Je ne subissais pas la mort, je l'affrontais.

Georges affirmait qu'en réalité, je la fuyais. Non pas en tant que médecin, mais en tant qu'être humain. Et que c'est Egoman qui prenait les commandes.

Egoman qui, en présence d'un enfant agonisant, cultivait mon apparence d'invulnérabilité, de force et de sang-froid.

Egoman qui, sous des airs de spécialiste en quête d'une dernière solution, empêchait ma détresse de s'exprimer : « Non, je ne sais pas. Il ne reste que la consolation, et ça, je ne sais pas. »

Egoman qui m'interdisait l'accès à ma peine, à mes larmes ; celles qui relient.

Egoman qui, lorsque la mort prenait de l'avance, revêtait son costume d'héroïne pour faire belle figure en public, alors que j'avais juste le goût de crier « Va te faire foutre ! » à l'univers entier, puisqu'il allait se refroidir un jour lui aussi, de toute façon.

Egoman qui recourait à tous les moyens afin qu'on ne voie pas l'âge que j'avais devant la mort : trois ans ! L'âge où mes parents m'avaient quittée sans avertissement. « Les imbéciles, les cons, les sans-cervelle », disait tante Bénédicte. Il ne fallait surtout pas qu'on sache que j'avais encore cet âge-là devant la mort, surtout pas !

Qui s'intéresserait encore à moi si on savait ? À part le gros-là, Georges, le thérapeute. Lui : le père Noël, moi : la Veuve noire… et la Sorcière rouge, et Wonder Woman, et toutes celles dont les figurines représentaient la portion féminine de l'armée de Charlot. Héroïnes mineures que j'achetais en pestant : « C'est pas vrai, j'achète ça moi ? Des pétasses ! » Avec leurs costumes de pin-up, leur corps irréel, et leurs rôles secondaires sur le plancher de sa chambre.

C'était à l'époque où je n'arrivais pas à trouver le chemin jusqu'à son lit, jusqu'à lui, jusqu'à son angoisse. Pour le border, l'apaiser, le libérer de sa question stupide (ou grave, je ne savais plus) : « Maman, c'est quoi l'ego ? » Sa peur d'être sous le contrôle d'un gros ego, pauvre petit.

J'avais toujours autant de mal à le rejoindre depuis qu'il était blotti dans les bras de sa Wonder Woman malade ; sa Veuve noire qu'il me fallait sauver. Comment ferait-il, mon chéri, si elle partait ? Charlot attaché à une femme jusqu'au cou, comme Hamid.

Georges avait raison, devant la mort, j'étais nulle. Je n'avais pas appris pendant mes études de médecine. Un cours « Mourir 101 », ça n'existe pas. Le départ d'Hamid m'avait révélé mon incapacité à composer avec la fin. Il ne fallait pas que Marie-Lou meure. Je ne saurais pas comment faire… À part me raconter des histoires.

Marie-Lou n'était pas une histoire.

À l'instar du révélateur qui, en chambre noire, fait apparaître un portrait sur la pellicule, elle révélait l'homme dans mon fils. Et la chambre noire était partout : le lit de Charlot, le plancher de l'atelier, l'escalier du sous-sol ; cela aurait même pu être le plafond si, comme des chauves-souris, ils avaient pu s'y coller. Je les entendais s'aimer…

Charles – petit Charlot – avait grandi. Il demeurait de taille modeste et avait toujours son visage de Peter Pan, mais son corps carburait maintenant au désir : celui d'un homme. Et une jeune femme lui ouvrait ses jambes ; elle n'avait plus rien à perdre, et elle carburait à l'amour.

Cette communion me faisait mal. Je n'étais plus le centre du monde de mon fils, il s'éloignait de moi, devenait capable de faire ses propres choix, assumait ses propres responsabilités. Nul besoin de lui parler de testostérone, de respect et de tout ce que je n'avais pas connu ; il savait. L'attention à l'autre, la délicatesse, la découverte des réactions de son amoureuse ; il connaissait. Ce que j'aurais tant aimé qu'un homme fasse avec moi ; il le faisait. C'est comme s'il s'inspirait des rêves que j'avais avant Jérôme, et qui étaient morts avec Jérôme ; comme s'il y avait séjourné. Il avait complètement dépassé le stade du mâle imbibé d'hormones, il était absorbé par la vie en Marie-Lou. Il introduisait bonté et grandeur dans chacun de ses gestes ; sculptait la beauté à même le vivant. Et sa phrase – « T'inquiète pas, Mom, on se protège » – m'apparaissait incongrue compte tenu de l'état de Marie-Lou. Comment aurait-elle pu tomber enceinte alors que la mort bouffait son sang ? Mais on ne sait jamais avec la vie, elle peut vous surprendre jusqu'au dernier instant, et Charlot en était conscient. D'imaginer Marie-Lou enceinte me donnait des frissons ; la vie qui commence et la vie qui disparaît dans le même corps, au même moment ! On trouve ce genre d'histoire dans les romans. Charlot avait certainement envisagé ce scénario, lui aussi. Il faisait avec Marie-Lou ce que son père n'avait jamais fait avec moi : se soucier de la femme qu'il serrait dans ses bras.

J'étais fière.

Autant je détestais l'idée de le voir prendre ses distances, autant je m'enorgueillissais de sa maturité. Egoman trafiquait encore ma conscience ; je m'attribuais la modestie de mon fils, sa pudeur, l'intensité de sa présence. C'était grâce à moi que Charlot devenait l'homme que j'aurais aimé rencontrer. L'attention qu'il accordait à Marie-Lou venait de mes gènes – pas de doute là-dessus –, rien à voir avec ceux de Jérôme ! Je saluais mes interventions : un ado de cette qualité ne pouvait pas être arrivé là seul, impossible ! Il avait fallu un modèle. Je m'attribuais sans hésiter l'origine de ses comportements : qui d'autre aurait pu l'influencer ? Madame Leblanc ? Trop discrète, trop effacée… Alex ? Trop loin, trop absente… Hamid ? Trop jeune, un suicide en plus… Jérôme ? Trop clown, trop narcissique, trop absent… Georges ? Trop coincé, tout particulièrement dans ses relations avec les femmes… Marie-Lou ? Trop adulée, trop idéalisée… Alors qui ? Qui à part moi ? Ou quoi ? La maladie de Kjer ? Les cailloux ? La peur ?

Et si Egoman se taisait… Et si c'était tout ça ? Et tout ce monde ? Et d'autres encore ?

Et si c'était Charlot lui-même? Son ouverture à sa souffrance et à celle d'autrui? Sa soif d'apprendre? Son refus des lunettes roses, de la fleur bleue, des bons sentiments? Et si c'était son amour pour moi?

Et pour Marie-Lou?

Marie-Lou…

Avant que son état ne se détériore sérieusement, la blondinette vivait encore à la maison. Les deux amants semblaient profiter plus que jamais de la vie qui habitait toujours la jeune femme. Comme s'ils avaient tenu pour acquis qu'elle était condamnée. Deux amants au pied d'une potence. Des mains tendues à Hamid : «Reste avec nous, reviens!»

Parfois, ils m'oubliaient. Se croyaient seuls. M'imaginaient probablement dans mon bureau. Je les entendais gémir, elle surtout. Mon sexe réagissait. S'ouvrait. Se mouillait. Il invitait mes doigts.

Au début je résistais, faisais du bruit, plaçais un CD dans le lecteur : Beethoven, plein volume! Ils s'arrêtaient, probablement embarrassés. Je pouvais alors lire, écrire, ignorer mon sexe. Le nier.

Puis, peu à peu, je me suis mise à marcher sur le bout des pieds. J'éteignais les lumières, me tapissait dans l'obscurité et j'attendais. Comme un chasseur. J'espérais les soupirs, les premiers râles, la voix de Marie-Lou. Sa gorge si longtemps éteinte, je souhaitais qu'elle exulte.

Je déboutonnais mon pantalon ou soulevais ma jupe, avec culpabilité, je l'avoue. Un peu de honte. Je me servais de mon fils et de ma jeune patiente ; ils n'avaient que quinze ans et je mêlais mon cafard à leurs ébats. Je leur en voulais ; ils me montraient ce que je n'avais jamais vécu. J'avais envie de frapper les murs, la porte, avec mes coups de blues, mon mépris, mon envie, ma jalousie, toute la soupe.

J'écartais mes jambes, mais je n'osais pas. Comme s'ils pouvaient me surprendre : «Maman? Qu'est-ce que tu fais?» – «Euh, je cherche la vie, je crois. Parce que la mort, euh…

je n'en peux plus.» J'introduisais timidement mes doigts dans ma petite culotte, quand je ne l'avais pas déjà retirée. Je redécouvrais les zones sensibles, j'en avais oublié l'existence. Jérôme avait été mon seul amant. Triste amant. Pauvre amant. Il savait où mettre la langue, mais ne savait pas où mettre le cœur. Folie de jeunesse.

J'avais voulu un enfant, il s'en était chargé, sans même s'en rendre compte. L'idiot. Il ne se protégeait jamais. Comptait sur moi. J'en ai profité. Charlot a été conçu. Un moment d'ivresse. Le temps d'un orgasme. Bref. Très bref.

Puis, pendant la grossesse, la fuite de Jérôme. Et les accusations d'Egoman : Jérôme le poltron, sa peur de l'engagement, sa peur de perdre toutes celles qui l'attendaient sur sa route ; une plus belle, une plus intelligente, une qui susciterait davantage l'envie de ses semblables – «C'est moi qui l'ai eue, je suis le meilleur !»

Les hommes m'apparaissaient tous plus primitifs les uns que les autres. À part Georges, peut-être. Aucun ne valait la peine que je m'y attarde. Impossible que les mâles soient à ma hauteur. Que pouvaient-ils m'apporter ? Du temps perdu. J'ai renoncé. Vie affective plus sèche que les sables du Sahara. Vie sexuelle tout aussi peu fertile. La carrière avant tout. La renommée. La réputation. J'avais troqué la jouissance de la chair contre celle de l'ego.

Mais là, en présence des jeunes soupirs, je réanimais mon corps, retrouvais mes seins, redécouvrais mon clitoris. Les petites décharges, les grandes ; mes doigts comme l'archet d'Alex, mon bassin comme la caisse de son violoncelle. Une autre façon de me battre. J'opposais le plaisir au vide. Je brandissais la vie à la face de la mort.

Je prenais tout mon temps. Comme eux, lentement, je préparais l'extase. J'effleurais, je titillais, je massais. Mes doigts s'arrêtaient, frôlaient l'intérieur des cuisses, traçaient de petits cercles à l'orée du vagin. Jérôme ne savait pas faire ça, n'avait jamais su, son corps n'écoutait pas.

J'entendais Charlot dire : «Marie-Lou, Marie-Lou…»

Egoman revenait à la charge dans ma tête, toujours lui : « Baiser avec un spectre, une cancéreuse, une mourante… Comment peut-il ? »

Je sentais mon bourgeon gonfler. J'aurais souhaité d'autres mains, d'autres doigts, une langue qui aurait écouté.

J'entendais Marie-Lou : « Charlot, Charlot… »

Je m'emportais, perdais le contrôle – l'ego fait ça quand il ne se sent plus unique. Marie-Lou ne pouvait être une femme à mes yeux de mère, seulement une petite malade à mes yeux de médecin. Et la mort était déjà dans son sexe.

J'y mettais deux doigts, dans mon sexe ; le majeur, l'index, j'allais, je venais…

Egoman rappliquait : « Mon fils ne baise pas avec la vie, il baise avec la mort. »

Egoman honnissait Marie-Lou. C'était sa faute à elle si je souffrais. Une petite pute. Elle avait séduit mon fils. Je ne voyais plus une enfant à soigner, je voyais la maîtresse de Charlot. Quinze ans !

J'avais envie de hurler, mais il ne fallait pas qu'ils m'entendent. J'attendais leur extase pour y larguer la mienne. J'étais secouée par l'arrivée massive de la jouissance ; un raz de marée dans mon sexe, mes fesses, mon ventre, mes seins, ma gorge, mon cuir chevelu. Je redevenais vivante.

Charlot disait : « Merci Marie-Lou… Marie-Lou… »

Marie-Lou disait : « Merci Charlot… Charlot… »

Ils gémissaient encore. J'entendais les vagues dans son vagin ; elles passaient par sa voix, une à une. Je les sentais aussi dans le mien…

Je retrouvais mes doigts, mon humidité. J'avais même envie d'y goûter.

J'espérais que les ados ne m'aient pas entendue. J'essayais d'attraper leur conversation ; des bribes, un peu de sens. Je retrouvais mon vide, le blues. Ma peur que Charlot ne s'attache et que Marie-Lou ne m'échappe.

La blondinette m'avait entendue. Son ancienne surdité lui permettait ça. Elle tentait de me rassurer pendant ses traitements de chimio : « Je ne ferai pas mal à Charlot, docteur Du Bonheur, on sait ce qu'on fait. On sait également que c'est ce que tout le monde devrait faire… Occupez-vous de moi, de vous, je m'occupe de lui. »

Merci Marie-Lou… Marie-Lou… Ne t'en va pas…

Je te déteste ; je t'aime.

Notes de Georges – Harold et Mégane

Les parents de Marie-Lou sont venus me voir.
Pour me parler de justice.
Ou d'injustice plutôt.
Ils sont aux prises avec l'absurdité, le mauvais sort, le genre de tragédie qui n'a pas d'explication ; à part celles qu'on invente. Pour se faire croire que l'absurdité sert quand même à quelque chose...
Et que la vie continue après la sortie. Sinon, à quoi bon toute cette souffrance ?
Et pour apaiser la culpabilité, surtout.
— Qu'est-ce qu'on a fait de mal, docteur Paris, dites-nous. Pourquoi Marie-Lou ? Pourquoi elle ? On dirait que quelque chose d'invisible s'acharne sur notre fille : un mauvais esprit, un démon, quelque chose... La méningite, la surdité, les cailloux... Est-ce la vie qui fait ça, docteur Paris ? Pourquoi elle s'attaque aux plus fragiles, dites-nous, est-ce qu'elle est méchante, la vie ?
J'ai le goût de leur dire que la vie est aussi dans les microbes et dans les cellules cancéreuses. Et qu'il n'est pas question de méchanceté, mais de moyens différents pour continuer. Comme avec les parasites ou les lions qui tuent les gazelles.
Mais je hoche la tête sans rien dire, pour effacer les mots qui s'y trouvent : « Je ne sais pas, je ne sais pas... » Comme j'effaçais jadis les dessins d'une tablette magique en la secouant. J'aimerais faire pareil avec mon cerveau. Mais il n'y a qu'une seule phrase qui fonctionne : « Reviens ici, Paris, reviens ici... »
Ils veulent une réponse.

— Elle a vécu dans le silence pendant plusieurs années, docteur Paris, puis, soudainement, grâce à vous, elle a pris la parole ; la sienne. Enfin un répit pour nous et pour elle ; une pause, de la joie. Mais là, pourquoi ? Expliquez-nous, s'il vous plaît. Le cancer du sang, elle ne mérite pas ça, elle est un ange. Alors que d'autres, ils tuent, ils volent, ils torturent, et il ne leur arrive jamais rien. Pourquoi ?

J'aimerais pouvoir soupirer : « Revenez ici, revenez ici... » Pourraient-ils seulement comprendre ce que cela signifie ? Saisir qu'il est là le sens, le seul, l'unique ? Qu'elle est là la réponse ?

Je n'ose pas leur dire : « Ne laissez personne prendre possession de votre tête, surtout pas les démons ; revenez ici, revenez ici... tout de suite ! »

Je ne veux pas les contrarier, je les laisse poursuivre :

— C'est comme si la vie avait peur des monstres, docteur Paris, des bandits, des salauds. Ou comme si elle aimait les pourritures et qu'elle se plaisait à frapper les innocents.

— Oui, parfois ça ressemble à ça.

— Il doit y avoir une explication, une solution, une clé... Vous, le spécialiste des explications, dites-nous ce que vous savez. S'il vous plaît...

Je ne réponds qu'à moi-même : « Je ne sais pas... Et puis, foutez-moi la paix ! »

— ...

— Désolé, pardonnez-moi... Je n'ai rien à vous dire, à part ma propre peine. Que je ne veux surtout pas vous voler. Ma tristesse, ma nausée, et le mal qu'on se fait à soi-même en résistant à l'absurdité.

Ils mendient la lumière, leurs yeux sont comme de vieux gobelets de carton.

Je ne peux y déposer qu'un peu d'ombre, des mots de psy :

— Et si l'absurdité n'existait pas ? Si elle était une invention d'Egoman ? Le besoin qu'il a d'être maître à bord ? De dominer, de contrôler, de régner ? D'avoir un regard sur tout ce qui vit, et d'en faire ce qu'il veut ?

Marie-Lou leur a parlé d'Egoman, j'en suis sûr. Peut-être ne l'ont-ils pas prise au sérieux... Peu de gens prennent Egoman au sérieux.

Ils s'agrippent à moi.

— À peine quelques années de douceur, docteur, et la souffrance de nouveau. À quinze ans, comment est-ce possible ?

Je saisis leurs mains, c'est tout ce que je suis capable de dire.

Mes mots pourraient leur faire mal, je les garde pour moi.

« Et si l'accident faisait encore partie de l'ordre des choses ? L'imprévisible ? La coïncidence ? Le tremblement de terre et l'arrêt du cœur ? Je ne sais pas, je ne sais pas... Je sais que le soin est dans la nature ; la mère, le petit, le blessé ; pour que la vie continue... Les espèces différentes qui s'entraident... Le soleil, la terre, la lune, les océans, les étoiles, tout est relié, je sais. Le début, la fin, tout est relié... »

Dans ma tête, tout est relié.

— Docteur Paris, vous ne dites rien ? Vous hochez la tête et vous ne dites rien ? Vous ne pouvez pas nous expliquer la méchanceté de la vie ?

— Non, je ne peux pas, car elle n'existe pas la méchanceté de la vie. Il n'y a qu'Egoman qui soit méchant. Mais je ne sais pas comment vous l'expliquer. Votre fille saurait mieux que moi. Elle l'a vu. Elle sait qu'il prend possession des têtes. Et elle s'en débarrasse peu à peu, en revenant ici, à chaque instant ou presque...

Ils ne voient pas ça.

— Ce n'est pas grave, docteur Paris, ne vous en faites pas. Vous ne pouvez pas tout savoir, on comprend.

Ils me parlent aussi de Charlot.

De la relation amoureuse.

Ils se réjouissent.

Ils sont heureux que leur fille puisse faire l'amour.

— Même si elle n'a que quinze ans, docteur Paris ! Elle connaît déjà la souffrance après tout. Et les mains de la mort sur sa peau, dans sa chair. Pourquoi pas celles de la vie ?

Ils croient à la tendresse du Poucet, à sa sensibilité, à sa souffrance. Comment pourrais-je avoir la même foi ? En mes mains, en leur tremblement... Sur la peau de la Du Bonheur ?

Je ne sais pas, je ne sais pas...

Allez, le gros Paris, reviens ici... reviens ici !

Le voyage en ballon
Avril 2007

Pendant cinq ans, je n'avais presque pas vu Alexandrine. Un coup de fil de temps à autre, une carte de vœux, un « coucou-riel » ; elle ne sortait plus de ses terres. Elle reprenait, à sa façon, le discours de Georges et de Charlot : «J'ai choisi de vivre avec les étoiles, chère Maryse. Et là où j'habite, elles sont accessibles. Il m'arrive même de faire des vols de nuit, en montgolfière, pour les voir de plus près. »

Elle disait ça le plus sérieusement du monde.

Quand je l'ai appelée, en janvier, pour lui parler du voyage en ballon, elle a tout de suite évoqué le printemps :

— Pour permettre aux enfants de regarder la neige fondre sur le toit, Maryse. Et ça nous donne du temps pour nous préparer. T'es la meilleure, mon amie. Entre tes mains, Marie-Lou pourra récupérer suffisamment pour être en mesure de bien vivre l'expérience. Et ce sera le cadeau d'anniversaire de Charlot pour ses seize ans : un voyage en ballon avec son amoureuse.

— Oui, oui, Alex... La meilleure... Merci !... Et on verra si Charlot aura le cœur à la fête...

Au début du mois d'avril, Marie-Lou se sentait d'attaque. Pendant les traitements de chimiothérapie, elle disait s'être visualisée flottant en montgolfière : «J'avais moins de nausées quand je me voyais dans les airs, docteur Maryse. On survolait l'hôpital. Il n'avait plus de toit. Tous les enfants étaient debout sur leur lit. Ils me saluaient de la main. J'ai hâte de vivre ça pour de vrai. »

Était-ce une prémonition ? De la lucidité ? Des sensations accessibles à sa seule sensibilité ? J'étais comme elle avant le congrès ; sans voix.

Sa tête chauve, parfaitement ronde, me rappelait les paroles de Monsieur Beguin : « Regardez les filles, c'est la tête des hommes ! Une bulle de savon ! La plupart de leurs pensées, c'est de l'air. Ils n'ont rien dans la tête et ils croient que c'est la vérité ! »

J'ai raconté cette histoire à Marie-Lou, pour avoir son avis.

— Il avait raison Monsieur Beguin, docteur Maryse. Si seulement Hamid avait su. Quant à moi, grâce à Charlot, j'attrape maintenant les pensées inutiles. Je m'en rends compte presque tout de suite quand elles commencent. Enfin, quelque chose dans mon cerveau s'en rend compte. Des pensées comme : « Pourquoi est-ce toujours à moi que ça arrive ? » Je me rends compte que c'est Egoman qui parle. Il dit de lui qu'il est tellement important que ça ne devrait jamais lui arriver. Seulement aux autres. La maladie. La malchance. Les pertes. Tout. Seulement aux autres. Lui, il devrait être immortel tellement il est important. Et toujours chanceux. Gagner. Toujours. Toujours. Alors, quand il y a ces pensées dans mon cerveau, quelque chose dit : « Allez Marie-Lou, reviens ici, reviens ici ! » On peut appeler ça la conscience ou la vigilance, c'est le docteur Georges qui appelle ça comme ça, moi je ne sais pas. Mais quand je fais : « Allez Marie-Lou, reviens ici, reviens ici ! » et que mon attention revient dans mes yeux, mes oreilles ou ma peau, alors hop, les pensées s'arrêtent. Les pensées qui ne servent à rien. Qui font mal à la tête et ailleurs. Et aux autres. De l'obstruction. Du brouillard. Des perturbations. La vraie vie, docteur Maryse, celle que vous essayez de protéger, c'est quand il n'y a plus ces pensées qui empêchent de regarder, d'entendre ou de sentir.

— Je ne suis pas sûre de te suivre, Marie-Lou…

— C'est comme s'il y avait des bulles d'air dans les tubulures qui conduisent le sérum dans mes veines, docteur Maryse. Ça pourrait me faire mourir beaucoup plus vite que le cancer du sang. Monsieur Beguin avait raison. Il y a des pensées pareilles à des bulles d'air et elles bloquent la circulation dans la tête. Et les neurones souffrent. Ce sont les mêmes bulles d'air qui, autrefois, bloquaient ma voix. Et c'est Egoman qui souffle les bulles d'air. Mais grâce à Charlot et au docteur Georges, j'ai changé. Egoman n'a plus le contrôle de ma vie, docteur Maryse, ou de ce qui m'en reste.

Je la regardais, je l'écoutais, et je me disais que la beauté avait découvert un visage, une voix. Cette voix si longtemps demeurée enfouie dans la peur de disparaître. Une voix maintenant remplie d'écho :

— Si je parle, va-t-on encore m'écouter ?... C'est ce que je me disais à l'époque, docteur Maryse. Egoman tirait mes neurones comme on dit de quelqu'un qu'il tire les ficelles. Il tirait les ficelles de ma vie. Ma tête était une de ses nombreuses maisons. Il en a des milliards de maisons, Egoman. Il y contrôle tout. Et très peu de personnes s'en rendent compte. Elles ne vivent pas leur vie, c'est Egoman qui la vit à leur place. Il est le seul maître à bord. Dans ma tête, il n'y a plus de maître, docteur Maryse. Seulement de la présence. Enfin, presque. Comprenez-vous ce que je veux dire ?

Bien sûr que je comprenais, chère Marie-Lou ; je comprenais que la beauté s'était réfugiée dans ton corps malade. Je comprenais mon fils. Je comprenais le bonheur qu'il ressentait d'être auprès de toi.

— Avant, quand je ne parlais pas, j'avais peur du silence, docteur Maryse. Aujourd'hui, j'aime le silence. Surtout celui qui est dans ma tête. C'est là qu'est tout l'amour que je ressens pour Charlot. Il n'y a plus de moi qui le juge, le compare ou le critique. Plus de moi qui le trouve trop ci ou trop ça, pas assez ci ou pas assez ça, jamais correct. Plus de moi qui lui demande de combler tous mes besoins ; plus de moi qui ne sois jamais satisfaite et le raconte à tout le monde, sauf à lui. Plus de moi qui le blâme en public pour qu'on le juge et le méprise alors qu'il est là, muet! Je vois des copines qui font ça, docteur Maryse, avec leur amoureux... Déjà, à quinze ans, elles font ça. Détruire leur amoureux en public. Et des copains qui font ça aussi, avec leur amoureuse. Quand ils parlent de leurs seins trop petits ou de leurs fesses trop grosses, comme s'ils les déshabillaient devant leurs amis. Je crois que ces copines et ces copains n'ont pas encore assez souffert, docteur Maryse, pour savoir ce qu'est le véritable silence. Là où les pires souffrances s'apaisent. Avez-vous déjà connu ce silence, vous? Celui de la présence? Charlot ne vous en a jamais parlé?

Il ne fait que ça, Marie-Lou, il ne fait que ça m'en parler!

Malheureusement, une première greffe de moelle avait échoué. Depuis, nous n'avions pas trouvé de nouveau donneur compatible. On cherchait toujours. Son état me laissait croire qu'on ne pouvait plus attendre avant de lui permettre son envolée en montgolfière. Bien que fragile, elle pouvait supporter l'aventure. J'en avais parlé à Harold et à Mégane. Ils m'avaient donné leur consentement. J'en assumais toutes les conséquences. Sans trop savoir pourquoi, j'avais confiance.

Et puis, il y avait Alex; la faiseuse de miracles. Elle ignorait la condition de la jeune fille. Elle était certaine qu'elle avait bien répondu aux traitements. Je lui ai fait part de mon incertitude quant aux chances qu'avait l'adolescente de tenir le coup jusqu'à l'été. Mon amie s'est dite atterrée. Elle a promis de faire d'elle-même une redoutable nacelle: «Et c'est tout mon cœur qui réchauffera l'air, Maryse.»

Le 6 avril, deux jours avant Pâques, la météo prévoyait un ciel limpide pour le dimanche pascal. Des vents favorables. Alex m'a appelée pour me dire que ce serait le moment idéal.

Marie-Lou, à ma grande surprise, m'a demandé s'il était possible d'inviter Adélaïde.

— Je ne l'ai jamais oubliée, docteur Du Bonheur, j'aimerais qu'elle vienne avec nous. Je l'avais trouvée tellement pleine de vie! Et je me souviens qu'elle aimait bien Charlot.

Et Charlot de renchérir :

— Je n'ai pas vu Adélaïde depuis cinq ans, Mom. Je ne pourrai jamais la revoir de toute façon. Je veux dire avec mes yeux. Mais j'aimerais l'entendre. Et je n'ai pas su si son père lui avait dit merci pour moi. Et je sais que les pères oublient. Même si ce n'est pas de leur faute. Mais toi, tu te rappelles quand elle m'a embrassé et que je ne savais pas quoi faire ? Je veux m'assurer qu'elle n'a pas enregistré ce film dans sa tête.

— Après toutes ces années, Charlot ?

— Il y a des films qui peuvent durer longtemps, maman. Pendant des années. Pendant toute la vie.

— Tu m'as déjà parlé de ces films dans ta tête, Charlot, mais dis-moi, il y en a encore beaucoup ?

— Oui, Mom, mais je sais maintenant comment les arrêter.

— Ah bon ?

— Docteur Paris me l'a dit. On a juste à se dire : « Reviens ici, reviens ici. » Et si on revient vraiment ici, le film s'arrête. Je veux être certain que le film s'est arrêté dans la tête d'Adélaïde. Sinon, ça fait mal pour rien.

Un discours identique à celui de Marie-Lou. L'influence de Georges, évidemment ; discrète, mais efficace.

Je réalisais que ma tête était une filmothèque, une salle d'archives, et que les films y recommençaient d'eux-mêmes, à peu près n'importe quand. Des films à propos de ce que j'aurais dû faire pour être heureuse. Ou ne pas faire. De ce bonheur à côté duquel j'étais passée. Des souffrances que mon imbécile de mari m'avait fait vivre en m'abandonnant ! Des films d'horreur... « Reviens ici, Maryse, reviens ici ! »

Et Charlot de taper sur le clou :

— Il n'est jamais trop tard pour dire à une personne qu'on a eu peur, Mom. Que nos lèvres ont eu peur. Et qu'on aurait pu la prendre dans nos bras.

Ce n'était pas une remarque anodine, mais une insinuation... Le ton de la voix se voulait sans équivoque. Charlot me faisait la leçon. Son amour pour Marie-Lou le rendait non seulement sensible à ce que j'éprouvais pour Georges, mais créait chez lui une totale incompréhension de mon inertie. Les amoureux s'en étaient certainement parlé.

— Quand vas-tu lui dire que tu l'aimes, Mom? Hein?... Allez, dis-moi, attends-tu que la maladie te tombe dessus? Tu sais, si un jour je me marie, c'est à lui que je vais demander d'être mon père.

Quand j'ai téléphoné à Robert, c'est Adélaïde qui a répondu. J'ai immédiatement reconnu dans sa voix les accents de gaieté entendus cinq ans plus tôt. Cette tendance naturelle à la confiance, à l'émerveillement. Ce que d'autres appellent de la naïveté ou de l'innocence. Une poussée innée vers la joie.

À peine mon invitation lancée, elle était partante.

— Mes parents vont vouloir venir et mes sœurs aussi. Est-ce qu'on peut mettre tout le monde dans le même panier?

— Ça s'appelle une nacelle, Adélaïde. Non, ce n'est pas assez grand pour mettre tout le monde dedans. Il faudra faire des choix.

— Je ne suis pas très ballon, docteur Du Bonheur, plutôt les deux pieds sur terre, à quinze ans, c'est surprenant, non?... Je sais pour les yeux de Charlot, papa m'a dit. J'aimerais faire la randonnée en ballon pour écouter ce qu'il va raconter à propos de ce qu'il ne verra pas. Et de ce qu'il verra peut-être.

Je lui ai dit pour Marie-Lou. J'ai alors eu l'impression qu'il n'y avait plus personne au bout du fil. J'ai été obligée de demander:

— Adélaïde? T'es toujours là? Adélaïde?... Adélaïde?... T'es là?

Pendant plusieurs secondes, son silence a intensifié les « tic tac » de l'horloge suisse: TIC TAC TIC TAC TIC TAC... Je me suis énervée:

— Adélaïde?... Adélaïde?... Es-tu là?... Es-tu là?...

Finalement, alors que commençaient les coucous de midi, j'ai entendu une voix ferme conclure:

— Oui, oui, docteur Du Bonheur, rappelez-moi quand ce sera le moment.

Le dimanche de Pâques, à cinq heures du matin, nous étions tous là. Alex m'avait prévenue qu'il faudrait décoller très tôt :

— Pour profiter d'un air stable, d'une température pas trop élevée et des vents faibles.

Marie-Lou avait dormi à la maison comme elle le faisait de plus en plus souvent. Ses parents se disaient rassurés de savoir qu'elle dormait chez son « docteur ». Moi, je n'étais pas rassurée du tout.

Harold et Mégane croyaient que je pourrais encore faire des miracles. Ce matin-là, ils sont arrivés les derniers ; ils avaient recueilli l'eau de Pâques dans un ruisseau qui coulait dans leurs terres. Ils m'en ont remis un petit flacon.

— C'est pour les yeux de Charlot, docteur Maryse. Les miracles existent.

Les retrouvailles se sont déroulées dans la timidité. Les enfants se saluaient comme s'ils le faisaient pour la première fois. Adélaïde, de toute évidence, retenait ses élans. Je l'ai vu à ses mains ; ses doigts, derrière son dos, s'agrippaient les uns aux autres comme des ancres qui empêcheraient une barque d'être emportée par le courant. Elle a simplement dit « Salut ». Puis, s'adressant à Charlot :

— Les dernières nouvelles que j'ai eues, c'était par papa. Il m'a transmis tes remerciements pour la fois où je t'ai embrassé. Tu n'avais pas à me remercier Charlot, j'étais amoureuse de toi. Et j'ai continué d'écrire ton nom dans mes coffres à crayons. Longtemps après. Je sais maintenant qu'on peut être amoureuse à dix ans. Comme à quinze.

Elle avait beaucoup grandi. En félinité surtout. Un autre corps envahi par la beauté. Un corps tout à fait sain cette fois. Une beauté à rendre envieuse la belle-mère de Blanche-Neige, ou n'importe quelle belle-mère…

Des yeux sombres comme l'entrée d'une grotte. Ils donnaient le goût de courir pour s'y abriter les jours de tempête ;

ou devant n'importe quel danger; ou même s'il n'y avait aucun danger.

Quand je l'ai embrassée, ses cheveux se sont mêlés aux miens. Aucune différence, une seule couleur: 90 % cacao. J'ai pu sentir son odeur. Envoûtante. Un parfum naturel. Plus subtil que celui de Georges. Plus fin, mais plus profond. Un « Ho Ho Ho » pour dames. Des notes de lilas et de fleurs de pommier. Une peau aussi lisse que l'intérieur d'une conque, dorée en plus.

Bizarrement, j'étais presque contente que Charlot ne puisse la voir. L'angoisse d'Egoman! Mon besoin maladif de ne pas être remplacée dans la tête de mon fils. La peur d'être éclipsée, encore une fois. L'impression de disparaître totalement si l'on disparaît dans la tête de quelqu'un d'autre. Le désir d'être spéciale et d'obtenir ainsi toute l'attention, peu importe le moyen: la beauté, l'intelligence, le pouvoir ou la richesse. L'illusion de s'immortaliser en possédant ce que d'autres ne possèdent pas: l'argent, l'apparence, les connaissances, et quoi encore.

Je contemplais Adélaïde et je souffrais; serrement, contraction, hormones de la peur et de l'agressivité; réaction territoriale, primitive, goût d'effacer l'intrus, l'adversaire, l'ennemi. Je ne pouvais rivaliser avec autant de splendeur… Le mal de ne plus être unique.

Pour Marie-Lou, c'était autre chose. Elle ne me faisait plus peur. Pas son corps en tout cas. J'oubliais que Charlot ne la voyait que du bout des doigts. Et qu'il se foutait totalement de son apparence.

Marie-Lou s'est approchée d'Adélaïde. Contraste éprouvant. Une main décharnée tendue vers la vie qui, immobile, n'en croit pas ses yeux. Il devait en être ainsi quand les survivants des camps nazis tendaient la main aux jeunes soldats qui les découvraient. Marie-Lou a brisé l'immobilité; ce moment où l'autre ne sait pas quoi dire.

— Je suis si contente que tu sois là.

Adélaïde a délicatement saisi la main osseuse.

— Moi aussi.

Alex nous attendait dehors, debout derrière une table en bois recouverte d'une magnifique nappe rose. Sur la table, au milieu de bouquets d'orge séchée, reposait une masse cylindrique ressemblant à une immense saucisse blanche. Mon amie affichait la mine de ceux qui s'apprêtent à faire l'annonce d'une grande nouvelle. Après avoir embrassé tout le monde, elle a effectué un mouvement du bras droit, très gracieux, au-dessus du cylindre blanc et, comme si elle nous présentait une personne importante, s'est exclamée :

— Je vous présente « L'Alexandrin » ; mon premier fromage. Il n'est produit qu'en version de douze pieds. Les moules sont ainsi faits. Je vous invite à le goûter. Après des centaines d'heures de recherche, j'ai enfin trouvé la recette qui convenait. Il ne peut être fabriqué que lorsque je joue du violoncelle aux chèvres : *Les Suites* de Bach. Elle avait plaqué sa main gauche contre son cœur, comme si elle faisait un serment.

Nous avons tous goûté la chose ; Charlot, Marie-Lou, Adélaïde, ses parents et ses deux jeunes sœurs. Ces dernières ont d'ailleurs été les seules à dire qu'elles n'aimaient pas.

Rébecca et Cassandre avaient elles aussi beaucoup grandi. On pouvait voir poindre les femmes en elles. L'arrivée des courbes et de ce je ne sais quoi qui, tôt ou tard, affole les hommes.

Elles ne semblaient pas déçues de demeurer sur terre. Elles sautaient comme des lapins. Cassandre hurlait : « Où est le ballon, où est le ballon ? » Adélaïde avait, de toute évidence, préparé l'évènement. Avec l'aide de ses parents sans doute.

Alex m'avait prévenue que je devrais les suivre à partir du sol.

— Pour toi, ce sera la poursuite, Maryse.

— La poursuite ?

— Oui, la poursuite. Une activité qui consiste à suivre des montgolfières depuis la terre ferme, en voiture. Tu dois emprunter les routes que tu trouves et celles que tu ne trouves pas. Tu te sers de tout : les champs, les terrains vagues, les cours des maisons. L'objectif est de maintenir le contact visuel. On demeure constamment reliés par radio. On peut te guider du ciel.

Guidée du ciel... Comme j'aimerais l'être, de temps à autre...

J'avais loué, pour l'occasion, un véhicule tout-terrain ; un VUS Jeep Cherokee. En regardant les champs détrempés, j'étais plus qu'heureuse de ma décision.

Alexandrine avait tout prévu. Elle nous a rapidement montré, à Robert et à moi, comment fonctionnait le système radio « talkie-walkie ».

Nous nous apprêtions à partir quand elle s'est dirigée vers l'étable.

— Je dois vérifier quelque chose avant notre envol.

Elle est revenue trois minutes plus tard avec une chèvre dans les bras. Elle a déposé l'animal à l'arrière de son *pick-up*, sur une épaisse couverture de laine.

— Elle va accoucher d'une minute à l'autre. Ce sera peut-être dans le ciel. Je ne peux pas la laisser seule. C'est la fille d'O moins.

Personne n'a parlé, nous sentions qu'il valait mieux nous taire. Charlot a osé :

— Je serai grand-père.

Nous avons tous souri, à l'exception d'Alex. Elle était déjà en mode naissance. Je n'aimais pas ça.

La phrase qui a suivi ressemblait à un ordre lancé par une personne nerveuse, en état d'urgence :

— Maintenant, suivez-moi !

Charlot, Marie-Lou et Adélaïde sont montés avec elle dans le pick-up. Mégane et Harold ont rapidement regagné leur vieille guimbarde : une Ford des années soixante, une voiture de collection dont ils ne connaissaient certainement pas la valeur ; ils ne collectionnaient rien du tout. Alice, Robert,

Rébecca et Cassandre se sont entassés autour de moi, dans le Cherokee.

Après quelques kilomètres, les souvenirs ont refait surface. J'ai reconnu la route de terre empruntée par monsieur Beguin. Je me rappelais la vieille Beetle, notre arrivée dans le champ, la mémorable apparition de la montgolfière.

Alex avait parfaitement reconstitué la scène ; une reproduction exacte du ballon de son père : une immense sphère transparente. Les enfants s'extasiaient. Les parents aussi. Charlot répétait :

— Décrivez-moi, décrivez-moi !

Marie-Lou, les yeux éblouis, avait recours à un vieux réflexe ; elle dessinait le ballon dans les airs avec ses mains... Puis, riant d'elle-même, elle a saisi la main de son amoureux.

— C'est comme une gigantesque bulle de savon, Charlot. On dirait que la terre souffle dans un grand anneau trempé dans l'eau savonneuse.

Charlot secouait la tête et, comme s'il avait vu la sphère, se pâmait :

— C'est magnifique, c'est magnifique ! Je n'en reviens pas !

Des étrangers s'affairaient autour de l'objet. Ils effectuaient les derniers préparatifs. L'histoire se répétait. Les présentations ont été brèves.

— Des amis à moi... s'est contentée de dire Alexandrine.

Elle a promptement transféré la chèvre et la couverture de laine sur le plancher de la nacelle. Elle s'est emparée d'une des amarres et, d'un geste vif, a fait signe aux trois ados de s'approcher.

— Allez les enfants, pas de temps à perdre, on décolle !

Le souffle du dragon, la flamme, le décollage ; spectacle olympien. Rébecca et Cassandre se sont collées à leurs parents. Elles cherchaient des amarres humaines ; celles qui empêchent la peur de prendre son envol.

À peine quelques secondes d'étonnement, et nous nous sommes empressés de rejoindre nos véhicules.

Je découvrais le rodéo de la poursuite. Tous mes passagers me guidaient, surtout les filles :

— À gauche docteur Maryse, non, non, à droite !

Silence radio pendant quelques minutes. Harold et Mégane me suivaient du mieux qu'ils le pouvaient. Leur voiture de collection bondissait entre trous et bosses ; elle perdait certainement de la valeur. Ils ont d'ailleurs fini par renoncer, panne de moteur.

Quand le ballon est arrivé au-dessus de la grange, la voix d'Alex s'est enfin fait entendre. Elle reprenait le discours de son père au sujet du Bouddha. Elle expliquait le noir, le blanc, le gris. Comme Charlot n'y voyait rien, j'attendais sa réaction avec impatience.

Sa première phrase m'a presque fait perdre le contrôle du volant... et de ma tête. Je roulais entre des plaques de neige et de boue, je craignais de m'enfoncer ou de déraper. Il n'était pas facile de maintenir le contact visuel à cause des arbres et des collines. Et voilà que le talkie-walkie nous transmet :

— As-tu déjà aimé quelqu'un Alexandrine ?

J'ai perdu toute concentration, j'étais remplie de honte... Comment osait-il ?

Mais la voix d'Alex, douce, imperturbable, m'a permis de reprendre le contrôle :

— Les chèvres, Charlot. J'aime les chèvres. Depuis toujours. Ce n'est pas obligé d'être une personne. Et il n'y a pas d'Egoman dans leur tête. Pas de bande dessinée, enfin, je ne pense pas. Pas de « On ne s'occupe pas de moi, je ne suis pas assez belle, pas assez fine, pas assez intelligente », tu comprends ?

— Oh oui, marraine, je comprends. Tu devrais en parler à ma mère.

J'étais aussi confuse qu'insultée. Une rage froide. J'allais vite, trop vite.

Me sont alors apparus les dessins de Charlot et de Marie-Lou. Le bleu, le jaune. Egoman venait de s'emparer du volant. Il y avait danger pour ma vie et pour celle de mes passagers.

Des routes étroites, caillouteuses, remplies de courbes et de gerçures. La voix de Marie-Lou est venue du haut des airs :

— Revenez ici, docteur Maryse, revenez ici !

Rébecca et Cassandre ont sursauté en chœur :

— Qu'est-ce qu'elle veut dire, maman, qu'est-ce qu'elle veut dire ?

Alice n'a pas bronché.

— Qu'il faut garder son attention sur la route, mes amours. Docteur Maryse le fait très bien, n'est-ce pas, Maryse ?

Robert m'a offert de prendre le volant.

— Ce n'est pas le bon moment, Robert, on pourrait les perdre.

Ce qui a suivi m'a désarmée :

— Est-il vrai, marraine, que ton père a disparu en ballon ? C'est un peu comme Hamid qui s'est pendu ? Ton père s'est envolé et on ne l'a jamais revu ? Pourquoi il a fait ça ?

Je ne voulais pas que Rébecca et Cassandre entendent la suite. Impossible, cependant, de fermer cette fichue radio.

Alice m'a rassurée :

— C'est correct Maryse, c'est correct !... Conduis ! On s'occupera du reste.

Sur les genoux de Robert, dans le talkie-walkie, la voix d'Alex était atone :

— Mon père ne pouvait pas vivre sans ma mère.

La voix de Charlot avait le ton de ceux qui consolent :

— Je comprends ton père, marraine, c'est très dur, mais moi, je dois apprendre à vivre sans ma mère...

Je me demandais, le regard « scotché » à la bulle de savon géante, s'il se rendait compte que j'entendais tout !

Un dialogue s'est amorcé dans les airs. Entre les passagers.

Alex

— Papa n'était pas capable de se détacher de sa femme. Leurs amarres communes étaient coincées. Des nœuds trop serrés, indétachables. Arrive un moment où il faut couper, on n'a pas le choix. Papa n'y arrivait pas.

Charlot

— Mais c'est parce qu'il l'aimait... C'est pour ça qu'il n'était pas capable de la laisser partir.

Alex

— L'amour et l'attachement ce n'est pas pareil Charlot. Je crois que les humains confondent constamment les deux. Rappelle-toi ce que disait Hamid. Je m'en souviens par cœur, je l'ai écrit en grosses lettres sur un mur de ma chambre. Et je le relis, tous les soirs, comme on récite une prière : « Il faut faire attention quand quelqu'un nous dit : "J'ai besoin de toi". Peut-être qu'avant, personne ne nous l'avait dit. Et là, tout à coup, on est content. C'est fini d'être rien. On se sent grand. Et on peut faire n'importe quoi pour la personne qui a dit ça : "J'ai besoin de toi." Pour qu'elle le redise. Même se faire exploser. Je crois que papa n'avait jamais entendu : "J'ai besoin de toi." C'était la première fois. Et la dernière aussi. Je regrette encore que ce n'est pas moi qui le lui ai dit. »

Charlot

— Je sais, marraine. J'ai déjà essayé d'expliquer ça à ma mère. Mais il m'arrive d'oublier. Surtout quand j'embrasse Marie-Lou.

Marie-Lou a pris la parole :

— C'est mon dernier voyage à moi aussi, Alexandrine. Mais pas pour les mêmes raisons que ton père. Plutôt le contraire.

Alex

— Ah bon ?

Marie-Lou s'est alors adressée à Charlot :

— Je sais maintenant pourquoi j'ai rêvé de faire ce voyage avec toi, Charlot, c'est pour que tu apprennes à me laisser partir. Je crois que peu d'humains savent ce qu'est l'amour. Toi, tu sais. À cause de tes recherches sur Egoman. Je sais que tu sais.

Silence radio. Je craignais qu'on ait perdu la communication.

Marie-Lou a repris :

— Ce que les humains prennent pour de l'amour, ce n'est pas une rencontre d'égal à égal, mais une rencontre d'ego à ego. Egoman affronte Egoman. Ils entrent dans une bataille et n'apprennent jamais ce qu'est la paix. Ils gagnent, perdent, s'enfuient, mais demeurent toujours prisonniers du besoin de se battre, de prouver qu'ils ont raison et que l'autre a tort. Ils passent de combat en combat toute leur vie avec l'illusion d'avoir aimé. Ils ne comprennent pas qu'aimer, c'est d'abord et avant tout être libre de toute attache ; ne plus être prisonnier du besoin de gagner pour sentir qu'on est vivant. Je n'ai plus besoin qu'on m'aime, Charlot, et je ne me suis jamais sentie aussi vivante. Je peux enfin aimer...

À voix basse, pour que personne ne m'entende, j'ai maugréé :

— Ah les ados...

Survinrent alors des bêlements intenses ; les douleurs d'une chèvre. Alex avait raison, l'accouchement commençait.

L'obstétricienne a changé de ton :

— Il faut que je m'y mette les enfants, tout va bien aller.

Marie-Lou insistait pour l'aider :

— Je veux faire ça au moins une fois dans ma vie, Alexandrine, aider quelqu'un à venir au monde.

Alex :

— Tu l'as déjà fait bien plus que tu ne le penses, ma chérie. J'aurais aimé que mon père t'entende.

Puis, des bêlements. Beaucoup de bêlements. Seulement des bêlements.

Au détour d'une colline, nous avons vu que le ballon s'approchait dangereusement de lignes à haute tension. Robert, le talkie-walkie contre les lèvres, intimait l'ordre à Alex de reprendre les commandes de la montgolfière. Elle ne semblait pas tenir compte de ses recommandations. Le ballon poursuivait sa route. À travers les cris de la chèvre, nous entendions Charlot :

— Comme c'est beau, comme c'est beau !

Adélaïde est intervenue :

— Je m'occupe du ballon. Je t'ai regardée faire Alexandrine, et je sais comment.

Nous avons alors entendu le crachat du dragon. La mont-golfière a pris de l'altitude. Juste à temps.

Dans la voiture, Rébecca et Cassandre applaudissaient leur grande sœur... Elle n'avait jamais été aussi grande à leurs yeux.

Des bêlements plus aigus ont monopolisé la radio. Derrière eux, Marie-Lou s'exclamait :

— C'est un garçon !

Le reste du voyage s'est bien déroulé. L'atterrissage s'est fait en douceur.

Charlot tenait le chevreau dans ses bras. L'histoire se répétait.

Marie-Lou a annoncé :

— Il va s'appeler O plus.

J'ai bêtement demandé :

— Pourquoi O plus ?

À ma grande surprise, elle m'a serrée dans ses bras, m'a embrassée sur les deux joues et m'a chuchoté à l'oreille :

— Parce que c'est mon groupe sanguin, docteur Maryse, vous ne vous rappelez pas ?

Charlot a déposé le chevreau dans les bras d'Alexandrine. Je me suis alors approchée de mon fils.

— Raconte-moi mon chéri, comment c'était là-haut ?

Avec ses yeux qui n'ont plus jamais l'air habités, il m'a fait part de son excitation.

— J'ai vu le vent, maman. Je vais tenter de le sculpter. Ça sera beaucoup plus facile qu'avec Egoman. Parce que le vent, lui, au moins, il existe...

Notes de Georges – L'enregistreuse
17 avril 2007

Charlot et Marie-Lou se sont envolés.
En ballon.
Avec Adélaïde, Alexandrine et une chèvre ; une fille d'O moins.
Cette biquette a accouché dans les airs, d'un fils : « O plus » ; c'est
son nom ! Le groupe sanguin de Marie-Lou... Un hommage à son
sang qui lutte encore, même timidement, contre l'envahisseur.
Maryse suivait la montgolfière depuis la terre ferme, en voiture.
En compagnie de Robert et d'Alice. C'est ce qu'elle m'a raconté.
Contact radio.
Elle a utilisé son cellulaire et, avec l'aide de Robert, a enregistré
plusieurs passages : quelle fascinante obsession !
Elle m'a fait écouter les enregistrements. Même si elle sait que
je remets en question cette obsession depuis longtemps – on est
psychiatre ou on ne l'est pas ! Une inquiétude toutefois... celle
d'un ami. Ou de quelqu'un qui croit l'être.
Je retiens une phrase de Marie-Lou : « Ce que les humains prennent
pour de l'amour, ce n'est pas une rencontre d'égal à égal, mais
une rencontre d'ego à ego. »
Une perle.
Au bout du compte, le cellulaire a plusieurs vertus. Je ne peux
qu'encourager, maintenant, la Du Bonheur à poursuivre ses
enregistrements. Peut-être m'y entendra-t-elle un jour...
Marie-Lou a compris ce qui nous empêche de nous rapprocher, la
Du Bonheur et moi : « Quand deux êtres humains se rencontrent,
ce n'est pas une rencontre d'égal à égal, mais une rencontre
d'ego à ego. »

Elle sait. Et Charlot sait lui aussi. Ils n'ont que quinze et seize ans, et pendant qu'ils apprivoisent la peur d'être éloignés l'un de l'autre à tout moment, ils découvrent celle que nous avons de nous rapprocher, la Du Bonheur et moi. Ils la sentent, cette peur, et ne la comprennent pas. Ils ne saisissent pas parce qu'ils consacrent leur temps à abattre les dernières barrières qui les séparent, alors que nous passons le nôtre à en construire de nouvelles, chaque jour. Ils entendent les histoires que nous nous racontons ; ils voient la vie s'arrêter sur nos doigts et sur nos lèvres au moment même où eux la cherchent partout, dans la moindre parcelle de peau et d'air. Ils voient Egoman se dresser entre nous, et nous préviennent : «Hé, hé ! Il est là ! Vous ne le voyez pas ? Pourtant, il s'acharne à ligoter vos gestes et vos mots, comme on ligote les bêtes avant de les abattre... Allez ! Ne vous laissez pas faire ! Réveillez-vous ! »
As-tu entendu Maryse ? As-tu bien écouté cet enregistrement ?
Tu devrais l'écouter de nouveau, nous y sommes toi et moi. Tu vas nous y trouver...
Un enregistrement comme une provocation.
Marie-Lou s'adressait à nous, Maryse, même si je n'étais pas là...
Elle nous guidait du ciel...

Loïc et Clarisse
Fin avril 2007

« Non maman, je ne veux pas de four professionnel. Je ne cuirai pas mes sculptures; je tiens à leur fragilité. » Une phrase claire, prononcée sur un ton ferme, aucune ambiguïté! Je venais de raconter à mon fils une conversation que j'avais eue le matin même avec Loïc, le père de Clarisse, une de mes jeunes patientes.

Loïc: un homme intrigant, très beau, début quarantaine; l'énergie de la séduction dans un corps masculin; le genre qui plaît aux femmes sans le savoir; la virilité portée par l'intelligence. Il parlait peu. Semblait méticuleusement choisir les moments où il intervenait. Ses silences m'attiraient, comme tous ces endroits où il est interdit d'entrer.

Je soignais sa fille depuis plusieurs années. Le même âge que Marie-Lou. La même maladie. Des sorts aussi opposés que les deux faces d'une médaille. Pendant que Marie-Lou s'éteignait, Clarisse sortait de l'enfer. Son corps reprenait le dessus. Les cellules cancéreuses désertaient le sang. Un succès.

Mais aucun succès ne me fait oublier mes échecs. Georges affirme que les échecs peuvent devenir une fausse identité, une autre apparence trompeuse empruntée par Egoman.

Je ne sais pas. Georges n'a pas toujours raison, même s'il aide parfois des enfants à retrouver leur liberté... Comme Marie-Lou et Clarisse. Malgré la différence de leurs destins.

Au cours du mois d'avril, Loïc et sa fille sont venus à l'hôpital à quelques reprises. Des tests pour elle, des bonnes nouvelles pour eux. Je n'avais jamais vu Loïc aussi animé. L'accès bloqué par ses silences se libérait. Pour la première fois, sa parole me troublait. Disons que j'y prêtais subitement attention. C'était comme si elle sortait de la lumière. Était-ce la guérison de Clarisse? Était-ce Egoman qui se taisait dans ma tête? Je ne cherchais pas à répondre, je ne me posais même pas de questions. J'entendais un esprit aussi fin que celui de Georges, je voyais la sensualité dans le mouvement de ses mains, je découvrais un visage dont la beauté provenait davantage de la vie qui l'animait que de la perfection des traits. Du nouveau dans mon existence.

Le regard de cet homme, contrairement à celui de Georges, ne me déshabillait pas jusqu'au cœur. Il s'arrêtait à ma peau. Et, à ma grande surprise, j'aimais ça. Avec doigté, ses yeux formulaient son désir. Et mes yeux essayaient de répondre: « Oui. »

En présence de Loïc, Georges devenait agité. Pas besoin de ses antennes de psy pour percevoir ce que disaient nos corps; ils n'étaient même pas discrets. Nos regards ressemblaient peu à peu à des frôlements. Et Georges, je crois, ne le supportait pas.

Le psy connaissait bien Clarisse. Une ado délurée. Beaucoup plus volubile que son père. Elle me faisait penser à Adélaïde: la même énergie, le même enthousiasme. Brune, elle aussi. La beauté du père dans le visage de sa fille.

Georges l'avait accompagnée pendant plusieurs mois, alors qu'elle se demandait si ce n'était pas sa maladie qui avait séparé ses parents. Le psy me relatait leurs échanges chaque jour, plus fidèlement que ne l'aurait fait mon enregistreuse; il ajoutait gestes et expressions aux mots.

— Est-ce que c'est mon cancer qui a tué leur amour, docteur Georges? Est-ce que ça peut tuer l'amour, le cancer?

— Si je te répondais oui, ma belle, tu te sentirais comment?

— Triste.

— Tu penses que c'est de ta faute si tu as le cancer?

— Je ne sais pas, j'entends tellement de choses…

— Est-ce que le cancer c'est ton cœur ma chérie?

— Qu'est-ce que vous voulez dire, docteur Georges?

— Écoute-moi bien, est-ce que le cancer c'est ton cœur?

— Non, docteur Georges.

— Répète-le, ma belle, répète-le!

— Non, docteur Georges, non. Le cancer, ce n'est pas mon cœur.

— Très bien! Tu n'es pas la cause de ton cancer, ma chérie. Pas plus que ton cancer n'est la cause de la séparation de tes parents. Le cancer, ce n'est pas toi. C'est une maladie qui s'est installée dans ton sang, mais ce n'est pas toi. Comprends-tu ce que je te dis, Clarisse?

— Oui, docteur Georges, je comprends. Marie-Lou m'a dit que c'était Egoman qui tuait l'amour. Elle m'a montré des dessins. Elle dit vrai, n'est-ce pas? Je ne sais pas pourquoi, mais ça fait du bien quand vous parlez. On est moins malade. C'est Marie-Lou qui m'a dit ça, quand elle m'a raconté pour sa voix…

Loïc avait la garde complète de sa fille. La mère de Clarisse avait été déclarée inapte pour des raisons que Loïc taisait.

À la fin d'avril, après son passage au centre de prélèvements, Clarisse avait demandé à rendre visite à Marie-Lou, qui avait été réadmise pour de nouveaux traitements – j'essayais toujours. Les deux jeunes filles s'étaient connues au cours d'un précédent séjour à l'hôpital. Elles avaient conçu entre elles la complicité que produit parfois la maladie. Quand Clarisse est entrée dans la chambre de Marie-Lou avec son père, j'étais là. Mon fils se reposait à la maison; il avait veillé son amoureuse toute la nuit.

Clarisse s'est immédiatement emparée de la main de Marie-Lou et l'a placée contre sa propre joue. Une tentative, peut-être, de la mettre en contact avec sa santé retrouvée et de la lui transmettre : « Tu vas y arriver, Marie, regarde-moi, tu seras la prochaine. »

Je songeais à l'histoire d'Adélaïde qui avait voulu donner ses yeux à Charlot. La blondinette a eu un sourire qui mêlait la gratitude au besoin de ne pas contredire son amie. Elle a mis sa main sur celle de Clarisse et lui a dit : « J'arrive à la plus grande de toutes les guérisons, Clarisse, celle qui conduit à la liberté. Ce moment où on est même libéré du besoin de guérir. On avait parlé d'Egoman, toi et moi, tu te souviens ? J'arrive à le voir maintenant, quand il s'empare de mes pensées et qu'il dit "Pourquoi moi ?" C'est grâce au docteur Georges et à Charlot que j'ai appris ça. Je sais que le docteur Georges t'a aidée toi aussi. Rappelle-toi, Clarisse, le cancer n'est pas mon cœur. Et c'est mon cœur qui est dans ta main, sur ma joue, maintenant. » Clarisse a semblé comprendre, une larme a traversé l'autre joue.

Loïc s'est retourné vers moi, étonné. J'ai tiré le rideau qui permet de donner des soins dans la plus stricte intimité. Les filles se soignaient l'une l'autre, à tour de rôle. Loïc a hoché la tête en signe d'approbation. Il comprenait.

Il s'est retourné vers les sculptures de Charlot. Trois d'entre elles étaient alignées sur un petit meuble de bois, appuyé contre le mur. Il m'a dit qu'elles avaient depuis longtemps capté son attention : « Chaque fois que je passais devant la chambre de Marie-Lou, docteur Maryse, ces statuettes arrêtaient mon regard. Puis-je les toucher ? » Il dirigeait déjà la main vers celle du milieu. Je me suis interposée. Il a reculé d'un pas : « Ne craignez rien, je ne les abîmerai pas, je suis habitué. » J'ai alors dit : « Allez-y. » Je crois avoir fait un léger mouvement vers l'avant, comme si, tout à coup, j'étais moi-même faite d'argile, une motte prête à être sculptée.

Avec la délicatesse d'un horloger, il a saisi les pièces l'une après l'autre et les a caressées : « Qui a fait ça ? »

— Charlot, mon fils.

— Quel âge a-t-il ?

— Quinze ans.

— Je ne vous crois pas ! C'est le jeune homme aveugle ?

— Oui.

— Il est totalement aveugle ?

— Oui.

— Est-ce qu'il y en a d'autres des sculptures comme ça ?

— Une maison pleine !

Il a hoché la tête en disant : « Je ne peux pas croire. »

Puis il a ajouté : « Je ne me souviens plus si je vous l'ai dit, docteur Maryse, mais je possède une galerie d'art dans les Laurentides. Beaucoup de visiteurs y viennent. J'aimerais exposer le travail de votre fils l'automne prochain, seriez-vous partante ? »

J'ai vu une ouverture pour mon Rodin de fils : « Il faut que j'en parle à Charlot. »

— Bien sûr !... Mais ne tardez pas, j'ai de la place fin septembre, début octobre. Appelez-moi.

Il m'a remis sa carte professionnelle : « Galerie des talents inconnus », puis il a ajouté : « Je ne le fais pas par gratitude à votre égard, docteur Maryse, même si j'ai souvent eu envie de m'agenouiller et de vous embrasser les pieds pour vous dire merci. Non, je le fais parce que j'ai le pressentiment que les œuvres de votre fils peuvent être pour moi ce que vos soins ont été pour ma fille ; une sorte de traitement. J'ai besoin de guérir moi aussi. Peut-être en parlerons-nous un jour. »

J'aurais quand même aimé qu'il m'embrasse les pieds. Et le ventre aussi.

Autour de midi, je suis allée chercher Charlot. La première chose que j'ai dite :

— Il te faudra un four professionnel, mon chéri !

J'étais emballée par le projet. Je parlais sans arrêt. J'ai raconté Loïc, Clarisse, le mois de septembre, la galerie d'art et mon enthousiasme à l'égard de son travail :

— T'es un génie Charlot. Je le sais depuis longtemps.

Il a ri.

— Dis donc, Mom, il ressemble à quoi Monsieur Loïc ? Décris-le-moi. Et dis-moi, t'es certaine que c'est pas toi qu'il a trouvé belle ?... Mais bon, c'est oui pour l'exposition, mais pas de four !

J'ai complètement ignoré sa remarque à propos de Loïc.

— Charlot, il faudra transporter tes pièces, elles risquent de casser, de se briser, d'éclater en mille miettes, sois raisonnable.

— Maman, Marie-Lou me rappelle chaque jour l'existence de la fragilité. Elle appelle ça l'impermanence. Elle a lu ce mot dans un livre sur la mort. Mes yeux aussi me rappellent ce que veut dire ce mot : impermanence. T'as vu son corps, Mom, tu l'as bien regardé ?

Il paraissait un peu fâché.

— Tu les regardes encore tes patients quand ils sont comme ça, presque secs ? Sur le point de se briser, d'éclater en mille miettes, d'être mis dans un four ? D'être enterrés ? Tu les regardes ces corps, Mom ? Tu les touches ? Touches-tu la beauté qui les habite encore ? La beauté qui se tient à l'orée des cendres, et s'y prolonge ?

Des paroles aussi belles que ses œuvres, d'où venaient-elles ? Il vieillissait, merde, il vieillissait !

— C'est cette beauté-là que je tente de sculpter, Mom. Et il n'y a que la fragilité pour la représenter. Je ne peux lui donner vie que si j'arrive à la voir dans les cendres. Elle est là aussi, Mom, la beauté, la vois-tu ?

Il commençait à manipuler les mots comme il manipulait déjà la glaise, avec poésie.

— Non Charlot, je ne la vois pas.

— Chaque poussière de cendre est un morceau d'étoile, Mom. Comme toi. Comme moi. Comme Marie-Lou. Tu confonds Egoman avec la vie, Mom. La vie est aussi dans les cendres, mais pas Egoman. Et ça, je l'ai appris de toi !

Je désespérais, je cherchais une faille :

— Mais tu pourrais laisser des traces grâce à ton art, mon chéri. Si tes sculptures disparaissent, on ne se souviendra pas de toi. Du grand artiste que tu es. C'est terrible.

— Je ne suis ni mes sculptures, ni un grand artiste, Mom. C'est encore un piège d'Egoman. De fausses identités qui pourraient usurper la place de la «présence» dans ma tête et m'empêcher de vivre, c'est-à-dire d'aimer. Beaucoup trop d'êtres humains cherchent à continuer de vivre après leur mort, sous forme de souvenirs dans d'autres têtes. Et pendant qu'ils fabriquent ces futurs souvenirs, ils ne découvrent pas que la peau d'une personne aimée est une argile encore humide qui s'anime sous les caresses parce qu'elle se sent tout à coup reliée.

Il y avait longtemps que ma peau d'argile ne s'était pas sentie reliée. Je m'acharnais :

— Mais la beauté que tu crées, mon chéri, tu n'as pas le goût de la partager ?

— J'ai le goût de l'offrir, Mom, de la donner. Quand je termine une œuvre, je me sens comme une mère hippopotame qui pousse son bébé vers l'autonomie : «Allez, va vivre ta vie, t'es assez grand !» J'ai vu ça à la télé quand je voyais encore. Je m'en souviens, je me disais qu'un jour je serais assez grand et que tu me pousserais vers l'autonomie. À l'époque, j'avais peur. Aujourd'hui, je me demande si les hippopotames ne connaîtraient pas la différence entre l'amour et l'attachement. Je sais que ça peut paraître stupide, mais qui sait ? Et dis-moi, Mom, pourquoi nous, les humains, aurions-nous le droit exclusif à l'amour ? Pour qui se prend-on ? Les hippopotames aussi sont fragiles. Certains sont même en voie d'extinction. Ils sont très recherchés pour leurs dents. On en fait des bijoux en ivoire, de petites sculptures qui résistent et traversent le temps. Je ne veux pas que les miennes soient comme ça. Ce n'est pas l'ivoire qui est important, Mom, c'est l'hippopotame.

Je me disais que j'avais la chance de ne pas être une mère hippopotame. Mais que pour l'amour, les hippopotames étaient probablement en avance sur moi...

Il s'est alors transformé en professeur. Il ressemblait bizarrement à Georges et ça m'énervait.

— On peut avoir envie de vivre avec une œuvre, Mom, pour entrer chaque jour dans la beauté qui l'habite, et redécouvrir ainsi que l'émerveillement fait s'effacer Egoman. C'est une bonne idée. Il faut se donner des moyens pour déjouer Egoman, il est tellement rusé.

Je lui voyais une bedaine et une barbe. J'ai toujours détesté qu'on me fasse la leçon. Son discours m'ennuyait, m'exaspérait.

— Mais il y a autre chose. Il arrive qu'on veuille posséder une œuvre dans l'espoir qu'on nous envie, qu'on nous admire ou qu'on s'intéresse à nous. Une œuvre qui nous donnerait l'illusion d'être unique parce qu'on en serait le seul propriétaire et, par le fait même, digne d'une attention dont on aurait l'exclusivité…

Il avait le ton de voix de Georges. C'est la première fois que je le remarquais. Je me suis demandé s'il le faisait exprès. Une imitation, pour me tester. J'entendais Georges : « C'est encore un trip d'exclusivité, Maryse. Un autre truc d'Egoman. Et détrompe-toi, je sais que je t'énerve. »

Georges, dans toute sa splendeur ! Georges qui manipulait Charlot.

— On a étudié le mythe de Narcisse à l'école, Mom, je crois que les Grecs connaissaient déjà Egoman. Il ne date pas d'hier. Je ne sais juste pas quand il a commencé à s'emparer de la tête des hommes. Je vais tenter de le découvrir, avec Adélaïde. Je pourrai t'en parler. Ça t'aidera peut-être dans tes recherches. Et dans ta vie.

Je me suis mise à entendre des Ho Ho Ho ; ils bourdonnaient dans mes oreilles, dans ma tête. La colère a pris le dessus :

— O.K. Georges, ça suffit !

Charlot a sursauté.

— Georges ?… Mais où es-tu Mom ? Reviens ici, reviens ici…

Il a repris. Le même ton de voix. Georges était toujours là.

— Quand on regarde une œuvre comme Narcisse se regardait dans l'eau, on n'est plus en contact avec la beauté qui habite l'œuvre, on en est séparé. C'est soi qu'on regarde, c'est soi qu'on trouve beau ! Voilà pourquoi je tiens à la fragilité, maman, elle me rappelle sans cesse qu'à cause de l'impermanence, la beauté n'est accessible qu'à la présence. Voilà ce que m'enseigne la peau de Marie-Lou, même si c'est tout ce qui lui reste. Avec les os.

Marie-Lou. La peau. Les os. Je me suis calmée.

J'étais de retour avec mon fils.

— Mais moi j'y tiens à tes œuvres, Charlot. Et je ne peux concevoir qu'elles puissent disparaître, t'as pensé à moi ?

— Oui, Mom, j'ai pensé à toi, et je te les donne toutes ! En souhaitant qu'elles te rappellent de revenir ici à chaque instant, ce que je n'arrive pas à te rappeler. Peut-être que les sculptures y arriveront. Avec leur fragilité. Et tout ce que j'ai mis dedans.

Il souriait. Un sourire tendre. Aussi franc qu'un miroir.

— Mais je crains que tu y sois déjà attachée, Mom. Je t'entends même dire : « C'est mon fils, voyez-vous ? Il est aveugle et il a fait ça ! »… Est-ce que je me trompe, Mom ?... Allez, dis-moi, est-ce que je me trompe ?... Ce n'est pas de moi que tu veux qu'on se souvienne, c'est Egoman qui, en toi, veut qu'on se souvienne de lui.

— Mais c'est normal que je sois fière de toi, Charlot. Tu es mon fils, mon bébé ; c'est moi qui t'ai donné la vie après tout.

— Non, non, Mom. Tu te trompes encore. Je ne veux rien t'enlever, mais on est des morceaux d'étoile. Quand vas-tu enfin comprendre ce que tu dis ? Tes propres mots ?

J'ai abandonné.

Il m'a un peu rassurée en m'annonçant que, pour certaines œuvres, il mélangerait du papier journal et du papier hygiénique à la terre et que ça solidifierait les pièces.

— C'est afin de rendre la tâche plus facile aux personnes qui les manipuleront pendant le transport et l'installation. Pas pour qu'elles durent. Ne te raconte pas d'histoires, Mom.

Il m'a également informée qu'il n'aurait pas le choix de mettre des armatures à des pièces plus grosses.

— Pour qu'elles tiennent debout, tout simplement.

J'ai dit ouf!

Il n'a pas laissé passer.

— Mais même si elles tiennent debout, Mom, elles disparaîtront un jour. Et si elles n'étaient pas appelées à disparaître, je ne les sculpterais même pas. Rappelle-toi, Mom, il n'y a rien de permanent. Bien plus que le cancer, c'est l'attachement qui tue. À des idées, des opinions, et à toutes sortes de choses. Il empêche d'aimer.

J'ai encore dit ouf! Et j'ai ajouté:

— À quoi je sers, alors?

Il m'a saluée comme Hamid avait salué les filles de Robert, à leur première rencontre, une sorte de prosternation à la japonaise.

— Quand ce n'est pas Egoman qui te dirige, Mom, tu sers la vie, tout simplement.

Ouf!

Notes de Georges – Les figurines

La Du Bonheur m'a transmis une question que le Poucet lui a posée il y a plusieurs mois. Elle ne m'en avait pas parlé : « Je ne voulais pas t'importuner avec mes vieilles bibittes. »
Balivernes...
Peut-être craignait-elle que je me sente concerné ? J'aurais tant aimé qu'elle éprouve cette crainte...
Pourquoi me poser cette question maintenant ? Je soupçonne un trouble qui l'ébranle et n'a rien à voir avec la condition de Marie-Lou, ou peut-être est-ce justement cette condition qui amène ce trouble.
Elle semble vivre quelque chose que je n'ai jamais pu provoquer chez elle. Une sorte de réveil que je n'ai pas été en mesure de produire. Enfin, pas avec ce degré d'intensité.
La question de Charlot me semble un prétexte pour que j'aide madame à voir plus clair dans de nouveaux sentiments.
« Explique-moi, Mom, pourquoi un jour vous vous êtes aimés, papa et toi, et que vous m'avez fait, et qu'après vous avez cessé de vous aimer ? C'est quoi ce genre d'amour ? Ça s'arrête un jour ? Pourquoi l'as-tu quitté ? Est-ce à cause de ton ego ? Je ne veux pas vivre ça avec Marie-Lou. »
Elle m'a dit avoir figé quand Charlot lui a balancé son interrogation. Qu'elle était demeurée plus muette que Marie-Lou avant le congrès, et qu'elle ne pouvait pas compter sur ses mains pour répondre.
Ce matin, à la première heure, elle a eu un soupir : « ... Je ne sais pas mon chou, il faudrait que j'y pense. »

Et le même soupir devant moi: «Qu'aurais-je pu lui répondre, Georges?»

J'ai l'impression qu'elle ne s'interroge pas seulement pour offrir une bonne réponse au Poucet.

Que ses soupirs sont de fausses pistes. Des indices semés sur ma route pour que je me perde tout en l'aidant à se trouver.

Elle a des regards que je ne lui ai jamais vus. Des regards que j'aurais pourtant tellement voulu voir...

Ils sont pour le père d'une patiente. Il est beau. Il a de la chance. Ce n'est pas de la jalousie, c'est une constatation.

Elle s'est servie de la question de Charlot parce qu'elle a des intentions. C'est clair, je suis depuis longtemps un expert des intentions.

Je lui ai répondu avec un accent faussement professionnel: «Tu aurais pu lui parler d'Egoman, Maryse. Lui dire qu'il s'introduit dans l'amour et le contamine. Comme le cancer l'a fait dans le sang de Marie-Lou. Et que c'est peut-être pour cette raison qu'elle comprend ce que veut dire le mot "aimer", la blondinette. Marie-Lou n'a pas peur de disparaître, Maryse. Egoman n'a plus de pouvoir en elle. C'est comme si elle avait appris l'art de s'en exorciser.»

Un auto-exorcisme!

Elle sait comment revenir ici, à chaque instant. Elle est capable de voir l'ego dès qu'il commence à infecter ses pensées. Elle peut sourire des efforts qu'effectue ce dernier pour devenir une identité, quelqu'un. Ou pour multiplier les identités, afin de ne pas mourir. Comme dans l'histoire de Faust* qui se fait offrir plus d'une vie.

Marie-Lou sait réintégrer la seule capacité qui compte, Maryse: celle d'être présente; celle où toutes les identités se dissolvent et, par le fait même, toutes les peurs aussi — y compris la peur de n'être rien.

Mais Egoman est en toi, chère collègue. Et en moi. Sa voix remplit nos crânes.

Le mien, c'est sûr. Une voix qui se parle à elle-même. Souvent. Elle est comme une bouilloire qui s'énergiserait de ses propres vapeurs et produirait ce que je me permets d'appeler, ironiquement, «la steam de soi»... Ho Ho Ho!

Pardonne ma bêtise, Maryse, j'aime bien ridiculiser ce monde où l'on confond « l'estime de soi » et la « steam de soi » ; la Terre est peuplée de milliards de cervelles pareilles à des bouilloires qui diffusent des vapeurs d'ego : « La steam de soi ! » Ho Ho Ho !

À notre époque, Narcisse a assassiné Bouddha.

Les neurones sont aujourd'hui de petits tubes où circule en abondance le fluide du moi ; des tubes où il ne reste plus le moindre espace pour l'intelligence. Les neurones ne sont plus libres, Maryse ! La liberté a foutu le camp.

Et c'est ce que cherche ton fils : la liberté !

Se libérer de toi !

D'Egoman...

De Dark Vador, de Dracula et du Joker.

De toutes ces fausses identités qui lui donnaient l'illusion d'être invincible, original, digne d'intérêt et d'attention – le plus grand, le plus fort, le maître.

Tu m'as d'ailleurs confié qu'il s'était débarrassé de ses figurines. Qu'il les avait données à un collectionneur.

Il n'a plus besoin de leur protection, chère collègue. Il se libère du processus d'identification et de ce qui en résulte : des figurines sous toutes sortes de formes : statues, médailles, drapeaux. Il se détache du besoin d'être protégé, distinct, le meilleur. Il n'associe plus « recevoir de l'attention » à « survivre ». Il a cessé d'avoir quatre ans. Tu devrais le regarder davantage, chère collègue.

« Je ne comprends pas, Georges ! »

Tu as de la difficulté à supporter l'amour qui émane de ton fils, Maryse. Il te fait voir ce qui te manque. Et c'est insupportable. Enregistre-toi, écoute ce que tu dis à son sujet : « À quinze ans, on ne peut pas encore aimer ; trop jeune, trop d'hormones, trop de désir. Ça ne peut pas être de l'amour ! »

Trop jeune pour aimer, Maryse ?... Et à ton âge, tu sais ? Allez raconte-moi !

Elle m'a claqué la porte au nez alors que j'allais enfin lui révéler le plus important : je voulais lui parler de moi... et de Loïc !

Le départ de Marie-Lou
Mai 2007

C'était à moi de prendre la décision.

Je n'y arrivais pas.

Ce qui lui restait de vie réclamait les soins palliatifs; je n'autorisais pas le transfert!

Sa bataille contre le cancer, je me l'étais appropriée. Et je refusais de m'avouer vaincue.

Elle se désintégrait à vue d'œil. De jour en jour ses joues se rapprochaient l'une de l'autre. Par l'intérieur. Elles étaient presque collées. Les os de la mâchoire semblaient sur le point de perforer la peau. Ceux des épaules et des hanches aussi. Les seins avaient disparu, comme mystérieusement confondus avec la surface désormais creuse du thorax.

Parfois, à la demande de la blondinette, Charlot la transportait dans ses bras. Elle éprouvait le goût d'être bercée par lui. Et comme le disait Georges: « Elle avait le poids de la neige pendant qu'elle tombe. » Mon fils, malgré sa petite taille, était capable de la soutenir sans difficulté. En fait, il ne la soutenait pas, il la collait contre lui. Il essayait, de toutes ses forces, de la retenir en ce monde...

Il marchait dans la chambre étroite et la mère de Marie-Lou le guidait par le coude, pour ne pas qu'il bute contre le lit ou le fauteuil. Un exercice difficile compte tenu du peu d'espace disponible. Images émouvantes. Rien à voir avec le soldat qui, sur un champ de bataille, transporte un blessé dans l'espoir de trouver de l'aide. Non, il la berçait vraiment. Il chantait même une berceuse que je chantais parfois à des enfants quand, à bout de ressources, je ne savais plus quoi faire. Je lui avais chanté cette berceuse lorsqu'il était bébé ! Je ne pouvais pas croire qu'il puisse s'en souvenir. Il avait dû l'entendre ailleurs.

Marie-Lou lui a demandé, à quelques reprises, s'il se sentait capable de l'emmener dehors, prendre l'air :

— Si tu peux, mon amour... Si tu ne me trouves pas trop lourde !

La réponse de mon fils m'a glissé sur le cœur comme une lame de rasoir :

— Le seul moment où je te trouve trop lourde Marie, c'est quand je pense au jour où tu ne seras plus dans mes bras.

Elle souriait. La lumière qui éclairait son visage souriait.

— Merci, mon amour ! Je préfère de loin tes bras à ceux du fauteuil roulant.

Elle savait très bien ce qu'elle voulait.

— Emmène-moi respirer le parfum des premiers lilas, Charlot. Je sais qu'il y en a de chaque côté de l'escalier, devant la porte principale. J'ai remarqué ces arbres quand je suis venue ici, la première fois. Et nous voici arrivés au moment où ils se donnent et explosent. Je veux commencer à me fondre en eux tout de suite, c'est le début de ma nouvelle vie. Et je pourrai continuer à te prendre en moi chaque fois que tu plongeras le nez dans leurs fleurs.

J'étais irritée par les mots « mon amour ». Ainsi que par tous les autres. Des mots beaucoup trop grands pour eux, à mon avis. Une source de déséquilibre. Comme ces chaussures d'adulte dans lesquelles des enfants de trois ou quatre ans glissent leurs petits pieds.

Mais, étrangement, les jeunes amoureux habitaient pleinement leurs mots. Comment était-ce possible ? Comment faisaient-ils ? Je les enviais encore... Cependant, à ce stade-là, je me disais : à quoi bon m'immiscer dans leurs illusions, c'est tout ce qui leur reste... Et ça ne peut pas faire plus de mal que la réalité.

Pendant que Mégane servait de guide à Charlot, je tenais le bras d'Harold. Il ne voyait presque plus lui non plus. Comme s'il avait décidé de fermer ses yeux avant que sa fille ne ferme les siens : « Elle ne peut pas partir avant moi, disait-il, je ne veux pas voir ça. » Quand il les ouvrait, c'était pour implorer mon pardon. Il chuchotait : « Pardonnez-moi, docteur Maryse, je ne suis plus capable de voir ce que lui fait la vie. »

Je ne disais rien. Je n'étais pas capable de voir moi non plus. Il pleurait beaucoup. Bien plus que sa femme. Il s'exprimait la plupart du temps à l'aide de sanglots. Et quand il devenait incapable d'articuler, il utilisait le langage des signes... même devant les personnes qui n'y connaissaient rien ; un hommage aux vieux efforts de sa fille ; sa façon de retourner au temps où elle se battait encore pour vivre.

Mégane, pour sa part, demeurait calme et tendre. Elle soutenait tout le monde. Nous devenions, dans ses gestes, les frères et les sœurs de Marie-Lou. Autour du lit, nous étions tous les enfants de Mégane !

Alors que notre petit cortège se dirigeait vers l'entrée – ou la sortie, c'est pareil –, j'ai songé que nous devions ressembler à ces peintures qu'on trouve dans certaines églises. Des tableaux sombres et tristes qu'aucune lumière n'éclaire. Les personnes que nous croisions nous regardaient longuement, puis baissaient la tête.

Marie-Lou avait raison. Dès que nous sommes arrivés sur les premières marches, je les ai vus : les lilas. Ils étaient resplendissants, somptueux, offerts : la beauté dans toute sa gratuité. J'ai alors réalisé que j'en ignorais l'existence (comme beaucoup d'autres existences d'ailleurs...).

J'entrais toujours par la porte qui donnait sur le stationnement ; un paysage de béton. Je ne pouvais pas savoir qu'à l'avant, un jardinier du cœur avait pris la peine de planter des arbres pour accueillir des malades et leurs proches.

Je regrettais d'ailleurs de m'être privée de ce spectacle. Mais en regardant les lilas, j'ai fini par m'avouer que, même si j'étais entrée par la porte principale, je ne les aurais jamais remarqués. Egoman ne regarde pas les lilas...

Dès que nous sommes parvenus à la hauteur des premières branches, j'ai vu à quel point l'odorat et le sens de la perspective de mon fils s'étaient accrus. Alors qu'il ne voyait rien, il savait exactement à quelle distance étaient les fleurs. Sans vraiment cesser de bercer Marie-Lou, il a rapproché le visage de la jeune femme des grappes mauves : « Respire, ma chérie, respire ! » Il le disait avec une forme d'espoir dans la voix, comme lorsqu'on administre un antidote à quelqu'un qui vient d'être mordu par un serpent, même si le cœur ne bat plus.

Pendant qu'elle inhalait cette odeur si typique du printemps, il plaquait son propre nez contre la tête chauve de son amoureuse. Et, comme un chien pisteur à la recherche d'une personne disparue, il faisait le tour du crâne. Il humait à pleins poumons son parfum à elle : « Il n'y a pas une fleur sur cette terre qui puisse produire une odeur aussi sublime ! »

Il s'est mis à pleurer : « Tu sais Marie, plus tard, quand j'aurai le nez dans les lilas, j'arriverai toujours à te retrouver si tu y es. »

J'ai fini par signer le transfert.

Au cours des semaines précédant cette pénible signature, Charlot avait continué de sculpter le corps de son amoureuse. C'était sa façon à lui d'être toujours avec elle ; il la caressait, la massait et ramenait à la maison ce que contenait la mémoire de ses mains : « C'est pour savoir où elle est rendue, Mom, et dans quelle mesure je la perds. »

Ses doigts retenaient tout. Même les regards. Les sculptures nous fixaient. On se sentait épié par elles, scruté. Il m'arrivait de ne plus être capable de supporter ces expressions fixées dans la glaise et de détourner les yeux. Comme je le faisais parfois devant Georges pour ne pas qu'il me lise.

Si Rodin demandait à des modèles vivants de marcher nus dans son atelier dans l'espoir de saisir un moment de grâce, Charlot disait ne plus vouloir saisir quoi que ce soit. Quand je lui ai parlé de Rodin, il m'a dit: «Tous les moments en compagnie de Marie-Lou sont des moments de grâce, Mom. Je ne lui demande plus rien, mais je prends tout.»

Il captait les expressions du corps mourant de la jeune femme en se couchant contre elle. C'est toute sa peau d'amoureux qui préparait ce qu'allaient modeler ses mains; l'apparition progressive des côtes, le recroquevillement de l'ossature, la chair qui s'amincissait.

L'argile lui permettait de traduire à la perfection la fragilisation de la peau. On pouvait voir chaque kilo qu'elle perdait.

Pour respecter le vœu de Marie-Lou, il restait fidèle à l'argile. Ses mains peinaient à quitter cette matière fragile et vulnérable: «Fragile comme moi, répétait l'adolescente; fragile comme nous tous!»

Quand il n'était pas avec elle, il travaillait. Il ne mangeait presque plus, ne dormait presque plus: «Je n'ai ni faim ni sommeil, Mom. Et jusqu'à ce qu'elle parte, je veux que toute ma présence lui soit réservée.»

Notre maison prenait de plus en plus l'allure d'une galerie d'art. Ou d'un musée. Des statuettes de quelques centimètres et des statues grandeur nature étaient maintenant exposées dans chacune des pièces, incluant la salle de bain.

Charlot saisissait toutes les étapes de la disparition et nous rappelait la nôtre. Chaque œuvre était d'un réalisme bouleversant. La maladie évoluait dans la glaise.

Il apportait parfois certaines de ses œuvres à l'hôpital, parmi les plus petites. Il les tenait dans ses mains comme on tient un oiseau blessé. Marie-Lou ne cessait de s'émerveiller:

— C'est moi ça?

Et mon fils, sur le ton de quelqu'un qui vient de commettre une bévue et veut à tout prix la corriger:

— Non! Non! Je n'arriverai jamais à sculpter qui tu es vraiment, Marie, c'est impossible. Personne ne peut sculpter ta capacité d'aimer, personne ! Alors je sculpte ce que tu m'enseignes : le détachement... Enfin, j'essaie. Mais je ne sais pas si j'y arriverai un jour...

Elle souriait. Il n'y avait plus que ça dans son visage.

— Si, si, tu y arriveras, j'en suis certaine.

Le jour des seize ans de Charlot, elle lui avait offert un hamster. Dans une cage de métal bleu et jaune.

— Il s'appelle Bénadryl. C'est son vrai nom. Un nom pour éloigner les allergies, l'insomnie, et tout ce qui pourrait t'empêcher de respirer. Il te tiendra compagnie après mon départ. Et les couleurs que tu ne vois plus – le bleu et le jaune –, elles sont pour moi. Elles me rappellent t'avoir vu les laisser aller. Tu m'as montré comment...

À l'hôpital, je l'ai surprise à demander des nouvelles de Bénadryl :

— Est-ce qu'il t'inspire, Charlot ?

Un prétexte pour reparler de ce qu'elle appelait « la plus précieuse découverte de sa vie ».

— Quand j'étais encore capable de t'accompagner dans tes recherches, mon amour, je marchais souvent dans la rue. Ça m'aidait à trouver des idées. Et puis, un après-midi, alors que je passais devant la vitrine d'un « pet shop », je me suis arrêtée. Disons que c'est lui qui m'a arrêtée : Bénadryl ! Il ne s'appelait pas encore Bénadryl, bien sûr, mais il a capté mon regard. Il courait dans une roulette. Et j'ai compris que c'est exactement ce que faisait Egoman. Il s'emparait de mon regard à l'intérieur de ma tête. De toute mon attention. Avec ses mots. Avec sa peur de disparaître... Je t'en avais parlé, tu te souviens ?

— Oui, oui, je me souviens.

— Je vais bientôt disparaître, Charlot, il ne m'en reste plus pour très longtemps. Mais Egoman, lui, il veut continuer. Et il ne laisse pas ma tête tranquille. Il s'empare encore de mon attention avec des mots qui n'arrêtent pas. Des plaintes dans le genre : « Ce n'est pas possible, je ne peux pas mourir tout de suite, j'ai encore tellement de choses à faire : des livres à lire ; des pays à visiter ; des personnes à connaître ; des plats à goûter ; des chansons à écouter ; et il y a aussi toutes ces paroles que je n'ai pas encore prononcées... »

Je songeais à mes conférences. À toutes celles que j'avais planifiées. Aux congrès internationaux... Aux histoires d'enfants que j'avais sauvés.

Marie-Lou continuait à retransmettre le discours que tenait Egoman dans sa tête :

— Pourquoi moi ? J'ai pourtant fait tout ce qu'il fallait pour guérir ! Les traitements, l'alimentation, le repos... Pourquoi les médecins ne peuvent-ils rien faire ? Et si j'étais dans un autre hôpital ? Un plus moderne ? C'est peut-être le docteur Maryse qui est incompétente ?

L'expression de Charlot mélangeait l'étonnement et l'approbation. J'avais envie de me défendre, mais je constatais que c'était encore Egoman qui avait envie de se défendre ; dans ma tête cette fois.

La jeune femme s'occupait de mon inconfort ; elle m'enseignait :

— Ne vous en faites pas docteur Maryse. Je ne parle pas de vous, je parle d'Egoman ! C'est un grand peureux, il a peur tout le temps. Et il se sent si important qu'il croit toujours que c'est lui qui est attaqué !

Je l'ai, un instant, jugée impertinente : encore l'agitation d'Egoman en moi ! Encore et encore... Et même si je pouvais voir dans ses paroles d'ado épuisée une ultime demande à mon endroit, ça ne suffisait pas ; Egoman l'emportait.

Jusqu'à ce que je finisse par accueillir les efforts de la blondinette pour m'apaiser.

— Il se prend toujours pour quelque chose d'autre, ou pour quelqu'un d'autre : une idée, une idole, un héros, un pays, un dieu, et il est prêt à faire n'importe quoi pour défendre ces fausses identités auxquelles il s'est attaché. Il ne veut surtout pas mourir, docteur Maryse, surtout pas !

En l'écoutant, je réalisais que c'est exactement ce que mes travaux de recherche confirmaient. Cette réaction neuro-hormonale déclenchée en une fraction de seconde quand je pensais à mon ex... Cette peur, cette agressivité, ce besoin de défendre les images de moi-même auxquelles je m'étais attachée ; la femme que je croyais être ; mon apparence, mon intelligence, mes succès. Marie-Lou avait compris tout ça et elle n'avait eu besoin ni d'un laboratoire, ni d'une équipe de chercheurs.

Elle continuait :

— Egoman est le plus moderne des superhéros parce qu'il ne sauve que lui-même !

Sa main – une branche de vigne au mois de novembre – a effleuré la joue de Charlot. La jeune femme ne s'adressait maintenant qu'à lui :

— Et plus que jamais, lorsqu'il s'empare de mon attention, il me prive de sentir ta peau quand tu te colles contre moi.

Charlot a éclaté. Des secousses, des miaulements, des coups de canne sur la chaise et le plancher.

Marie-Lou demeurait parfaitement calme.

— Allez, chéri, ne le laisse pas s'emparer de ta tête, reviens ici, reviens ici !

— Je ne suis pas capable de faire ça, Marie. Je ne suis pas capable.

— Si, si, tu es capable, mon chéri, fais-le tout de suite !

J'ai alors vu Charlot fermer ses yeux qui ne voyaient pas – peut-être était-ce pour revoir le visage de Marie-Lou – et se glisser dans la tendresse. Les plis s'effaçaient sur son front, les muscles se relâchaient, il s'allégeait.

Je pensais à la montgolfière d'Alex.

— Tu as raison, Marie, je suis capable, pour le moment, parce que tu es là !

La branche de vigne caressait toujours la joue.

— Il faudra que tu t'entraînes quand je serai partie, mon amour. Bénadryl va t'aider. Il va falloir que tu suives sa course.

Au moins une fois par jour. Tous les jours. Pour arriver à entendre uniquement le bruit qu'il fait. Un entraînement véritable. Dis-toi que Bénadryl court pour la paix dans le monde.

— Je comprends.

— Il faudra que tu découvres les moments où tu cesses de l'entendre. Les moments où Egoman fait ce qu'il veut de ta tête. Tu dois apprendre à t'en apercevoir le plus rapidement possible et te dire aussitôt : « Reviens ici, reviens ici... » Comme nous l'a enseigné le docteur Georges quand on préparait le congrès. Dis-toi que Bénadryl court pour la paix dans la tête de tous les enfants qui meurent. Et, surtout, de tous ceux qui vivent.

Charlot s'est mis à murmurer :

— Reviens ici, reviens ici...

— N'oublie jamais de revenir ici, Charlot, à chaque instant. Dans tes mains, tes oreilles, tes lèvres ; dans chacun de tes pas, tes gestes, tes baisers. Fais-le vraiment !

Charlot se crispait, mais répétait :

— Reviens ici, reviens ici...

Marie-Lou :

— Il faut maintenant que tu te laisses aimer Charlot. Pas au sens passif de « laisse quelqu'un d'autre t'aimer », mais au sens actif de « branche-toi sur ta capacité d'aimer », et ne laisse surtout pas Egoman l'empêcher de s'exprimer.

Charlot continuait :

— Reviens ici, reviens ici...

C'était comme s'il s'adressait autant à son amoureuse qu'à lui-même.

Marie-Lou semblait ne pas entendre.

— Ça n'a rien à voir avec attendre que quelqu'un nous aime, mon chéri, mais tout à voir avec émettre, rayonner, diffuser, comme le parfum des lilas.

Les mots de Charlot résonnaient comme un mantra.

— Reviens ici, reviens ici...

Après trois jours aux soins palliatifs, Marie-Lou a demandé à voir Adélaïde. J'ai immédiatement appelé Robert. Le soir même, la belle brune était là en compagnie de son père et Marie-Lou la serrait dans ses bras : « Merci d'être venue Adélaïde. On ne s'est pas vu souvent toi et moi, mais j'aime ta joie. »

Elle s'est alors tournée vers Charlot : « Je ne peux pas vous forcer, tous les deux, mais j'aimerais que vous deveniez amis. Vous l'êtes déjà un peu, je crois. Et tu auras besoin d'une nouvelle assistante, mon amour. Pour tes recherches. »

Elle a pris la main d'Adélaïde et l'a déposée dans celle de mon fils. Il a semblé éprouver un malaise, mais Adélaïde n'a pas bronché. Les deux jeunes femmes se sont regardées et ont hoché la tête en même temps. Un traité silencieux venait d'être signé, issu de la complicité féminine. Charlot n'avait rien vu.

Marie-Lou a ensuite prononcé une phrase que je n'oublierai jamais : « Je suis un testament vivant. Je suis tout ce que je lègue. Il faut que tu comprennes ça, Charlot. »

Puis elle a fermé les yeux et s'est tue. Elle s'est retirée dans ce monde qu'elle connaissait si bien ; celui du silence.

Quarante-huit heures se sont écoulées dans une ambiance de monastère. George est apparu et a joint son silence au nôtre.

Je regardais parfois le visage apaisé de Marie-Lou et je ne pouvais m'empêcher de songer à tout ce qu'elle avait vécu : la méningite, la surdité, les cailloux... La colère m'envahissait par bouffées.

Georges me tapotait la main comme s'il sentait monter en moi la puissante envie de frapper l'invisible ; le goût féroce de heurter la vie et de lui faire mal, très mal, pour qu'elle cesse de faire ce genre de connerie.

En début de soirée, le 9 mai, Harold n'en pouvait plus. Il m'a demandé : « Vous ne pourriez pas alléger ses souffrances, docteur Maryse ? Ce n'est pas la tuer, elle est déjà partie. »

Georges a cessé ses tapotements et s'est emparé de ma main. Il ne la serrait pas, il la réchauffait. Je n'ai pas osé parler à Harold de sa propre souffrance, il aurait fallu que je lui parle de la mienne.

J'ai tout de même songé un court instant à prescrire une dose plus élevée de morphine, mais Charlot, avec ses oreilles de bête traquée, avait entendu la réclamation d'Harold : « Ne fais surtout pas ça, maman ! Je te l'interdis... »

Il s'est placé devant le lit et s'est tourné face à moi. Il me menaçait avec sa canne. Il disait qu'à travers ce qui restait de souffle à Marie-Lou, elle lui parlait. Et il ne voulait surtout pas que je la fasse taire une fois de plus.

Comment savoir ? Georges réchauffait ma main de plus belle. Un appui à Charlot et un appui à moi, en même temps.

Une tension extrême meublait la chambre. Malgré les fleurs, les chocolats et les personnes, cet espace n'avait jamais ete aussi nu. Harold ronchonnait. Mégane faisait de son mieux pour le calmer. Charlot ne bougeait pas ; un véritable garde du corps.

C'est Marie-Lou qui a tout réglé. Elle a ouvert les yeux, a saisi un des doigts de Charlot et l'a amené à la hauteur de sa bouche. Elle a légèrement écarté les lèvres et a soufflé sur la peau, comme on souffle sur une blessure d'enfant pour apaiser sa douleur. Ses derniers mots furent : « Accompagne-moi... »

Elle a fermé les yeux de nouveau.

Les choses se sont alors inversées. Alors que Charlot étouffait, elle l'aidait à respirer. Chaque inspiration était une invitation à la suivre dans son envolée vers la paix ; j'imaginais le départ de Monsieur Beguin, sans l'attachement.

Harold se rongeait les ongles. Mégane priait. Adélaïde et son père se consolaient mutuellement. Georges caressait ma main. Charlot répétait : « Reviens ici, reviens ici. »

Après deux ou trois minutes, il n'y avait plus que la respiration de la blondinette autour de nous. L'air sortait de ses poumons et s'emparait de nos souffles ; il les dirigeait comme un chef d'orchestre, les faisait ralentir, les harmonisait. D'où venait cette présence Georges, dis-moi ? Il n'y avait plus de

Marie-Lou, il n'y avait qu'une communion, comme si ses derniers efforts servaient à nous rassembler...

Egoman était mort depuis longtemps déjà quand elle a expiré pour la dernière fois.

Charlot s'est couché près d'elle. Je ne supportais pas. Georges m'a alors prise par les épaules et m'a secouée, littéralement, physiquement, affectivement ; il me soignait ; il nous soignait ; lui, moi ; j'ai cessé de trembler, j'en tremble encore...

Dans les heures qui ont suivi, il a fallu que je protège les sculptures. Charlot avait eu le temps d'en casser quelques-unes avant que je ne parvienne à l'arrêter. Il voulait les détruire toutes. Je désirais retenir la beauté, il prétextait consacrer l'impermanence : « Il n'y a rien de permanent, maman, rien ! T'entends ?... Rien ! »

Quand il a fini par se calmer, il s'est installé devant la cage de Bénadryl, les deux mains appuyées sur sa canne blanche, et n'a plus bougé pendant trois jours. Oh, il s'étendait parfois sur le sol, près du petit banc où il demeurait assis à écouter le bruit de la roulette.

De temps à autre, je déposais discrètement, près de lui, de quoi manger. Au cas où... Il n'y touchait pas. Je le recouvrais d'un duvet quand il finissait par s'endormir. Il répétait inlassablement : « Reviens ici, reviens ici... »

Après soixante-douze heures de cette véritable litanie, il s'est tourné vers moi et a planté ses yeux dans les miens ; comme s'il me voyait.

Il ne pleurait plus. J'ai alors entendu la voix de Marie-Lou se mêler à la sienne : « Ne permets jamais à Egoman de t'empêcher d'aimer, Mom. Allez, laisse-toi aimer ! »

Notes de Georges – Le lendemain du départ de Marie-Lou

10 mai

Maryse a hésité… le temps d'une déchirure.
Celle qu'a provoquée la demande d'Harold.
Une demande forte. Une bourrasque sur les pas d'un funambule.
« Docteur Maryse, vous ne pourriez pas abréger ses souffrances ?
Ce n'est pas la tuer, elle est déjà partie. »
Pour d'autres patients, la Du Bonheur aurait su. Pour Marie-Lou,
elle ne savait pas.
Le médecin se heurtait à la mère et à la belle-mère. Chacune avait
son avis. Débat intérieur. Pas de décision possible.
J'ai serré sa main, ses mains ; j'ai cru sentir un remerciement quand
elle a serré les miennes.
Charlot s'est immédiatement opposé. Il disait entendre la voix de
son amoureuse.
Je n'entendais rien. Seulement les sursauts du souffle, les derniers
hoquets, l'asthme de la fin.
Marie-Lou s'était tue, une fois de plus. Sa voix, jadis si difficile à
trouver, avait, pour moi, disparu.
« Je l'entends, Mom, ne la fais pas taire de nouveau. »
Comment savoir ? Il a l'ouïe d'une baleine, cet enfant. J'ai lu
quelque part – je ne me souviens plus où – que certaines baleines
peuvent percevoir des sons émis par leurs semblables à trois mille
kilomètres de distance. Des ondes sonores qui peuvent traverser
la mer d'une côte à l'autre. Des chants qui n'ont lieu que pendant

la saison des amours... On disait, dans cet article, que la pollution sonore faite par les machines des hommes empêchait certains de ces mammifères de trouver un partenaire... Bloquaient les chants... Je me demandais si Charlot entendait vraiment une voix ?

Hallucinait-il ?

Entendait-il la voix de son amoureuse comme Beethoven entendait la musique à la fin de sa vie ? Composait-il la voix de Marie-Lou dans sa tête ?

Percevait-il plutôt ce que personne d'autre n'était en mesure de percevoir ?

Comme Beethoven ?

C'est en regardant la gorge de Marie-Lou que j'ai songé à Beethoven. À la Septième Symphonie. Au deuxième mouvement. Aux trois premières minutes.

C'est à peu près le temps qu'ont duré les derniers souffles de la jeune femme.

Après quarante-huit heures de silence, elle a levé le bras, saisi un doigt de Charlot et soufflé dessus : « Chuuuuut... » – pour en faire sa baguette de chef d'orchestre.

Puis, du fond de son thorax, elle a dirigé nos silences.

Karajan n'aurait pas pu. Enfin, je ne crois pas.

Elle dirigeait Les trois dernières minutes *de Marie-Lou : le seul mouvement, l'unique interprétation. Nous avions le privilège d'être ses musiciens : Mégane, Harold, Adélaïde, Robert, Maryse, Charlot et moi-même. Un orchestre de chambre, sans vouloir faire de mauvais jeu de mots comme il m'arrive si souvent d'en faire, pour ne pas ressentir la vérité.*

Alors qu'on croyait qu'elle ne parlerait plus jamais, elle devait encore une fois nous surprendre.

Une authentique revenante... Elle repassait à reculons le seuil de l'au-delà ; s'il existe.

Un ultime effort : «Accompagne-moi» : une note, une seule... Celle qui sépare la vie de la bêtise humaine ; celle qui sépare l'homme d'Egoman ; celle qui regroupe tous les chants que les humains ont composés depuis le premier cri, le premier grognement, le premier hurlement... La note qui les rassemble, efface toute différence, traverse même les mers sans les polluer. Une note plus forte que le sel quand il touche la glace. Une note pour apaiser son amoureux, lui permettre de se détacher, le libérer d'Egoman.

Marie-Lou sortait Charlot du passé ou de l'avenir en l'attirant dans ses derniers souffles : « Accompagne-moi »...

Je traduisais – le psy traduisait –, pour lui-même : « Ne va pas demain, mon amour, ne va pas quand je serai partie, ne va pas hier non plus ; ne va pas quand j'étais encore là ; accompagne-moi... tout de suite... Je suis ici ! »

J'ai pleuré par en dedans devant ce qu'elle faisait. Comment était-ce possible ? D'où provenait cette force ? De quelles cellules, de quelles hormones ? Que se passait-il dans son corps, dans son cerveau ?... Peut-être est-ce dans cette direction que tu devrais désormais orienter tes recherches, chère Maryse, je t'aiderais...

Quand Marie-Lou a cessé de respirer, Charlot s'est couché contre elle. Un rempart, une couverture, un linceul. Ses mains se sont mises en mouvement. Elles ne caressaient pas, elles palpaient. Le visage, la tête, le cou. Elles semblaient estimer, évaluer, mesurer. Comme elles avaient dû le faire des centaines de fois alors que Marie-Lou était encore vivante.

Les mains de Maryse s'impatientaient dans les miennes. Je les retenais. Je sentais que la Du Bonheur voulait intervenir, mettre fin aux mouvements de son fils. Elle semblait gênée, honteuse. Egoman faisait encore des siennes dans sa tête : « Que va-t-on dire de moi si on surprend mon fils et que je n'ai rien fait pour l'arrêter ? »

Je me suis placé entre elle et le lit, et je l'ai prise dans mes bras. Elle m'a dit : « Laisse-moi faire, ne te mêle pas de ça. »

Je l'ai un peu secouée, tendrement, comme un psy secoue parfois ceux qu'il soigne ou ceux qu'il aime.

— Non, Maryse, cette fois je ne te laisse pas faire. Regarde-le ; regarde-les... C'est nous, tu comprends ? C'est nous !

Elle m'a fixé comme si je venais de la gifler.

— Mais qu'est-ce que tu dis ? De quoi tu parles ?

— C'est nous, Maryse, tu ne comprends pas ? Ils nous montrent le chemin, encore et encore...

Elle semblait se demander ce qui lui arrivait. Comme si j'étais une apparition.

J'ai porté ses mains à mes lèvres et je lui ai dit :

— Regarde les Maryse, et si tu arrives à voir que tu ne les vois plus, tu comprendras.

Elle s'est mise à écouter. Elle ne tremblait plus. Ses yeux attendaient la suite...

Je n'avais plus rien à dire à part ce qu'elle savait déjà : la cervelle sous l'emprise des jugements, le corps sous la tutelle de la peur, Egoman qui déclenche tout ça... Une seule pensée suffit.

J'ai embrassé ses mains de nouveau, et je lui ai chuchoté à l'oreille :

— Ce que Charlot ressent pour Marie-Lou, c'est exactement ce que je ressens pour toi, Maryse. Mais lui, au moins, il a le courage de le vivre. Laisse-le finir de dire ce qu'il a à dire et de faire ce qu'il a à faire. Et laissons Egoman se dissoudre entre nous...

Je me suis alors tourné vers le Poucet qui embrassait la blondinette et, les yeux trop mouillés pour les voir clairement, j'ai dit : « Merci à vous deux ! »

Je suis parti.

Funérailles

Une petite église en bois. Plutôt une chapelle. À peine une dizaine de bancs. Pas de vitraux, seulement des fenêtres. Ouvertes pour la première fois de l'année. Tous les parfums de mai se joignaient à la célébration. C'était comme si l'église avait des poumons et qu'elle était restée trop longtemps sous l'eau ; elle respirait goulûment, reprenait vie. Les senteurs de terre, d'herbe et de fleurs se mêlaient aux arômes de bois et de moisissure ; des odeurs enivrantes remplaçaient l'air enfermé tout l'hiver.

Dès mon arrivée, j'ai cherché le parfum des lilas.

— Tu sens les lilas, Charlot ?

— Non, Mom, leur saison est terminée.

Je regrettais d'avoir posé la question, d'être entrée dans sa mémoire comme on entre dans des braises, avec un tisonnier. Il s'en est rendu compte. J'ai croisé mes bras devant mon visage pour former un voile. J'avais perdu mes défenses. Un simple serrement dans ma poitrine et il le percevait. Je me sentais plus nue qu'un épi de maïs dans l'eau bouillante, plus vulnérable. À travers ses yeux mats, il me voyait trop !

Il a posé sa main sur mon épaule et je me suis calmée. Je goûtais à ce que Marie-Lou avait savouré ; l'immense affection de mon fils.

— J'ai eu la même pensée, Mom. J'aurais aimé sentir les lilas pour y chercher Marie-Lou. Elle m'a dit qu'elle y serait. Mais ils ont déjà disparu.

Je me demandais si tous les petits malades que j'avais perdus n'étaient pas eux aussi dans les lilas. Tous les lilas. Plus particulièrement ceux qui accueillaient les familles à l'entrée de l'hôpital. Et je me disais qu'il faudrait planter des lilas aux portes des prisons.

— On doit revenir aux parfums qui sont ici ce matin, Mom, c'est la seule issue. Et ça inclut les parfums de ta tristesse. C'est ce que Marie-Lou me disait quand plus personne ne l'entendait. Elle disait : « Reviens ici, mon amour, reviens, il n'y a pas d'autre issue, il n'y a pas d'autre issue. »

Il s'est dirigé vers Harold, Mégane et le prêtre – un ami du couple. L'homme avait déjà revêtu les habits liturgiques. Il souriait, serrait des mains. Les parents de Marie-Lou tenaient à des funérailles religieuses. Était-ce la foi ou une habitude ? Difficile de savoir. Harold ne se gênait pas pour exprimer sa colère, ou ce qu'il appelait lui-même « son mépris de la surdité de Dieu ». J'ai supposé que la tendresse de Mégane avait prévalu.

À l'entrée de la chapelle, sur une sorte de tabouret : l'urne. Une sculpture de Charlot, peinte en jaune et bleu ; de l'argile, des formes difficiles à identifier. Une ruche ? Un bourgeon géant ? Après la cérémonie, j'ai demandé à Charlot.

— C'est ça, Mom, tu as bien vu, un mélange de ruche et de bourgeon. Le docteur Georges le dit : tout est relié, le dedans avec le dehors, le dehors avec le dedans ; c'est pour que la vie continue.

J'ai alors vu Alex, en avant, à côté de l'autel, le violoncelle entre les cuisses. Elle ne jouait pas, elle avait les yeux fermés, sa tête bougeait comme si elle chantait, à l'intérieur. Des larmes coulaient. J'aurais aimé entendre la musique dans sa tête. Être une des notes et me mêler aux autres, faire partie du chant. Oui Charlot, tout est relié : la musique, les larmes, la beauté. Il n'y a qu'Egoman qui sépare tout ça. « Est-ce que le fromage peut être triste, maman ? » – « Oui, mon chéri, j'en suis maintenant certaine. »

Loïc est entré avec Clarisse. Dès que la jeune femme a vu l'urne, elle s'est mise à sangloter :

— Pourquoi elle, papa ? Pourquoi pas moi ? Le départ de Marie-Lou, ça fait mal à plein de monde… Tandis que moi…

Loïc, le beau Loïc, est soudainement devenu aussi fragile que les sculptures de mon fils.

— Ne dis pas ça, ma chérie, j'aurais tellement mal !

Tout le discours de Charlot remontait dans mes veines et brisait les armatures qui me permettaient de tenir debout.

Derrière moi, j'ai senti une main prendre la mienne : Georges !

— Tu entends Maryse ? Tu entends ce que chante Alex ?

— Je crois que oui, Georges. Elle chante l'amour… c'est la voix de Marie-Lou.

Devant la paralysie de Loïc, devant les sanglots de Clarisse, devant l'urne, je me suis effondrée dans les bras du psy. Une chute vers la vie. Je pleurais le flot de larmes retenues par Egoman. Il y en avait tellement ! Je pleurais les enfants que je n'avais pas sauvés, les petites mains que je n'avais pas tenues, les regards que j'avais fuis, surtout ceux qui étaient remplis de questions. Je pleurais tous les cœurs que je n'avais pas entendu battre autrement qu'avec mon stéthoscope. Je pleurais tante Bénédicte. Je pleurais Jérôme. Je pleurais les hommes bienveillants que je n'avais pas regardés. Je pleurais Loïc. Je pleurais Georges. Je pleurais les yeux de Charlot. Je pleurais ma peur de ne pas exister. Je pleurais mon besoin d'être grande alors que je n'avais tout à coup plus besoin de rien. Absolument rien. À cet instant précis, je n'éprouvais qu'une chose : l'intense sentiment d'être vivante !

Je pleurais l'emprise d'Egoman… Et je pleurais le relâchement de cette emprise.

Le violoncelle a fait entendre ses premières notes. Ce n'était pas Alexandrine qui jouait, c'étaient les cendres de Marie-Lou.

J'ai ouvert les yeux et j'ai vu Charlot saisir de sa main droite un côté de l'urne. Au même moment, Mégane saisissait l'autre côté. Ils l'ont soulevée ensemble d'un mouvement précis, comme s'ils s'étaient entraînés. Dans sa main gauche, Charlot tenait sa canne lumineuse. Elle faisait bzzzz, bzzzz : « Les abeilles, Mom, les abeilles... Tout est relié. » C'est ce qu'il m'a dit plus tard, quand il m'a expliqué.

Ils se sont avancés jusqu'à l'autel et ont déposé l'urne au sol : « Un vœu de Marie-Lou, Mom : "Pour entendre la voix des cailloux" qu'elle avait dit. »

Après avoir salué l'urne, Mégane et Charlot se sont tournés vers l'assistance. Mégane a aidé mon fils à se rendre jusqu'à un banc où l'attendait Adélaïde. Je n'avais pas vu la belle brune entrer. Robert était debout, deux rangées derrière, avec les autres membres de sa famille. Ils avaient été discrets. Nous inspirions probablement le silence, Georges et moi.

La cérémonie s'est déroulée dans le respect des rites prescrits par l'Église. J'espérais une homélie avec des mots qui soigneraient les blessures ; des mots que je n'avais pas su trouver pour moi-même, ou pour les autres. Malheureusement, ce ne fut pas le cas. Plutôt les propos d'un homme habité lui aussi par Egoman. Quelqu'un qui essaie d'émouvoir sans trop savoir comment. Je sentais les efforts, un certain désir d'aider, mais le discours était teinté de : « Moi je sais, et vous vous ne savez pas, alors laissez-moi vous instruire. »

Cependant, à la fin de la célébration, alors que je croyais le rituel terminé, le prêtre a repris la parole. Cette fois l'émotion passait. Pas besoin d'être psy pour s'en rendre compte : les mots s'empêtraient dans ses cordes vocales. Il a dû se reprendre trois fois, la gorge dans un lasso dont nous tenions l'extrémité. J'ai admiré son humilité. Sans s'être vraiment ressaisi, il a expulsé : « Charlot désire rendre hommage à son amie Marie-Lou. »

Mon fils ne m'avait rien dit.

J'ai été la première à m'asseoir, je n'avais plus de jambes.

Adélaïde l'a doucement guidé de l'autre côté de l'urne. Il a pivoté pour nous faire face. Un geste maladroit. Il a presque trébuché sur sa propre sculpture. Il a même appuyé ses genoux contre la paroi de l'objet. Un contact presque direct avec les cendres de son amoureuse. Un semi-agenouillement. Toute l'assemblée a sursauté. J'ignore comment il a fait pour éviter que ça casse. Il a retrouvé son équilibre. Ses pieds restaient en contact avec l'urne. Un dernier appui de la part de Marie-Lou.

Adélaïde est demeurée à ses côtés. On la sentait déjà solidaire de tout ce qu'il allait dire.

Il était prêt.

— Le docteur Georges nous a dit un jour, à Marie-Lou et à moi, que les pélicans attendent maintenant l'arrivée des bateaux pour se nourrir. Et qu'à cause de ça, ils ne sont plus libres. La première et la dernière chose que Marie-Lou m'a enseignée, c'est la liberté. Elle disait qu'on ne peut pas aimer si on n'est pas libre. Qu'il faut toujours se rappeler que les pélicans pourraient un jour mourir s'ils perdent l'habitude de voler et de plonger dans la mer. Si les humains ne rentrent pas au port ou s'ils rentrent les mains vides.

(Pause, silence.)

— Marie-Lou, même pendant qu'elle mourait, essayait de rendre libres les personnes qu'elle aimait.

(Pause, silence.)

— Alors que plus personne ne l'entendait, elle me parlait encore. Elle parlait avec ses doigts. Sur mes joues, sur mon front, et même sur ma poitrine. Elle avait été obligée de devenir habile avec le langage des mains. Même dans le silence, on se parlait. C'était comme se dire des secrets. Elle voulait m'aider à trouver en moi la liberté. La vraie, celle où il n'y a plus aucun attachement.

(Pause, silence.)

— Marie-Lou était une experte des secrets. Elle avait d'ailleurs gardé trop de choses secrètes. Comme les cailloux qu'elle a reçus. Elle pardonnait tout de suite. Pour se sentir bien. Et complètement libre.

(Pause, silence.)

— Mais parce qu'elle ne parlait pas, elle faisait peur. On fait toujours peur quand on est différent. Et si on a peur, c'est à cause d'Egoman que j'ai inventé avec Marie-Lou.

(Pause, silence.)

— Dans les dernières minutes, elle racontait qu'elle était bien. Qu'on peut même vivre pendant qu'on meurt. Pourvu qu'on reste ici. Dans chaque souffle. C'est comme ça qu'on fait fuir Egoman. Il n'est pas là si on est ici. Elle me disait tout le temps : « Reviens ici, reviens ici. » Pour que je comprenne que j'allais encore être avec elle en la touchant, en l'embrassant, en l'écoutant, et qu'Egoman cesserait de dire dans ma tête que j'allais la perdre. J'espère que vous allez comprendre ce qu'elle voulait dire, sinon ça ne vaudrait pas la peine qu'elle soit morte. Et je suis certain qu'elle n'est pas morte pour rien. Elle a voulu nous expliquer jusqu'à la dernière seconde comment vivre. Avec ce qui lui restait de souffle.

(Pause, silence.)

— Un jour maman m'a dit que j'étais un morceau d'étoile. Avec Marie-Lou, j'ai compris que c'était vrai. Elle ne voulait pas perdre ses cheveux au début, quand elle est devenue chauve pour la première fois. Et quand elle a perdu tous ses cheveux, elle a dit que c'était comme laisser aller de la lumière, que c'était comme la donner, la répandre, et que c'était comme ça toute la vie ; la lumière des cheveux qui se mêle à celle des étoiles. Elle disait que tout peut être donné si on est libre. Si on n'est pas prisonnier de l'attachement.

(Pause, silence.)

— Elle disait que c'est Egoman qui s'attache. À tout et à n'importe quoi. Et qu'il confond être attaché et aimer.

(Pause, silence.) Il s'est mis à pleurer. Il sanglotait. J'ai eu un mouvement vers l'avant. Georges m'a retenue. Adélaïde s'est approchée de Charlot et lui a pris la main. Avec un mouchoir, elle lui a essuyé les joues et le nez. Il a repris :

— Marie-Lou disait qu'Egoman pense que s'il possède une autre personne, cette personne ne l'abandonnera pas. Et qu'il ne se sentira jamais rejeté. Et que s'il ne se sent pas rejeté, il n'aura plus peur de mourir.

(Pause, silence.) Il s'est mis à sourire.

— Elle disait qu'Egoman, il a tout le temps peur de perdre ce qu'il croit posséder. Et que ça l'empêche de découvrir ce que veut dire aimer. Elle souriait quand elle racontait ça. Et quand elle souriait, Marie-Lou, il n'y avait rien d'autre à faire, tout s'arrêtait.

(Pause, silence.)

— Nous avions un ami qui s'appelait Hamid. Elle n'avait pas eu le temps de lui expliquer pour Egoman. Hamid s'est pendu, il y a sept ans exactement. C'était aussi au mois de mai. Je voudrais qu'on fasse silence ensemble pendant quelques secondes et qu'on réalise que Marie-Lou et lui mélangent maintenant leur lumière. Comme ils l'ont fait avant. Et qu'on n'a pas besoin de mourir pour faire ça.

(Pause, silence.)

— Marie-Lou a dit un jour, dans un congrès où elle a recommencé à parler, qu'Hamid avait changé quelque chose dans sa vie. Qu'il lui avait rendu sa voix. Elle l'a même chanté.

Alex s'est mise à jouer.

— Je voudrais dire que Marie-Lou a changé quelque chose dans ma vie. Elle m'a rendu la vue. Celle qui permet de voir ce que je suis. Et de voir l'autre. Celle qui permet de vivre. Et je veux lui dire merci devant vous. Et je ne veux pas que vous applaudissiez parce que Marie-Lou n'aurait pas voulu ça.

(Pause, silence.)

Il s'est penché au-dessus de l'urne et l'a embrassée.

Adélaïde l'a aidé à retourner jusqu'au banc.

Nous avons quitté l'église sans dire un mot.

Alex jouait un air que je connaissais bien : *L'Arabe* de Serge Reggiani.

Notes de Georges – Le psychiatre misanthrope

20 mai 2007

> « The planet does not need more successful people.
> The planet desperately needs more peacemakers,
> healers, restorers, storytellers, and lovers of all kinds. »
>
> DALAÏ-LAMA

Marie-Lou, ce monsieur parle de toi !

Si tu étais encore près de moi, je traduirais. Avec mes mains peut-être : « La planète n'a pas besoin d'un plus grand nombre de personnes qui réussissent ; la planète a désespérément besoin d'un plus grand nombre de faiseurs de paix, de guérisseurs, de réparateurs, de conteurs d'histoires et d'amoureux de toutes sortes. »

Tu es dans ces mots, Marie-Lou... Tu coules dans chaque lettre, comme du sang.

J'y entends ta voix...

Charlot m'a raconté que tu lui avais donné rendez-vous au printemps prochain, et tous les printemps de sa vie, dans l'odeur des lilas.

Je crois que tu m'as donné rendez-vous dans les mots du monsieur, maintenant.

Je ne connais pas cet homme, chère blondinette. Enfin, je sais qui il est, mais je ne l'ai jamais rencontré. Et je n'ai aucune envie de le rencontrer.

Depuis ton départ, je n'ai plus envie de rencontrer personne. Y compris les enfants.

Je suis devenu un psychiatre misanthrope. Oui, oui, ma chérie, un psychiatre misanthrope.

Connaissais-tu la signification du mot « misanthrope » ?
Probablement pas.

Ça veut dire : « qui déteste le genre humain ».

Jamais, belle enfant, je ne t'ai vue détester le genre humain,
même les « sixièmes »... Pas un seul instant je n'ai senti, chez toi,
un soupçon de haine à leur égard. Seulement de la peur.

En ce qui me concerne, ce ne sont pas les humains que je déteste,
mais Egoman en eux.

Et je n'ai désormais qu'une envie : faire comme toi ! Et comme
Charlot ! Montrer au monde entier le vrai visage de ce monstre.

Il ne me laisse plus en paix, ma belle, même quand je soigne. Un
enfant se tait devant moi et Egoman assiège ma tête. Il s'empare
de mon intelligence, en fait ce qu'il veut. La maîtrise, l'asservit, la
gouverne.

Il lance des cailloux dans ma conscience, à mon propre sujet :
« T'es nul Paris, incompétent, bon à rien. Cet enfant souffre et t'es
incapable de le soulager. Tu te prends pour qui ? Le père Noël ?...
Ho Ho Ho ! »

Depuis quelque temps, je suis incapable de pénétrer le mutisme
affolé d'un marmot malade, sa peur scellée, son silence qui
ressemble au cri des mains lorsqu'elles s'enfoncent dans les
sables mouvants, juste après la tête.

Je ne sais plus raconter des histoires...

Parfois, sans aucune forme de scrupule, Egoman en rejette
la responsabilité directement sur l'enfant : « Petit con, tu ne
m'écoutes pas quand je te parle ? Je pourrais t'apaiser, moi, si
tu me regardais. Mais tu préfères ta poupée Dark Vador, ton
dinosaure ou ta Barbie ; t'as pas appris à vivre ?... On ne te l'a
jamais montré ? »

Je vois le monstre à l'œuvre partout, Marie-Lou.

Le docteur Maryse le voyait partout, elle aussi, quand Charlot a
commencé à le dessiner.

Je le vois dans mes céréales, dans mon thé, dans mon miroir.

Je le vois au service d'hémato-oncologie. Il s'introduit dans la
cervelle de certains membres du personnel soignant. Pas tous,
heureusement. Mais quelques-uns, et c'est déjà trop ! Je me sur-

prends à les détester. Ils m'irritent, m'exaspèrent, me donnent envie de tout abandonner.

Il y a quelque temps encore, j'arrivais à supporter leur comportement imbécile et leurs phrases idiotes, mais maintenant je n'y parviens plus. Je déprime devant ces personnes qui propagent Egoman comme les moustiques répandent la malaria ; on devrait leur faire porter masque, blouse et gants ; le danger est infiniment plus grand qu'avec n'importe quel organisme virulent. Elles affichent un large sourire quand elles claironnent : « Je travaille auprès d'enfants atteints de cancer » – ce qui, dans le ton de leur voix, revient à dire : « Je suis extraordinaire, vous ne trouvez pas ? » Elles adorent être interviewées à la radio ou à la télévision, être prises en photo au cours de soirées-bénéfice, se montrer au bras d'une star qui offre son humanisme en spectacle ; elles cherchent désespérément à faire partie des « successful people » dans l'espoir d'éviter la mort qu'elles côtoient chaque jour. Les enfants sont pour elles des faire-valoir. C'est la quête d'immortalité d'Egoman.

Le dalaï-lama a raison, Marie-Lou, la planète n'a pas besoin de ça. Elle n'en a rien à foutre des « successful people », la planète. Ça lui fait une belle jambe à la planète, les « successful people » ; c'est de présence dont elle a besoin, la planète. Et toi, belle enfant, tu savais ça !

Mais si peu de gens le savent !

Egoman envahit même la tête de certains parents, ma chérie.

Sous son influence, papa et maman deviennent spéciaux parce que leur enfant souffre et va peut-être mourir. Pour une rare fois dans leur vie, on les admire, on parle d'eux, on leur donne de l'attention. Ils ressentent une délicieuse excitation quand on leur dit : « Wow, je ne serais jamais capable de faire ce que vous faites », ce sont les mots qu'Egoman veut entendre, ça le fait jouir !

Je veux quand même te rassurer, ma belle, mais peut-être le sais-tu déjà ; ta mère n'est pas tombée dans les griffes du monstre.

J'ai eu la chance de parler avec elle le jour de tes funérailles.

J'ai compris à quel point tu lui ressemblais. La même vigilance, la même capacité à demeurer en contact avec sa souffrance et avec celle des autres. Pas de refus, pas de résistance : « J'embrasse ma peine, docteur Paris. Je la visite constamment. Avec tout l'amour que j'ai pour ma fille. J'observe où loge ma douleur, comment elle se déplace dans mon corps, les circuits qu'elle emprunte, les muscles qu'elle contracte, les sensations qu'elle provoque ; je ne la rejette jamais. J'ai vu comment faisait Marie-Lou. J'ignore où elle a appris à faire ça, mais je sais maintenant ce qu'elle voulait dire lorsqu'elle chuchotait : "Reviens ici maman, reviens ici..." »

Ta mère t'écoutait, Marie-Lou.

Ton père... pas vraiment !

Il rabâche sans cesse le même discours.

Parfois – et ça m'inquiète –, il ne tient ce discours qu'à lui-même. Comme ces personnes qui invectivent la vie à voix haute, sur la rue, au milieu d'une foule. Une violence dirigée contre le vide.

Ces personnes font peur à tout le monde. Ton père aussi, de plus en plus.

Tu le connais son discours, ma chouette, tu l'as souvent entendu : « Pourquoi moi ? Pourquoi pas les barons de la drogue, les parrains de la mafia, les dictateurs mégalomanes ; ils ont pourtant des enfants eux aussi ? Pourquoi ma fille et pas leur fille ? J'ai rien fait de mal, moi, j'ai bien vécu ; je n'ai jamais trompé ma femme, j'ai travaillé comme un fou, je n'ai volé personne. J'ai même remercié Dieu tous les jours. Alors pourquoi ? Tiens, Dieu justement, Dieu ! Pourquoi il ne m'entend pas, celui-là ? Pourquoi d'autres et pas moi ? J'ai vu des béquilles accrochées aux murs des basiliques, j'ai lu des remerciements dans des journaux « avec promesse de publier », j'ai entendu des histoires de miracles à la radio ; alors pourquoi il est sourd, Dieu, quand c'est moi qui lui parle ? Et pourquoi c'est ma fille qui est dans une urne, en cendres, et pas les filles des tricheurs ? »

Je crains qu'Egoman n'ait élu domicile en permanence dans la tête de ton père, Marie-Lou. Il occupe toutes les pièces. Et ça comprend les espaces destinés au repos et à la lucidité.

Après ton départ, j'ai offert à ton père de venir me rencontrer, à quelques reprises.

Il a refusé, chaque fois.

Tu auras deviné que, malgré ma misanthropie, des parents viennent encore s'asseoir dans mon bureau, avec leur fardeau.

Mais je ne sais plus si je les aide.

J'en doute.

Je les laisse parler... J'attends de voir Egoman se pointer dans leurs propos et, dès que je l'aperçois, je lève la main et je crie : « Stop ! »

Invariablement, ils se figent.

Je baisse le ton et j'attends.

Puis, je chuchote : « Egoman s'est emparé de votre tête ! »

Certains d'entre eux me demandent si j'ai besoin d'aide.

D'autres affirment carrément qu'il me faudrait consulter.

D'autres s'enfuient en courant.

D'autres encore attendent quelques secondes et reprennent la parole.

J'agite alors la main et je crie : « Stop, stop, stop, stop, stop ! »

Cette fois ils se taisent pour de bon et nous parlons du monstre qui contrôle leurs centres de la pensée et de la parole. Ils ne comprennent pas toujours.

Je cherche la formule simple, juste et percutante. Je ne l'ai pas encore trouvée.

Je traque Egoman partout, ma chérie.

Avec moi, il n'aura plus de répit, je te le promets.

Je consacrerai le reste de ma vie à le débusquer sous toutes les formes qu'il emprunte ; chaque pensée, chaque mot, chaque geste.

J'afficherai partout les portraits que tu as dessinés, avec écrit dessous : RECHERCHÉ, et en anglais : WANTED, et dans d'autres langues que je ne connais pas encore.

Je raconterai ses crimes à tous les coins de rue ; sur des places publiques, aux médias, dans des congrès ; j'utiliserai toutes les plates-formes disponibles. Je dirai que c'est lui l'auteur des génocides et des camps de concentration ; je le dirai parce que le monde ne le sait pas, et que même si on met des bourreaux en prison, lui, on ne l'emprisonne pas ; et que même si on impose la peine de mort à des sadiques ou à des psychopathes en tout genre, lui, on ne le tue pas.

Il continue à perpétrer ses atrocités... dans d'autres têtes.

Je raconterai tous les cailloux qu'il a lancés et qu'il lance encore ; en forme de balles, de bombes et de missiles ; au nom d'une nation, d'une religion ou de n'importe quelle autre stupidité identitaire.

Je dénoncerai les viols qu'il a commis, les tortures qu'il a infligées, les têtes qu'il a coupées, soi-disant pour protéger une croyance ou une opinion alors que c'est sa propre existence qu'il protégeait.

Je rendrai la parole à toute personne qui affiche une forme de différence – comme je l'ai fait avec toi –, pourvu que cette différence ne soit pas elle-même devenue une fausse identité.

Et peut-être que Charlot voudra m'aider.

Tu vois ça, Marie-Lou ? Tu nous vois, Charlot et moi au coin de la rue ? Un père Noël et un ado aveugle mettant le monde en garde contre Egoman ? Va-t-on nous prendre au sérieux ?

Sûrement pas ! Egoman lui-même viendra nous chasser, avec des ambulances peut-être ; je suis prêt à parier là-dessus.

Peu après tes funérailles, j'ai parlé du dalaï-lama et des « successful people » au docteur Maryse. Je lui ai lu la citation : « The planet does not need more successful people... » C'était au cours d'une conversation à ton sujet.

Le docteur Maryse est très affectée par ton départ, tu sais. Elle dit que tu es un échec. Et qu'elle n'en peut plus des échecs.

Je lui ai dit qu'elle devait à tout prix poursuivre ses recherches en cessant d'espérer que ses travaux fassent d'elle une « successful people ».

Je l'ai vue serrer les poings : « Tes travaux contribuent à l'apparition d'une nouvelle forme d'intelligence, Maryse ; l'émergence de personnes capables d'intercepter à temps les réactions primitives qui s'emparent de leur corps devant la critique, le désaccord ou l'échec ; ça te dit quelque chose ? »

Je l'ai vue faire un nœud avec ses bras. Et avec ses jambes aussi, je crois.

«*Des personnes en mesure d'apaiser instantanément ces réactions biologiques, tu me suis?*»

Je l'ai vue taper du pied avec l'air de dire: «*T'as fini?*»

J'ai poursuivi: «*Voilà les véritables leaders dont l'humanité a besoin, Maryse. Ils ne chercheront pas à accomplir de grandes choses, car ils en auront vu l'inutilité. Ils n'auront pas besoin d'être vus ou entendus, ils ne seront que présence et ça, ce n'est pas "glamour"*».

Je l'ai vue lever les yeux vers le ciel, avec des larmes dedans: rage, peine, haine, je ne sais pas, mais rien pour m'arrêter...

«*Ces personnes ne chercheront pas à déclencher le "wow" en permanence à leur propre sujet. Elles n'essaieront pas d'aller jusqu'au bout d'elles-mêmes parce qu'il n'existe pas de "jusqu'au bout" de la présence.*»

J'ai alors osé dire: «*Reviens ici, Maryse, reviens ici*»...

Je l'ai vue sécher ses larmes avec son avant-bras – un geste de môme impertinent.

Je l'ai vue tourner la tête.

Je l'ai vue cesser de me regarder.

Je l'ai vue fixer le sol.

J'ai remis ça: «*Il est déjà si difficile de permettre la simple apparition de la présence, chère Maryse, c'est le plus grand de tous les exploits, mais un exploit qui ne sera jamais couronné; un exploit banal, qui passera toujours inaperçu. On ne peut pas devenir le meilleur "être de présence" de la planète!*»

Je l'ai vue retenir ses mots, un effort inouï!

«*Il n'y aura jamais de "show de la présence", de "prix de la présence" ou "d'Olympiques de la présence"; la présence n'a pas besoin d'être applaudie, Maryse, jamais! Elle sait cependant ce qui a besoin d'être applaudi.*»

Je l'ai vue fermer ses yeux, et tout son être.

Je ne ralentissais pas: «*Toi qui, depuis des années, étudies la biologie de la souffrance dans ton laboratoire; toi qui as observé sur toi-même qu'il suffit d'une seule pensée – Jérôme – pour que la mécanique de la souffrance se mette en branle dans le corps humain ; toi dont le fils a compris comment activer les circuits de la présence et désactiver les circuits de la souffrance, pourrais-tu m'aider à retrouver le goût de soigner ? Pourrais-tu joindre tes forces aux miennes dans ma campagne pour contrer les horreurs commises par Egoman ? Pourrais-tu me suggérer une formule toute simple pour permettre aux enfants d'apaiser l'activité égoïque dans leur tête et dans celle de leurs parents ? La planète a besoin de toi, Maryse, pas en tant que "successful people", mais en tant que "storyteller", "healer", "restorer", "peacemaker" et "lover of all kinds". »*

Maladroitement, j'ai ajouté : « D'ailleurs, chère collègue, si nous faisions une tentative, toi et moi, pour devenir des "lovers of all kinds" ? »

Elle a immédiatement ouvert les yeux, ils avaient changé de couleur ; deux cailloux trempés dans le feu. Elle m'a dit : « Fuck you, Georges Paris. Nous deux, ça ne marchera jamais ! »

Elle a tourné les talons, s'est arrêtée de nouveau et, sans se retourner, elle a brandi le majeur : « Et tu sais quoi, t'es un salaud ; "Successful" était le mot favori de tante Bénédicte ! »

C'était la voix d'Egoman !

Rien à voir avec la tienne, chère Marie-Lou, rien à voir avec la sienne non plus.

Je crois que tu manques terriblement au docteur Maryse, ma chérie, comme tu me manques à moi.

Nous avons déjà oublié ce que ta mort nous a appris.

Et nous oublions à chaque instant ce que ton souffle nous a enseigné.

Nous oublions...

Nous sommes des pélicans, le docteur Maryse et moi, nous attendons dans le port de la solitude, le cœur affamé ; nous attendons que tu reviennes pour nous montrer à aimer...

Mais bon, j'entends ta voix Marie-Lou – cette voix que j'ai tant cherchée, jadis –, je l'entends chanter : « Revenez ici, docteur Georges, revenez ici... Charlot va vous montrer. »

Le vernissage
Octobre 2007

L'été qui a suivi le départ de Marie-Lou a été consacré à préparer l'exposition de l'automne. Une préparation intensive.

Adélaïde rejoignait Charlot tous les matins, en autobus ou à bicyclette. Elle ne quittait la maison qu'en fin de soirée. Parfois Robert venait la chercher, parfois j'allais la reconduire. Si elle était venue à vélo, nous rapportions l'engin avec la voiture. Nous avions tous les deux l'impression de mettre la main à l'argile, nous aussi. Ça nous changeait du cancer. Et des yeux malades.

En plus d'aider Charlot à sculpter, la jeune femme s'occupait des repas et s'assurait que mon fils ne manque de rien. Beau temps mauvais temps, ils s'enfermaient au sous-sol dès huit heures et n'en sortaient qu'autour de vingt-deux heures, le corps gris. Ils avaient l'air de s'être roulés dans des cendres.

Charlot s'enthousiasmait à répétition : «Elle a un talent fou, Mom. Elle ne sculpte pas, elle écoute. Elle place ses mains sur l'argile et elle attend. Je le sais parce qu'elle m'invite à faire comme elle. Et je suis sûr qu'elle ferme les yeux pour ne pas qu'il y ait de différence entre nous : "T'entends tout ce que l'argile renferme, Charlot? Les cris, les hurlements, les sanglots? Ils sont là, ils veulent être libérés en devenant de la beauté; ils vont guider nos doigts." »

J'avoue que j'étais sceptique, voire un peu inquiète. Mais il ajoutait, admiratif: «Ça prend une femme pour entendre ça, Mom. Et il faut aussi que je te dise quelque chose. Au cas où tu aurais des doutes. Adélaïde et moi, ce n'est pas comme avec Marie-Lou. Marie-Lou n'est pas remplacée. Adélaïde est une grande amie, ma sœur dans l'art. Et ça se peut l'amitié entre un homme et une femme, même si parfois Egoman veut tout détruire avec son besoin de posséder l'autre, pour être le seul ami, celui qui est choisi. »

Je revoyais le moment où Marie-Lou avait déposé la main d'Adélaïde dans celle de mon fils, la complicité féminine, l'entente silencieuse signée entre les deux filles à l'insu de Charlot, et je sentais à quel point il était vrai qu'en l'absence d'Egoman nous étions tous et toutes reliés.

Les visites à l'atelier m'étaient interdites. Un rappel de l'époque où mon fils avait entrepris ses recherches dans sa chambre : « Interdit à maman ! » Cette fois, sur un bout de papier, collé à la porte du sous-sol, on pouvait lire : « Je veux te surprendre, Mom ! »

Mes tâches consistaient à acheter argile, ciseaux, mirettes, cuillers, couteaux, ébauchoirs, pulvérisateurs, laine d'acier et autres « instruments d'artiste ».

À la fin août, quelques semaines avant le vernissage, juste avant d'aller dormir, il m'a dit, excité : « J'ai trouvé comment sculpter l'ego, Mom. C'était simple : il fallait cesser d'y penser ! »

Pendant tout le mois de septembre, Robert et Loïc sont venus chercher les œuvres à la maison. Ils les emballaient, aidés d'Adélaïde et de Clarisse.

Robert m'a confié qu'il avait souffert de ne pas avoir pu aider Charlot à guérir, mais qu'il se sentait maintenant plus mal encore.

— C'est terrible ce que je vais dire, Maryse. Je me demande s'il aurait pu faire de tels chefs-d'œuvre avec ses yeux. C'est d'une telle beauté ! Peut-être était-il préférable pour nous qu'il n'y ait pas eu de traitement, qu'en penses-tu ?

J'ai corrigé, crûment :

— Je crois que les yeux de ta fille y sont pour quelque chose, Robert. Ceux de Marie-Lou aussi.

Il a penché la tête et s'est repris :

— Les recherches avancent, Maryse, un jour on va trouver. Ton fils va recouvrer la vue, j'en suis certain ! J'espère seulement qu'il pourra continuer à faire autant de place à la beauté. Dans sa vie. Et dans les nôtres.

Les sculptures sortaient emballées du sous-sol ; dans des couvertures, du papier bulle et des caisses de bois qu'apportait Loïc.

Deux jours avant le vernissage, Mégane a téléphoné. Harold se sentait incapable de voir le travail de Marie-Lou, encore moins les œuvres qui la représentaient. Ils ne pourraient donc pas venir. Elle a confié à Charlot que son mari l'inquiétait. Il passait de longues heures à répéter « Pourquoi moi ? » en ne s'adressant qu'à lui-même. Charlot lui a dit que c'était le cas pour beaucoup d'êtres humains. Ils ont convenu de se donner des nouvelles.

Le vernissage a eu lieu le dimanche 5 octobre, à quinze heures.

Je suis arrivée tôt le matin, je voulais voir le montage avant tout le monde.

La galerie d'art semblait ouvrir les bras ; ses rampes d'escalier s'éloignaient l'une de l'autre telle une invitation à s'y engouffrer.

Une maison de style victorien, blanche, toute en bois. J'ai pensé à la chapelle où avaient eu lieu les funérailles ; cette galerie était une chapelle à la verticale, comme aspirée vers le haut. Trois étages, une tour octogonale. Des arbres couverts d'automne, tout autour. Des érables que Charlot ne pouvait pas voir, mais qu'il avait dans ses doigts.

J'ai rapidement monté les marches, j'avais hâte. Quand j'ai franchi le seuil, j'ai eu mon premier choc. En plein centre du hall, comme un chien de garde : Bénadryl ! Il courait dans sa cage, faisait aboyer la roulette.

De chaque côté de la porte d'entrée, sur une pierre : un pélican avec aux pattes des chaînes au bout desquelles pendaient des ancres de bateau. Le tout en argile, évidemment.

Charlot est venu à ma rencontre, avec Adélaïde : « Des ancres d'argile, Mom, tu aimes ?... J'aurais aimé faire des mères hippopotames poussant leurs petits, mais j'ai manqué d'argile. »

Il rayonnait. Adélaïde aussi. Loïc était là avec Clarisse. Ils m'ont embrassée et Loïc m'a offert de me guider. J'étais intimidée. J'ai demandé la permission de faire le tour seule. Je préférais pleurer à l'abri des regards.

Sur tous les murs, des dessins abstraits jaunes et bleus. Quelques-uns avec du rouge. Egoman 1. Egoman 2. Egoman 3... Il y en avait une cinquantaine. Aucun n'était signé.

Le lendemain, Charlot m'a expliqué : « Marie-Lou ne voulait pas signer. Elle disait : "Si je signe, c'est comme si Egoman faisait son autoportrait." »

Au milieu de la première salle, à gauche, une seule œuvre, grandeur nature : un clown qui, devant un miroir, se grattait la tête comme s'il n'arrivait pas à reconnaître l'image que lui renvoyait la glace ; comme s'il s'y cherchait. À ses pieds, le regard tourné vers lui, faisant dos au miroir, deux enfants : un qui applaudissait, l'autre qui tendait la main.

J'ai tenté d'avaler, mais à cause du nœud, ce fut en vain !

Sur le mur, près de la porte, un grand carton sur lequel on pouvait lire : « Il y a tous ces humains qui s'affairent à devenir eux-mêmes ; ils perdent leur temps ! C'est encore Egoman qui les domine. On ne peut pas "devenir" soi-même ; ça ne se passe pas dans le futur. On ne peut "qu'être soi-même". Cela se fait en une fraction de seconde, en un battement de cils, le temps d'une inspiration. C'est difficile parce que la tête est occupée par Egoman, C'est pourtant la seule solution, la clé parmi toutes les clés ; il n'y a pas d'autre remède à la peur, à l'angoisse, à toutes les formes de souffrance psychique ; au vieillissement, aux pertes... Être là ! Peut-être est-ce d'ailleurs la seule définition qui convienne à l'expression "être soi-même". On l'est ou on ne l'est pas, on est présent ou on est absent, un point c'est tout. De là la phrase magnifique de William Shakespeare[*] : *Être ou ne pas être, telle est la question !* » »

Je soupçonnais la collaboration de Loïc à la rédaction de ce texte.

Dans la salle d'en face, à droite de la porte d'entrée, une autre œuvre majeure. Trois enfants au visage apeuré, bras levés à hauteur de la tête pour se protéger. Un petit garçon avec de très grosses lunettes, un autre avec des vêtements trop grands pour lui et, entre les deux, une jeune fille.

À un mètre devant eux, leur faisant face, trois autres enfants, avec des cailloux dans les mains, sur le point de les lancer.

En retrait, au milieu, comme une apparition : Marie-Lou ! Debout, tête rasée, ultra-maigre – les mesures que Charlot avait prises après le décès, quand il s'était étendu près de son corps. Une expression à donner la chair de poule ; la main sur le front, la bouche ouverte, elle avait l'air de dire : « Mais qu'est-ce que vous faites ? »

Je me disais que Charlot avait dû mélanger beaucoup de papier journal et de papier hygiénique à la glaise pour qu'elle tienne debout. Le titre de l'œuvre : *Les cailloux*.

Par terre, un carton : « Si celui qui s'apprête à lancer des cailloux prenait conscience de l'activité d'Egoman dans sa tête, il ne les jetterait jamais. »

Tout autour de la salle, des petites sculptures que je reconnaissais. Des dizaines : Marie-Lou, dans tous ses états.

À l'étage supérieur, deux autres salles. Dans la première, à gauche : deux chèvres. L'œuvre était intitulée : *La danse de Bach*. Les chèvres étaient debout, sur leurs pattes arrière, face à face, comme si elles dansaient. Mais quand on y regardait de plus près, on pouvait voir qu'elles étaient en train de se sculpter l'une l'autre. Les sabots avaient été remplacés par des instruments d'artiste.

Charlot et Adélaïde avaient créé une danse pendant laquelle les partenaires devenaient à la fois sculpteurs et sculpture. Derrière les bêtes, assise, une femme jouant du violoncelle : la marraine. Les yeux fermés, elle semblait chanter dans sa tête, comme aux funérailles. Mais l'expression était d'un tout autre ordre. Je n'arrivais pas à croire qu'on puisse évoquer autant de sérénité avec un simple mélange de terre et d'eau. Je comprenais l'émerveillement de Loïc, à l'hôpital.

Près des pattes arrière de chaque chèvre, un carton. Sur le premier, on pouvait lire : « Je suis O moins. Eh oui, nous sommes uniques. Le problème n'est pas là. Le problème est : qui a besoin d'être unique ? De quoi ce "qui" est-il constitué ? Et pourquoi a-t-il tant besoin d'être unique ? »

Sur le second carton : « Je suis O plus. Il existe deux mondes, le monde de l'ego et le monde de la présence. Ce n'est pas bien ou mal de vivre dans le monde de l'ego, c'est juste souffrant. Et quand on en sort pour entrer dans le monde de la présence, on ne peut constater qu'une chose, tout est relié. »

À droite, une salle dont la porte était fermée. Sur la porte, une grande affiche : « CHAMBRE DE L'EGO : OUVERTURE À 17 H. »

Au dernier étage, dans la tour octogonale, une œuvre occupait, là aussi, toute la pièce : l'atelier du père Noël. Au beau milieu, Georges, en argile et en queue de chemise. À genoux, il était lui-même en train de sculpter.

Derrière lui, sur le sol, les seuls objets qui n'étaient pas d'argile dans toute l'exposition : les trois poupées offertes aux filles de Robert le 24 décembre de l'an 2000. Un carton leur était spécialement réservé : « Titre : *Les poupées misérables*. Ces poupées appartiennent à la collection privée de Cassandre, Rébecca et Adélaïde Le Borgne. Prêtées pour l'occasion, elles sont l'œuvre du docteur Georges Paris. Elles sont en même temps un hommage à son talent. Il a inspiré les trois artistes dont les sculptures font l'objet de la présente exposition. »

Je m'y suis attardée. J'y retrouvais ce que j'y avais vu sept années plus tôt : la vulnérabilité à aimer.

Quant à la statue de Georges, elle le représentait en train de sculpter une ville-jouet : New York en argile avec, bien en évidence, les deux tours du World Trade Center. Les tours n'étaient pas tout à fait terminées. On pouvait deviner qu'il les achevait. Tout près de lui, deux enfants s'amusant avec des avions qu'ils faisaient voler. Pendu au cou de chaque enfant, un carton sur lequel on pouvait lire: « Que s'est-il passé? » Le titre de l'œuvre: *Quand Egoman s'en mêle.*

Je me suis mise à chercher Georges. Il avait l'habitude d'arriver avant tout le monde dans ce genre d'événement afin de pouvoir s'éclipser le plus tôt possible: « Je ne veux pas faire de consultation dans une galerie d'art ou dans un musée, Maryse. »

Vers quatorze heures, les visiteurs ont commencé à affluer. J'étais étonnée qu'il y en ait autant.

Parmi eux, une chevelure que j'ai tout de suite reconnue, vibrante, éblouissante, aussi rousse que les érables: Madame Leblanc! Le même corps athlétique, la même vigueur, la même bonté:

— Isabelle! Comment avez-vous su?

— Je loue un chalet près d'ici, pendant l'été. J'ai vu les publicités en faisant mes courses.

Quand Charlot a entendu sa voix, il a accouru, brandissant sa canne blanche: bzzzzz, bzzzzz. Il ne cachait pas son enthousiasme:

— Je vais vous dire quelque chose d'étrange, Madame Leblanc, je suis très heureux de vous voir. Et vous êtes plus belle que lorsque j'étais en première année. Et vous n'avez aucun mérite, car la beauté se sert de vous.

— Te voici devenu un séducteur, Charlot?

— Non, c'est pour vous rappeler que vous n'avez pas un gros ego.

Elle s'est mise à rire. Il a ri lui aussi.

Après s'être promenée dans la galerie, elle est revenue vers Charlot. En silence elle a caressé sa joue, elle pleurait.

— C'est *Les cailloux*, cher enfant. Et je ne savais pas pour Marie-Lou. Ta mère m'a dit. Toutes mes condoléances. J'ignorais également qu'on pouvait tirer autant de beauté des horreurs qu'a connues la cour de récréation. C'est un monument, Charlot. Félicitations.

Charlot n'a pas réagi.

— Il faut le dire à Adélaïde, elle m'a aidé. Elle ne doit pas être loin.

Adélaïde, qui avait entendu, les a rejoints. Après les présentations, l'enseignante a refait surface.

— Continuez les enfants, il y a beaucoup de cours de récréation qui ont besoin de vous. Je dois partir, il me reste plusieurs copies à corriger, des compositions sur l'automne, des textes étonnants remplis de départs et de séparations.

En sortant, Isabelle a croisé Alexandrine qui arrivait. Alex s'est retournée, le regard attiré par la jeune femme – « Ça doit être sa chevelure, me disais-je : tout l'automne sur une tête. »

Avant même de me saluer, Alex m'a demandé :

— Qui est-ce ?

— Isabelle Leblanc, une enseignante de Charlot, quand il allait à l'école primaire. Une femme exceptionnelle.

— Je n'en doute pas. Charlot a eu de la chance.

Mon amie semblait tendue, une rareté. La dernière fois, c'était à l'occasion de l'accouchement de la fille d'O moins dans le ciel, juste avant le décollage.

Je l'ai accompagnée dans sa visite. Elle a contemplé *La danse de Bach* et a eu cette déclaration, étonnante : « Même les chèvres apprécieraient ! »

Puis elle m'a confié que, depuis le départ de Marie-Lou, elle songeait à revenir à l'hôpital.

— J'aimerais me recycler, Maryse. Je m'ennuie des ventres de femme. Des morceaux d'étoile qui s'y installent. J'ai à nouveau le goût de leur dire « enchantée » à travers la peau, avant qu'Egoman ne s'empare d'eux. Et tu sais, le chauffeur d'autobus, celui qui avait conduit les enfants du village à la fête de Charlot, qui était le maire à l'époque ? Il a pris sa retraite. Il m'a offert à plusieurs reprises de s'occuper d'O moins et de toute sa marmaille. Je l'aime bien. On verra.

Quand elle a retrouvé Charlot et Adélaïde, elle paraissait nerveuse. Elle leur a dit qu'elle ne savait pas quoi dire. Et que… pour une fois dans sa vie, elle était énervée à cause de la profondeur mélangée dans la beauté. Et que… Bach aurait peut-être dit quelque chose d'intelligent, lui, avec sa musique. Et que… Il fallait qu'elle parte. Et que… Elle était vraiment désolée : « Parce qu'une de mes biquettes va accoucher d'une heure à l'autre, vous comprenez, la vie continue et je ne peux pas la laisser toute seule, je veux dire la biquette. Et tu vas avoir une surprise, Charlot, et ce n'est pas de ma faute, car je n'ai pas été capable de l'empêcher, tu comprendras tout à l'heure. »

Elle parlait vite, précipitait ses gestes. Elle a embrassé les ados et leur a remis un petit paquet en forme de saucisse.

— Il est frais de ce matin, un morceau d'Alexandrin, un des meilleurs que les chèvres m'ont donné.

Charlot lui a saisi le bras :

— Tu n'assisteras pas au dévoilement de « La chambre de l'ego », marraine ?

— Le dévoilement de « La chambre de l'ego » ?

— Euh... oui, c'est ça. Je l'ai sculpté.

— Tu me raconteras, il faut vraiment que je parte.

Elle a regardé sa montre, furtivement.

Comme s'il l'avait vue faire, Charlot s'est fait rassurant :

— Ce n'est pas grave, marraine, tu seras là quand même, tu m'as inspiré.

Elle n'a pas eu l'air d'entendre. Elle a raté une marche en sortant. Encore cette image de Julie Andrews au début du film *Sound of Music*. Elle s'est précipitée vers sa voiture. Je ne l'avais jamais vue dans un tel état.

Robert et Alice venaient de terminer leur visite. Ils m'ont tirée de mon étonnement. D'autant que Rébecca et Cassandre sautillaient toujours, même si elles avaient vieilli. Des groupies autour de leur idole. Elles embrassaient leur grande sœur, hurlaient presque : « C'est beau, c'est beau, c'est beau ! »

Alice s'est approchée de moi.

— Nous sommes vraiment fiers de nos jeunes, Maryse. C'est comme si Adélaïde avait maintenant un frère.

J'ai tout de suite répondu :

— Ne le dites pas trop fort à Charlot. Il risque de vous parler d'hippopotames et de morceaux d'étoile.

Ils n'ont pas posé de question. J'ai supposé qu'Adélaïde leur en avait parlé.

C'est alors que la surprise promise par Alex est arrivée, en couple.

Elle d'abord : Lara, dans ses vêtements « peace and love » : jupe indienne, collier de billes de bois, sandales de cuir. Elle sortait tout droit des années soixante. Ne manquaient que la couronne de fleurs et l'odeur de patchouli.

Puis... lui !

Lui !

J'aurais aimé que la sage-femme soit encore là, pour lui tordre le cou. Elle avait retrouvé Jérôme, ou Jérôme l'avait retrouvée, peu importe ; il était une statue de plus dans l'exposition. Et comme je ne voyais pas Georges, je me demandais s'il n'était pas complice de cette vacherie.

J'ai cherché Loïc pour le prévenir. Je ne voulais pas qu'il s'inquiète, au cas où il arriverait face à face avec le mort-vivant qui venait d'apparaître dans sa galerie. Je lui ai dit qu'il s'agissait du père de Charlot et qu'il n'était pas dangereux. Que le danger venait plutôt de moi, car j'avais une envie féroce de botter les fesses à ce salaud. Et de lui mettre mon poing dans la gueule. Mais que je saurais agir en personne civilisée que j'étais. Et qu'il pourrait me surveiller à distance au cas où je dépasserais les bornes.

Visage émacié, peau grise, presque chauve, Jérôme avait le corps de mes patients ! Visiblement ravagé par la drogue, l'alcool ou sa vie, il me rappelait tante Bénédicte. Il ne me faisait pas rire, ne faisait visiblement plus rire personne, n'était plus que le clown de lui-même.

Il avait pourtant réalisé ses rêves : Las Vegas pendant plusieurs années, les pages centrales d'un magazine distribué à des milliers de personnes, des prix pour le meilleur numéro de clown dans un cirque ; la célébrité, les applaudissements, les autographes. Mais il n'arrivait plus à se faire rire lui-même.

Il m'a regardée et m'a fait signe de me taire. J'étais furieuse, mais je n'ai pas bougé. Il venait d'apercevoir Charlot. Il ne s'est pas approché tout de suite. Il a d'abord visité l'exposition, sans doute pour trouver un sujet de conversation qui ne l'obligerait pas à raconter sa vie.

En revenant de l'étage supérieur, il a plongé la main dans une grande poche cousue à l'avant de sa chemise, et en a sorti une boule rouge. Un nez de clown. Lentement, comme s'il revêtait le casque d'une armure, il l'a placé au milieu de son visage. Il s'est ensuite avancé vers Charlot et lui a empoigné les épaules.

Charlot a eu un mouvement de recul, un réflexe. Son visage s'est contracté. De toute évidence, il se demandait qui était devant lui.

Jérôme s'est présenté, à sa façon :

— Dis-moi, mon grand, la sculpture du clown, c'est moi ?

Charlot, incrédule, comme l'apôtre Thomas qui avance les doigts vers les plaies de celui qu'il admire :

— Papa ?... C'est toi ?

Ses doigts de sculpteur ont commencé à palper le visage.

— T'es maigre ! Est-ce que t'es vieux ?

— Surtout en dedans.

— C'est ce que je voulais dire, papa. Et ce nez, c'est toi ?

— C'est toute ma vie.

— Et pourquoi tu ne l'ôtes pas ?

— On ne peut pas ôter sa vie, mon grand.

— J'ai un ami qui a essayé pour protéger sa mère, mais à la fin, il n'a pas ôté sa vie, il l'a arrêtée. C'est vrai papa, on ne peut pas ôter sa vie, mes yeux me l'ont appris. Mais on peut revenir ici, et ça, je peux te l'apprendre.

Jérôme souriait, avec cet air un peu hautain qui signifie : «Tu ne comprends pas mon fils, la vie finira bien par te rattraper quand tu seras grand.»

— Je vais sculpter ton visage, papa. Enlève ton nez, pour que mes mains ne disent pas n'importe quoi.

— T'es le meilleur, mon grand.

— J'ai pas besoin d'être le meilleur, papa. Ce n'est pas important d'être le meilleur. Et je ne suis pas grand.

— Dis-moi, mon grand, t'as pas répondu à ma question ; la sculpture du clown, est-ce que c'est moi ?

— Je ne sais pas, papa, je ne te connais pas. Le clown qui se gratte la tête devant un miroir, c'est toutes les personnes qui ne savent plus quoi faire pour être choisies. Parce qu'avec leur image, ça ne marche plus.

— Et les enfants, entre le clown et le miroir, c'est qui ?

Charlot a esquivé la question :

— La grandeur est un mensonge inventé par Egoman, papa.

— C'est qui Egoman ?

— Un super héros qui possède des milliers d'identités. Il peut passer de l'une à l'autre en une seconde. Il squatte la tête des humains et leur permet de croire qu'ils sont uniques et que, grâce à lui, ils vont être choisis !

Un frisson m'a traversée. C'était vraiment comme si les yeux de mon fils fixaient ceux de son père. Jérôme a failli se gratter la tête, mais il a stoppé son geste, à mi-chemin.

— Egoman peut adopter une nouvelle identité à chaque instant, papa. Celle d'un clown, par exemple, ou d'un chanteur rock ou d'un acteur de cinéma ; tout ça, c'est pareil. Ou même d'un pays ou d'une religion ; c'est encore pareil. Il croit alors qu'il n'est pas rien ou qu'il est quelqu'un, et qu'à cause de ça, il ne va pas mourir. Être rien, pour lui, c'est comme mourir. Mais la grandeur, papa, ça n'existe pas. On n'est ni rien, ni quelqu'un. On est des morceaux d'étoile. Et ça suffit. Et tu devrais en parler à maman. Elle pourrait t'expliquer. Même si elle ne sait pas, elle non plus, que la grandeur n'existe pas.

Un coup de genou dans les couilles, comme si j'en avais. Et, en même temps, l'exquise satisfaction de voir Jérôme embarrassé. Il a d'ailleurs changé de sujet :

— Est-ce que tu veux être sculpteur toute ta vie, mon grand ?

— Je voudrais faire des films.

— Mais tu ne vois rien, Charlot, comment pourrais-tu faire des films?

— Beethoven a écrit de la musique alors qu'il était sourd, pourquoi je ne serais pas capable de faire des films, même si je ne vois pas?

— T'es intéressant, mon grand.

— Je ne cherche pas à me rendre intéressant, papa. Il y a tellement de choses plus importantes dans la vie que de se rendre intéressant.

— Comme quoi?

— Aimer.

Jérôme s'est tourné vers moi, je lui montrais la porte; des mouvements frénétiques de la tête et de la main, surtout le pouce qui n'arrêtait pas de dire: «Sors d'ici! Sors d'ici!»

J'espérais que Charlot ne perçoive rien.

Mon ex a ramené son regard vers Charlot:

— Je dois partir, mon grand.

— Déjà?... Est-ce que c'est à cause de maman?

Il n'a pas répondu, le salaud! Il a juste dit:

— À la prochaine, mon grand.

— Je suis pas grand, papa, et je le serai jamais!

Son père, étonné, un peu figé tel une statue d'argile, articula: «Qu'est-ce que tu veux dire, mon grand?» Alors, avec un mélange de fermeté et de douceur, Charles lui répondit: «Premièrement, je suis pas ton grand! Et puis c'est parce que mon enfance est finie. Et que je vois plus. Et que c'est à cause des adultes qui sont pressés de faire vieillir les enfants. Pour avoir la paix avec leur ego. Et puis c'est dur d'être grand avant d'avoir été petit. Et que j'ai pas d'autre question Votre Honneur. Merci d'être venu.»

Jérôme l'a embrassé. Des mots sucrés, remplis de pathos: «T'es déjà grand dans mon cœur, mon grand.» Il cherchait probablement des applaudissements.

Si j'avais eu des cailloux, je les lui aurais lancés; une montagne de cailloux. Je l'ai pris à part. «Oui, Jérôme, merci d'être venu! Mais j'espère ne plus jamais te revoir.»

J'ai fusillé Lara du regard. Elle avait gardé le silence depuis son arrivée. Elle est sortie en grommelant. J'ai cru entendre : « Pauvre conne ! »

Jérôme n'a pas caché son intention de me faire mal : « Nous passerons quelque temps à la ferme d'Alexandrine, Lara et moi. Alex aura peut-être du travail pour nous. Et je ne serai pas loin de Charlot. Je t'annonce que je veux dorénavant voir mon fils grandir. Crois-tu avoir été plus présente que moi, Maryse ? Sommes-nous si différents l'un de l'autre ? Je ne suis pas sûr de comprendre qui est Egoman, mais il semble nous avoir dupés tous les deux. Riche médecin, pauvre clown ; il n'a pas l'air de faire de distinction. N'est-ce pas lui qui me méprise actuellement dans ta tête ? À son âge, Charlot a besoin d'un père. J'arrive au bon moment. Tu me reverras, que tu le veuilles ou non. Je ne suis peut-être qu'un bouffon, mais je ne vaux pas moins que toi. »

Il avait l'arrogance que donne Egoman à ceux qui ont choisi la misère pour identité.

Je l'ai regardé contourner Bénadryl, puis franchir l'espace entre les pélicans. Bénadryl me paraissait excité. Les chevilles de Jérôme traînaient des ancres ; celles des rires qu'il n'entendait plus. Son allure m'indiquait qu'il avait un vaste désert à traverser, mais je n'avais aucun désir de le porter sur mon dos. Et si Alex voulait jouer la sainte, c'était son affaire. Je protégerais mon fils coûte que coûte. La chanson de Gloria Gaynor résonnait de nouveau dans ma tête : « I will survive, I will survive. »

À dix-sept heures pile, Adélaïde a chuchoté quelque chose à l'oreille de Charlot. Il a immédiatement demandé aux visiteurs encore présents de se rendre devant la « chambre de l'ego ». Nous étions une quinzaine. Toujours pas de Georges. Se sentait-il coupable d'avoir comploté avec Alex pour la visite de Jérôme ? C'est l'explication que je donnais à son absence.

Charlot a pris la parole : « Nous avons longtemps cherché à représenter l'ego humain, Marie-Lou, Adélaïde et moi.

Et, à trois, nous y sommes arrivés. Nous avons réalisé qu'on ne pouvait le représenter que par son absence. »

Il s'est mis à taper le sol avec sa canne. De petits coups saccadés – toc toc toc toc toc – puis, comme au théâtre, trois grands coups espacés : TOC... TOC... TOC !

Il a ouvert la porte.

J'ai compté quatorze sculptures de corps humains disposées d'une étrange façon. Hommes et femmes mélangés. Elles étaient toutes surmontées d'une tête en forme de montgolfière ; de grands globes de verre. Des fils métalliques à peine visibles reliaient les globes aux troncs. Ils donnaient l'illusion qu'il n'y avait pas de cou. Et ils permettaient certainement à l'ensemble de ne pas s'effondrer.

J'ai songé au congrès, à l'entrée en scène des enfants. Aux boules qu'ils avaient dans les mains.

La moitié des globes contenaient des dizaines de figurines minuscules, suspendues dans le vide. Elles étaient fixées à la partie supérieure du globe par de petites cordelettes de taille différente. Elles semblaient flotter à l'intérieur, comme des pendus... Des reproductions de Dark Vador et du Joker, des drapeaux de toutes sortes, des symboles religieux, des joueurs de hockey ou de foot, des petites valises d'hommes d'affaires, des microécrans d'ordinateur. « Des symboles de fausses identités », disait Charlot.

Dans les sept autres, rien. Des globes inoccupés, aussi transparents que la montgolfière de Monsieur Beguin.

Adélaïde a éteint les lumières. Sont alors apparues les sept sphères vides, on ne voyait que ça. Elles étaient éclairées de l'intérieur et, quand on regardait leur réflexion au plafond, on pouvait voir une superbe reproduction de la Grande Ourse. On se serait cru au milieu d'un ciel étoilé miniature, sans lune.

Je comprenais ce que Charlot voulait dire ; on ne pouvait représenter l'ego que par son absence. Il nous montrait qu'il fallait éteindre les projecteurs sur Egoman – et ses innombrables identités – pour que la véritable lumière apparaisse : les morceaux d'étoile que nous sommes tous et toutes.

Il s'est approché de moi et m'a tendu ses deux poings fermés. Visiblement, il y cachait quelque chose. Il m'a dit : « Regarde, maman ! » Il a ouvert les mains. Dans chacune d'elles, il y avait un morceau de puzzle, en argile. Il m'en a remis un et a conservé l'autre. « Maman, on va rapprocher les deux morceaux. Il va falloir que tu m'aides. » Il a tendu sa pièce vers moi : « Allez, Mom, vas-y ! » J'ai fait pénétrer ma pièce dans la sienne, elles s'harmonisaient parfaitement :

— Entends-tu le clouc, Mom ?

— Oui, Charlot, j'entends le clouc.

Il a alors refermé les doigts sur son morceau. Il s'est pulvérisé.

— Des cendres, Mom... Et c'est aussi comme ça que je sculpte le vent.

Puis, en m'enlaçant, il a ajouté :

— Quand j'avais papa en face de moi, tout à l'heure, je me suis rappelé une des dernières phrases de Marie-Lou : « L'amour ne souffre jamais de ce qu'il donne, alors que l'attachement souffre toujours de ce qu'il perd, ou de ce qu'il peut perdre » et je me suis senti bien. J'espère que tu te sens aussi bien que moi, Mom.

Alors que nous nous apprêtions à quitter la galerie, j'ai vu arriver une voiture rouge et blanche : Georges. Je n'ai pu retenir, à voix basse : « Il ne manque que les rennes ! » Et j'ai failli crier : « Il est trop tard, on ferme ! »

Mais il y avait Charlot derrière moi, et Adélaïde qui s'est empressée de dire : « C'est le docteur Georges, Charlot ! » Le sourire de mon fils ressemblait à celui des personnes retrouvant un proche qui revient de la guerre.

On s'était à peine parlé, Georges et moi, depuis les funérailles de Marie-Lou. Des salutations polies, des formules d'usage. Je n'avais pas encore digéré son histoire de « successful people ».

Georges s'est d'abord approché des jeunes artistes. Il avait, dans sa main droite, une boîte entourée de rubans jaunes et bleus. Dans la gauche, des fleurs : asters, chrysanthèmes, marguerites d'automne, dahlias ; il les a déposées dans les bras d'Adélaïde et de Charlot : « Il n'y a pas que les lilas, les enfants. Il y a aussi des plantes qui fleurissent à l'automne. Marie-Lou y est. Elle avait raison, on n'a pas besoin de s'attacher à rien, car tout est offert. » J'ai vu Adélaïde sourire. Elle comprenait ce que je ne comprenais pas.

Georges a serré la boîte contre sa poitrine et a dirigé son regard vers l'intérieur de la galerie : « Donnez-moi quelques minutes, je veux voir l'exposition. » Il s'est avancé vers la première salle. Charlot s'est écrié : « Attends ! Il faut que je te montre l'ego ! » Il a rattrapé Georges et a pris sa main. Quand ils sont revenus, il était évident que Georges avait pleuré.

Le psy s'est alors dirigé vers moi. Loïc était à mes côtés avec Clarisse. Georges les a salués, chaleureusement. Il a caressé la tête de Clarisse.

J'étais sur le point de lui tomber dessus avec l'histoire de Jérôme quand il m'a remis la boîte et m'a demandé de l'ouvrir. À l'intérieur se trouvait une pile de feuilles, une sorte de manuscrit. Il m'a dit : « Tous ces mots ne disent qu'une chose, Maryse : ce que je ressens pour toi. Si je te les remets aujourd'hui, c'est pour me permettre de tourner la page. »

J'ai dénoué les rubans jaunes et bleus et j'ai lentement ouvert la boîte. J'avais le cœur affolé, je ne comprenais pas. Sur la page couverture, au centre, on pouvait lire, en caractères gras : ***Notes de Georges***.

Hania

Octobre 2007

À notre retour du vernissage, j'ai déposé les *Notes de Georges* sur la table de la salle à manger. J'y ai aussi jeté le courrier des derniers jours; une montagne! Les préparatifs de l'exposition avaient accaparé toute mon attention et les enveloppes s'étaient accumulées dans ma boîte aux lettres, parmi les circulaires. Ça pouvait attendre.

Je n'avais pas sommeil. J'ai souhaité bonne nuit à Charlot. Il s'est approché de moi, m'a embrassée sur les deux joues et m'a parlé de Jérôme :

— Est-ce que ça t'énerve que papa soit dans les parages?

— Oui, mon chéri, ça m'énerve.

— Ne t'inquiète pas, Mom, je m'en occupe.

— C'est justement ce qui m'inquiète, mon grand, que tu t'en occupes!

Il m'a alors fait un clin d'œil accompagné d'un sourire en coin et, comme s'il avait vu la grimace qui pinçait mes lèvres, il a ajouté :

— «Come on», Mom, je sais comment prendre soin d'Egoman!

Il s'est ensuite dirigé vers sa chambre.

— Dors bien, Mom!

Il jouait avec sa canne, lui faisait faire de grands cercles autour de sa main, à la manière d'une fronde. De dos, il ressemblait plus que jamais à Chaplin*. Ne manquait que le chapeau melon.

Je me suis servi un verre de vin rouge et j'ai entrepris de lire les notes de Georges. La curiosité l'emportait sur la fatigue.

J'ai terminé une première lecture aux environs de minuit. C'est le coucou de l'horloge qui m'a fait savoir quelle heure il était : « Il est minuit moins une, Maryse, minuit moins une... »

Puis j'ai lu une deuxième fois.

Quand j'ai remis le texte dans sa boîte, j'avais bu toute la bouteille. Mes mains tremblaient, je n'arrivais pas à renouer les rubans, je ne les voyais même plus. Des larmes saluaient le courage du psy. En me remettant ses notes, Georges avait inversé les rôles ; au lieu de me déshabiller le cœur, il déshabillait le sien, sous mes yeux, pour la première fois. Il avait finalement affronté ses peurs. Egoman ne l'empêchait plus d'aimer.

À la fois ivre et chavirée, j'ai décidé d'aller dormir. Juste avant d'éteindre les lumières, j'ai aperçu, au milieu de la pile de courrier, une enveloppe turquoise. Elle m'appelait. Je l'ai extraite du fouillis.

Des timbres étrangers. Je n'arrivais pas à identifier le pays d'origine. L'encre de l'estampillage couvrait tout ce qui aurait pu servir d'information. Il n'y avait pas d'adresse de retour.

J'ai utilisé un coupe-papier que Loïc m'avait offert pour me remercier des soins prodigués à Clarisse. Un objet précieux, en céramique noire, fabriqué par un artisan japonais : « Pour couper sans déchirer, docteur Maryse, sans abîmer l'ensemble. On aimerait parfois pouvoir le faire avec certaines de nos relations. Je crois que c'est possible si on coupe dans l'ego. » J'ignorais l'intention cachée dans ces mots. Je n'ai pas posé de question, je craignais sans doute la réponse. Maintenant je caressais l'objet, ce geste m'apaisait.

J'ai découpé le papier avec précaution, comme si la délicatesse de l'enveloppe laissait présager celle de son contenu. J'en ai extrait deux feuilles, pliées soigneusement, de couleur turquoise, elles aussi. Du papier de soie, une encre dorée, une écriture trempée dans la grâce.

Bonjour Docteur Maryse,

Je souhaite de tout mon cœur que ces mots puissent vous trouver; il y a si longtemps... J'ai songé plusieurs fois à vous écrire, mais vous savez comment va la vie. On remet souvent à plus tard ce qui est important, jusqu'à ce qu'on finisse par réaliser qu'il est trop tard. Alors voilà, je ne veux plus jamais dire qu'il est trop tard.

Je voulais vous confier que j'ai beaucoup souffert, mais je vais mieux.

Récemment, j'ai lu un bouquin qui m'a donné des explications. Une amie l'avait acheté à l'aéroport lors d'un passage à Paris. Il traînait chez elle sur une table à café. Il porte un titre qui m'a tout de suite attirée parce que je n'y croyais pas. C'est ma colère qui a été attirée. Elle voulait prouver que ce titre n'était pas vrai: La Grande Vie. *L'auteur s'appelle Christian Bobin*. Puis, en le feuilletant, je suis tombée sur cette phrase: «La floraison des cerisiers ne dure pas. L'essentiel on l'attrape en une seconde. Le reste est inutile. »*

Ce fut comme un médicament. J'ai écrit cette phrase dans le miroir où je me regarde, le matin, pour me coiffer. J'ai commencé à me sentir mieux dans les mois qui ont suivi.

À cause de cette phrase, je pense que monsieur Bobin est un docteur, tout comme vous.

Ses mots m'ont permis de comprendre que mon fils ne brûlait pas en enfer, docteur Maryse. Et que si Allah existe, il ne ferait pas brûler des enfants qui se sont enlevé la vie, il leur dirait plutôt: «Viens ici que je te parle des cerisiers. » Et il les consolerait.

Je crois maintenant que l'enfer a été inventé par un homme. Certainement pas par une mère, en tout cas. Et que cet homme voulait faire peur aux autres hommes. Et plus particulièrement aux femmes. Et que l'enfer véritable, c'est quand un père se fait exploser. Ou qu'il fait exploser ses enfants. Et les enfants des autres. Pour défendre une croyance et montrer qu'il est quelqu'un. Je n'ai maintenant plus besoin de m'efforcer de croire que je suis quelqu'un, Docteur Maryse, de prouver que j'existe, car j'attrape l'essentiel chaque seconde.

Merci à vous d'avoir accueilli mon fils. Je vous en serai toujours reconnaissante.
Merci aussi à Charlot et à Marie-Lou. J'espère qu'ils vont bien.
Je me permets de vous embrasser.

Hania.
(La maman d'Hamid)

Sept années plus tard...

Épilogue
Printemps 2015

Sept années se sont écoulées sans que j'écrive un seul mot. J'estimais avoir compris les enseignements de Charlot et de Marie-Lou.

Et ceux de tous les autres.

Je jugeais qu'il n'était plus nécessaire de transcrire quoi que ce soit puisque j'étais sur le point d'être débarrassée à jamais du besoin d'être choisie, et d'Egoman !

Oui, j'avais cette prétention !

Finie l'urgence d'intervenir au cours d'une conversation pour montrer que je détenais une opinion valable, un savoir exceptionnel ou une idée supérieure à celle d'autrui. Terminé le besoin d'émettre un point de vue qui les ferait se pâmer d'admiration. Évanouie la pression intérieure pour défendre les milliers de fausses identités qui, soi-disant, me permettaient d'être quelqu'un ou d'exister.

J'avais l'impression de me taire de plus en plus souvent.

Le besoin de toujours gagner s'apaisait, tout comme celui d'être unique.

Mais Charlot et Georges souriaient quand je leur racontais mes prouesses de néosage, comme s'il subsistait un doute dans leur esprit...

Au cours des dernières semaines, j'ai appris que j'étais moi-même malade : le sein, une vilaine tumeur.

Je ne l'ai pas encore dit à Charlot, ni à Loïc, ni à Alex, ni à Georges, ni à personne.

Egoman est revenu en force.

Je suis retombée dans le piège très contemporain de la performance ; cette trappe où l'on éprouve l'irrépressible désir de se distinguer, d'avoir de l'importance à tout prix, d'être spécial ; ce discours enivrant qui nous fait croire que si on réalise ses rêves, on se sentira enfin vivant.

Depuis que je me débats de nouveau dans ces croyances stupides, je retourne régulièrement vers Charlot et je lui demande, chaque fois, de me répéter ce qu'il voulait dire par : « J'en suis arrivé à l'arrêt définitif du besoin de chercher. » J'obtiens alors invariablement une moue désespérée, accompagnée de quelque chose comme : « Maman, si tu me poses cette question, c'est que tu cherches encore ! Si tu t'arrêtes un peu, tu vas découvrir que c'est dans le besoin d'avoir des réponses qu'il y a un problème. La seule réponse qui compte, tu la connais déjà. Et c'est ensemble qu'on l'a trouvée. Allez réveille-toi, et vois ! »

J'ai alors envie de le prendre dans mes bras et de lui dire que j'ai peur : « Peur de disparaître Charlot, peur de te quitter, peur de te laisser seul. Je ne suis pas une mère hippopotame et j'ai encore tellement de questions à te poser. » Mais il s'éloigne en me disant qu'il a encore des fleurs à visiter. Je reste avec mes mots dans la bouche et Egoman dans la gorge.

Mais je sais que mon fils est là, et qu'il sera encore là au cours des prochains mois, et aussi des prochaines années, pour me tenir la main chaque fois que je ne verrai plus rien.

Merci Charlot. Merci de me rappeler que le plus grave problème n'est pas de mourir, mais de ne pas apprendre à vivre. Et que pour chaque Marie-Lou, il y a une Clarisse. Et que l'une, autant que l'autre, ont continué d'apprendre à vivre...

Merci de me rappeler qu'Egoman est tenace, terriblement tenace. Et que la solution pour le maîtriser est simple, mais demande beaucoup de travail. Qu'elle réside dans cette phrase très brève que Georges cherchait, dans le but d'aider les enfants, alors qu'il l'avait déjà lui-même inventée : «Reviens ici, reviens ici…» Et qu'on doit se répéter cette phrase à chaque instant, ou presque.

Peut-être faudra-t-il que j'écrive un autre livre pour que s'atténue l'écart entre ce que je sais et ce que je vis ; pour que j'apprenne à dire enfin la vérité et que je comprenne que le cancer n'est pas mon cœur ; pour que je retrouve un peu de ta sagesse Charlot, et de celle que Marie-Lou nous a léguée.

Je crois cependant que tu me dirais qu'un autre livre n'est pas nécessaire, puisque tout est offert et qu'il suffit d'être là ; dans les lilas, les cerisiers, les asters, les chrysanthèmes, les marguerites d'automne et les étoiles… Que rien ne dure et que tout est relié.

Je vais quand même m'y mettre, à ce livre, mon fils. Avec ton aide.

J'ai les enregistrements !

Courtes notes biographiques de Maryse

Page 9, Friedrich Nietzsche, philosophe allemand (1844-1900).

Page 13, Mère Teresa, religieuse indienne d'origine albanaise (1910-1997).

Page 13, Albert Einstein, physicien suisse puis américain, d'origine allemande (1879-1955).

Page 29, Socrate, philosophe grec (470-399 av. J.-C.).

Page 56, Johann Sebastian Bach, compositeur allemand (1685-1750).

Page 146, Victor Hugo, écrivain français (1802-1885).

Page 196, *The Sound of music,* film réalisé par Robert Wise en 1965.

Page 208, Rainer Maria Rilke, auteur autrichien (1875-1926).

Page 240, Jackson Pollock, peintre américain (1912-1956), Georges Braque, peintre français (1882-1963), Pablo Picasso, peintre espagnol (1881-1973).

Page 271, Auguste Rodin, sculpteur français (1840-1917).

Page 286, Jean Cocteau, écrivain français (1889-1963).

Page 291, Thomas Merton, moine cistercien-trappiste américain (1915-1968).

Page 296, Ludwig van Beethoven, compositeur allemand (1770-1827).

Page 296, Herbert von Karajan, chef d'orchestre autrichien (1908-1989).

Page 312, Félix Leclerc, auteur-compositeur-interprète, écrivain et acteur québécois (1914-1988).

Page 320, Sigmund Freud, médecin autrichien, fondateur de la psychanalyse (1856-1939).

Page 328, Paul Claudel, écrivain et diplomate français (1868-1955).

Page 388, Faust, personnage d'un conte populaire allemand du XVIe siècle.

Page 395, Auguste Rodin, sculpteur français (1840-1917).

Page 426, William Shakespeare, dramaturge anglais (1564-1616).

Page 441, Charlie Chaplin, acteur et cinéaste britannique (1889-1977).

Page 443, Christian Bobin, écrivain français (1951-).

Remerciements

Une fois de plus, merci à Jean Paré ; sa seule présence permet de croire à un projet. Il a le talent que devraient avoir tous les pédagogues ; il sait donner l'envie d'aller plus loin.

Merci à Rémi Tremblay, un grand ami. Il m'a présenté à Jean Paré et l'aventure de la publication a pu commencer.

Merci à Nicole et à Marie-Claire Saint-Jean pour leur chaleur et la qualité de leur accueil.

Merci à Isabelle Longpré. D'ailleurs, le mot « merci » n'est pas assez fort pour lui exprimer ce que je ressens devant le travail qu'elle a accompli. Il faudrait inventer un autre mot et je ne l'ai pas encore trouvé. Elle a su, avec tact, délicatesse et humour, me montrer des chemins que je n'avais pas vus et me ramener sur ceux que j'avais quittés. Elle m'a permis de clarifier ce que je croyais déjà clair et d'avancer encore alors que je croyais être arrivé à destination. Elle a été présente du début à la fin et a incarné à merveille le rôle d'un mentor auprès de celui qui apprend. Ce livre n'aurait jamais vu le jour si elle n'avait pas été là.

Merci à Julie Bussières qui, après une conférence, m'a parlé des dialogues qu'elle avait eus avec son fils. Cette rencontre a fait germer l'idée du livre.

Merci à Céline Charron et à Gilles Massicotte. Ils ont eu la délicate attention de m'offrir un accès à l'intimité et à la musique en les emballant dans le même cadeau.

Merci à Alain Bélanger, Alain Rondeau et André Marcotte qui savent si bien mettre de la paix dans les chiffres. Merci à Huguette Boilard et Marjolaine Dion; des sages-femmes présentes aux deux bouts de la vie qui n'a pas de bouts.

Merci à toutes les personnes que je n'ai pas nommées mais qui savent qu'elles ont apporté une contribution affective ou intellectuelle au processus de création.

Merci à Danielle; si la générosité, la patience et l'amour avaient le nom d'une personne, ce serait le sien.

MARQUIS

Québec, Canada

Achevé d'imprimer le 3 février 2016

RECYCLÉ
Papier fait à partir
de matériaux recyclés
FSC® C103567

Imprimé sur du papier Enviro 100% postconsommation
traité sans chlore, accrédité ÉcoLogo et fait à partir de biogaz.